KB081040

책벌레의 하극상

사서가 되기 위해서라면 뭐든지 할 수 있어

제 4 부 귀족원의
자칭 도서위원 V

카즈키 미야
miya kazuki

길찾기

등장인물

귀족이 된 로제마인은 영주의 양녀이자 신전장으로서 바쁜 나날을 보낸다. 인쇄기가 만들어지고, 성의 판매회에서 카루타와 트럼프가 큰 인기를 끈다. 그러나 게오르기네의 방문으로 불안한 분위기가 감돈다. 죄를 범한 빌프리트, 납치 당할 위기에 놓인 샤를로테를 구하기 위해 동분서주하는 로제마인은 정체를 알 수 없는 적이 먹인 약 때문에 죽음의 위기를 맞게 된다. 치료를 위해 들어간 유레베에서 로제마인이 깨어난 것은 2년이 지난 후였다.

로제마인
주인공. 조금은 성장해서 8세 정도로 보이지만 내용물은 변하지 않았다. 귀족원에서 책을 읽기 위해서 수단과 방법을 가리지 않는다. 귀족원 2학년생

에렌페스트 영주 후보생

빌프리트
질베스타의 장남. 로제마인의 오빠로 귀족원 2학년생

샤를로테
질베스타의 장녀. 로제마인의 동생으로 한 살 아래로 귀족원 1학년생

로제마인의 보호자들

페르디난드
질베스타의 이복동생. 로제마인의 보호자 역할을 하고 있다

질베스타
에렌페스트의 아우브(영주). 로제마인을 양녀로 맞아들인 양아버지

플로렌치아
질베스타의 아내. 후보생 세 명의 어머니. 로제마인에게는 양어머니가 된다

엘비라
칼스테드의 제1 부인. '귀족' 로제마인의 호적상 어머니

칼스테드
에렌페스트의 기사단장. '귀족' 로제마인의 호적상 아버지

보니파티우스
질베스타의 숙부이자 칼스테드의 아버지. 로제마인에게는 할아버지가 된다

리카르다
필두 시종. 세 보호자의 어린 시절을 꿰고 있는 상급귀족

리젤레타
견습 시종으로 중급 귀족. 귀족원 5학년생. 안게리카의 여동생

브륀힐데
견습 시종으로 상급 귀족. 귀족원 4학년생

하르트무트
견습 문관으로 상급 귀족. 귀족원 6학년생. 오틸리에의 막내 아들

필리느
견습 문관으로 하급 귀족. 귀족원 2학년생

안게리카
호위 기사로 중급 귀족. 리젤레타의 언니

코르넬리우스
견습 호위 기사로 상급 귀족. 귀족원 6학년생. 칼스테드의 삼남

레오노레
견습 호위 기사로 상급 귀족. 귀족원 5학년생

로제마인의 측근

유디트
견습 호위 기사로 중급 귀족. 귀족원 3학년생

다무엘
호위 기사로 하급 귀족

오틸리에
시종. 하르트무트의 어머니

로제마인의 전속

엘 라	········	전속 요리사
푸 고	········	전속 요리사
로지나	········	전속 악사

에렌페스트의 학생

이그나츠	········	빌프리트의 견습 문관으로 상급 귀족. 귀족원 3학년생
트라우고트	········	견습 기사로 상급 귀족. 귀족원 4학년생. 리카르다의 손자
마티아스	········	견습 기사로 중급 귀족. 귀족원 4학년생. 구 베로니카 파
라우렌츠	········	견습 기사로 중급 귀족. 귀족원 3학년생. 구 베로니카 파
로데리히	········	견습 문관으로 중급 귀족. 귀족원 2학년생. 구 베로니카 파

귀족원의 교사들

힐쉬르	········	에렌페스트의 사감. 페르디난드의 스승
루 펜	········	단켈페르거의 사감
솔랑쥬	········	귀족원의 도서관 사서

귀족원의 학생

레스티라우트	······	제2위 단켈페르거의 영주 후보로 귀족원 5학년생
한넬로레	······	제2위 단켈페르거의 영주 후보로 귀족원 2학년생
아돌피네	······	제3위 드레반헬의 영주 후보로 귀족원 6학년생
오르트빈	······	제3위 드레반헬의 영주 후보로 귀족원 2학년생
디트린데	······	제6위 아렌스바흐의 영주 후보로 귀족원 5학년생. 게오르기네의 딸
뤼디거	······	제15위 프뢰벨타크의 영주 후보로 귀족원 6학년생

그 외의 귀족원

슈바르츠	······	도서관의 마술구
바이스	······	도서관의 마술구
힐데브란트	······	중앙의 제3 왕자
아르투르	······	힐데브란트의 필두 시종
당크마르	······	힐데브란트의 문관

신전 시종들

프랑	······	신전장실 담당
잠	······	신전장실 담당
니콜라	······	신전장실과 요리 조수
모니카	······	신전장실과 요리 조수
길	······	공방 담당
프리츠	······	공방 담당
빌마	······	고아원 담당

에렌페스트의 귀족들

에크하르트	······	페르디난드의 호위 기사로 칼스테드의 장남
유스톡스	······	페르디난드의 문관으로 리카르다의 아들
람프레히트	······	빌프리트의 호위 기사로 칼스테드의 차남
브리기테	······	로제마인의 전 호위 기사. 일크너로 돌아갔다
아우렐리아	······	람프레히트의 신부
그라오잠	······	기베 게를라흐. 마티아스의 아버지
시도니우스	······	기베 뷜토르. 라우렌츠의 아버지
프로이덴	······	기베 뷜토르의 아들. 라우렌츠의 형
베티나	······	프로이덴의 신부
헨릭	······	문관으로 하급 귀족. 다무엘의 형
베로니카	······	질베스타의 어머니. 현재 유폐 중

구텐베르크

인고	······	목공 공방의 주인장
자크	······	대장장이 발상 담당
요한	······	대장장이 제작 담당
하이디	······	잉크장인 요제프의 아내
요제프	······	잉크장인 하이디의 남편

지기스발트	······	중앙의 제1 왕자
아나스타지우스	······	중앙의 제2 왕자
에그란티느	······	클라센부르크의 영주 일족
게오르기네	······	질베스타의 누나. 아렌스바흐의 첫째 부인

다른 영지의 귀족

평민 마을의 가족

귄터	······	마인의 아버지
에파	······	마인의 어머니
투리	······	마인의 언니
카밀	······	마인의 남동생

평민 마을의 상인

벤노	······	플랑탱 상회의 주인
마르크	······	벤노의 오른팔
루츠	······	견습 다프라
오토	······	길베르타 상회의 주인
코린나	······	길베르타 상회의 재봉사
테오	······	길베르타 상회의 다프라
구스타프	······	상업길드의 길드장
프리다	······	구스타프의 손녀로 레스토랑의 공동 투자자

그 외의 사람들

디르크	······	델리아가 동생처럼 돌보는 고아. 신식
델리아	······	청색 견습무녀 시절의 옛 시종
콘라트	······	고아원에 들어간 필린느의 동생
일제	······	구스타프의 전속 요리사

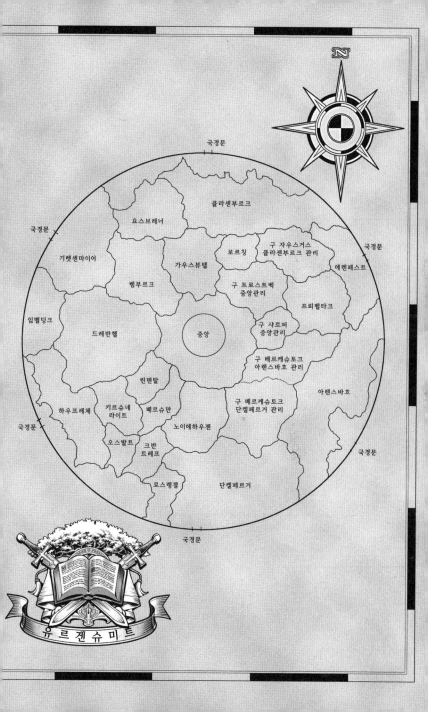

제4부 **귀족원의 자칭 도서위원 V**

일러스트 시이나 유우   **지도제작** 후지시로 요   **번역** 김 봄
디자인 백진화   **편집** 김일철   **마케팅** 이수빈

제 4 부

귀족원의 자칭 도서위원 V

프롤로그

영주 회의가 끝나면 영지의 상층부에 회의 결과가 전달되고, 성에서 일하는 귀족과 기베에게 연락이 간다. 아렌스바흐에서 두 명의 신부가 오게 되었다는 소식은 이번 회의의 가장 중요한 결정 사항 중 하나였다.

"오, 프로이덴의 결혼 허가가 떨어졌구나⋯⋯."

빌토르 자작인 시도니우스의 입에서 흥분한 목소리가 새어 나왔다. 영주가 보낸 기별에는 한 번 기각되었던 그의 장남, 프로이덴의 결혼 허가와 성결식에 관한 상세한 내용이 나와 있다. 감격에 떨리는 손으로 기별을 쥔 시도니우스는 누구 덕분에 이 허가가 났는지 잘 알았다.

"이건 당장 그라오잠 님께 알려야겠어."

중요한 기별을 품은 하얀 새가 빌토르에서 게를라흐를 향해 날아간다. 에렌페스트의 남쪽에 위치한 빌토르와 게를라흐는 구 베로니카 파의 중심이라고 할 수 있는 기베가 다스리는 토지다.

게를라흐에 있는 기베의 여름 저택으로 올도난츠가 날아온 것은 마침 기베의 가족이 저녁을 먹을 시간이었다. 식당에 나타난 하얀 새에 일가의 시선이 쏠렸다.

"무슨 일이지?"

진한 보라색 머리카락을 흔들며 제일 먼저 반응한 사람은 게를라흐 자작의 막내아들, 마티아스다. 다음 겨울에 4학년이 되는 중급 견습 기사다. 그는 몸에 밴 훈련 습관으로 고기를 찌른 포크에서 손을 뗐다. 잽싸게 슈타프를 소환할 자세를 취한 상태로 꼼짝 않고 파란 눈동자로 올도난츠의 움직임을 좇았다.

어지간히 급한 용건이 아니라면 여섯 점 종이 울린 뒤에 올도난츠를 보내지 않는다. 유유히 식당 안을 날던 하얀 새는 일가의 가장인 게를라흐의 그라오잠 자작의 팔에 내려앉아, 부리를 벌렸다.

"그라오잠 님, 시도니우스입니다. 아우브 에렌페스트로부터 연락이 왔습니다. 영주 회의에서 아렌스바흐와 협의한 끝에 제 아들 프로이덴과 베티나의 결혼을 허락하겠다고 합니다. 자세히는 직접 만나 뵈었을 때……."

시도니우스는 기베 뷜토르의 이름이다. 마티아스는 같은 말을 세 번 되풀이하는 올도난츠를 뚫어지게 주시했다. 경계 대상이 아닌 줄은 알지만, 세 번 들어도 그 내용을 믿을 수가 없었다.

"프로이덴 님과 베티나 님의 결혼 신청은 몇 년 전에 기각되었습니다. 아우브가 한 번 내렸던 결단을 손바닥 뒤집듯이 번복하면 영지 내에 혼란이 일 것이 뻔한데, 이제 와서 인정하다니요…… 정말일까요?"

심지어 지금은 유르겐슈미트 전체가 마력 부족에 허덕이는 상황이다. 특히나 아렌스바흐는 더 심각하다. 마티아스는 귀족원에서 정보를 모을 때 이 사실을 알았다. 타 영지의 조력을 끌어낼 수 있는 영주 일족이나 상급 귀족이면 모를까. 영지 관계에 영향력이 거의 없는 중급 귀족을, 과연 아우브 아렌스바흐가 다른 영지에 보내고 싶을까? 그러나 부친인 그라오잠은 그런 마티아스의 의문에 코웃음을 쳤다.

"너도 듣지 않느냐. 영주 회의에서 정해졌다고."

"아렌스바흐가 무슨 생각으로 중급 귀족의 결혼을 미는 건지 궁금한 겁니다. 아무 의도도 없이 중급 귀족의 혼인을 추진할 리가 없지 않습니까……."

"두 젊은이를 위해 손 써준 것이겠지. 영주의 독단으로 혼약을 파기하면 불행밖에 더 되겠느냐. 그분은 그걸 잘 알고 계시는 게다."

마티아스는 아렌스바흐의 이득이 뭔지를 물었는데, 그라오잠은 질문의 의도에서 벗어난 대답을 꺼냈다. 회색 눈동자가 아들의 반응을 살피듯 빤히 바라본다. 그 순간, 계속 추궁해 봤자 본인이 원하는 대답은 돌아오지 않겠다고 마티아스는 판단했다.

"역시 대영지의 판단은 다르군요."

마티아스가 물러서자 그라오잠은 만족스럽게 고개를 끄덕였고, 모친은 "정말 그래요."라며 기쁘게 웃었다.

"아버님, 조만간 뷜토르에 축하하러 가지 않겠습니까? 가서 자세히 듣고 싶기도 하고요."

"흠. 네 혼인에도 조력을 부탁했으면 좋겠다만……."

"가족 다 같이 가도록 해요. 프로이덴 님의 축하 선물로 뭐가 좋을까요?"

부모뿐만 아니라 마티아스의 형인 얀릭까지 합세하여 뷜토르를 방문할 계획을 짜기 시작했다. 한 번 꺾인 결혼의 허가가 떨어졌다. 경사스러운 일이고, 뷜토르와 게를라흐는 기베끼리 친분이 두터우므로 이러한 반응에는 전혀 이상할 것이 없다.

하지만 마티아스는 '아렌스바흐 덕분'이라며 기뻐하는 가족의 반응에 위화감을 느꼈다. 귀족원의 반응과 너무 다르다. 에렌페스트가 다른 영지에 유행을 퍼트리고, 영지의 순위를 올리자며 기숙사 내에서

결속하던 분위기가 어른들에게는 느껴지지 않는다. 영주 일족을 습격한 귀족의 배후에 아렌스바흐가 있다는 인식이 자신의 가족에게는 없어 보인다. 아직껏 아무 생각 없이 대영지니까 무조건 훌륭하다며 찬양하는 것처럼 보인다.

'게를라흐는 아렌스바흐와 접해 있고, 지금까지는 그쪽 편이 유리했지만, 앞으로도 이대로 괜찮을까?'

봄을 축하하는 연회에서 빌프리트와 로제마인의 혼약이 발표되었다. 앞으로 에렌페스트는 그 두 사람을 중심으로 움직이게 되리라. 로제마인이 만들어 낸 유행을 다른 영지에 퍼트리며 더욱 발전할 터이다. 마티아스는 그렇게 느꼈다. 그런데 왜 자신의 가족은 앞으로도 영주 일족이 경계하는 아렌스바흐와 적극적으로 교류하려고 하는 걸까?

'아렌스바흐는 망조가 아닌가.'

귀족원에서 모은 정보가 마티아스의 머릿속을 맴돈다. 경계를 접한 아렌스바흐의 빈데발트만 봐도 마력 부족의 심각성은 명명백백하다. 게다가 영주의 막내딸인 디트린데와, 영주의 양녀가 된 손녀딸이 차기 영주 자리를 놓고 다투고 있는 듯했다. 나이로 따지면 디트린데가 유력하며 그녀의 모친인 게오르기네의 출신지, 에렌페스트의 순위가 올라가면 그만큼 그녀가 유리해진다고 들었다. 그 말이 사실인지 아닌지는 불명확하다.

'아버님은 디트린데 님이 차기 영주가 되길 바라시는 걸까.'

에렌페스트의 순위 상승과 아울러 아렌스바흐와 이익을 나눠 먹을 방법이 그것밖에 떠오르지 않은 마티아스는 팔짱을 끼고, 짙은 보라색 머리카락을 가볍게 흔들며 생각에 잠겼다.

'에렌페스트와 아렌스바흐의 가교 역할을……? 하지만 아버님이

그런 일을 하실 위인이 아니신데.'

마티아스가 아무리 고민해도 아무런 대답도 얻지 못한 채 뷜토르로 축하 선물을 가지고 가는 날이 왔다. 뷜토르와 게를라흐에서는 간혹 공동 기사 훈련이 열린다. 이번에는 이 기회에 합동 훈련도 치르게 되어 견습 기사인 마티아스는 강제로 참가하게 되었다.

"마티아스. 오랜만이네."

기베 뷜토르의 여름 저택에서 마티아스에게 제일 먼저 말을 건 사람은 기베의 둘째 아들인 라우렌츠다. 그도 같은 견습 기사라서 다른 귀족의 아이보다 교류가 있었다.

"라우렌츠. 프로이덴 님의 혼인, 축하해."

"고맙다. 온 집안이 축제 분위기야."

기베끼리 인사를 나누는 동안, 둘은 재회를 기뻐했다. 귀족원과 달리 영지에서 지내는 동안은 잘 맞는 친구를 만날 기회가 좀처럼 없어서 순수하게 기쁜 것이다.

"거기서 시시덕거리지 말고, 얼른 기사단 훈련에 참여하지 그러냐? 코르넬리우스 님이나 안게리카 님과 격차가 벌어졌지 않았느냐? 한심스럽군."

마티아스의 형인 얀릭이 최종학년이었기에 부모님도 영지대항전을 보러 오셨었다. 그때 치른 디터에서 코르넬리우스 팀과 마티아스 사이의 눈에 띄게 벌어진 실력 차이를 보고 그라오잠은 못마땅해 했다.

'하긴 지금까지 우리 일족은 중급 귀족이면서도 상급 귀족에 상응하는 마력의 양이 있는 거로 떵떵거렸으니.'

옛날, 아렌스바흐에서 영주의 딸이 시집올 때 동행했던 측근의 한 사람과 당시의 기베 게를라흐가 결혼했다. 그래서 마티아스의 혈통은 중급 귀족이면서도 상급 귀족에 필적할 만한 마력이 있다. 만약 장남의 자식이 상급 귀족 못지않은 마력을 보인다면 삼대에 걸쳐 상급 귀족에 필적하는 마력을 가지고 있음을 이유로 들어 상급 귀족으로 승격할 수가 있다. 그래서 그라오잠은 마력의 양과 상급 귀족과의 격차에 민감했다.

"로제마인 님께서 전수하신 마력 압축 방법이 훌륭해서 그렇습니다. 코르넬리우스 님뿐만 아니라 다른 영주 후보생의 호위 기사들도 계속해서 마력을 키우고 있어요."

"고작 평민 출신의 청색 견습 무녀가 생각한 마력 압축 따위야 너희도 생각해낼 수 있지 않으냐."

생각한다고 금방 나오는 마력 압축 방법이라면 영주의 주도로 대상자를 인선하고, 돈을 받으면서까지 보급할 이유가 없다. 파벌이 다른 마티아스에게는 로제마인식 마력 압축 방법을 배울 방도가 없는 셈이다. 자신과 마찬가지로 땅을 치고 있는 아이가 귀족원에 얼마나 많은지 알기나 하는 걸까? 구 베로니카 파 학생들의 탄식이 마티아스의 귓가에 맴돌았다.

'평민 출신이라고 조롱하는 아버님이야말로 그녀보다 효력이 뛰어난 마력 압축 방법을 알고 계시기나 할까? 아무리 노력한들 마력의 양에 차이가 벌어지면 승패 따위 한순간에 뒤집혀.'

귀족원에서 꾹꾹 눌러왔던 분통을 자극하자, 마티아스의 마음속에서 아버지를 향한 반항심이 싹텄다.

"그럼 평민 출신이 고안한 마력 압축 방법보다 효과적인 방법을 아버님이 알고 계신다면 알려 주십시오."

그라오잠은 잠시 입을 닫고, 생각에 잠겼다.

"……그래. 내가 고안한 것이 아니라서 허가가 필요하지만, 아들에게 전수해도 되는지 그분께 물어보마."

그 말은 전혀 예상치 못한 대답이었다. '그분'은 대체 누구일까? 의아해하는 마티아스 앞에서 뷜토르 자작도 "그거 좋은 생각이군요."라며 아첨을 떨었다.

"그라오잠 님도 요새 굉장히 노력하시나 봅니다. 몸이 아주 달라지셨습니다?"

"그분의 요청에 즉시 응하려면 몸을 가볍게 해둬야 하지 않겠나."

'하긴 한 번 결심하면 끝까지 밀고 나가는 아버님의 노력은 대단하시지.'

예전보다 훨씬 작아진 아버님의 배를 보며 마티아스는 고개를 끄덕였다.

"어쨌거나 넌 기사 훈련을 받고 오너라. 마력 압축 방법을 알아도 노력하지 않으면 의미가 없지 않느냐."

"라우렌츠, 너도 가서 훈련을 받아. 영지대항전에서 아비에게 흉한 꼴을 보여주기 싫으면 말이다."

견습 기사인 마티아스와 라우렌츠는 응접실에서 보기 좋게 쫓겨났다.

기베의 기사단이 훈련하는 곳으로 이동하면서 마티아스는 라우렌츠를 보았다. 라우렌츠는 마티아스보다 한 살이 어린데도 키도 조금 더 크고, 기사답게 체격이 좋다. 마티아스는 주먹을 불끈 쥐고 가슴에 힘을 주어 봤지만, 이두근의 크기도 완패다. 단련하려고 용을 써도 좀처럼 체격을 바꾸기가 어려웠다. 굳이 말하자면 호리호리해서 문관 같아 보이는 자신의 겉모습이 조금 속상했다.

혼자 비교하고 침울해할 때 라우렌츠가 갑자기 "마티아스." 하고 말을 걸었다. 살짝 고개를 드니 라우렌츠의 주황색 눈동자가 기대감에 빛나고 있었다.

"정말 그라오잠 님께서 마력 압축 방법을 가르쳐주실까?"

마력 압축 때문에 마력의 양이 뒤떨어져서 분한 사람은 마티아스뿐만이 아니다. 라우렌츠도, 다른 구 베로니카 파 학생들도 매한가지다.

"내 아버님께 기대하고 싶은 마음은 이해해. 그런데 라우렌츠. 그분이 대체 누구야?"

"……내 생각에 게오르기네 님일 것 같은데……. 확신은 없어."

마티아스 역시 확신하기 어려웠다. 왜냐하면 아버님은 '그분'이라고만 하고, 이름을 언급하지 않으셨으니까. 서신 등도 구 베르케슈토크의 아렌스바흐령에 있는 귀족 앞으로 보내었고, 그곳이 정말 게오르기네와 이어져 있는지도 확실치 않다. 3년 전에 '그분이 오신다'라며 가족이 반색했을 때 온 사람이 게오르기네여서 그렇게 짐작할 뿐이다.

'정말 게오르기네 님이 틀림없을까?'

마티아스는 몇 년 전엔가 봤던 모습을 떠올리려고 했다. 그런데 기억이 가물가물하다. 지금보다 어렸던 그는 다과회에 참석하러 집을 방문한 게오르기네에게 인사만 하고, 아버님이 동석하게 해주지 않았다. 얇은 베일 뒤로 보이는 붉은 입술과 인사를 받을 때 보이던 마치 자신이 여왕인 양 굴던 태도, 그리고 그녀에게 머리를 조아리며 유난스럽게 굽신거리던 부모의 모습이 인상적이었다. 게오르기네가 아렌스바흐로 시집가기 전에 그녀를 모셨었다는 얘기를 듣고서야 부모의 태도에 납득했었다.

게오르기네는 대영지의 셋째 부인으로 시집을 갔지만, 첫째 부인으로 올라간 분이니까 우수한 분이리라. 로제마인이 자신의 측근들에게 가르쳤듯이 당시 출가하기 전에 게오르기네가 마티아스의 부모에게도 마력 압축 방법을 가르쳤을 가능성이 있다.

'하지만 아렌스바흐의 첫째 부인이 된 지금, 과연 에렌페스트 귀족에게 자신의 마력 압축 방법을 가르쳐줄까?'

아렌스바흐는 마력 부족이 심각하다. 그렇다면 에렌페스트의 귀족이 아니라 자령의 귀족들에게 마력 압축 방법을 전수했을 터다. 마티아스에게 마력 압축 방법을 가르쳐 봤자 그녀에게 이득이 없다. 그래서 '그분'이 게오르기네일 거라고 확신할 수 없었다.

"아무리 생각해도 모르겠어. 하지만 그분의 정체보다 신경 쓰이는 건 가뜩이나 급하게 결정된 성결식 때문에 바쁜데 왜 기사 훈련을 늘리냐는 거야."

"그러고 보니 아버님이 게를라흐와 합동 훈련을 늘릴 거라고 하셨어."

라우렌츠가 생각났다는 듯이 손뼉을 쳤다. 왜 지금 이 상황에 기베 기사단의 합동 훈련을 늘릴 필요가 있을까? 마티아스는 형용할 수 없는 불안을 느꼈다.

'마치 영주 일족 습격 사건으로 아버님이 소환되셨을 때 같아.'

그라오잠이 대강당에 있었다는 증언도 있고, 부친이 영주 일족을 습격하지 않았을 거라고 믿지만, 사건에 연관이 있지 않을까 하는 의문은 사라지지 않았다. 그때처럼 찝찝하고, 불길한 기운이 퍼졌다.

"라우렌츠, 넌 성결식 얘기 자세히 들었어?"

"아니, 자세히는 몰라. 프로이덴 형님의 결혼식을 성이 아니라 경계문에서 연대. 양측 영주 일족이 참석하니까 대규모로 치러질 거라고 하던데."

"……아렌스바흐의 영주 일족이 참여한다고?"

"램프레히트 님과 아우브 아렌스바흐의 조카딸의 결혼식도 같이 진행하거든."

마티아스는 그 정보를 처음 들었다. 대영지가 왜 중급 귀족의 결혼식에 참견하는지 이상했는데, 부친이 기사단장이고 본인도 영주 일족의 호위 기사인 램프레히트도 아렌스바흐의 신부를 들인다면 얘기가 달라진다. 아렌스바흐는 어떻게 해서든 에렌페스트의 핵심에 침투하려는 것이다.

"……정말 불안하네. 아우브께 경계하시라고 말씀 올릴까?"

"그래도 되지만, 아우브가 우리 같은 어린애 의견을 들어주시겠어? 그리고 만약 그렇게 하면 우리는 또 어떻게 되겠냐? 아버님들이…… 가만히 있지 않으실 거야."

라우렌츠가 소극적으로 말했다. 하지만 마티아스는 그 처세가 진정 자신들을 위한 것인지 의문스러웠다.

"그 마음은 이해해. 하지만 부모의 의혹을 풀지 못한 상태에서 하라는 대로만 움직이면 우리도 로데리히의 꼴을 면치 못해."

부친이 시키는 대로 움직인 책임에 고통받고 있는 로데리히의 모습이 떠올랐다. 비록 자신의 의지로 파벌을 옮기지는 못하더라도 자신이 어떻게 움직이고 싶은가. 누구를 주군으로 모시고 싶은가. 행동으로 표현할 수는 있다.

"로제마인 님이 아무리 우수해도 차기 영주가 될 수 없다던 얀릭 형님의 말대로 혼약으로 장래에 첫째 부인으로 결정되어 버렸어. 하지만 나는 앞으로 에렌페스트가 로제마인 님을 중심으로 움직일 거라고 봐. 그래서 영주 일족에 불리하게 움직이는 아버님들을 가만히 지켜보고 있을 수가 없어. ……로제마인 님이시라면 우리 얘기를 들어주시지 않을까?"

"면담 예약이 잡혀야 가능한 얘기지. 라이제강 계통 귀족도 잡기가 어렵대."

라우렌츠가 로제마인 님과 접촉이 어려운 상황을 이야기해 주었다. 설마 같은 파벌의 귀족도 면담을 못 할 정도로 경계가 엄격할 줄은 생각지도 못했다.

"귀족원에서는 측근을 통해 정보를 흘리는 것 정도야 우리 힘으로도 됐지만……."

견습 기사 훈련 때 비록 많지는 않았지만, 호위 기사들과 얘기할 기회가 있었다. 하지만 영지로 돌아오면 그들과 얘기를 나누기조차 쉽지가 않다.

"꼭 무슨 일이 일어나는 것도 아닌데 너무 예민한 것 아냐? 마티아스. 양측의 아우브가 모이는 자리인데 뭔 일이야 나겠어? 고민해 봤자 소용없어."

마티아스는 낙관적으로 생각하는 라우렌츠를 쏘아보고, 팔짱을 꼈다.

"만약 아버님들이 뭔가 계략을 꾸미고 있다면 그게 일어난 후에 고민하는 건 너무 늦어."

하얀 탑 사건에 아버님이 연루되어 있다고 마티아스는 확신했다.

그 시기에 아렌스바흐와 빈번하게 서신을 주고받으셨고, 겨울 사교계가 시작하기도 전에 성의 사냥 대회에서 일어난 사건을 알고 계셨다. 그래서 더더욱 로제마인이 2년간 잠들게 된 습격 사건에도 관여했을 가능성이 있었다.

"최악의 사태를 예상해서 회피책과 어떻게 처신할지 미리 생각해 둬야 해. 내 말 틀려?"

"마티아스, 너…… 그렇게 앞일을 예상하면서 계획을 짜는 구석을 보면 정말 그라오잠 님의 아들이 맞구나. 판박이야."

오늘은 아버님과 닮았다는 말을 들어도 마티아스는 전혀 기쁘지 않았다.

견습생과 신전

'어휴, 겨우 끝났네. 양아버님, 불만이 너무 많으셔!'

보호자들의 푸념 섞인 영주 회의의 사적인 보고와 성결식 예정에 관한 토론이 겨우 끝났다. 나는 방에 돌아가자마자 한넬로레가 보낸 편지를 읽기 시작했다.

편지에는 에렌페스트의 책은 얇아서 들고 다니기 편하고, 요즘 언어를 사용해서 가독성이 매우 뛰어나다고 적혀 있었다. 기사 연애소설을 삽화와 함께 읽고 한껏 설레었는지, 그것 말고도 연애소설이 있다면 빌려달라는 말로 끝맺어 있었다.

'맡겨줘! 어머님께 부탁해서 연애소설을 늘릴 테니까!'

내 연애소설은 페르디난드에게 퇴짜를 맞은 탓에 엘비라와 같은 파벌에서 글쓰기를 좋아하는 귀부인들이 대신 힘써 줘야 한다.

'다음은 귀족원의 연애소설을 빌려줘야지. 우후훗.'

편지를 끝까지 읽은 뒤, 나는 한넬로레가 빌려준 책을 보았다. 매우 두툼하고 장식이 잔뜩 붙어 있는 데다가 크기가 컸다. 표지를 넘기는 데도 나 혼자서는 힘들 정도로 묵직하다. 신전 도서실에 있던 판이 비스듬한 열람 책상이 진정으로 그립다.

내용은 단켈페르거에 전해져 내려오는 옛이야기인데 오래되고 난해한 언어로 쓰여 있었다. 도입 부분에는 성전과도 일맥상통하는 이야기가 소설 풍으로 쓰여 있어 역사서의 일면도 있는 듯하다.

이것이 정말 역사서의 일부라면 단켈페르거는 거의 건국 시기부터 존재한 셈이다.

'입맛에 맞게 수정했을지도 모르니까 진실을 알기 위해서도 여러 영지의 책을 읽고 싶어.'

역시나 무(武)를 숭상하는 것이 단켈페르거의 기질인 모양이다. 몇 번을 져도 싸우고, 싸우고, 싸우고…… 이길 때까지 싸우는 기사 이야 기가 많았다. 다른 영지의 책은 그 지방의 기질이 잘 드러나서 흥미롭 다. 처음 알게 된 것들로 가득하다. 지금까지 몰랐던 이야기라면 사본 을 떠도 괜찮으리라.

"앞으로는 신전과 성을 옮겨 다니느라 바빠지겠지만, 필린느와 하 르트무트도 사본 작업을 도와주세요."

"아우브께서 견습생도 신전 동행을 허가해 주셨습니까?"

하르트무트의 기뻐하는 목소리에 나는 고개를 끄덕였다.

"양아버님과 얘기를 나눈 끝에 신전까지는 귀족가로 치기로 했어 요. 단, 신전에는 귀족의 측근이 쓸 수 있는 방이 호위 기사 두 사람 쓸 방밖에 없어서 성인이 된 호위 기사 외에는 묵을 수 없으니까 통근으 로 부탁해요."

주황색 눈을 반짝이며 "알겠습니다." 하고 즉각 수락하는 하르트무 트를 거쳐, 신전이라는 단어에 불안한 기색을 보이는 여자 측근들에게 로 나는 시선을 옮겼다.

"허가가 떨어진 것과 실제로 신전에 드나들지 말지는 별개예요. 신 전 출입을 가족이 반대하거나 영 찝찝하다면 지금처럼 동행하지 않아 도 돼요."

"아닙니다. 저는 안게리카가 자랑하던 신전 음식을 먹어보고 싶습 니다."

귀족 사회에서는 멸시받는 신전이지만, 유디트는 브리기테와 마찬가지로 귀족가 출신이 아니어서일까? 신전에서 나오는 밥을 기대하는 모양이다. 필린느는 내게 남동생인 콘라트를 만날 수 있느냐고 물었다. 사전에 빌마에게 연락해 둬야겠지만, 고아원을 안내해도 큰 문제는 없으리라. 상급 귀족인 레오노레는 고민했지만, 코르넬리우스의 "한 번 신전을 직접 보고 정하지그래?"라는 조언에 따르기로 한 듯하다. 하긴 보지도 않고 신전을 판단하는 것보다 한번 자기 눈으로 본 후에 판단했으면 했다.

"견습 문관과 견습 호위 기사는 모두 한 번은 가보겠다는데, 견습 시종 여러분은 어때요?"

브륀힐데와 리젤레타가 서로 얼굴을 마주 보았다.

"지금은 자수에 집중하고 싶습니다. 의상 제작이 끝나면 한번 로제마인 님께서 자라신 환경을 보고 싶습니다만……."

"괜찮아요, 리젤레타. 신전은 사라지지 않으니까 지금은 슈바르츠와 바이스의 의상에 집중하세요."

페르디난드가 의상 완성도를 따지는 듯하니 손재주가 뛰어난 아가씨들이 부디 내 몫까지 힘써주길 바랐다. 내가 자수하기를 권하자, 브륀힐데가 키득거리며 바느질 상자로 손을 뻗었다.

"그럼 저도 성에서 리젤레타와 함께 자수를 넣고 있겠습니다. 신전에는 신전 시종이 있으니까 저희까지 동행하면 그들이 곤란하겠지요?"

귀족 시종이 신전에서 일하면 신전 시종의 일거리를 빼앗는 꼴이라고 브륀힐데가 지적했다. 거기까지 생각하지 못했는데 듣고 보니 그랬다.

"저는 성에서 업무에 전념하고 있겠지만, 염색 관련 회의에는 불러 주십시오. ……그리고 얼마 전에 아버님한테서 연락이 왔는데 그레첼에서 인쇄업 준비가 완료됐다고 합니다. 엘비라 님께 연락을 넣으시겠답니다."

그레첼 백작의 영애인 브륀힐데가 건넨 정보에 나는 짧게 숨을 삼켰다.

"평민과의 조정이 필수라서 준비에 시간이 더 걸릴 줄 알았어요. 내 예상보다 훨씬 빠르네요."

예상 밖이다. 이 속도라면 다른 지역도 준비가 순식간에 끝날지도 모른다. 내가 인쇄업 계획의 재검토를 고민하기 시작할 때 브륀힐데가 조그맣게 웃었다.

"저희 집안은 엘비라 님과 친척 관계이고, 기베 하르덴첼에서도 이래저래 조언을 주셔서 일찍 준비를 진행했다고 합니다……."

"그랬군요. 그럼 빌프리트 오라버니가 최종 확인을 끝내면 구텐베르크와 함께 그레첼에 가면 되겠네요. 어떤 곳일지 기대돼요."

"그레첼로 가실 때는 저도 동행하게 해주십시오."

브륀힐데의 말에 나는 "네, 안내해 줘요."라고 대답했다.

성에서 지시를 끝내자, 페르디난드에게서 '내일 아침을 먹은 후에 신전으로 가자'라는 올도난츠가 날아왔다. 내가 지정된 시각에 측근들을 줄줄이 데리고 가자, "그 인원수가 다 필요한가?"라며 페르디난드가 미간을 찌푸렸다.

"오늘은 견습생들의 신전 견학 수업이라고 생각해 주세요. 업무 내용을 설명하고, 신전 안을 안내하려고요. 모임이 없을 때는 문관을 교

대해도 되고, 호위 기사도 둘이면 충분해요. 또 도우미가 늘면 페르디
난드 님도 좋으시잖아요?"

당연히 세 점 종이 울리면 모두를 데리고 페르디난드의 작업을 도
우러 갈 생각이다. 페르디난드는 "흠." 하고 소풍 가는 애들처럼 들뜬
견습 호위 기사들을 내려다보며 만족스럽게 입꼬리를 올렸다.

나는 내 기수에 푸고와 로지나를 태우고 신전으로 돌아갔다. 주위
에 측근들이 탄 기수가 수두룩하게 있으니까 왠지 기분이 묘하다. 신
전에 우르르 도착하자 프랑과 모니카가 놀란 듯 눈을 휘둥그렇게 떴
다. 동시에 회색 신관과 회색 무녀 측근이 줄지어 마중을 나온 상황에
몇몇 측근의 표정이 굳어졌다.

"프랑, 모니카. 앞으로 신전에 출입하게 된 내 측근들이에요. 여러
분, 이쪽은 프랑. 신전 내에서 나의 수석 시종입니다. 이쪽은 모니카.
비록 장소는 달라도 나를 섬기는 사람이니까 여러분과 똑같은 입장이
라고 생각하세요."

"전 프랑 덕분에 신전에서 호위 임무에 전념할 수 있었습니다. 페르
디난드 님께 교육받은 회색 신관은 우수합니다."

프랑의 배려로 까다로운 업무에서 배제된 안게리카는 득의양양하
게 침이 마르도록 프랑을 칭찬했다. 여기저기서 작은 웃음이 새어 나
왔고, 그 자리의 긴장감이 조금씩 풀렸다.

"그럼 난 방에 가서 옷을 갈아입을 테니까 그동안 다무엘과 안게리
카는 호위 기사가 사용하는 방을 안내해 주세요."

"네!"

두 사람에게 측근들의 안내를 맡기고, 나는 모니카와 프랑을 이

끌고 신전장실에 가서 방에서 기다리고 있던 잠에게도 사정을 설명했다.

"앞으로 귀족이 드나들게 되면 하루하루가 긴장감의 연속이겠지만……."

"로제마인 님께서 영주의 양녀이신 이상, 각오하고 있었습니다. 걱정하지 마십시오."

"일단 한숨 돌리고, 세 점 종에 신관장님 업무를 도우러 갈게요. 물론 측근들에게도 신전 생활을 겪어보게 할 예정이에요. 다무엘과 에크하르트 오라버니도 하는 일이니까 다들 할 수 있겠죠?"

내가 후후 하고 웃자, 신전에 도착하자마자 일하게 될 측근들을 떠올리며 프랑이 씁쓸하게 웃었다.

"안게리카 님은 평소처럼 문 경비면 되겠습니까?"

"신전의 평소 모습을 보여주는 게 중요하니까요."

잠과 프랑은 차를 준비하러 부엌으로 가고, 나는 모니카의 도움을 받아 옷을 갈아입었다.

"모니카, 신전에 출입하는 귀족한테 기분 나쁜 소리를 듣거나, 위험을 느끼면 어떤 사소한 일이든, 기분 탓이든 상관없으니까 알려줘요. 내가 모르는 곳에서 여러분이 상처받는 건 싫거든요."

"알겠습니다. 아무리 사소한 일이라도 보고하겠습니다."

역시 낯선 귀족들이 드나들게 되어 긴장했으리라. 내 말에 모니카가 조금 안심한 듯 웃었다.

옷을 갈아입고, 나는 모두를 호출해서 니콜라가 만든 과자와 프랑이 달인 차를 권했다.

"신전 디저트는 오랜만이군요. 이건 저희 집에서도 먹어본 적이 없습니다."

신이 난 코르넬리우스가 손을 뻗어 디저트를 먹었다. 측근 중에서 가장 지위가 높은 코르넬리우스가 손에 집자, 다른 사람들도 디저트에 손을 뻗기 시작했다.

"우와. 너무 맛있어요. 안게리카와 다무엘은 지금까지 이렇게 맛있는 걸 먹었던 거예요? 로제마인 님, 저도 최대한 신전에서 호위하겠습니다."

"견습 기사의 특훈이 없는 날이라면 유디트도 신전에서 호위해도 돼요."

신전 호위는 다무엘과 안게리카로 충분해서 견습생은 보니파티우스의 특훈에 집중했으면 했다. 유디트는 울먹거렸지만, 훈련은 중요하다.

차를 마신 뒤에는 다무엘이 신전의 호위 임무에 관해서 설명하기 시작했다. 그동안 두 견습 문관에게는 모니카에게 집무 책상 주변의 문구 배치 등을 듣도록 했다. 나는 프랑과 함께 자리를 비운 동안 쌓인 편지와 목패를 찬찬히 훑었다.

"길베르타 상회와 플랑탱 상회, 길드장의 편지에는 바로 답장해야겠네요."

길베르타 상회의 편지에는 주문한 여름용 머리 장식과 엘라에게 줄 머리 장식이 완성되었다고 쓰여 있었다. 길드장의 편지에는 바셴과 염색 공모전에 관한 질문이었다. 플랑탱 상회의 편지에는 요한에게 주문한 안전핀이 완성된 것, 구텐베르크의 다음 행선지가 결정되면 빨리 알려달라고 쓰여 있었다.

"프랑, 사흘 후에 길드장과 플랑탱 상회와 길베르타 상회의 대표자를 만날게요. 초대장을 보내두세요."

"알겠습니다."

세 점 종이 울리자, 나는 신전 시종과 귀족 측근들을 이끌고 신관장실로 이동했다. 신관장실에 들어간 순간, 안게리카는 아무에게도 뺏기지 않을 기세로 재빠르게 문 앞자리를 차지했다. 방 안을 둘러본 견습 호위 기사들이 숨을 삼키며 눈을 크게 떴다. 그들은 이미 사무 업무 중인 에크하르트와 익숙하게 일을 시작하는 다무엘을 멍한 표정으로 보았다.

"신전에서는 매일 이렇게 업무를 도와야 하니까 여러분도 잘 부탁해요."

"이만큼 잡무담당이 늘었으니 로제마인에게는 새 일거리를 가르쳐야겠군."

페르디난드의 선언으로 나는 계산 담당에서 그대로 신전 예산을 책임지는 담당으로 바뀌었다. 크나큰 전진이다.

"……로제마인 님은 항상 이런 생활을 보내시는 겁니까?"

"그럼요. 유디트, 손이 멈췄어요."

"신전 호위도 쉽지 않네요."

풀 죽은 유디트의 중얼거림은 네 점을 알리는 종소리에 묻혔다.

점심은 교대로 먹었다. 맛있는 신전 음식에 필린느와 유디트가 감동했다. 집에서도 맛있는 음식을 먹는 코르넬리우스도 처음 맛보는 메뉴에 기뻐했다. 그런 가운데 떨떠름한 표정을 짓는 레오노레가 눈에 들어왔다.

"레오노레, 표정이 너무 심각한데, 입에 안 맞아요?"

"아닙니다. 너무 맛있었습니다. 다만, 이런 요리를 매일 드시는 로제마인 님과 엘비라 님을 저희 집에서 과연 만족스럽게 대접할 수 있을까 생각한 것뿐이에요."

점심을 먹은 후에는 신전장실에 남는 잠에게 몇 가지 일을 시키고, 나는 측근들을 데리고 고아원에 가기로 했다. 필린느가 매우 긴장한 표정으로 걸었다.

"콘라트는 잘 있어. 걱정하지 마."

항상 나와 고아원에 동행하는 다무엘의 말에 필린느가 옅은 미소를 보였다. 빨리 콘라트를 만나게 해주고 싶다. 앞장선 프랑과 모니카가 활짝 연 문 너머에서 회색 무녀와 세례를 받지 않은 아이들이 무릎을 꿇고 우리를 기다리고 있었다.

"여러분은 본인 업무에 돌아가도 좋아요. 콘라트는 이쪽으로 오세요."

내가 그렇게 말하자, 회색 무녀들은 귀족 측근들을 흘끗거리며 일어나서 움직이기 시작했다. 디르크에게 등 떠밀려 나온 콘라트가 필린느를 향해 "누님." 하고 달려오려다가 주변 시선이 신경 쓰이는지 머뭇거리며 걸어왔다.

"콘라트, 건강해 보여서 안심했어. 신전 생활은 어때?"

필린느가 활짝 웃으며 회색 옷을 입은 콘라트를 끌어안았다. 콘라트도 안심한 듯한 미소를 지으며 필린느에게 고아원 생활을 재잘거리기 시작했다.

"여기는 다들 상냥하고, 밥도 맛있고, 디르크도 있어서 괜찮아요. 누님은 성에서 지내고 있다고 로제마인 님께 들었어요. 외롭지 않아요?"

"나도 이렇게 함께 일하는 동료가 있어서 괜찮아. 널 못 만나서 쓸쓸하긴 하지만……."

필린느와 콘라트가 사이좋게 얘기를 나누는 모습에 나는 안도의 한숨을 내쉬고, 두 사람만 얘기할 수 있는 자리를 만들어주기 위해 다른 사람들에게 식당 한편에 있는 놀이용 코너를 보여주기로 했다. 지금까지 플랑탱 상회에서 만든 책 몇 권이 진열되어 있고, 카루타와 트럼프는 물론 유아용 완구까지 구비된 것을 보고 코르넬리우스의 눈이 휘둥그레졌다.

"고아원에 이렇게 책과 완구가 많았습니까!?"

"그래요. 아우브 에렌페스트께서도 시찰하셨을 때 깜짝 놀라셨어요. 이렇게 고아원에서 써보고 아이들에게 반응이 좋았던 물건을 상품으로 성에서 팔았던 거랍니다."

청색 신관으로 분장했었지만, 질베스타가 시찰했다는 사실에는 변함이 없다.

"이 고아원에서는 갓난아기 외에 모두 글을 읽고, 계산도 할 줄 아는 것이 내 자랑이에요. 지금은 열 살 전까지 시종의 기본 업무를 가르치고 있어요."

"이야기는 들었습니다만, 이렇게 실제로 보니 충격적이네요."

코르넬리우스와 함께 완구를 살펴보던 하르트무트가 신음하듯 그렇게 말하자, 레오노레도 고아원 식당을 둘러보고 "소문으로 듣고 상상했던 것보다 훨씬 깔끔한 곳이네요."라며 고개를 끄덕였다.

"모두가 열심히 청소하니까 신전 안은 어디나 다 깨끗하답니다. 다들 교육을 잘 받아서 애들도 예의가 바르고요."

내가 우후후 하고 웃으며 고아들을 자랑하자, 고아원의 총괄을 맡고 있는 빌마가 성녀의 미소로 싱긋 웃었다.

"지금 이 생활은 로제마인 님께서 저희에게 내려주신 겁니다. 저희 모두는 로제마인 님께 매우 감사하고 있어요."

빌마가 그렇게 말한 순간, 하르트무트가 흥미진진하게 몸을 불쑥 내밀었다.

"그럼 로제마인 님께서 이 신전에서 어떤 업적을 이루셨는지 당신이 자세히 이야기해 줬으면 하는데……."

하르트무트의 기세에 빌마가 무서워하며 한 발짝 뒷걸음질 쳤다. 그것을 본 나는 얼른 남자를 무서워하는 빌마를 감싸며 하르트무트와 대치했다.

"하르트무트, 내 고아원에서 빌마에게 허튼짓하면 가만 안 둬요."

양팔을 펼쳐서 빌마를 등으로 가리자, "허튼짓이라니요……."라며 하르트무트가 상처받은 표정을 지었다. 우리의 대화를 듣던 빌마가 키득거리며 웃었다.

"하르트무트 님, 로제마인 님의 훌륭한 업적을 말씀드리자면 얘기가 매우 길어집니다. 오늘은 시간이 없어 보이시니 조만간 정리해두겠습니다."

"그래, 신전과 고아가 말하는 로제마인 님의 성녀 전설을 기대하고 있으마."

"빌마, 대체 무슨 말을 꺼내는 거예요!?"

어째서 빌마가 하르트무트와 의기투합이라도 한 듯이 성녀 전설 얘기를 꺼내는 걸까?

'난 빌마를 보호해 줬는데. 이건 아니잖아.'

불안 요소는 있지만, 측근들은 대체로 신전에 좋은 인상을 받은 모양이다. 그건 안심했다.

평민과의 회의

    나의 측근이 신전에 출입하게 된 지 사흘 후의 오후에는 길베르타 상회와 플랑탱 상회, 길드장과 약속이 잡혔다. 나는 평민과의 회의에 문관이 동석하게 되어 긴장되는데, 하르트무트는 고아원 원장실로 가는 동안에도 들떠 보인다.

    "로제마인 님, 평민 상인과 어떤 이야기를 나눕니까?"

    "엔트비켈른을 시행한 뒤의 평민촌 상황을 듣는 것이 가장 큰 목적이에요. 그것 외에는 길베르타 상회에는 주문한 물품을 받고, 플랑탱 상회와는 구텐베르크가 다음에 갈 장소 얘기를, 길드장과는 다른 영지 상인의 수용 건에 관한 이야기를 나눌 예정이에요."

    하르트무트가 메모를 했고, 그 동작을 필린느가 따라 하는 것을 보며 나는 모니카와 니콜라가 정리해준 고아원 원장실로 들어갔다. 호위는 입구에 안게리카, 내부에는 다무엘과 코르넬리우스다. 레오노레와 유디트는 특훈이 있어서 이번에는 불참이다.

    2층으로 올라간 필린느와 코르넬리우스 그리고 하르트무트가 흥미진진하게 안을 둘러보았다.

    "가구 품질이 로제마인 님과 어울리지 않는 것 같습니다만……."

    왠지 모르게 못마땅해하는 하르트무트에게 나는 아무렇지 않은 표정으로 고개를 끄덕였다. 그도 그렇다. 전 고아원 원장은 중급 귀족 출신이었던 모양이다. 즉, 이곳의 가구는 중급 귀족의 격에 맞춘 물건인 셈이다. 평민 시절의 내게는 격이 너무 높았고, 영주의 양녀가 된 지금 입장에는 너무 낮다.

"내가 아버님의 지위를 몰랐던 무렵에 썼던 방과 가구니까 영주의 양녀가 된 지금에는 걸맞지 않겠죠. 하지만 지금은 평민들과 대화할 때만 쓰고 있어서 굳이 바꿀 필요도 없어요."

"평민에게 격이 다름을 깨우치게 하려면 가구를 싹 교체해야 합니다."

영주의 양녀에게 걸맞은 물건으로 바꾸라고 해도 그 돈은 대체 어디서 나오는가. 매일 쓰는 물건도 아닌데 아까워서 도무지 교체하고 싶은 마음이 생기지 않았다.

"하르트무트, 여기서 만나는 평민은 내 지위를 알고 있어요. 게다가 귀족이 평민의 부자, 빈민, 직할지에 사는 농민, 장인까지 통틀어서 같은 평민으로 보듯이 평민에게도 난 한 명의 귀족에 불과해요. 가구를 바꾼들 무슨 의미가 있겠어요. 자주 쓰지도 않는 가구를 바꿀 돈이 있다면 더 중요한, 다른 곳에 쓸 거예요."

"더 중요한…… 다른 곳이요?"

하르트무트는 격에 맞는 방으로 꾸미는 데만 집착하느라 '다른 것' 이 떠오르지 않는 모양이다.

"책을 산다든지, 인쇄기를 늘린다든지, 도서관을 세우는 비용에 보탠다든지, 새로운 책장 개발비에 쓴다든지, 돈을 의미 있게 쓰는 방법은 얼마든지 있잖아요. 새로운 유행을 만들려면 연구비에도, 인재를 키우는 데도 돈이 들어요. 가구보다 훨씬 중요하죠."

"로제마인 님, 귀족이 자신에게 걸맞은 환경을 갖추는 건 아주 중요한 일입니다."

코르넬리우스가 쓸쓸하게 웃으며 하르트무트의 편을 들었다.

"자신에게 걸맞은 환경을 만들라는 말이죠? 알았어요. 영주의 양녀에게 걸맞은 도서관을 세울 수 있게 악착같이 절약해서 계속 책을 구입하도록 힘쓸게요."

"도서관 얘기가 아니지 않습니까."

"어머, 난 현명한 소비에 대해서 말하고 있는 거예요."

아무리 코르넬리우스가 열심히 설명해 봤자, 달리 중요한 쓰임새가 떠오르지 않는 데다가 가구를 바꿀 생각도 없다. 하지만 가구 하나로 불평하는 귀족 측근들을 보고 있자니, 오늘 평민과 제대로 얘기나 나눌 수 있을지 매우 불안해졌다.

고아원 원장실의 가구 교체 얘기에 얼떨떨해할 때 프랑이 준비한 차 세트를 들고 2층으로 올라왔다.

"로제마인 님, 곧 손님들이 도착합니다."

프랑의 목소리에 응하듯 문 앞에 있는 안게리카가 손님의 도착을 알리며 문을 열었다. 정문까지 마중을 나가 있던 길이 모두를 데리고 2층으로 올라왔다. 구스타프와 프리다와 그들의 시종, 벤노와 마르크와 루츠, 오토와 투리와 테오가 보였다.

"물의 여신 플류트레네의 청아한 강물의 인도에 의한 만남에 축복을 내려주시길."

처음 보는 귀족이 늘어난 것을 보고, 선두에 선 구스타프가 특별히 더 공손하게 인사했다. 측근들이 그에 대답한 후, 나는 자리를 권했다. 자리에 앉는 사람은 각 상점의 대표인 구스타프와 벤노와 오토 세 사람뿐이다.

"영주 회의에서 논의한 끝에 예상대로 중앙과 클라센부르크와 거래를 트게 됐어요. 다른 영지 상인을 구별할 때 쓸 감합지는 상업 길드에 전달할게요."

나는 하르트무트를 시켜서 중앙과 클라센부르크에 준 감합지의 반쪽을 내밀었다. 각 영지 색깔에 맞춰서 중앙은 검정, 클라센부르크는 빨강이다. 이렇게 쉽게 구분할 수 있게 된 것도 색깔 잉크를 만들어 준 하이디 덕분이다.

나는 감합지 끄트머리를 조금 찢어서 사용 방법을 설명했다.

"이 종이는 작은 조각이 큰 조각으로 모이는 성질이 있어요. 상인이 가져온 조각이 실제로 이동하는지 확인하세요. 각 상인에게 나눠주는 종잇조각은 이 판자보다 커야 한다고 지정해둬서 기존 종이에 여덟 조각까지가 한계입니다. 자연히 상인의 숫자도 제한되죠. 너무 작은 종잇조각은 위반이니까 거래하지 않아도 돼요. 무슨 일이 있으면 이쪽에서 대처할게요."

"평민도 쓸 수 있는 마술구입니까? 그거 편하군요."

구스타프가 조심스럽게 감합지를 집어서 시종에게 넘겼다. 그가 조심스레 챙겨 넣는 모습을 시야 끝으로 보면서 나는 평민촌의 상황을 물었다.

"평민촌 상황은 어때요? 다른 영지 상인이 방문해도 부끄럽지 않게 청결을 유지할 수 있겠어요?"

엔트비켈른과 광역 바셴으로 마을을 깨끗이 정비하긴 했지만, 그곳에서 생활하는 평민들이 주의를 기울이지 않으면 눈 깜짝할 새에 도로 아미타불이다. 구스타프가 웃으며 고개를 끄덕였다.

"통지를 받은 날, 저는 상업 길드 안에서 창문으로 마을을 내려 보고 있었습니다만, 정말 충격에 말이 안 나오더군요. 하늘에 이상한 빛이 떠오른다 싶더니 갑자기 창문과 문이 덜컹거릴 정도로 어마어마한 물벼락이 쏟아져 내렸으니까요. 창문에서 떨어지려고 몸을 움직인 순간에 이미 물은 귀신처럼 사라졌고, 마을의 길이며 건물이 귀족가처럼 온통 하얀색이 되어 있지 뭡니까. 이야, 사전에 듣긴 했지만, 영주님의 힘은 정말 대단하십니다."

'응? 그건 양아버님이 고생한 엔트비켈른이 아니라 신관장님의 광역 바셴을 말하는 것 같은데?'

눈에 띄지 않는 땅 밑을 움직인 엔트비켈른보다 마을을 단숨에 깨끗하게 바꾼 바셴이 평민들에게 큰 인상을 남긴 모양이다.

'아무렴 어때. 영주 일족의 노력으로 평민촌을 깨끗하게 만든 사실에는 변함없지……'

"상업 길드와 병사들의 통달이 동시에 퍼져서 거리에는 사람이 아무도 없는 상태였습니다. 마술로 인해서 무슨 사고가 있었다는 얘기는 듣지 못했습니다."

'다행이야. 엔트비켈른에 휘말려서 사라지거나 바셴 때문에 익사하거나 심장이 멈춘 사람은 없었나 봐.'

"평민촌 남쪽에서는 창문과 문 틈새로 물이 새어 들어와서 집안까지 깨끗해진 곳도 있었다고 합니다."

벤노가 루츠에게 의미심장한 시선을 보내며 말했다. 내가 "무슨 일이 있었어요?"라고 흥미를 보이며 묻자, 루츠가 곤란한 듯 시선을 피했다.

"집안에 물에 잠긴 부분만 깨끗해졌다고 합니다. 제 어머니는 그 부분을 보고, 애초에 창문을 열어놨으면 집 안 전체가 깨끗해졌을 거라며 아쉬워하셨습니다."

창문을 활짝 열어젖히고 바셴을 기다리는 칼라의 모습이 떠올라서 웃음이 터질 뻔했다. 그녀의 덩치라면 거센 바셴에도 굳건하리라.

"공교롭게도 대규모 마술이라 항상 할 수 있는 일이 아니라고 당신 어머님께 전해 주세요. ……그건 그렇고, 깨끗한 상태를 유지할 수 있겠어요?"

내가 묻자, 오토의 뒤에 서 있던 투리가 자랑스럽게 미소를 지었다.

"그건 이미……. 제 아버님을 비롯한 병사들이 꼼꼼히 주의하며 마을 전체를 돌고 있어서 지금은 북쪽에서 남쪽까지 아름다운 거리를 보실 수 있습니다."

핫세에서 아빠와 병사들과 직접 얘기를 나누길 잘했다. 병사들이 노력하는 모습이 쉬이 떠올라서 나는 후후 웃었다.

"그 말을 들으니 안심되네요. 또 걱정거리가 하나 더 있어요. 타지에서 에렌페스트로 오는 상인이 단숨에 늘어나게 될 텐데 숙소나 식당은 충분한가요?"

"지금까지는 격이 높은 숙소가 딱히 필요 없었기 때문에 부족합니다만, 그렇다고 갑자기 늘릴 수도 없는 노릇입니다. 그래서 올해는 큰 상점에서 환대하기로 하고, 그 상점 주인들에게 상인을 재울 준비를 하라고 공지를 낸 상태입니다. 영주님께서 상인을 어느 정도 제한해 주신 덕분에 숙박업소와 상인들이 협력하면 어떻게든 해결될 것 같습니다."

구스타프가 말하길 다른 영지에서 오는 상인을 환대할 식당으로 이탈리안 레스토랑을 이용하겠다고 한다. 마침 영주 회의에서 새로운 요리를 퍼트린 참이라 잘됐다고 생각할 때 이탈리안 레스토랑의 경영에 참여하는 프리다가 손을 들었다.

"로제마인 님, 시간이 허락된다면 이탈리안 레스토랑을 방문해 주십시오. 다른 영지 상인들을 맞이해도 문제가 없는지 공동 투자자이신 로제마인 님께서 한 번 확인해 주시면 저희도 안심할 수 있을 것 같습니다."

프리다는 또랑또랑한 말투로 새로운 메뉴 확인과 큰 상점의 주인장들에게 한마디씩을 부탁했다. 내 한마디로 그들의 협력 태도가 싹 달라진다고 했다.

"영주의 양녀이신 로제마인 님께 직접적으로 요청하다니 무례하다."

그런 요청은 귀족도 하지 않는다며 하르트무트가 엄격하게 말했다. 그 순간, 귀족의 화를 샀다고 생각했는지 회의 분위기가 얼어붙었다. 나는 뒤에 있는 하르트무트를 째려보았다. 앞으로는 인쇄업 회의에도 귀족이 참여하게 된다. 이런 귀족의 높은 코는 초반에 꺾어놓지 않으면 회의를 하는 의미가 사라지고, 평민들을 지키기 어려워진다.

"난 평민에게 직접 요청을 들으려고 이 자리를 마련했어요. 회의의 취지를 이해하지 못하고 방해하는 측근 문관은 아무리 상급 귀족이라 할지라도 앞으로 동석 못 하게 할 거예요."

"로제마인 님의 생각을 헤아리지 못해 송구합니다."

하르트무트가 곧바로 사과하기에 거기까지만 하고, 나는 프리다를 돌아보았다.

"올 여름은 다른 영지 상인들의 접대뿐만 아니라 큰 상점 주인들의 협력을 받아야 할 일이 많네요. 그들을 설득하는 것 정도는 문제없어요. 빨리 시간을 내서 신관장님의 허가를 받고, 이탈리안 레스토랑을 방문할게요."

"감사합니다. 부디 새로운 메뉴를 기대해 주십시오."

프리다가 기쁜 듯이 웃었다.

"프랑, 일정상 언제쯤 여유가 생길까요?"

"지금부터 봄 성인식이 열리기 전까지나 여름 세례식부터 성결식 전까지 둘 중 하나입니다. 상인들이 오기 전이 좋으시다면 당장에라도 신관장님께 면담 의뢰를 하겠습니다."

이탈리안 레스토랑에서 대형 상점 주인에게 협력을 의뢰하는 김에 평민촌을 시찰하러 간다고 하면, 재미있겠다며 질베스타까지 따라올지도 모른다. 그렇게 생각한 순간, 뭔가가 머릿속을 스쳤다.

"프리다, 요리사 육성을 부탁해도 될까요? 양아버님께서 다음 겨울까지 궁중요리사를 늘리고 싶어 하세요. 내 레시피를 만들 수 있는 사람을 원할 테니까 몇 명을 빼돌릴 우려가 있어요. 늦기 전에 후임이나 희망자를 육성하세요."

질베스타는 영주 회의 때 요리사가 부족하다고 했었다. 내 레시피를 만들 수 있는 요리사를 빼돌리려고 한다면 그 첫 번째 타깃은 이탈리안 레스토랑일 터였다.

"알겠습니다. 즉시 대처하겠습니다."

프리다가 진지한 표정으로 서자판을 펼쳐서 곧바로 예정을 메모했다.

이탈리안 레스토랑에 관련된 의논이 끝나고, 나는 프리다에게서 플랑탱 상회 멤버들에게로 시선을 돌렸다. 아마 나의 왼쪽 뒤에 서 있는 하르트무트와 필린느도 시선을 돌렸으리라. 벤노와 루츠와 마르크가 등을 꼿꼿이 세웠다.

"플랑탱 상회에는 인쇄업 얘기를 할게요. 그레첼에서 준비를 마쳤대요."

"그레첼에서 인쇄를요? 제지 공방보다 인쇄업 준비가 먼저 될 줄은 몰랐습니다."

벤노가 눈을 크게 떴다. 하지만 내가 "그레첼은 하르덴첼과 사이가 좋아서 협력을 받았다네요."라고 말하자 납득한 듯 고개를 재차 끄덕였다.

"그레첼에서는 하르덴첼과 달리 제지 공방까지 예정되어 있어요. 인쇄 협회뿐만 아니라 식물지 협회 설립도 준비해야겠죠."

내가 그렇게 말하자, 마르크와 루츠가 서자판에 기록하기 시작했다. 메모할 시간을 주기 위해 나는 우측에 서 있는 길을 올려다보았다.

"길도 로제마인 공방에서 보낼 인원을 정해서 준비하도록 하세요."

"이미 로제마인 님의 지시에 따라 조를 나눠놓았기 때문에 언제 소집해도 문제없습니다."

"어머나, 역시 내 시종은 믿음직스럽네요."

후후 웃으며 칭찬하자, 길이 흐뭇해하며 입꼬리를 씩 올렸다. 평소에는 지금보다 기쁜 감정을 더 드러내지만, 귀족이 많은 이 자리에서는 그것도 어려운 모양이다.

"앞으로 영주 일족과 문관이 최종 확인을 하러 갈 거고, 합격하면 구텐베르크를 보낼 거예요. 소집하면 바로 이동할 수 있게 준비하라고 연락하세요. 올해도 수확제 전까지 일정을 끝낼 예정이에요."

"알겠습니다. 이번에는 어떻게 이동하실 겁니까?"

벤노가 적갈색 눈으로 나를 힐끗 보았다. 마차 여행은 개고생이었다며 온갖 불평불만을 했으니까 '제발 기수를 타고 가게 해줘'라고 말하는 눈빛임이 틀림없다. 이동이 길어질수록 식비나 숙박비 등의 비용도 몇 배나 더 들어간다. 그레첼에는 브륀힐데도 동행하므로 나도 참여해야 했다. 구텐베르크를 기수에 태우고 가는 건 아무 문제가 없다. 인쇄업을 보급하고 싶은 사람은 나니까 최대한 협력할 생각이다.

"내 기수로 이동하죠. 그렇게 알고 준비하세요."

"감사합니다. 그거 정말 다행입니다."

안심한 듯 벤노가 감사의 말을 했다. 그러고는 뒤를 돌아 "……루츠, 핀 시작품을 드려라."라고 지시했다. 루츠가 들고 있던 상자에서 천으로 싼 안전핀을 꺼내어 공손한 동작으로 내 앞에 내밀었다.

"로제마인 님, 이것이 '안전핀' 시작품입니다. 요한의 제자인 다닐로가 만들었습니다. 이 정도로 만족스러우시다면 주문 개수에 맞춰 제작에 들어가겠다고 합니다."

나는 루츠가 내민 안전핀을 집어서 이쪽저쪽을 돌려보고, 꽂다 뺐다 하며 상태를 확인했다. 안전핀은 주문대로 세세한 부분까지 완벽했다. 괜히 요한의 제자라고 불리는 것이 아닌 모양이다.

"잘 만들었네요. 다닐로에게 개수대로 만들라고 하세요."

내가 "다닐로에게도 구텐베르크 칭호를 내릴까?"라고 중얼거리자, 루츠가 천천히 고개를 저었다.

"금속 활자도 못 만들면 꿈도 꾸지 말라고 요한이 그랬습니다."

"원조 구텐베르크라서인지 일에 엄격하네요. 다닐로가 하루빨리 요한의 합격을 받기를 손꼽아 기다리고 있겠다고 전해 주세요."

내가 웃으며 그렇게 말하자, 루츠도 비취색 눈을 가늘게 뜨며 고개를 끄덕였다.

"알겠습니다. 꼭 전하겠습니다. 그리고 현재 로제마인 공방에서 제작한 서식 용지 말입니다만, 이걸 평민촌에서 먼저 사용해도 문제없겠습니까?"

다른 영지 상인이 왔을 때 혼란이 일지 않도록 서식을 통일한 서류를 말한다. 먼저 플랑탱 상회에서 편리성을 시험해 본다고 길에게 보고를 받았었다. 최대한 빨리 상업 길드에도 도입해서 다른 영지의 상인이 몰려오기 전에 직원들이 그 형식에 익숙해져야만 했다.

"문제없겠죠. 나도 견본을 구매해서 성에서도 쓸 수 있을지 양아버님과 협상할게요. 마르크, 플랑탱 상회에서 시범적으로 사용해 본 감상은 어떻던가요? 조금은 일하기 편해졌나요?"

"네. 서류 형식만 통일했을 뿐인데도 굉장히 작업이 수월해졌습니다."

마르크가 깊은 미소를 짓자, 그 옆에서 루츠도 연신 고개를 끄덕였다. 플랑탱 상회에서 작업이 편해졌다면 상업 길드에서도 쉽게 받아들이리라.

"이번에는 다른 영지 상인을 상대로 쓰려고 만들었지만, 쓰기 편하다면 다른 서식 제작도 고려해 보면 좋겠네요."

"서식을 통일할 거라면 중소 상점의 상인들도 쉽게 쓸 수 있게 가격을 낮춰야 합니다. 제지 공방을 더 늘려도 좋지 않을까 생각됩니다."

목패를 사용하는 상인이 더 많을 정도다. 자신들이 편하게 쓰려면 가격을 최대한 낮춰야 한다며 벤노가 눈을 반짝였다. 나를 보고 '성급하다'라고 하지만, 벤노도 자기 이익을 챙길 때만큼은 엄청 성급하다.

"인쇄업을 보급하려면 단연 제지 공방을 늘려야 하지만, 얼마나 늘릴 수 있을지는 파견할 장인의 숫자에 달렸어요. 당장은 힘들겠죠."

"로제마인 님의 말씀대로 종이 제작 방법을 익히려면 시간이 걸립니다, 주인님."

일크너와 하르덴첼에 가서 현지 사람에게 기술을 가르치고 온 루츠의 말에 벤노가 "그랬었지."라고 조그맣게 중얼거리며 한숨을 쉬었다.

나는 조그맣게 웃은 뒤 플랑탱 상회에서 길베르타 상회 멤버로 시선을 옮겼다. 오토와 투리와 테오다. 투리가 기쁜 듯 미소를 지으며 손에 든 상자 뚜껑을 아주 살짝 열었다. '머리 장식 들어 있어'라는 무언의 행동에 나는 고개를 까딱거렸다.

"여름용 머리 장식이 완성됐다면서요? 투리, 보여줄래요?"

"여기 있습니다. 부디 봐주십시오."

투리가 살며시 상자를 내밀어 조심스럽게 뚜껑을 열었다. 내 등 뒤에서 대기하던 필린느가 흥미를 보이며 상체를 슬쩍 내미는 기척이 느껴졌다.

상자 속에는 여름 귀색인 파랑을 베이스로 끝으로 갈수록 점차 색깔이 하얗게 빠지는 그러데이션이 아름다운 커다란 꽃잎 두 장이 눈에 들어왔다. 꽃 주변을 여러 종류의 이파리가 둘러싸고 있고, 머리에 꽂으면 차르륵 떨어지는 연두색에 가까운 이파리도 보인다. 내 파랑 계열 머리카락에 어울리는 파란색 꽃을 만드는 건 무척 어려운 작업이었다고 한다. 투리가 얼마나 고민하며 만들었는지 느껴졌다.

"로제마인 님, 어떠세요?"

싱긋 웃는 투리가 '잘 만들었지?'라고 말하는 것처럼 보였다. 나는 살짝 몸을 비틀어서 고개를 돌렸다.

"투리, 달아 주겠어요?"

"알겠습니다."

하르트무트와 필린느가 몇 걸음 뒤로 물러나서 공간을 만들었다.

그곳에 투리가 긴장한 표정으로 머리 장식을 들고 왔다. 이미 머리에 달려 있는 장식을 뽑고, 새로운 머리 장식을 꽂았다. 아래로 떨어진 이파리 부분이 귓가에서 찰랑거린다.

"필린느, 어때요?"

내가 이 자리의 유일한 여성 측근인 필린느에게 감상을 묻자, 동시에 투리가 가슴 앞에서 두 손을 꼭 쥐었다. 평소에는 나 혼자 결정해서 구매했기 때문에 필린느의 반응을 기다리는 투리가 바짝 긴장하는 것 같았다.

필린느는 머리 장식을 들여다보고, 상하좌우로 확인하더니 부드럽게 웃었다.

"매우 아름답습니다, 로제마인 님."

투리도 안심한 모양이다. 어깨의 힘을 빼고, 활짝 미소를 지었다. 나는 머리 장식을 다시 제자리로 돌려놓게 하고, 투리와 오토를 번갈아 보며 새로운 머리 장식을 살포시 만졌다.

"그럼 여름용 머리 장식은 이걸 살게요."

"감사합니다. 그리고 이 머리 장식에 맞춘 의상도 제안하고 싶습니다. 머리 장식을 만든 투리가 원안을 생각했고, 코린나가 살짝 손을 본 의상입니다. 어떠십니까?"

오토가 보여준 것은 투리가 처음으로 디자인한 의상안이었다. 내가 평민 세례식 때 입었던 예복의 화려한 버전이라고 하면 이해하기 쉬우리라.

수정에 수정을 거듭해서 만든, 옷단을 집은 벌룬형 치마가 겨울에 평이 좋았기에 그 디자인을 도입한 오프숄더 의상이었다. 가슴 부분의 주름은 레이스가 사용되었고 머리 장식에 맞춘, 하지만 조금 더 크기가 작은 꽃이 가슴에 달려 있다. 그리운 모습이 남아있는 디자인이 나는 첫눈에 마음에 들었다.

"조만간 길베르타 상회를 성으로 초대할 테니 이 디자인에 맞는 천 몇 가지를 가지고 오세요. 난 첫눈에 마음에 들었지만, 정식으로 주문하려면 양어머님과 어머님, 시종들의 의견도 들어야 하거든요."

내가 입는 의상은 유행을 좌우할 가능성이 크므로 플로렌치아와 엘비라에게 보여야 한다. 또 의상 선택에 힘을 쏟아붓는 리카르다나 브륀힐데의 생각도 중요하다. 즉시 '투리의 디자인이니까 사겠다'라고 밀어붙이고 싶지만, 그럴 수 없어 조금 답답하다.

"황송합니다. 그럼 연락을 기다리겠습니다."

오토가 미소를 지었고, 투리가 자신 있게 웃었다. 머리 장식뿐만 아니라 의상에도 도전하려고 열심히 공부하는 투리의 모습에 나도 매우 기뻐졌다.

'힘내, 투리.'

"그리고 이건 엘라를 위해 만든 머리 장식입니다. 두 가지 모두 어울리겠지만, 저는 엘라의 예복을 본 적이 없습니다. 로제마인 님은 알고 계십니까?"

투리가 꺼낸 것은 하양과 노랑으로 색깔이 다른 머리 장식이었다. 여러 작은 꽃들과 색깔이 다른 녹색 잎이 한가득 찰랑거린다. 솔직히 엘라의 예복은 나도 본 적이 없다. 봄에 태어났으니 녹색 귀색이 바탕이라는 건 알고 있지만.

투리가 어떤 녹색 의상에도 잘 어울리도록 머리 장식에 다양한 녹색을 넣었음을 알고, 나는 엘라의 머리카락에 어울리는 노란 꽃을 골랐다.

"이거로 할게요."

나는 내 길드 카드를 오토의 카드와 겹쳐서 엘라의 머리 장식 비용을 지불했다. 내 머리 장식과 의상은 페르디난드에게 돈을 받아 치러야 해서 후불이다.

"염색은 어때요? 장인들이 열심히 하고 있나요?"

"그렇지요……. 어느 공방에서나 기존 작업을 최대한 빨리 끝내고, 조금이라도 연구할 시간을 만들려고 하더군요. 아주 의욕을 불태우고 있습니다."

공방을 쭉 둘러보고 온 오토의 보고에 투리도 여러 번 고개를 끄덕였다. 염색 장인들이 활기를 띠었고, 특히 젊은 세대가 새로운 기술을 습득하려고 혈안이라고 한다.

"로제마인 님, 한 가지 묻고 싶은 것이 있습니다만, 괜찮겠습니까?"

구스타프가 오토를 힐끗거린 뒤 입을 열었다.

"길베르타 상회에서 염직 협회에 제의를 해왔습니다. 로제마인 님의 제안으로 염색물 행사를 크게 개최한다고 하던데……."

"네, 맞아요. 당신도 그랬지 않나요? 전속을 늘리라고요. 누구를 전속으로 삼을지 정하려고 각자 물들인 천을 보려는 거예요."

그는 전속이 적은 내게 구텐베르크 외에도 전속을 들이라는 말도 했었다. 게다가 이렇게 장인이 의욕적이라면 잘된 일이지 않은가. 의도치 않게 결정되어 버린 염색물 공모전이지만 엘비라와 플로렌치아, 브륀힐데가 의욕을 보이는 이상 멈출 수가 없다.

자신의 예전 발언을 꺼내자 구스타프의 눈이 살짝 가늘어졌다.

"로제마인 님께서 옛 기술도 부활하면 좋겠다고 하셨다던데, 그것은요?"

"물론 쇠퇴한 기술도 부활하면 좋지요. 한 가지 색깔로 물들이는 방법보다 다양하게 물들이는 방법이 있으면 좋잖아요. 난 그 다양성을 원해요."

턱을 어루만지며 "다양성이라."하고 중얼거리는 길드장의 뒤에서 프리다는 재미있어 하면서도 못 말리는 어린애를 보는 듯한 얼굴로 나를 보았다.

"로제마인 님의 말씀은 잘 알겠습니다. 하지만 옛 기술을 부활시키는 일은 간단하지 않아요. 특히 여름 막바지면 시간이 턱없이 부족합니다."

"물론 반년 만에 옛 기술을 완전히 재현할 거라고 생각하지도 않고, 부활시키라고 명령하는 것도 아니에요. 납결염색을 사용한 천으로 이번 겨울에 입을 의상을 만들고 싶을 뿐이에요. 길베르타 상회에서 염직 협회에 알린 기술을 어떤 식으로 쓸지는 염색 공방과 장인이 정할 일이라고 생각해요."

힌트를 줬으니 나머지는 본인들이 새로운 기술을 만들어내면 되는 셈이다.

"에렌페스트에도 과거에 훌륭한 기술이 있었으니까 이를 재평가하고, 이번에는 염색법을 기록으로 남겨서 기술을 보존하도록 염직 협회가 움직였으면 좋겠네요."

"기술 보존이요? 또 흥미로운 말씀을 하시네요."

프리다가 눈을 깜빡였고, 구스타프가 천천히 숨을 내쉬었다.

"그럼 무슨 일이 있어도 올해 여름 막바지에 개최하겠다는 말씀입니까?"

다른 영지 상인이 몰려와서 사상 초유의 혼란이 일어날지도 모르는 시기에 성가신 행사 열지 마, 라는 뜻인 줄은 알지만, 이것만큼은 나도 어쩔 수가 없다.

"처음에는 개인적으로 열 생각이었는데, 보호자들에게 보고했더니 양어머님부터 시작해서 상급 귀족 몇 명이 흥미를 보이더군요. 이미 내 의사로는 막을 수 없었어요."

모두가 눈알이 튀어나올 정도로 눈을 크게 뜨고, 일제히 나를 보았다. 벤노의 얼굴에는 '그런 말 없었잖아'라고 쓰여 있는 듯하다.

"……영주 부인부터 시작해서 상급 귀족분들까지요? 어마어마한 규모가 되겠군요."

"예상보다 일이 커진 건 알아요. 하지만 애초에 겨울 의상을 주문하려고 생각한 일이라 내년으로 연기할 순 없어요. 의상 제작 기간도 필요하니까 최대한 미룬다고 해도 초가을이 한계예요. 거기서 더 연기하면 이번에는 재봉사의 부담이 커질 거예요."

구스타프는 머리가 지끈거리는 듯한 얼굴로 천천히 숨을 내뱉었고, 인쇄로 엘비라에게 휘둘렸던 벤노는 먼 허공을 바라보았다.

"하지만 관점을 달리하면 나뿐만 아니라 다른 귀족에게 실력을 보여줄 좋은 기회예요. 나 혼자 보는 것보다는 염색 장인들도 의욕이 생기지 않을까요? 열 사람이 모이면 열 가지의 취향이 있으니까요."

카트르 카르의 시식회처럼 각자 마음에 든 작품에 표를 넣는 형식으로 간다면 주목도 받고, 전속을 따내는 장인도 많아지리라.

"상업 길드장은 여러 협회의 동향을 파악해야 해서 고생하겠지만, 대회는 염직 협회에 맡기고, 구스타프는 다른 영지의 상인을 대응하는 데 전력을 다하세요. 대회시기를 초가을로 미루는 방향으로 보호자들과 상의해서 개최 장소나 일정이 확실해지면 길베르타 상회를 통해 상업 길드와 염직 협회에 연락하도록 할게요."

최대한 일거리를 떠안지 말고 시키라는 말로 구스타프를 꼬드기고, 이번 회의를 끝냈다.

모두를 보내고, 나는 신전장실로 돌아왔다. 저녁 시간인 여섯 점 종까지 아직 시간이 남아서 한넬로레에게 빌린 책을 베끼고 싶었다. 프랑을 시켜 종이와 잉크를 준비하고 있을 때 하르트무트가 나를 보면서 중얼거렸다.

"회의 참가자들이 모두 서자판을 소지하고 있던데 그건 로제마인 님께서 주신 것입니까?"

"비싼 종이를 쉽게 쓰지 못하는 평민에게는 지울 수 있는 서자판이 매우 편리하거든요. 아마 내 시종과 구텐베르크를 통해서 평민촌에 퍼졌나 봐요. ……글을 쓸 줄 아는 사람이 적어서 범위는 한정적이겠지만요."

"로제마인 님께서 하사하신 물건이 아닙니까?"

"그건 신전이나 구텐베르크 일부뿐이에요. 어느 틈에 그렇게 퍼졌더군요."

그렇게 말하자, 하르트무트가 매우 부러운 표정을 지었다.

"하르트무트도 서자판이 갖고 싶으면 플랑탱 상회를 소개해 줄까요?"

"아닙니다. 저는 로제마인 님께 하사받고 싶습니다. 신전 시종과 구텐베르크에게 주신 물건이라면 로제마인 님의 신뢰를 받고 있다는 증거 아니겠습니까."

그 말에 나는 귀족 측근들에게는 특별히 하사한 물건이 없었음을 깨달았다.

"……서자판을 준다고 좋아하는 귀족 측근이 얼마나 있을지도 모르니까 이왕이면 다른 물건을 하사하는 편이 좋겠네요. 신관장님께도 여쭤보고, 한 번 생각해 보죠."

하르트무트의 눈이 기쁨으로 가늘어졌다. 이상하게 성녀 전설로 폭주하긴 해도 하르트무트가 우수하고, 도움이 되는 건 사실이다. 심부름하면 길을 칭찬했듯이, 귀족 측근들도 제대로 된 칭찬을 해줘야 하리라. 솔직히 말해서 평민촌과 신전에서는 필요한 물건을 선물하거나 그야말로 말로 칭찬해도 통했는데 귀족은 어떨지 잘 모르겠다. 나는 방에 있는 측근들을 둘러보았다.

"귀족은 어떻게 하면 칭찬받았다고 느끼나요?"

"저는 로제마인 님께 마력을 받고 싶습니다!"

안게리카가 첫 번째로 대답했지만, 슈팅루크가 탄생한 순간을 아는 다무엘과 코르넬리우스가 "페르디난드 님께서 금지하셨잖아!"라며 곧바로 반대했다. 이렇게 원한다고 다 주면 안 되는 점이 참 어렵다.

"어느 정도의 공적에 무엇을 줘야 마땅한지 신관장님께 여쭌 후에 정할게요. 멋대로 정했다가 또 혼나겠어요."

내 말에 코르넬리우스가 "그게 중요하지요. 페르디난드 님의 설교는 시작하면 끝이 안 나거든요."라며 웃었다.

"전 로제마인 님께서 주시는 것이라면 뭐든지 좋습니다."

그런 귀여운 말을 하는 필린느에게는 뭐든지 다 퍼주고 싶다.

'그래. 신관장님한테 물어본 뒤에 해야겠지? 기분에 따라 아무거나 주면 분명 화낼 거야.'

그런 대화를 나누는 사이에 사본 작업 준비가 끝난 모양이다. 나와 필린느는 한넬로레에게 빌린 책을 부지런히 베꼈다. 필린느는 원본 그대로, 나는 요즘 쓰는 말로 고치면서.

"……이 책은 표현이 너무 오래되어서 어렵네요. 로제마인 님은 어떻게 그렇게 술술 읽으시나요?"

"제일 처음 읽은 책이 성전이었고, 신전에 있는 책은 절반이 옛날 표현을 쓰니까 익숙해져서 그래요. 이 사본은 필린느에게 좋은 공부가 되겠네요."

"열심히 하겠습니다."

사본을 뜨는 나와 필린느 옆에서 혼자 뭔가 글을 쓰고 있는 하르트무트가 눈에 들어왔다.

"하르트무트는 뭐 하고 있어요?"

"제 연구를 진행하고 있습니다. 새로운 사실이 이것저것 밝혀졌거든요."

'그거 설마 내 연구? 그만해!'

막으려는 내 의도를 눈치챘는지 하르트무트가 펜을 놓고 나를 보았다. 그 표정이 어찌나 진지한지, 나도 모르게 뻗은 손을 멈췄다.

"그건 그렇고, 로제마인 님께서 평민과 그런 대화를 나누고 계시는 줄도 모르고 당황했습니다."

대체로 귀족과 평민의 대화는 귀족의 명령으로 끝난다. 견습 문관으로서 성에서 다른 문관들과 일했었던 하르트무트에게 평민은 알현실에 와서 가만히 명령을 듣는 존재에 지나지 않았던 모양이다.

"성에서는 하급 귀족을 상대로도 그런 식으로 의견을 듣고 보고하지 않습니다."

"그거 때문에 정말 곤란해요. 귀족은 아랫사람을 조금 더 배려해야 해요."

그 말에 하급 귀족인 필린느는 기쁜 듯이 나를 바라봤지만, 상급 귀족이면서 항상 배려를 받는 존재인 하르트무트는 영 이해 못 한 표정을 지었다. 같은 귀족이라도 이렇게 반응이 다르다. 뭐라고 말해야 전해질까. 나는 궁리했다.

"유행을 만드는 건 귀족이지만, 그 상품을 만들어 내는 건 평민이에요. 열심히 만든 유행을 다른 영지에 퍼트리고 싶다면 반드시 평민과 연계해야 하죠. 그걸 어영부영 넘기면 에렌페스트는 평생 하위 영지에서 못 벗어나요. 분명."

"그럴까요?"

"귀족이 유행을 생각하고 평민이 만든다고 치면 귀족은 생각하는 머리이고, 평민은 실행하는 손발인 셈이잖아요. 명령만 하며 무모한 방식으로 평민을 잃기라도 하면 그다음은 귀족이 못 움직이게 되지 않겠어요?"

내 말에 하르트무트가 곰곰이 생각에 빠졌다.

"구텐베르크를 비롯한 오늘 회의에 참여한 자들은 모두 나의 손발이에요. 그들이 아니었다면 식물지는 만들지 못했을 테고, 카트르 카르, 카루타, 트럼프도 태어나지 못했어요. 요리와 과자를 만드는 사람도 평민들이에요. 나는 생각만 할 뿐이고, 뭐든 실행에 옮기는 건 그들이죠. 그러니까 다른 귀족이 구텐베르크를 망치는 건 내 손발을 자르는 것과 마찬가지예요."

'그러니까 함부로 건들면 절대 가만 안 놔둘 줄 알아.'

내가 그런 의미를 담아 싱긋 웃자, 하르트무트는 그 의미를 똑똑히 읽은 모양이다. "알겠습니다. 로제마인 님의 손발을 다른 문관이 자르지 못하게 철저히 지켜보겠습니다."라며 미소를 지었다.

"문관들도 평민과 보조를 맞추지 않으면 큰 발전을 기대할 수 없다는 걸 깨달았으면 좋겠지만, 이미 박혀버린 사고방식을 바꾸긴 어렵겠죠."

내가 살짝 한숨을 내쉬자, 하르트무트가 굳은 표정으로 동의했다.

이탈리안 레스토랑에 가자

다음 날 나는 페르디난드에게 올릴 회의 보고를 프랑에게 맡기고, 신전에서 시간을 보냈다.

아침을 먹은 후에 엘라를 불러서 "결혼 축하 선물이에요."라며 머리 장식을 줬더니 엘라는 감격에 겨워 울음을 터트렸고, 로지나와 페슈필 연습을 할 때 신전에 온 필린느는 감탄을 하질 않나, 봉납 가무 연습을 할 때 하르트무트에게 "봉납 가무로는 축복이 안 나갑니까?"라는 질문을 받는 등 평소와 같으면서도 조금 다른 시간을 보냈다.

세 점 종이 울리자, 견습 문관과 호위 기사를 이끌고 신관장실에 업무를 도우러 갔다. 페르디난드가 문 앞을 사수하는 안게리카를 제외한 호위 기사에게 일거리를 분담한 뒤 나를 불렀다.

"로제마인, 프랑에게 보고를 받았다. 의상을 주문하러 잠깐 성에 돌아갈 테냐?"

"여름 의상이니까 서두르지 않으면 완성됐을 때 이미 여름이 끝나 버리는걸요. 그리고 양어머님과 어머님께 염색물 공모전에 관한 얘기도 해야 해서요."

"흠. 그래, 알겠다. 그리고 평민 상인들을 설득하러 이탈리안 레스토랑에 가겠다고 하던데…… 그대를 풀어놓으면 위험한 데다 또 엔트비켈른을 시행한 평민촌 상황도 궁금하니 이번에는 나도 동행하겠다."

"그냥 새로운 메뉴가 먹고 싶어서 그러는 거 아니에요?"

토드를 통해 판 레시피 외에는 페르디난드에게 가르쳐주지 않았다. 이탈리안 레스토랑 메뉴가 궁금한 것이 틀림없다. 페르디난드는 한쪽 눈썹을 씰룩거릴 뿐 아무 대답이 없었다. 하지만 부정하지 않는 그 태도로 대답을 알 수 있었다.

"내가 가는 건 결정됐지만, 질베스타에게는 비밀로 해라. 조금이라도 새어나가면 보나 마나 따라와서 일을 크게 만들 거다."

"영주가 직접 호소하면 상인들의 의욕도 엄청 치솟을 텐데요……."

"봄의 성인식 전에 갈 게지? 지금은 웬일로 밀린 업무를 처리하고 있으니 건드리지 않는 편이 좋아."

페르디난드는 무슨 일이 있어도 질베스타의 방문을 막고 싶은 모양이다. 질베스타가 오면 일이 커지니까 비밀로 하자는 말에는 대체로 찬성이다.

"그리고 고아원 원장실의 가구를 교체하느냐 마느냐, 하는 얘기다만……."

프랑이 하르트무트의 의견도 착실히 보고한 모양이다. 쓸데없는 데 돈 쓰고 싶지 않은데, 라고 생각할 때 페르디난드가 "원장실은 그대로 놔둬도 된다."라고 했다.

"성의 문관을 불러 회의할 때는 귀족을 고아원까지 부를 필요 없이 정면 현관에서 적당히 가까운 귀족 구역의 방을 쓰면 된다. 게다가 귀족과 청색 신관이 어떻게 접촉할지 모르지 않느냐. 내 눈이 닿는 범위에만 문관의 입장을 허가할 생각이다."

"가구를 교체하지 않아도 된다면 저는 그거로 좋아요."

"그래. 회의용 방도 전 신전장이 썼던 가구를 쓰거라."

절약 정신은 중요하죠, 하고 내가 동의하자 페르디난드가 어이없다는 표정을 지었다.

"고아원 원장실만 특별히 내버려 두는 것이다. 그대는 영주의 양녀니까 그 격에 맞는 가구를 준비해야 한다는 점은 똑똑히 머리에 새겨 두어라."

알겠어요, 라고 대답한 내게 페르디난드는 "그 준비는 결혼할 때나 하겠군."이라고 말했다. 그건 아직 한창 나중의 얘기다.

"신관장님, 추가로 질문이 있는데요. 측근에겐 어떤 포상을 주면 좋을까요? 신전 시종과 구텐베르크에겐 서자판이나 옷을 줬고, 고아들이 열심히 하면 식사에 디저트를 끼우거나 요리 하나를 추가해 줬는데 귀족 측근에게는 뭘 줘야 할지 생각이 안 나요."

여성이라면 색깔별 머리 장식이나 신작 린샴도 괜찮겠고, 앞으로 만들 새로운 염색 천도 좋을지 모른다. 하지만 남성에게 하사할 물건이 좀처럼 떠오르지 않았다.

"일하는 만큼 보수를 주고 있는데 어지간한 공이 아니고서야 포상이 필요하겠는가?"

영주 일족의 측근이라는 명예를 내려줬으니 내가 주인으로서 걸맞게 행동하는 것이 가장 중요하다고 한다.

"……신전 시종과 차별하는 것 같아서요……. 만약에 높은 공을 세우면 어떤 포상을 주나요?"

"문장이 들어간 물건이다. ……아무나 쉽게 주는 물건이 아니니까 주고 싶어졌을 때 반드시 주변에 상담하도록."

네 점 종까지 업무를 돕고 점심을 먹은 뒤, 나는 오트마르 상회의 프리다 앞으로 편지를 썼다. 이탈리안 레스토랑에 가도 된다는 허가를 받았지만 페르디난드라는 보호자가 동행한다는 점, 각자 호위 기사 두 명과 시종 한 명을 데리고 가는 것, 동석하는 다른 손님의 정보를 달라고 썼다. 성에서 신전으로 돌아왔을 때 몸 상태가 나빠져도 일정에 지장이 없게끔 닷새 후부터 봄의 성인식이 열리기 사흘 전 사이로 그쪽에서 편한 날을 지정해 달라고 했다.

"길, 이걸 오트마르 상회에 보내세요."

편지를 길에게 부탁하고, 나는 측근들을 데리고 성으로 돌아갔다.

길베르타 상회에 새로운 의상을 주문할 생각이라고 리카르다에게 전했더니 뛸 듯이 기뻐했다.

"세상에나! 공주님이 자진해서 의상을 주문하겠다고 하신 적은 처음이지 않습니까?"

의상에 관련해서는 모조리 시종에게 떠맡기고, 항상 '아무거나 좋다'라는 식이었던 내가 의상에 관심을 보인 것이 리카르다에겐 기쁜 일인 모양이다.

"플로렌치아 님과 엘비라 님께도 말씀을 올려서 옷을 맞추도록 합시다."

2년간 잠든 사이에 열 살이 되어 치마 기장이 바뀌어 버린 탓에 키가 그대로라도 입을 옷이 없었다. 한꺼번에 여름옷을 주문하기 위해 길베르타 상회를 비롯한 플로렌치아와 엘비라의 전속 재봉사도 부르기로 했다.

이틀 후에 재봉사들을 호출해서 의상 주문을 하게 되었다. 그날은 플로렌치아와 엘비라와 샤를로테가 함께 의상을 골라주기로 했다. 아차 하는 사이에 염색물에까지 손을 댄 내가 또 갑자기 이상한 유행을 만들지 못하게 철저히 감시하기 위해서란다. 사후 보고로는 부족한 모양이다.

'괜히 미안하네. 즉흥적으로 생각나서 그랬지, 악의는 없었어.'

당일에는 코린나를 비롯한 길베르타 상회의 재봉사가 몇 명이나 찾아왔지만, 그 속에 투리의 모습은 없었다. 궁중 예절을 배우려고 노력 중이지만, 아직 성에 출입할 만큼은 아닌 모양이다. 나는 아쉬워하며 코린나가 펼친 투리의 디자인을 가리키면서 "여름에 이 의상을 입고 싶어요."라고 플로렌치아와 엘비라에게 호소했다.

겨울에 사용한 벌룬형 치마가 귀여웠다는 이유를 들자, 플로렌치아와 엘비라와 샤를로테가 디자인을 응시하며 잇달아 수정안을 내놓기 시작했다.

"이쯤에 장식이 더 있어야겠네요. 좀 허전해 보여요. 그리고 가슴에 다는 꽃장식은 이거로 괜찮은데 치마 꽃장식은 조금 더 커야 하지 않을까요?"

"색깔은 무슨 색이 좋을까요? 여름이니까 역시 파란색이겠죠?"

"언니의 머리카락 색깔이 돋보이도록 하늘색이 좋을 것 같아요. 거기에 하얀 레이스를 많이 넣으면 시원해 보일 거예요."

귀족답게 천과 레이스를 잔뜩 넣게 되었지만, 기본 디자인이 통과해서 안도의 한숨을 내뱉었다. 퇴짜 맞지 않아 다행이다.

투리가 디자인한 시원해 보이는 하늘색 의상 주문이 끝나자, 또 다음 디자인을 시종들이 고르기 시작했다. 여기서는 브륀힐데가 의욕을 보이며 리카르다와 둘이서 이것이 좋다, 저것이 좋다 하고 진지하게 디자인을 골랐다. 그런데 차를 돌리는 리젤레타가 전혀 의상 팀에 다가오지 않는 것을 보고 나는 고개를 갸웃거렸다.

"리젤레타는 의견을 내지 않네요. 의상에는 별로 관심이 없나요?"

"저는 겨울 의상을 주문하실 때를 벼르고 있습니다. 로제마인 님의 의상과 슈바르츠와 바이스의 의상에 통일감을 줄 거거든요."

겨울은 절대 양보하지 않을 거예요, 라며 리젤레타가 활짝 웃었다. 그녀는 슈바르츠와 바이스와 똑같이 맞추지는 못해도 분위기가 비슷한 옷 한 벌을 만들겠다며 조용히 야망을 불태웠다.

'신나 보이니까 내버려 둬야지.'

"아 참. 염색 공모전 일정을 초가을로 변경했는데, 어디서 열까요?"

나는 리젤레타가 따른 차를 홀짝이면서 플로렌치아와 엘비라에게로 시선을 옮겼다. 염색한 천을 나 혼자만 본다면 신전에 장인을 불러서 잽싸게 끝내면 되지만, 플로렌치아와 엘비라가 참가하는 시점에서 신전 개최는 포기다. 성에서 여는 편이 무난하지만, 장인을 성에 불러들이기는 어렵다.

"귀족을 많이 초대해야 하니까 성에서 해야겠죠."

"장인을 성에 부르시게요?"

플로렌치아의 의견에 내가 눈을 깜빡이자, 엘비라가 생각지도 못한 말을 들은 사람처럼 눈을 크게 떴다.

"무슨 말씀이세요? 장인을 성에 들인다니요. 새로운 유행이 될 염색 천을 품평하는 다과회 행사에 평민 상인이 드나들면 보기 흉하지 않습니까."

'하긴 투리조차도 성에 못 오는걸. 예절교육이 아예 안 된 장인은 어림도 없겠지.'

염색 공방의 장인이 오면 혹시나 엄마를 만날 수 있을까 기대했지만, 현실은 그렇게 만만하지 않다.

논의 끝에 길베르타 상회가 염색 공방에서 천을 받아서 오기로 했다. 그리고 벽면에 각각의 공방 이름과 염색한 천을 진열하게 하고, 우리는 다과를 즐기면서 자기 취향에 맞는 천에 투표하거나 마음에 든 공방과 장인을 전속으로 지명할 수 있게 하기로 했다.

성에서 할 일이 끝나면 신전으로 돌아간다. 오늘은 견습생의 훈련이 있어서 동행하는 호위 기사는 다무엘과 안게리카뿐이다. 사흘 후에는 영주 일족의 문관도 기사단 훈련이 있다며 벌써 필린느가 파랗게 질려 있었다. 보니파티우스의 고함만 들어도 머릿속이 새하얘지고, 위축되어서 몸이 움직이질 않는다고 했다.

"실제로 습격을 받으면 고함뿐만 아니라 적의 공격까지 날아와요. 위축되어 있으면 위험하죠. 위험에서 도망칠 수 있게 열심히 훈련받고 와요."

그런 얘기를 하면서 나는 염색 공모전에 관해 정해진 사항을 편지에 써 내려갔다. 길드장과 길베르타 상회와 염직 협회에 알려야 해서다.

하르트무트가 편지를 보더니 의아한 표정을 지었다.

"로제마인 님은 평민을 상대로 정말 세세하게 설명하시는군요."

"그럼요. 귀족이 뭘 원하는지 알기 쉽게 설명해서 양측의 오해를 최대한 줄여야죠. 자세한 정보를 공유하면 평민들이 알아서 잘 처신한답니다."

나는 다 쓴 편지를 하르트무트에게 넘겨서 같은 내용으로 편지 두 통을 더 쓰게 했다. 하나는 길드장, 하나는 길베르타 상회, 하나는 염직 협회 앞으로 보내야 해서다.

하르트무트가 편지를 옮기고, 필린느가 단켈페르거의 책을 베끼는 동안 나는 프리다에게서 온 답장을 쭉 읽었다. 노련한 귀족적 표현과 얼마나 연습했을지 느껴지는 가지런한 글씨체가 나열해 있다.

꽤 두툼한 편지였다. 동석하는 손님의 이름과 소속 상점 명, 어떤 물건을 취급하는 상점인지도 덧붙여서 쓰여 있었다. 가장 많은 손님을 소개한 사람이나 단골, 최근 수익까지 정보가 세세했다. 게다가 우리가 이탈리안 레스토랑을 방문할 날짜가 나와 있었다. 닷새 후다. 동시에 페르디난드와 내가 못 먹는 음식, 싫어하는 음식이 없는지 질문이 쭉 이어졌다. 취향까지 알려주면 더 좋다고 한다.

"프랑, 잠. 신관장님이 못 먹는 음식이 뭔지 아나요? 또 좋아하는 음식이 있으면 알려주세요."

"못 드실 정도로 싫어하는 음식은 없습니다. 차려진 음식은 뭐든지 드시니까요."

"이탈리안 레스토랑에서 드셨던 수프를 가장 좋아하시는 것 같습니다. 예전에 전속 요리사들이 푸고의 맛을 따라가질 못한다고 말씀하신 적이 있습니다."

두 사람이 시종 네트워크로 입수한 정보를 귀띔해 주었다. 나는 그것을 메모하면서 곰곰이 생각했다. 이왕이면 레시피도 하나 써 두자. 나는 프리다에게 싫어하거나 좋아하는 음식을 쓰고, 판나코타 레시피와 아교를 만들 때 정제한 약간의 젤라틴을 종이에 싸서 동봉했다.

'새로운 레시피에 반응을 보이면 젤라틴 제조법을 팔아서 앞으로 오트마르 상회에 만들게 해도 되겠어.'

"잠. 길에게 이걸 오트마르 상회에 보내라고 하세요. 그리고 신관장님께 날짜를 알려드리세요."

"알겠습니다."

나는 잠에게 편지를 부탁하고, 프랑과 이탈리안 레스토랑에 갈 준비에 관해서 상담했다.

"신전에서 평민촌으로 들어가니까 호위 기사는 다무엘과 안게리카로 결정된 거죠? 시종은 어쩔까요? 성의 시종을 평민촌에 데려가기는 좀 그렇겠죠?"

"저와 신전 시종이 동행하겠습니다. 한 번 간 적도 있고, 어떤 준비가 필요한지 대강 아니까요."

프랑에게 맡겨 두면 문제없을 듯하다. 나는 고개를 끄덕여서 수락했다.

그리고 당일. 네 점 종이 울릴 무렵에는 가게에 도착할 수 있게 프리다가 시간에 맞춰 구형 마차 한 대와 최신형 마차 한 대를 보내주었다.

식기를 지참하고, 식사가 시작되기 전에 이런저런 준비를 해야 하는 회색 신관 시종과 음악을 연주할 로지나가 구형 마차를 타고, 먼저 이탈리안 레스토랑으로 출발했다.

그들을 보낸 뒤 나와 안게리카, 페르디난드와 유스톡스가 번쩍번쩍한 최신 마차에 동승했다. 마차 주위는 다무엘과 에크하르트가 호위하게 되었다.

"유스톡스가 왜 여기에 있죠? 식사 시중은 신전 시종이 하기로 했는데요?"

"이번에는 호위 대신입니다. 로제마인 공주님."

유스톡스가 말하길 페르디난드는 성으로 환속한 후에도 성을 제외하고 주변에 사람을 두지 않는다고 한다. 평민촌에 가고 싶어 하는 호위 기사가 없는 탓에 이번에는 유스톡스가 머릿수를 맞추려고 동원된 모양이었다.

"유스톡스, 본인이 가고 싶어서 기사 측에 연락하지 않은 것과 평민촌에 가고 싶어 하는 기사가 적은 건 별개의 얘기다."

"평소에도 기사들이 신전이나 평민촌에 가고 싶어 하지 않으니까 제가 눈치껏 연락을 안 넣은 겁니다. 평민 부호를 대상으로, 초대 없이 들어갈 수 없는 가게에 가는 귀중한 기회를 놓칠 수야 있나요."

뜨내기손님을 거절하는 평민촌 고급 식당은 유스톡스라도 쉽게 들어갈 수 없는 모양이다. 상급 귀족이라는 신분으로는 평민촌에 갈 수가 없고, 위화감 없이 평민으로 변장하면 이번에는 거상의 소개를 받을 만한 권력을 쓸 수 없어져서다.

'유스톡스를 차단하다니 뜨내기손님 거절하기 시스템이 정말 대단하긴 하구나.'

내가 감탄하는 사이에 마차가 움직이기 시작했다. 페르디난드가 미간을 살짝 찌푸리며 마차 안을 둘러보았다.

"저번 마차보다 흔들림이 제법 덜한 것 같은데?"

"이건 제가 제안해서 구텐베르크의 자크가 새롭게 설계한 마차예요. 곧바로 길드장이 도입했나 보네요. 우리 자크, 대단하죠?"

내가 자랑하자, 페르디난드가 매우 복잡한 표정을 지었다.

"구텐베르크는 인쇄업만 하는 줄 알았는데 마차 설계도 하는가?"

"대장장이인걸요. 인쇄업만 하는 건 아니죠. 펌프를 만든 사람도 자크예요. 신전 우물에 설치할 때 신관장님도 만나셨잖아요."

"……아, 그 장인이군. 구텐베르크는 인쇄업을 퍼트리느라 바쁜 줄 알았더니 이런 설계도 할 시간이 있는 걸 보면 아주 여유가 있나 보구나."

페르디난드의 말에 나는 "여유 없어요."라고 반론했다.

"하지만 마을 내의 주문을 받지 않으면 다른 후원자의 거래가 끊겨 버리거든요."

"평민 장인도 이래저래 고생이 많군. ……음?"

예전에는 문을 통과하면 악취가 풍기던 더러운 길이 엔트비켈른과 바셴 덕분에 싹 바뀌어 있었다. 귀족가와 마찬가지로 하얀 길과 2층까지 하얀 건물이 줄지어 있다. 위층은 목조지만, 바셴으로 깨끗해져서 마을 전체가 새로 태어난 듯했다.

"굉장하네요."

"……이 정도라면 다른 영지 상인의 눈에도 흉해 보이지 않겠군."

페르디난드도 만족스럽게 평민촌을 둘러보았다. 평민촌 주민들이 금방 더럽히지 않을까 걱정했는데 아무래도 깨끗하게 유지하고 있나 보다.

'분명 아빠와 모두가 노력해 준 덕분이야.'

그러나 한편으로 깨끗해진 거리가 내가 알던 평민촌과 완전히 다른 곳으로 보여서 조금 뒤숭숭했다. 주변을 둘러보는 사이에 이탈리안 레스토랑 앞에 도착했다.

가게 종업원이 문을 열자, 현관홀에 스무여 명의 대형 상점 오너가 나란히 무릎을 꿇고 있는 것이 보였다. 구스타프가 귀족식 장황한 인사를 하고, 우리를 식당으로 안내했다. 식당 안에는 여러 사람이 식사할 수 있게 사각 테이블이 일렬로 마련되어 있었다.

나와 페르디난드의 자리는 제일 안쪽에 준비되어 있는지, 먼저 도착한 프랑과 우리 시종들이 안쪽에서 대기하는 것이 보였다. 로지나는 이미 안쪽에서 페슈필을 연주하고 있다.

"로제마인 님은 이쪽이세요."

감미로운 연주를 들으며 프리다가 안내하는 자리로 향했다. 다무엘이 문을 지키고, 안게리카가 내 옆에 서게 되었다. 페르디난드 측에서는 유스톡스가 문 앞에 서고, 에크하르트가 페르디난드의 뒤에 서는 모양이다.

내 자리는 신전에서 애용하는 쿠션이 깔려 있어서 한눈에 알아봤다. 높이가 조절된 것을 보면서 프랑의 도움으로 자리에 앉았다. 테이블 위에는 이미 식기가 놓여 있었다.

나와 페르디난드가 긴 직사각형의 짧은 쪽에 나란히 앉고, 그 주변에 구스타프, 벤노, 오토 등 익숙한 멤버가 나란히 앉았다. 이탈리안 레스토랑의 매상에 공헌하는 점주와 벤노, 협력 관계인 점주가 그 뒤를 이었고, 자리가 멀어질수록 나와 접점이 없는 점주가 앉는 식의 자리 배치였다.

'모르는 사람에게 둘러싸이는 것보다 아는 얼굴이 근처에 있으면 안심되니까 다행이야.'

나는 벤노와 오토를 보고, 싱긋 웃어 보였다.

"오늘 이 자리에 모여 주셔서 감사하게 생각합니다. 여러분이 이 레스토랑을 애용해 주신다는 얘기는 경영을 맡은 프리다에게 들었습니다."

내가 이탈리안 레스토랑에도 주력하고 있음을 어필하고자 특별히 자주 이용하는 자와 소개를 많이 한 자의 이름을 거론하며 감사의 인사를 했다. 설마 자신을 콕 집어서 고맙다고 할 줄은 몰랐는지 점주들이 화들짝 놀란 듯 눈을 크게 뜨더니 자랑스럽게 웃었다. 영주의 양녀가 자기 이름을 기억한다는 것은 영주 일족의 총애 그룹에 한발 가까워졌음을 남들에게 보여주는 의미이기 때문이다.

"바쁜 여러분을 이곳에 부른 이유는 에렌페스트를 대표하는 점주 여러분께 부탁이 있어서입니다."

나는 그렇게 말하면서 모두를 둘러보았다. 끝에서 끝이라 가장 멀리 앉은 점주는 얼굴도 보이지 않지만, 이쪽을 주목하고 있음은 알 수 있었다.

"에렌페스트는 큰 전환기를 맞았습니다."

나는 귀족원을 통해 에렌페스트의 유행이 다른 영지에 퍼졌다는 것, 일단 제한은 했으나 다른 영지에서 상인이 대거 방문할 것을 알렸다.

"아우브 에렌페스트는 이번을 기회로 에렌페스트의 영향력을 키우려고 합니다. 그러려면 여러분의 협력이 필요해요."

다른 영지 상인을 맞이하기 위해 대규모 마술을 시행했으며 그 거리의 청결이 유지되느냐는 평민촌에 사는 주민들에게 달려 있음을 설명했다. 페르디난드를 힐끗 쳐다보자, 계속하라는 뜻으로 가볍게 고개를 끄덕여 주었다.

"하지만 거리를 깨끗하게 유지하는 것만으로는 부족합니다. 여태껏 이렇게 많은 상인이 찾아온 적이 없는 에렌페스트의 평민촌은 아마 수많은 상인의 방문으로 혼란에 빠지겠지요. 벌써 고급 숙소가 부족하다고 구스타프가 지적하더군요."

내 말에 모두가 고개를 끄덕였다. "내년에는 숙소가 하나둘 늘겠지만, 올해는 이미 늦었습니다."라는 점주의 의견도 나왔다.

"그래서 상인의 환대를 여러분에게 부탁하고자 합니다. 다른 영지의 마을은 어떤지 많은 얘기를 들으세요. 그 정보로 상인 수용 방법을 바꿀 수 있어요. 귀족의 협력이 필요한 사태가 생긴다면 내가 최대한 협력하겠습니다. 상업 길드로 정보를 모아준다면 이쪽에서도 고민할게요."

귀족 측에서 협력 자세를 보인 적이 없었던 탓에 눈만 끔뻑이는 점주들이 대부분이었지만, 여기서 의욕을 끌어내지 않으면 다른 영지와의 거래는 실패로 끝난다. 거래가 실패하면 에렌페스트 전체가 곤란해진다. 영주, 귀족, 평민 모두가.

"그리고 늦여름에 아렌스바흐에서 두 명의 신부가 오게 되었어요. 아마 그녀들을 맞이하려고 급한 주문이 몰려들게 될 거예요."

새 가구 주문, 잔치에 쓸 식자재, 의상 주문이며 장식품을 찾는 사람도 늘어난다. 그만큼 귀족의 결혼에는 경제 효과가 있지만, 올해 여름은 특히나 바쁜 와중에 일거리가 늘어나는 셈이라 큰일이다.

"초가을에는 새로운 행사도 있어요. 이건 염직 협회와 길베르타 상회가 중심이 되어 진행하지만, 영주 부인을 비롯한 여러 상급 귀족이 관여하는 행사입니다. 내 전속을 뽑아서 구텐베르크처럼 의류에 관련한 칭호를 내릴 예정이니까 의류 관련 상점은 최대한 협력했으면 해요."

순간 가게 안이 술렁거렸다. "새로운 칭호라고?"라는 소리가 나오는 가운데, 오토는 시치미 뗀 표정으로 앉아 있다.

이야기가 일단락된 것을 눈치챈 프리다가 다가와서 "식사를 내오도록 할까요?"라고 물었다. 페르디난드가 고개를 끄덕이자, 종업원들이 드나들며 식사를 나르고 잔을 채웠다. 프랑이 내 잔에 향이 달콤한 주스를 따라주었다.

그 뒤 프랑이 포메와 치즈, 허브를 곁들인 카프레제랑 유사한 요리와 브로콜리나 꽃양배추 같은 꽃채소 구이 요리를 접시에 담았다. 프리다가 설명하길 꽃채소는 콩소메로 한 번 푹 삶은 다음, 마무리로 구워냈다고 한다. 한입 베면 농후한 수프 맛을 즐길 수 있다고 한다.

음료와 음식이 전부 돌아가기를 기다렸다가 페르디난드가 자리에서 일어났다.

"몇천 만의 생명을 저희의 양식으로 내려주시는 높고 정정한 대공을 관장하는 최고신, 호호막막한 대지를 관장하는 오대신, 신들의 어심에 감사와 기도를 올리며 이 식사를 받겠습니다."

진화한 요리

나는 포메와 치즈, 허브를 곁들인 카프레제 유사판부터 먹기로 했다. 푸고에게는 포메와 치즈를 얇게 썰어서 끼우라고 가르쳤는데 여기서는 반으로 자른 포메의 속을 파고, 부드러운 크림 상태의 치즈에 잘게 썬 허브를 섞어 포메 속에 가득 담아 놓았다.

'이건 좀 먹기 불편할 것 같아. 칼질하면 포메가 부서질 텐데.'

형태가 뭉개지지 않게 조심스럽게 잘라, 포메와 치즈를 입속에 얼른 넣었다. 약간 단맛이 나는 포메의 맛을 짭짤한 치즈가 살려주고, 허브 향이 입속에 향긋하게 퍼졌다.

'아, 맛있어.'

나는 눈을 크게 떴다. 먹었을 때의 식감이 얇게 썰어 끼운 카프레제보다 좋았다. 조금이라도 더 맛있는 요리를 만들려고 노력한 요리사의 탐구심이 눈에 보이는 듯하다.

페르디난드도 같은 음식을 먹고, 의아한 듯 눈이 가늘어졌다.

"신전에서 나오는 것보다 맛있는 것 같군……."

"요리를 향한 탐구심이 달라서 그럴 거예요. 사용한 재료는 똑같은데 입에 닿는 감촉과 식감만 바꿔도 이렇게 맛이 달라지네요. 제가 잠에 빠졌던 2년 사이에 요리가 발전한 것 같아요. 이제 다른 영지 상인이 와도 든든하네요."

나는 다음에 꽃채소 구이를 입에 넣었다. 지진 자국이 있는 바삭한 겉과 달리 속은 익어서 부드럽다. 베어 먹으면 콩소메 수프가 입안에 퍼진다. 수프 속의 브로콜리를 먹고 있는 듯한 느낌이면서 구이 같은 신비한 식감이 기가 막힌다.

'콩소메를 좋아하는 신관장님은 마음에 드셨을까?'

옆의 반응을 힐끗 살폈다. 무표정에 가깝지만 살짝 아래를 보며 입꼬리가 올라가 있는 것이 보였다. 천천히 맛을 음미하는 표정이다. 아무래도 페르디난드는 상당히 마음에 든 모양이다.

"이 구이는 꽃채소뿐만 아니라 다른 채소에도 응용할 수 있겠어요. 꼭 채소 형태의 수프를 먹는 것 같아요."

"이것은 저희 집 요리사가 고안한 메뉴입니다."

구스타프가 그렇게 말했다. 요리연구에 의욕적이며 푸고와 요리 대결을 했던 일제의 존재를 떠올리고, 나는 구스타프를 보았다.

"혹시 일제가 이곳 요리를 연구하고 있나요? 2년 전보다 더 맛있어져서 놀랐어요."

"로제마인 님의 전속 요리사에게 한 번 패배한 후로 분발하더군요. 오늘은 특별히 이곳 주방에 있습니다. 꼭 로제마인 님께 요리를 올리고 싶었다고 합니다."

구스타프가 주방이 있는 쪽을 힐끗 보았다. 그곳에서 일제가 나를 위해서 힘쓰고 있다. 내가 레시피를 자주 넘기지 않아도 푸고와 엘라, 니콜라, 일제가 시행착오를 거치며 새로운 메뉴를 잇달아 탄생시키고 있다. 맛있는 음식을 퍼트리고 싶었던 내게는 매우 기쁜 소식이었다.

"일제는 새로운 레시피도 곧바로 자기 것으로 만드는 능력이 있잖아요. 연구에 몰두하는 태도에 호감이 가네요."

"며칠 전에 로제마인 님께서 새로운 식자재와 레시피를 보내주셨다는 보고를 들었습니다. 애석하게도 오늘 디저트로 내기에는 시간이 부족했나 봅니다. 저희 입에는 식감도 독특하고, 맛도 좋았는데 요리사는 만족스럽지 않다고 하더군요."

구스타프가 말하길 판나코타를 시험 삼아 만들었지만, 일제에게는 오늘 모임 자리에 낼 퀄리티가 아니었다고 한다.

"로제마인 님, 그 새로운 식자재는 무엇입니까? 일제가 많이 구매해 달라고 하던데 대체 어떤 물건인지 짐작이 안 갑니다."

아교를 만들 때 투명도가 가장 높은 부분을 걸러내서 콩소메처럼 푹 끓여 떫은맛을 제거하고 걸러낸 젤라틴이다. 아교를 만들 때 언제든지 조금씩 만들 수 있다. 이것이 있으면 요리와 디저트의 폭이 넓어진다.

"그건 조만간 프리다에게 만드는 법을 팔게요."

주변 점주들이 일제히 고개를 치켜들었다. 눈이 휘둥그레진 구스타프의 맞은편에서 벤노의 표정이 살짝 험악해지더니 "프리다에게 제조법을 파신다고요?"라며 적갈색 눈을 게슴츠레 떴다.

"프리다는 내가 잠든 2년 동안 이 이탈리안 레스토랑을 지켜준 데다가 이렇게 요리를 더욱 세련되게 했어요. 그 포상으로 제조법을 팔려는 겁니다. ……무료로 가르쳐주는 건 아니에요."

'솔직히 요리 쪽 권리를 벤노 씨에게 팔아도 소용이 없는걸.'

플랑탱 상회의 업무로도 빠듯한데 인쇄업과 제지업 보급 때문에 매년 출장을 감행해야 할 정도로 바쁜 사람이다. 이탈리안 레스토랑도 손을 댈 여유가 거의 없어서 프리다에게 맡겼다고 들었다.

나 역시 공동 투자자이며 내 이름만으로 손님이 찾아온다는 이유로 이탈리안 레스토랑의 일부 수익을 받고 있다. 하지만 초기 투자와 레시피를 가르쳐준 뒤로는 한 일이 아무것도 없다. 레시피는 프리다에게 양보하는 편이 유효하게 이용해줄 터이다.

'게다가 영지대항전에 쓴다고 오트마르 상회에 카트르 카르도 잔뜩 부탁했었고, 길드장에게도 무리한 부탁을 잔뜩 떠넘기고 있는걸. 이해하지?'

"제조법을 저가로 팔면 안 되는 줄은 알아요. 플랑탱 상회가 심각하게 걱정하지 않아도 적정 가격을 붙일 거예요."

내가 당당하게 말하자, 불만스러운지 벤노의 입꼬리가 처졌다. 걱정이 아니라 뭔가가 마음에 들지 않는가 보다. 이해할 수 없어서 내가 고개를 갸웃거리자 "로제마인." 하고 페르디난드가 나지막하게 나를 불렀다.

"이탈리안 레스토랑을 지키고, 연구를 거듭한 자에게 포상을 하는 것도 좋다. 왕족의 머리 장식을 제작한 길베르타 상회에 포상을 내리는 것도 좋아. 그런데 인쇄업 보급에 전력을 다한 플랑탱 상회에는 포상을 했는가?"

"……아."

개인적으로 서둘러 퍼트리고 싶어서였지만, 포상이라는 이름으로 길베르타 상회에는 새로운 염색 기술을 알려줬다. 염직 협회에 저가로 가르쳐줬기 때문에 길베르타 상회가 거두는 수익은 크지 않지만, 염색물 공모전을 주최하면 귀족 사이에서 유명해지고, 영향력을 키울 수가 있다. 하지만 플랑탱 상회를 비롯한 구텐베르크에게는 그 노력을 인정하면서도 따로 포상하지 않았다.

'프리다에게 젤라틴 제조법을 알려줬듯이 새로운 상품 아이디어가 없지는 않은데.'

나는 벤노와 그를 시중하는 마르크를 보면서 뺨을 괴고 고개를 갸웃거렸다.

"사실 종이로 만들고 싶은 문구도 여러 가지가 있는데 플랑탱 상회가 원한다면 권리나 제조법을 팔 수는 있어요. 하지만 내가 새로운 권리와 상품을 제안하면 플랑탱 상회와 구텐베르크가 감당해야 할 범위가 넓어져서 지금보다 더 바빠질 텐데 정말 원하세요?"

순간 벤노가 입을 꾹 닫았고, 마르크는 시선을 피했다. 하지만 벤노는 바로 상인다운 미소를 지으며 고개를 끄덕였다.

"로제마인 님께서 주시는 제조법과 권리라면 뭐든지 받겠습니다."

아무리 바빠도 인쇄업과 종이에 관한 권리는 반드시 손에 넣고 싶은 모양이다. '다른 놈에게 넘길 리가 없잖아. 이 멍청아'라며 적갈색 눈이 말하고 있다. 일거리를 더 떠안고 싶다면 굳이 말리지는 않겠지만, 우선은 그레첼 출장이 먼저다.

"그럼 조만간 다시 얘기해요. ……일이 조금 마무리되면요."

"배려해 주셔서 감사하게 생각합니다."

그렇게 매듭을 지었을 때 페르디난드가 의미심장하게 나를 내려다보며 입꼬리를 씩 올렸다.

"흠. 이거로 플랑탱 상회, 길베르타 상회, 오트마르 상회, 그대가 잠든 2년 동안 애쓴 자들에게는 그에 상응하는 포상을 하게 되었군."

'자기한테도 넘겨라, 이 말이죠? 알아요.'

페르디난드는 내가 잠잘 동안뿐 아니라 지금도 다양한 면에서 도움을 주고 있다. 굳이 번거롭게 빙 둘러서 얘기하지 않아도 달라고 하면 줬을 텐데, 평소에는 무관심한 표정을 짓고 있어서 잘 몰랐다.

"페르디난드 님께는 크나큰 신세를 지고 있으니 원하는 것이 있다면 드릴게요. 뭐가 갖고 싶으세요?"

"그대의 요리사가 만든 레시피다. 종류가 제법 늘었다지?"

회복약 소재부터 슈바르츠와 바이스의 의상까지 그가 해준 협력을 하나하나 따져보면 도무지 레시피로는 턱없이 부족한 듯싶지만, 페르디난드가 원한다면 전혀 문제없다.

"알겠어요. 푸고가 아는 레시피를 드릴게요. 단, 레시피집으로 팔 예정이니까 다른 사람한테는 비밀이에요."

"알고 있다."

원하는 것을 손에 넣고 기분이 좋아진 페르디난드의 앞에 수프가 나왔다. 프리다가 나와 페르디난드에게 설명하러 바로 근처로 다가왔다.

'프리다도 많이 컸네.'

테이블을 사이에 두고 회의하거나, 발육이 좋은 투리와 함께 다녀서 제대로 인식하지 못했는데 이렇게 내 옆에 선 프리다를 보니 제법 키가 자란 것이 느껴졌다. 프리다를 처음 만난 무렵에는 신식이라 성장하지 못해서 평균보다 몸집이 작았는데 이제는 그 나이대로 보였다.

'나도 빨리 커야 할 텐데.'

테이블 위에 올린 내 손과 설명 종이를 든 프리다의 손을 비교한 나는 가볍게 한숨을 내쉬었다.

"오늘의 수프는 더블 콩소메입니다."

신전 요리사는 푸고보다 실력이 떨어지는지 맛있긴 해도 페르디난드의 기대에 못 미친다고 들었다. 잠과 프랑에게 들은 그 정보를 프리다에게 흘렸었는데, 수프를 페르디난드가 좋아하는 더블 콩소메로 변경한 모양이다.

"페르디난드 님께서 푸고의 콩소메를 좋아하신다고 들었습니다. 푸고에게 지지 않는 맛을 만들겠노라고 투지를 불태운 요리사가 신중을 거듭해서 만든 콩소메입니다. 부디 맛봐주십시오."

일제가 혼신의 힘을 쏟은 더블 콩소메라고 한다. 푸고에게 지지 않겠다고 정성 들여 만든 호박색 수프가 접시에 담겼다. 쪼르르 흘러 들어가는 수프에서 식욕을 당기는 냄새가 주위에 퍼진다. 그 냄새만으로 벌써 입속에 맛이 퍼지는 것 같다. 바닥이 보일 정도로 맑으면서도 진한 색깔을 보면 얼마나 정성 들여 만들었는지 단번에 느껴졌다.

숟가락을 넣어 한입 떠먹었다. 다양한 채소와 고기의 감칠맛이 응축된 수프가 목구멍으로 흘러 들어간다.

"……페르디난드 님, 이 콩소메는 아름다워요?"

내가 묻자, 페르디난드는 웬일로 가식적이지 않은 부드러운 미소를 입가에 띠었다.

"그래. 실로 아름답구나. 내 기억 속의 맛보다 더 복잡하면서도 정결해졌어. ……꼭 회복약을 만들 때 소재의 품질이 다른 것뿐만 아니고 그 작업 과정까지 싹 고친 것 같구나. 넣는 재료뿐만 아니라 근본적인 부분에서 뭔가가 바뀌었다고도 할 수 있겠군."

'무슨 말인지 전혀 모르겠어요.'

과정을 수정하는 어려움과 그것이 성공했을 때의 아름다움을 설명하며 평소보다 말이 많아졌지만, 나는 전혀 이해할 수가 없었다.

'맛있는 것 같으니까 됐지 뭐.'

페르디난드가 아름답다며 만족했다면 그거로 충분하다. 그렇게 생각하는데 프리다가 생각지도 못한 말을 들은 표정으로 페르디난드를 빤히 바라보았다.

"놀랐습니다. 페르디난드 님의 말씀이 맞아요. 맛을 떨어뜨리는 달걀흰자는 포기하고, 국물 속 부유물을 걷어내는 방법을 요리사가 필사적으로 생각했습니다. 저는 큰 차이를 느끼지 못했는데, 아시는 분은 아시는군요. 요리사도 기뻐할 겁니다."

'미세한 차이를 감지한 신관장님도 대단하지만, 만든 일제 씨도 정말 대단해.'

나는 감탄의 한숨을 내쉬었다. 그나저나 페르디난드는 그렇게 민감한 혀를 가지고 있으면서도 어쩜 그렇게 맛을 도외시한 약을 만들어내는 걸까? 놀랍다.

"이것은 카르보나라입니다."

수프 다음에 나온 요리는 카르보나라였다. 농후한 생크림에 달걀노른자를 넣어서 노르스름해진 크림소스 속에 바싹 구운 베이컨이 색채를 더한다.

포크로 돌돌 말면 딸려온 소스가 뚝뚝 떨어진다. 쭉 늘어나는 치즈의 찰기와 향을 느끼면서 소스가 떨어지지 않게 조심하며 따끈따끈한 카르보나라를 먹었다.

'이것도 푸고 것보다 맛있어.'

아마 콩소메도 썼으리라. 엄밀히 말하면 이미 카르보나라가 아닌 요리가 되었지만, 내가 전수한 레시피보다 현격히 맛이 좋아졌다.

"로제마인, 그대가 내 요리사에게 알려준 레시피와 전혀 다르지 않느냐."

카르보나라를 먹은 페르디난드가 나를 째려보았다. 그런 식으로 째려봐도 나 역시 이런 맛은 처음이다.

"제가 잠든 2년 동안 요리사가 노력한 성과예요. 처음에 알려준 레시피를 토대로 심혈을 기울여 연구했나 보죠. 저도 예상하지 못했어요."

"……오호라. 이 요리사가 탐나는군."

조그마한 중얼거림이었지만, 옅은 금색 눈동자는 진지했다. 그 발언에 나는 물론이고, 프리다와 구스타프까지 화들짝 놀랐다. 그리고 일제를 뺏기는 것이 아닐까 불안에 찬 눈으로 나를 본다. '좀 말려 봐'라는 무언의 호소가 전해져 왔다.

'알았어. 어떻게든 신관장님을 말려 볼게.'

나는 두 사람을 향해 고개를 끄덕였다. 벤노와 오토가 재미있는 구경거리라도 보듯이 우리를 쳐다보는 것이 보였다. 도와줄 생각은 없나 보다.

"페르디난드 님, 권력과 돈으로 뺏으면 안 되죠. 일제는 이 이탈리안 레스토랑을 번창시켜 줘야 한다고요."

"알고는 있다만, 이 맛을 평민이 즐긴다고 생각하면 누구나 잠깐은 나처럼 생각하지 않겠느냐."

일제의 연구 성과지만, 그 말마따나 귀족보다 이탈리안 레스토랑에 방문하는 평민 부호가 더 맛있는 음식을 먹는다고 생각하면 복잡한 기분이 들긴 하리라.

"오소부코입니다. 송아지의 정강이뼈 고기를 단켈페르거산 비제와 포메 소스에 푹 고아서 찐 요리입니다."

윤기가 흐르는 갈색 고기에 포메 소스가 얹어져 있다. 육즙이 배어 나와서이리라, 소스 표면이 반지르르하게 반짝인다. 이 오소부코는 에렌페스트에서 좀처럼 손에 넣기 어려운 단켈페르거의 술을 아낌없이 사용한 요리라고 한다. 나는 에렌페스트산 술을 사용한 레시피를 푸고

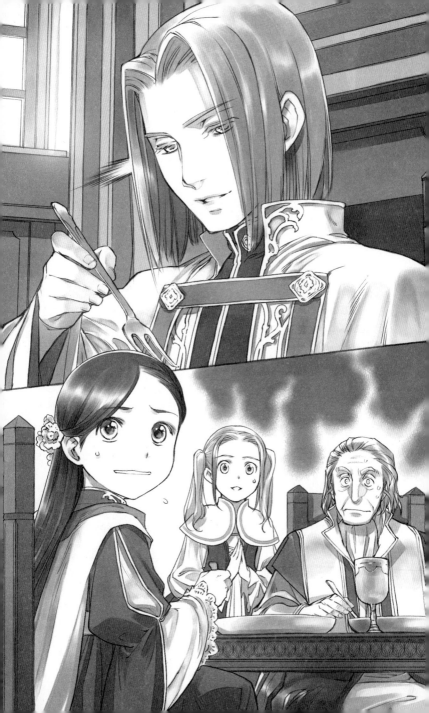

에게 가르쳐줬었는데, 일제는 구스타프의 인맥을 이용해서 요리에 더 어울리는 술을 찾아낸 듯했다.

'일제 씨의 요리 연구에 아낌없이 투자하는 오트마르 상회도 대단해.'

후에 이익이 되리라고 전망해서겠지만, 그래도 연구비는 무시 못한다. 일제는 이대로 구스타프 밑에서 마음껏 요리하게 두는 게 좋을 듯하다.

'게다가 만약 길드장이 일제 씨를 해고한다면 신관장님이 아니라 내가 데려갈 거거든.'

그런 생각을 하면서 나는 오소부코를 자르려고 나이프를 갖다 댔다. 그러자 힘을 거의 주지도 않았는데 부드럽게 고기가 뼈에서 떨어져 나왔다. 이렇게 부드러워질 때까지 푹 고은 고기는 여기서는 드물다.

"와아."

기대에 부푼 가슴으로 부드러운 고기를 한입 크기로 큼지막하게 썰고, 걸쭉해질 만큼 조린 포메 소스에 듬뿍 찍어서 입에 넣었다. 포메 소스에는 여러 종류의 채소를 잘게 썰어 넣었는지 일반 포메 소스보다 훨씬 달콤하면서 깊은 맛이 났다.

부드러운 고기가 입속에서 사르르 녹아서 "음~." 하고 몸을 부르르 떨었다. 그때 맛있는 요리를 음미한다기보다 꼭 검사하는 듯한 눈빛을 한 페르디난드가 보였다. 아무래도 상당히 진지하게 일제의 스카우트를 고민하는 모양이다.

"페르디난드 님, 제 요리사는 이렇게 맛 연구에 열을 올리지는 않지만, 2년 동안 그들이 직접 고안하고 만든 새로운 메뉴가 몇 가지나 있었어요. 페르디난드 님의 요리사는 2년 동안 새로 낸 레시피가 없죠?"

"……생각해 보니 이렇다 할 새로운 요리가 나온 적은 없군."

페르디난드는 "그게 어쨌다는 거지?"라며 한쪽 눈썹을 씰룩거렸다. 나는 어깨를 으쓱하고, 오소부코를 하나 더 입에 넣었다.

"그거 전부 페르디난드 님 때문이에요."

"무슨 의미지?"

"맛이 약간 달라졌을 때 이쪽이 더 맛있더라, 이 맛에는 이 재료를 쓰면 좋겠다, 이렇게 짧은 감상을 말하거나 과제를 내어주면 요리사에게도 의욕이 생기는 법이에요. 이건 다 같은 맛만 요구하고, 성장시키지 못한 페르디난드 님의 태만 때문이라고요."

페르디난드가 본인이 좋아하는 콩소메만 주야장천 주문하고, 맛의 차이를 매일같이 세세하게 지적하면 요리사는 맛을 추구하는 데 힘을 쏟기보다 레시피대로 완벽하게 만드는 데만 고심하게 된다.

"……그렇군. 청색 신관뿐만 아니라 요리사도 키워야 한다는 말인가."

"내가 좋아하는 맛을 만들어 주기 위해 전속이 있는 거잖아요. 페르디난드 님 밑으로 일제가 들어가도 지금처럼 열심히 맛을 연구할지 어떨지 모르는 일이죠."

그렇게 말한 나는 오소부코를 먹으면서 속으로 페르디난드의 전속 요리사에게 싹싹 빌었다.

'진짜 미안. 앞으로 엄청난 요구가 쏟아질지도 몰라!'

남이 돈과 시간을 쏟아서 키운 요리사를 뺏으려고 하지 말고, 본인의 요리사를 키우라며 일제의 스카우트를 막았을 때쯤에는 디저트 시간이 되어 있었다.

오늘 디저트는 브라레로 만든 쇼트케이크였다. 옛날과 달리 스펀지 시트가 타서 실패하는 일은 이제 거의 없는 모양이다. 결이 곱고 폭신한 스펀지 시트에 새하얀 생크림을 바르고, 얇게 잘라 술에 살짝 담가 뒀던 브라레가 꽃잎이 풍성한 꽃처럼 장식되어 있다.

'음, 짤주머니 깍지 종류가 다양했으면 좋겠네.'

과일로 화사하게 꾸몄지만, 우라노 시절의 기억이 있는 내게는 조금 초라해 보였다. 생크림으로 더 화사해질 수 있을 터이다. 생각해 보면 그냥 짜서 쓰는 동그란 깍지는 본 적이 있는데 장식용 깍지가 있는지 어떤지는 모르겠다.

"푸고에게 물어보고, 없으면 요한에게 부탁해 볼까?"

크림이 듬뿍 발린 케이크를 한입 가득 먹으면서 입 밖으로 생각이 새어 나왔다. 그 중얼거림을 재빠르게 주워들은 벤노가 경계의 눈빛을 내게 보냈다.

"로제마인 님, 또 뭘 만들게 하시려는 겁니까? 지금 요한은 다른 영지에서 상인이 몰려오기 전에 우물에 펌프 하나라도 더 설치하려고 애쓰고 있습니다만……."

벤노가 제발 일거리를 늘리지 마라, 라고 하듯이 나의 발언을 꾸짖었다. 그 말대로 짤주머니의 깍지보다 펌프가 중요하긴 하다.

"요한이 아니라도 자크나 다닐로를 시키면 돼요. 설계도도 줄 거고요. 그나저나 금속 관련은 일손이 한참 모자라네요. 대장장이 구텐베르크를 몇 명 더 늘려야겠어요."

그 순간, 점주들이 고개를 홱 들어 이쪽을 주목했다. 그것을 보면서 벤노가 천천히 고개를 저었다.

"염직 협회의 행사가 끝난 뒤에 진행하시는 편이 좋을 듯합니다. 로제마인 님도 바쁘시지 않습니까."

폭주하지 말고, 멈춰! 하고 벤노가 눈으로 화내고 있다. 벤노의 지적에 나는 나의 일정을 떠올리며 고개를 끄덕였다. 여기서 더 일거리를 늘릴 시간은 없다.

"하긴 느긋하게 대장장이를 선정할 시간이 없겠네요. 구텐베르크가 계속해서 제자를 키워주기를 기대하죠."

이렇게 이탈리안 레스토랑의 회식은 끝났다.

"오늘의 요리를 만든 요리사들입니다."

돌아갈 때 현관홀에 요리사들이 한데 모여서 쭉 늘어서 있었다. 그곳에 만족스러운 미소를 짓고 있는 일제의 모습이 있었다. 일제와 눈이 마주친 나는 싱긋 웃었다.

"잘 먹었어요. 나도 페르디난드 님도 아주 만족했답니다. 앞으로 이 마을에 오는 상인들의 접대도 안심하고 맡길 수 있겠어요. 2년 동안 당신의 탐구심과 노력을 높이 삽니다."

일제가 눈을 꼭 감았다. 떨리는 손을 꼭 쥐고, 천천히 숨을 내뱉은 후 자랑스러운 미소를 보여주었다.

"감사합니다. 또 방문해 주십시오."

그레첼의 방문과 성결식

이탈리안 레스토랑의 회식이 무사히 끝나고, 2년간 노력한 프리다와 플랑탱 상회에는 포상으로 각각 젤라틴 제조법과 문구 아이템을 넘겼다.

"대량의 종이를 정리할 때 쓰는 문구입니까? 훌륭하군요."

이미 식물지를 업무에서 사용하고 있는 벤노는 수납 상품 아이디어에 화색을 띠며 최대한 이른 시일 내에 만들겠다고 했다. 우선은 자기가 갖고 싶은 모양이다.

"오트마르 상회에서는 젤라틴을 만드는 공방을 준비해야겠군요."

"냄새가 독하니까 마을보다는 돼지가 많은 농촌 근처에 공방을 세우는 것이 좋아요."

"감사하게 생각합니다. 고려하겠습니다."

젤라틴을 만들 수 있게 된다면 요리의 폭도 확 넓어진다. 나도 일제가 개량한 레시피를 사고, 거의 돈거래 없이 끝났다.

"최종 확인이 끝났어, 로제마인! 그레첼로 출발해!"

빌프리트의 득의양양한 목소리를 실은 올도난츠가 온 건 봄 성인식이 끝나고 얼마 지나지 않아서였다. 일 하나를 끝낸 흥분이 그대로 올도난츠로 날아온 뒤, 인쇄업 책임자인 엘비라가 보낸 올도난츠도 날아왔다. 최종 확인이 끝났으니 여름 세례식이 끝나면 그레첼로 가자는 내용이었다.

나는 곧장 플랑탱 상회에 그 일정을 전달하고, 구텐베르크 멤버들에게 연락을 넣어달라고 부탁했다. 동시에 출장을 갈 회색 신관들의 옷을 길베르타 상회가 준비토록 했다. 길을 통해 공방에도 연락을 넣고, 페르디난드에게도 일정을 전했다.

올도난츠로 성에 있는 시종과도 의견을 나눠서 이번에는 고향으로 돌아가는 브륀힐데를 데리고 가기로 정식으로 정했다. 나머지는 견습 문관 두 사람과 호위 기사 두 사람이다.

여름 세례식을 끝내고 사흘 뒤 그레첼로 출발하는 날. 하르덴첼에 갔을 때처럼 구텐베르크와는 신전의 정면 현관 앞에서 만나기로 했다. 구텐베르크가 총출동하면 짐도 어마어마하므로 이번 레서버스는 대형 버스 크기다.

"와, 이게 뭐야!? 굉장하다!"

눈을 반짝이는 하이디가 남편 요제프에게 짐을 떠넘기고, 레서버스로 달려가서 제일 먼저 올라탔다. "좀 도와, 바보야!"라며 요제프가 야단쳐도 하이디는 아랑곳없이 내부 군데군데를 더듬으며 흥분된 소리를 질렀다.

"부들부들해! 감촉도 좋고, 폭신폭신해! 이건 대체 무슨 소재로 만들었을까?"

인고는 꺼림칙한 물건을 보는 눈빛으로 레서버스와 신이 난 하이디를 보았다. 하지만 벤노, 다미안, 루츠뿐만 아니라 자크와 요한이 무덤덤하게 짐을 싣는 모습을 보고는 주먹을 꽉 쥐어 기합을 넣은 후, 자기도 짐을 싣기 시작했다.

"로제마인 님."

길에 이어서 공방에 들일 짐을 든 회색 신관들도 정면 현관에 도착했다. 신전 밖에서 하는 작업인 데다 플랑탱 상회와 함께 문관 앞에 모습을 드러내야 해서 그들에게는 플랑탱 상회의 견습생이 입을 만한 품질의 헌 옷을 입혔다. 핫세의 작은 신전에서 돌아온 회색 신관들이 목 부분을 신경 쓰거나 소매를 잡아당기는 모습이 종종 눈에 들어왔다.

"작업복과 회색 신관의 의복밖에 입은 적이 없어서 깨끗한 옷이 어색한가 봅니다."

금방 익숙해질 겁니다, 라며 길이 씁쓸하게 웃었다. 출장도 여러 번 가고, 플랑탱 상회를 빈번히 드나드는 길은 다른 회색 신관과 달리 완전히 바깥옷에 익숙해져 있었다.

"로제마인 님과 멀리 나가는 게 오랜만이어서 왠지 그리운 느낌이 듭니다."

"길과는 일크너 이후로 처음이네요."

길은 하르덴첼의 기원식에 가지 않아서 함께 멀리 나가는 건 오랜만이다. 약간 소풍 기분에 들뜨기 시작했다.

짐을 전부 실은 뒤 안게리카가 조수석에, 구텐베르크가 뒷좌석에 탔다. 레서버스에 처음 타는 사람들은 몹시 긴장한 굳은 얼굴이었고, 익숙한 사람들은 얼른 안전띠를 매고 편안하게 앉아 있다. 호기심이 강하고, 제일 신이 난 하이디는 기수 초심자지만 별개다.

"그럼 짧은 대화를 나누더라도 최대한 빌프리트를 치켜세우는 걸 잊지 말고, 폭주하지 않도록 조심해라."

"알겠어요. 제가 없는 동안 신관장님의 주방에 푸고를 빌려주기로 했으니까 당분간은 새로운 요리를 즐기실 수 있을 거예요."

페르디난드와 시종들의 배웅을 받으며 나는 레서버스를 출발시켰다. 성에 들러서 엘비라 팀과 합류하고, 기사단의 보호를 받으며 그레첼로 향했다. 이번에는 빌프리트와 샤를로테가 성에서 대기하는 대신 하급 문관들이 동행하게 되었다. 기수를 달리는 문관들 속에 다무엘의 형, 헨릭의 모습도 있었다.

그레첼은 에렌페스트의 서쪽 강을 넘어, 기수로 한참 달린 곳에 있다. 예전에는 직할지였지만, 아렌스바흐의 영주의 딸과 결혼하면서 차기 영주에서 제외된 영주 후보생이 땅을 부여받아 기베가 된 것이 이 땅의 시작이었다.

그 영주 후보생이 아렌스바흐의 영주의 딸과 결혼하지 않고, 순리대로 영주가 되었다면 브륀힐데가 영주 후보생이었을지도 모른다. 즉, 그레첼은 베로니카와 전 신전장의 본가이기도 하다. 기베 그레첼은 라이제강 계통인 부인의 계보이며 전 신전장의 유품을 거부했던 백작이었다.

"잘 오셨습니다, 로제마인 님. 브륀힐데는 건강해 보여서 다행이구나."

기베 그레첼이 마중을 나와 주었다. 장황한 귀족의 인사를 끝내고, 엘비라가 기베와 대화를 나누는 동안 브륀힐데는 내가 사용할 방을 준비하러 일행에서 빠졌다. 시종으로서 나무랄 데 없이 일하는 모습을 보여서 가족을 안심시키고 싶은 모양이다.

브륀힐데를 보낸 나는 그레첼의 인쇄 담당 문관에게 구텐베르크를 소개했다. 일크너와 하르덴첼에서 장기 체류했을 때도 그랬듯이 구텐베르크는 기원식이나 수확제 때 신관이 쓰는 별채에서 묵기로 했다.

대강 소개가 끝나고, 벤노와 다미안을 뺀 나머지는 생활 물품을 별 채에 옮겨서 방을 갖추기 시작했다.

"공방에 들일 짐은 어쩔까요? 일단 기수에서 내릴까요?"

"가능하면 오늘 안에 공방에 짐을 다 옮기고 싶네요. 기수에서 내리 면 번거롭게 내일 다시 실어야 하잖아요. 공방까지 안내하라고 누군가 에게 부탁해야겠어요."

"네? 로제마인 님께서 평민촌까지 가신다고요?"

벤노와 다미안, 그리고 나를 포함한 문관들은 앞으로의 일정에 관 해 의논하기 시작했지만, 하급 문관이 연신 깜짝 놀라며 되묻는 바람 에 좀처럼 진도가 나가지 않았다.

"당연하죠. 하르덴첼과 일크너에서도 인쇄 공방의 상태를 확인하러 갔었고, 여기는 빌프리트 오라버니가 먼저 확인도 했으니까 그렇게 이 상한 일도 아니잖아요."

"그건 그렇습니다만…… 저희는 하급 귀족이라서 평민의 연락 사 항을 맡을 때가 많으니까 그렇다 쳐도, 상급 귀족과 영주 후보생이 평 민과 대화하는 줄은 몰랐습니다."

"현장 확인이 얼마나 중요한데요. 당연히 당신들도 가야 하고요."

문관들에게도 동행하라고 명령했다. 측근인 필린느와 하르트무트 가 곧바로 명령에 따르기에 하급 문관들도 어쩔 수 없이 따라 주었다.

"구텐베르크는 바로 내일부터 업무에 들어가죠? 플랑탱 상회와는 계약까지 얼마나 걸릴까요?"

"……로제마인 님께서 걱정하실 일은 없으리라고 생각합니다만."

"플랑탱 상회의 계약이 끝나지 않으면 에렌페스트로 돌아갈 수가 없어요. 아무런 보장도 없이 나의 소중한 구텐베르크를 두고 갈 리가 없잖아요."

원래 직할지였던 곳에 영주 후보생과 다른 영지의 딸이 온 곳이다. 그레첼은 평민과 함께 살아가는 일크너나 하르덴첼과는 분위기가 사뭇 달랐다. 그레첼의 성은 제2의 귀족가와 비슷한 인상을 주었다. 성의 내부와 바깥의 평민촌으로 구역이 나뉜 느낌이다. 어쩌면 이곳은 일크너나 하르덴첼처럼 진행되지 않을지도 모른다. 그렇게 느낀 나는 구텐베르크는 영주의 양녀인 나의 사유물로 대우해, 하고 미소로 압력을 가했다.

"로제마인 님까지 나가실 필요는 없다고 생각됩니다……."

브륀힐데는 내가 평민과 동석하는 자리에 나간다는 말에 난색을 표했다. 하지만 인쇄업을 시작하는 그레첼 출신 귀족이 관심을 가지지 않으면 어떡한단 말인가.

"문관도 처음 겪는 사람이 많아서 익숙지 않을 테니 윗사람으로서 똑똑히 지켜봐야죠. 브륀힐데도 그레첼에서 새롭게 시작하는 사업을 본인 눈으로 확인하려고 온 거잖아요."

"……함께 하겠습니다."

기베 그레첼과 브륀힐데뿐만 아니라 귀족가 출신 하급 문관까지 놀라게 한 나는 구텐베르크와 함께 평민의 거주 구역에 세워진 인쇄 공방까지 짐을 실은 레서버스를 타고 이동했다. 레서버스의 등장에 그레첼의 주민은 소스라치게 놀랐고, 공방장 아저씨는 입을 뻐끔거리며 우리를 맞이했다.

"앞으로 여러분을 지도할 구텐베르크입니다. 구텐베르크를 그레첼에 빌려줄 수 있는 기간은 수확제까지예요. 그동안 기술을 완벽하게 익혀서 인쇄 공방을 운영하도록 하세요."

구텐베르크와 장인들의 소개가 끝나자, 구텐베르크와 그레첼의 장인들이 인쇄기 부품을 들여오기 시작했다. 짐을 다 옮기면 다음은 제지 공방이다. 작은 강가 근처에 세워져 있는 제지 공방에도 몇 가지 가구를 내리고, 길을 포함한 회색 문관들을 소개했다.

다음 날부터는 나의 감시 속에서 플랑탱 상회의 계약을 진행했다. 조건 합의가 마무리되기까지 며칠간 나는 틈만 나면 나의 측근과 헨릭을 비롯한 하급 귀족들을 이끌고 공방을 돌았고, 평민과 접하는 방법을 보여주었다.

처음에는 평민촌에 가기를 꺼리던 브륀힐데도 "이 인쇄업이 다음 유행이 될 거예요."라고 말하자, 입술을 꽉 깨물고 따라왔다.

"……유행에 쏟는 브륀힐데의 열정은 진짜였네요. 감탄했어요."

"절 시험하신 거였습니까?"

발끈하며 가늘어진 황색 눈동자를 나는 똑바로 바라보면서 크게 고개를 끄덕였다.

"네. 당신에게 어디까지 맡길 수 있을지 확인하고 싶었어요. 유행에 관해서는 뭐든지 맡겨도 문제없겠네요. 안심했어요."

브륀힐데는 인정받아서 기쁜 듯하면서도, 오기로 공방에 갔는데 오히려 칭찬받아 난처한 듯한 복잡한 미소를 보였다.

그 뒤에서는 다무엘이 지금까지 겪었던 상급 귀족의 방식과 전혀 다른 나의 방식에 입을 쩍 벌리는 헨릭을 비롯한 하급 문관들을 보며 동정 어린 미소를 짓고 있었다.

"워낙 혁신적인 분이시라 익숙해졌다고 생각해도 깜짝깜짝 놀랄 거라고 제가 말씀드렸죠? 형님."

"잘 알았다. ……의식을 바꾸는 데 꽤 고생하겠어."

헨릭은 씁쓸하게 웃으며 그렇게 말했지만, 다른 사람보다 평민과 접촉에 익숙하다는 점을 고려하여 선별된 젊은 문관이다. 여러 번 공방을 방문하고 그레첼의 장인과 구텐베르크의 사이를 중개하는 나와, 필린느가 장인에게 질문하거나, 하르트무트가 구텐베르크의 얘기를 듣는 모습을 보는 사이에 헨릭도 점차 평민과 대화할 수 있게 되었다.

'헨릭은 다무엘과 똑같이 유연성이 있나 보네. 역시 형제야.'

"평민의 의견을 귀담아들을 것 같은 점을 고려해서 인쇄업을 담당할 문관을 선별하게 했었거든요. 헨릭은 평민을 상대로도 거만하지 않고 대화할 수 있어서, 인쇄업과 제지업에 큰 역할을 해줄 것 같아 기쁘네요."

내가 그렇게 칭찬하자 다른 문관들도 금세 그것에 따르기 시작했다. 이 상태로 성장한다면 어느 정도 평민의 의견을 들을 줄 아는 문관이 순조롭게 육성될 듯하다.

식사 때밖에 접점이 없었던 기베 그레첼이 마지막 날 내게 "오호라. 기본 사고방식이 다르다던 브륀힐데와 엘비라의 말이 사실이었군요."라고 했다. 귀족답지 않다는 뜻이겠지만, 나로서는 만족스러운 결과라서 신경 쓰이지는 않았다.

나는 구텐베르크를 남기고, 벤노만 데리고 에렌페스트로 돌아갔다.

영지 내의 여기저기서 제지 공방을 세웠다는 연락이 들어오게 되었고, 일크너와도 올도난츠로 연락을 주고받으며 영지 각지로 플랑탱 상회 관계자와 회색 신관들을 보내는 사이에 빠르게 시간은 흘러갔다.

"드디어 내일은 푸고와 엘라의 성결식이네요."

"귀족가에서도 의식이 있으니까 꼼꼼하게 상의해 둬야 합니다."

프랑이 가볍게 숨을 내쉬었다. 전속 요리사인 두 사람이 결혼하게 되어 내일 요리 담당은 니콜라 한 사람이다. 모니카도 조수로서 거들지만, 나를 돌볼 여자 시종도 필요하다며 걱정했다.

"걱정하지 마십시오. 니콜라 혼자서도 할 수 있게 내일 준비 작업은 끝내놨습니다."

프랑에게 불려온 푸고가 입이 귀에 걸린 표정으로 말했다. 사전 준비가 되어 있어도 니콜라가 고생하게 될 것은 불 보듯 뻔했다. 의식이 끝날 때를 맞춰서 내가 먹을 점심도 준비해야 해서다.

"니콜라는 고생하겠지만, 두 사람을 축복한다며 기쁘게 웃었어요. 두 사람을 위해 내일 열심히 하겠다고 하네요. 푸고, 내일은 타우 열매로부터 엘라를 꼭 지켜주세요."

평민촌의 별 축제에서는 신전 의식을 끝낸 신랑 신부에게 타우 열매를 던지는 관습이 있다. 이때 신랑은 신부를 타우 열매로부터 지키며 신혼집으로 달려간다. 예전의 푸고처럼 질투에 눈이 먼 미혼자가 죽을힘을 다해 던지는 타우 열매를 피하기란 쉽지만은 않다.

"맡겨 주세요. 결혼도 못해서 시기하는 사내놈들에게 호탕하게 웃어 줄 겁니다."

드디어 내가 주인공이다, 하고 푸고가 씩 웃었다. 의욕을 불태우고 있는 것 같아 다행이다. 결혼 준비로 한창인 엘라는 오늘 휴가를 받았지만, 내일이면 신전에서 신부의 모습을 보여주리라.

결혼을 못하는 남자, 다무엘이 부러운 눈으로 푸고를 바라보았지만 나는 일부러 못 본 척했다. 엘비라에게 부탁해 뒀으니 다무엘을 위해 내가 할 수 있는 일은 이제 없다.

성결식 당일. 나는 꼭두새벽부터 채비를 했다.

"로제마인 님, 고아원에 다녀오겠습니다."

"프리츠, 아이들을 잘 부탁해요."

길이 그레첼에서 출장 중이라서 고아원 아이들을 데리고 숲에 타우 열매를 주우러 가는 역할은 프리츠가 떠맡아 주었다. 일크너와 하르덴첼에 출장 갔을 때도 마찬가지로 숲에 데리고 가 주어서 프리츠도 능숙했다.

"그럼 로제마인 님. 예배실로 가실까요?"

프랑의 재촉에 질질 끄는 옷자락을 밟지 않게 조심하며 나는 예배실로 향했다. 도중에 다무엘이 나직이 중얼거렸다.

"로제마인 님, 오늘 밤에 엘비라 님께서 누군가를 소개해 주실까요?"

"그건 어머님께 물어봐야 알겠는데요."

"……미리 물어봐 주시지 그러셨습니까."

엘비라도 집안 살림, 파벌 확장, 인쇄업에 람프레히트의 신부를 맞을 준비로 눈코 뜰 새 없이 바쁘다. 다무엘의 부탁을 잊지 않았길 바랄 뿐이다.

"신전장, 입실."

페르디난드의 목소리와 함께 회색 신관들이 서서히 문을 열었다. 다무엘과의 대화도 여기까지다. 나는 프랑이 건네준 성전을 품에 안고 예배실로 들어갔다.

경쾌한 종소리가 울려 퍼지는 가운데 나는 일직선으로 걸어서 신랑 신부와 청색 신관 앞을 지나 단상 위로 올랐다. 페르디난드가 낭랑한 목소리로 신화를 낭독한다. 최고신인 어둠의 신과 빛의 여신이 혼인하는 이야기로, 혼인 후에도 수많은 문제가 일어나지만 서로 힘을 합쳐 고난을 극복하는 부분이 성결식의 낭독문이 된다.

페르디난드의 목소리를 들으면서 나는 단상 위에서 예배실에 늘어선 신랑 신부를 내려다보았다. 각자 태어난 계절의 귀색으로 치장하는 성결식이 가장 알록달록해서 보는 사람도 즐겁다.

제일 앞에 엘라와 푸고가 보였다.

엘라는 봄의 귀색인 에메랄드그린 색 예복을 입고, 단상을 올려다보고 있다. 엘라의 빨강에 가까운 갈색 머리카락에 투리와 내가 고른 머리 장식이 찰랑인다. 주변 신부보다 두드러지게 화려하지는 않아도 눈길을 끄는 절묘한 화사함으로 치장하고 있다. 평소에 작업복 차림밖에 보지 못했는데 이렇게 차려입은 엘라는 매우 사랑스러웠다. 신전에 드나들며 니콜라의 몸짓을 일상적으로 접해서일까, 주변 신부보다 자세가 반듯하고 청초한 분위기를 풍긴다.

'엘라는 괜찮아 보이는데 푸고는 괜찮으려나?'

나와 눈이 마주치자 활짝 미소 짓는 엘라와 달리 심녹색 예복을 입은 푸고는 잔뜩 긴장하여 경직된 표정이었다. 어제 그토록 기뻐하고, 의기양양했던 표정은 온데간데없다. 걱정하며 푸고의 모습을 엿보는데 엘라가 푸고를 힐끔거리며 장난기 섞인 미소로 피식거리는 것이 보였다. 그 광경이 어찌나 흐뭇하던지, 나는 바로 푸고의 걱정을 머릿속에서 지웠다.

'걱정해 주는 귀여운 신부가 있는데 나까지 걱정할 필요는 없겠지.

오랫동안 알콩달콩 살아!'

나는 그렇게 생각하며 축복을 내리기 위해 기도문을 읊었다.

"높고 정정한 천공을 관장하는 최고신인 어둠과 빛의 부부신이여. 나의 기도를 듣고 새로운 부부의 탄생에 당신의 축복을 주소서. 당신께 그들의 마음과 기도와 감사를 바치오니 거룩한 가호를 내려 주소서."

최고신인 부부신에게 축복을 빌자, 반지에서 금빛과 검은빛이 날아올라 신랑 신부의 머리 위로 떨어져 내렸다. 나의 축복을 처음 본 푸고와 엘라의 눈이 휘둥그레졌다.

"최고신의 축복을 받은 그대들의 새 출발은 밝을 것이다."

페르디난드의 목소리와 함께 회색 신관에 의해 신전의 문이 비거걱 열린다. 단숨에 들어오는 눈부신 여름 햇살이 하얀 벽에 반사되어 예배실이 한순간에 밝아졌다. 그와 동시에 정적의 마술구가 효력을 잃고, 신랑 신부의 입에서 흥분 띤 함성이 나오기 시작했다.

"우와, 진짜 축복이다!"

"신전장님의 축복을 받았다. 이제 타우 열매만 피하면 돼."

"반드시 이길 것 같아."

이제부터 시작되는 축제를 앞두고, 신랑들이 기합을 넣으면서 신전을 나갔다. 푸고도 기합을 넣듯이 고개를 치켜들고, 내 쪽을 돌아보았다. 옆에서 푸고의 표정을 살피던 엘라도 마찬가지로 나를 돌아보았다.

"신전장님, 멋진 축복을 내려 주셔서 감사합니다!"

푸고의 우렁찬 목소리가 예배실에 울려 퍼졌다. 그에 이끌리듯 예배실을 나가려던 다른 신랑 신부들이 걸음을 멈추었다. 그리고 제각기 축복을 내려 줘서 감사하다는 말을 꺼냈다. 여러 번 이곳에서 축복을 내릴 때마다 굉장하다며 놀라워하는 소리는 들었지만, 이렇게 면전에서 고마워하는 건 처음이다. 나도 모르게 미소가 번졌다.

"여러분께 행복이 찾아오길 바랍니다."

푸고 부부를 비롯한 신랑 신부에게 내가 대답하자, 우와! 하는 함성이 일며 분위기가 한층 더 무르익었다.

"가자. 엘라. 오늘은 반드시 널 지켜줄게."

"오늘만이 아니라 항상 지켜줄 거지?"

푸고가 "당연히 그래야지."라고 말하며 엘라를 번쩍 들어 안고, 신전 밖으로 달려 나갔다. 그 기세로 신혼집까지 무사히 도착하길 바랐다.

램프레히트 오라버니의 결혼

귀족가에서 열린 성결식은 특별한 것 없이 끝났다.

굳이 말하자면 안게리카라는 혼약자가 생긴 덕분에 미혼 남녀가 모이는 자리에 나가지 않아도 된 에크하르트는 안게리카와 둘이서 신나게 호위 역할을 완수했다든가, 올해도 다무엘은 귀여운 연인을 찾지 못했다든가, 그 정도다.

귀족가의 성결식이 끝난 다음 날 램프레히트가 면담 의뢰를 해왔다. '신부에 관해 할 얘기가 있다'라는 내용이었다. 의뢰 편지를 가지고 온 리카르다가 가볍게 한숨을 쉬었다.

"공주님도 매우 바쁘시지만, 만날 시간이 있을 때 만나서 얘기해 보시는 편이 좋습니다. ……지금은 아렌스바흐에서 신부가 오는 것만으로 모두 신경이 곤두서 있으니까요. 가브리엘레 님의 전철을 밟지 않기를 바랄 뿐입니다."

과거에 시집을 오면서 에렌페스트를 혼란스럽게 만든 장본인이 가브리엘레라고 한다. 친척인 상급 귀족 밑에서 견습 시종의 업무를 배우고 있던 리카르다에게 당시의 영주 부인이 가브리엘레의 시종이 되어달라고 부탁했다고 한다.

"가브리엘레 님은 가엾은 분이셨습니다. 대영지의 영주 딸이어서 첫째 부인으로 대우받았지만, 둘째 부인으로 밀려난 부인을 사랑한 부군과는 매우 의무적인 관계였지요."

대영지의 영주 후보생이니까 소중히 아껴줄 것이라며 부친을 설득하여 억지로 에렌페스트에 시집을 왔지만, 정작 가장 중요한 남편은 그녀를 환영하지 않았다.

그전까지 에렌페스트에는 없었던 유행을 만들고 주목을 모으면서, 가브리엘레는 아렌스바흐에서 데려온 자신의 측근을 에렌페스트의 귀족과 결혼시켜서 자신의 파벌을 만들려고 했다. 그러나 그 혼약 상대는 쉽게 찾을 수 없었다. 에렌페스트의 상급 귀족은 반드시 어딘가와 피가 이어져 있다. 바꿔 말하면 너나없이 라이제강과 관계가 있는 셈이다. 리카르다도 관계가 깊지는 않지만, 예외는 아니다.

가브리엘레는 마력이 높고, 라이제강에 반발심을 품은 중급 귀족을 적극적으로 받아들이며 세력을 쌓아갔다. 그녀의 딸 베로니카는 모친이 키운 파벌을 그대로 차지하며 영주의 부인이 되었기 때문에 구 베로니카 파에 중급 귀족이 많은 것이라고 했다.

"한때는 라이제강을 필두로 한 상급 귀족을 제압할 정도로 그 권세가 대단했었죠. 그 권세를 되찾으려고 구 베로니카 파는 램프레히트 님의 신부에게 접근할 겁니다. 신부도 자신을 둘러싼 세력이 아렌스바흐의 핏줄을 이어받은 자들이라고 알게 되면 친근감을 느낄지도 모릅니다."

"멀리 떨어진 고향을 그리워하는 마음은 막을 수가 없는 법이죠."

에렌페스트 내에서도 지역에 따라 특색과 기후가 제각기 다르다. 다른 영지에서 시집온 신부라면 관습과 음식이 조금만 달라도 고향이 생각나리라.

"그러니까 공주님은 램프레히트 님하고 가족들과 얘기 잘 나누십시오. 그 신부를 플로렌치아 파에 끌어들이느냐 아니냐가 에렌페스트에 있어서 아주 중요합니다."

내 혼약자가 빌프리트이고, 그 측근인 램프레히트가 나의 오라버니이므로 신부의 동향은 전부 나와 밀접하게 엮이게 된다.

"일단은 램프레히트 오라버니에게 신부가 어떤 분인지 여쭤볼게요. 어머님께도 이것저것 생각이 있으시겠죠."

램프레히트에게 '어머님의 생각도 알고 싶다'라는 답장을 보냈더니 신부에 관한 얘기는 가족회의 때 나누자며 칼스테드의 저택에 모이라고 했다. 양녀가 된 후로 첫 귀향이다.

이번에는 가족회의가 목적인 귀향이라서 시종과 문관도 동행하지 않는다. 에크하르트, 램프레히트와 함께 돌아가기 때문에 호위 기사는 코르넬리우스로 충분하다고 생각했는데 어째서인지 안게리카가 동행 준비를 하는 것이었다.

"전 에크하르트 님의 약혼자라서 가족회의에 참가해도 된다고 합니다. 에크하르트 님께 로제마인 님을 호위하라는 지시를 받았습니다."

"로제마인에겐 가능한 한 여기사가 동행하는 편이 낫지. 안게리카가 적임자다."

에크하르트의 말에 안게리카가 손으로 양 볼을 감싸며 청초한 미소를 살짝 지었다.

"저는 가족들 대화에 끼어들지 않을 겁니다. 어떻게 하면 되는지 명령을 내려주시면 따르겠습니다."

"······안게리카는 할아버님 제자 같지가 않네. 그런 순한 성격으로 용케도 그 할아버님의 조련을 견디는구나."

가장 안게리카와 접하는 시간이 짧은 램프레히트는 완전히 속아 넘어갔지만, 안게리카는 파벌이니 뭐니 생각하고 싶지 않을 뿐, 그 말은

'결과만 알려 달라'라는 쪽이 정확하다. 안게리카의 실체를 아는 에크하르트와 코르넬리우스는 얼굴을 마주 보며 어깨를 으쓱했다.

"자, 가자."

나는 기수에 올라타서 앞장서는 램프레히트의 기수를 따라갔다. 신전으로 돌아가는 길은 익숙하지만, 성에서 양녀로 살게 된 이후로 한번도 본가에 간 적이 없어서 실은 집이 어디에 있는지 모른다.

'마차로만 이동했었고, 상공에서 보면 비슷비슷한 하얀 건물만 늘어서 있어서 분간이 안 된단 말이지.'

칼스테드의 저택에 도착해도 세례식 전까지만 짧게 지냈었던 터라 그다지 그리운 느낌은 없었다. 하지만 마중을 나온 엘비라를 비롯한 당시에 신세를 진 시종들이 웃으며 나의 귀향을 반기는 모습을 보니 이상하게도 반가운 기분이 커졌다.

"어서 오십시오, 로제마인 님."

"저 왔어요."

식후에 사람을 물리고 가족회의를 여는 일정이라서 나는 미리 목욕을 끝냈다. 이거로 잠자리에 들기 전까지 회의에 참여해도 무방하리라. 방에 돌아와서 곧바로 침대로 직행하면 된다. 식당에 도착하자, "주방장이 의욕을 불태우고 있어요."라며 목욕할 때 시종들에게 듣고 기대하고 있던 저녁 식사가 시작되었다.

일제뿐만 아니라 이곳 주방장도 푸고가 알려준 레시피를 토대로 다양한 창의적 연구를 거듭한 모양이다. 재료의 독특한 조합, 내가 먹어 본 적이 없는 드레싱 등이 나왔다.

"정말 맛있어요. 군데군데 노력의 흔적이 보이네요."

"주방장에게 전하겠습니다. 어떻게든 새로운 메뉴를 만들려고 고생하더군요."

"로제마인, 새로운 레시피는 없느냐?"

칼스테드가 기대에 찬 눈빛을 보내도 "곧 나올 레시피집을 참고해 주세요."라고 웃으며 대답했다. 지금 니콜라가 열심히 정리하고 있다. 부디 매상에 이바지해 주기 바란다. 내가 그렇게 말하자, 어깨를 떨면서 크큭 웃은 칼스테드는 새로운 레시피집을 사겠다고 약속했다.

"넌 여전히 장사 실력이 훌륭하구나."

온화한 분위기에 맛있는 식사가 끝나면 사람을 물리고, 가족회의다. 그러고 보니 식사 자리에도, 가족회의 자리에도 칼스테드의 둘째 부인과 이복동생인 니콜라우스가 보이지 않았다. 아무리 평소에 떨어져 지낸다고 해도 오늘 나눌 얘기는 중요하다. 나는 모두를 쭉 둘러보고, 고개를 갸웃거렸다.

"트루델리데와 니콜라우스는 참석하지 않나요?"

"트루델리데는 구 베로니카 파니까 이 자리에는 못 들어옵니다."

트루델리데는 베로니카의 압력으로 반강제로 칼스테드의 둘째 부인 자리를 차지했다고 한다. 어쩐지 영주의 양녀가 된 후에도 교류가 없고, 니콜라우스의 세례식이 끝난 후에 코르넬리우스가 접근을 조심하라고 주의를 줬구나 싶었다.

'가족 안에서도 파벌이 나뉘는구나. 귀족은 참 귀찮아.'

"그럼 램프레히트. 네 얘기부터 해보렴. 우리 집안에 들어오게 될 신부는 어떤 분이니? 물론, 어느 정도 정보는 수집해서 안단다. 하지만 네 입으로 직접 듣고 싶구나."

엘비라가 유연한 태도로 미소 짓자, 램프레히트는 자세를 바로잡은 후 입을 열었다.

신부의 이름은 아우렐리아. 아우브 아렌스바흐의 남동생의 딸이다. 셋째 부인의 딸이라서 조카라고 해도 아우브와 직접적인 면식이 거의 없고, 같은 부친을 둔 자식 중에서도 대우가 좋지 않았다. 오히려 막내 여동생 쪽이 애교가 많고, 눈치가 빨라 귀여움을 받는다고 한다. 아우렐리아의 모친인 셋째 부인이 프뢰벨타크 출신의 상급 귀족이라서 정변 후에는 더욱 입지가 좁아졌다고 한다.

"대체 어떻게 알게 되었고, 어떤 계기로 의기투합하게 된 거니?"

펜을 든 엘비라가 식물지 뭉치를 앞에 두고 진지한 얼굴로 질문했다. 나의 착각일까? 다음 연애 소설에 쓸 소재를 건지고야 말겠다는 모습으로 보였다.

친해질 때부터 정세의 변화로 헤어져야 했을 때의 심경까지 꼬치꼬치 캐물은 엘비라는 만족스럽게 고개를 끄덕였다.

"역시 자세한 얘기는 본인한테 들어야 하는군요. 내가 모은 정보와 일부 어긋나는 점도 있고요."

"어머님이 어떤 정보를 입수하셨는지 모르겠지만, 아우렐리아는 찢어진 눈매 때문에 언뜻 날카로워 보여서 오해를 잘 받습니다. 하지만 절대 나쁜 사람이 아닙니다."

외모 때문에 성품에 오해를 자주 받는지, 램프레히트는 당황하며 아우렐리아의 설명을 덧붙이고 '어떻게든 아우렐리아를 플로렌치아 파에 넣어 달라'라며 엘비라에게 지원을 부탁했다.

"우리 집안에 들어올 신부인걸. 어떤 사정이 있든 환영해야 마땅하고, 다과회에도 초대해야지. 하지만 그 뒤로 어떻게 될지는 아우렐리아 님에게 달렸어."

구 베로니카 파는 틀림없이 아우렐리아에게 접근한다. 그들을 어떻게 다루는가, 에렌페스트 내에서 입지를 어떻게 다지는가. 램프레히트가 아우렐리아에게 전해도 되는 정보와 전하면 안 되는 정보를 선별하면서 플로렌치아 파에 들어오도록 인도해야 한다.

"아우렐리아 님이 편안하게 지낼 수 있는 환경을 갖추는 일은 이 어미가 아니라 남편이 될 네 역할이야."

"어머님!?"

"비록 정세가 바뀌었어도 네 선택으로 혼인하길 원한 아이지 않니? 무슨 상황에서도 아내를 지키겠다는 기개를 보여주지 않으면 어떡하니. 자기 아내조차 못 지키면서 어떻게 기사를 하겠다고."

숨을 멈춘 램프레히트를 보는데 시야 끝에서 둘째 부인과 셋째 부인의 다툼으로 엘비라에게 어마어마한 부담을 줬다는 사실을, 내가 딸이 된 이후에야 알게 된 칼스테드가 마지막 말에 슬그머니 시선을 돌리는 것이 보였다.

"아우렐리아 님에게는 서둘러 에렌페스트 내의 정세를 가르쳐 줘야 해. 가브리엘레 님과 베로니카 님이 어떤 일을 했는지, 라이제강과의 불화, 겨우 뭉치기 시작한 파벌이 이 결혼으로 또다시 분열될 상황에 놓인 것, 로제마인 님께 일어난 일, 전부 아우렐리아 님이 어찌할 수도 없는 과거의 일이지만, 그것이 미래를 결정하는 정보란다."

아우렐리아 개인이 나쁜 것은 아니지만, 아렌스바흐에 대한 감정이 복잡하게 얽히고설켜 있다.

"어떤 사정을 전하고, 어떤 사정을 숨기느냐. 누구를 가까이하고, 누구를 멀리하느냐. 다른 영지에서 시집오는 아내를 어떻게 지키느냐. 내게 너의 지휘 능력을 보여 주렴, 램프레히트."

램프레히트를 빠히 응시하는 엘비라의 칠흑 같은 눈동자가 번쩍인다. 자기에게 하는 말이 아닌데도 코르넬리우스와 안게리카가 숨을 삼키는 기척이 느껴졌다.

"구 베로니카 파를 통합해서 우리 파벌로 끌어들일 정도의 역량을 아우렐리아 님이 보여준다면 쌍수를 들고 환영하마."

아우렐리아도 이런 시어머니가 있을 줄은 모르리라. 램프레히트와 엘비라는 닮은 구석이 하나도 없다.

"그리고 네 신혼집은 별채에 준비하마. 다른 귀족의 출입을 파악하려면 부지 내에 두는 편이 좋거든. 갑갑하겠지만 참으렴."

"어머님, 가구는 어떻게 하실 겁니까?"

"지금 사용하지 않는 것을 옮겨놨단다. 아우렐리아 님의 취향도 있을 테니까 나중에 둘이 알아서 준비하려무나."

가족만 있어서일까, 살짝 될 대로 되라 식으로 들린다. 매사에 완벽한 엘비라가 웬일일까.

'피곤하신가?'

"램프레히트 오라버니도 결혼 준비를 하고 있어요? 어머님께 통째로 맡기지 말고, 본인 눈으로 이것저것 결정하고, 준비하시지 그러세요."

"그건 그렇지만 그런 건 같은 여성이 잘 알잖아."

"무슨 말씀을. 아우렐리아 님의 취향을 제일 잘 아는 사람은 램프레히트 오라버니죠. 얼굴도 모르는데 좋아하는 색깔을 어머님이 어떻게 아시겠어요. ……설마 오라버니도 모른다고 하지 않으시겠죠?"

나는 소지품으로 아우렐리아의 취향을 추측하려고 몇 가지 질문을 던졌고, 램프레히트는 모든 질문에 거의 제대로 대답했다. 그만큼 그녀를 제대로 보고 있다는 뜻이다. 상황이 상황이지만, 좋아하는 상대와 결혼하게 되었으니 부디 행복하길 바랐다.

"램프레히트, 아우렐리아 님은 어떤 귀금속을 좋아하지? 넌 어떤 마석을 준비했니? 취향을 안다면 가구 선택에도 도움이 되지 않겠니?"

엘비라도 메모를 하면서 질문을 연달아 던졌다. 살짝 신이 난 것처럼 보이는 건 취재 기분에 젖어서일까. 아무리 피곤해도 취미를 즐기는 마음을 잊지 않는 엘비라에게 솔직히 경탄했다.

휴 하고 만족한 미소와 함께 엘비라는 "정말 네 말 그대로인 분이 왔으면 좋겠다만."라며 펜을 놓았다. 그리고 내게로 시선을 돌렸다.

"로제마인은 아우렐리아 님의 입장이 명확해질 때까지 절대 접촉하지 마세요. 에렌페스트에서는 당신이 가장 비밀로 해야 하는 것이 많은 존재인데 언행이 불안하니까요."

반론할 수도 없는 말에 나는 고분고분하게 고개를 끄덕이고, 보호자들이 허락하기 전까지 접촉하지 않기로 약속했다.

"코르넬리우스, 안게리카. 두 사람은 로제마인의 호위 기사니까 잘 지켜보세요."

"맡겨 주십시오, 엘비라 님. 허가가 떨어질 때까지 절대 접촉하지 못하게 하겠습니다."

자신이 할 수 있는 일이 돌아오자 안게리카가 진지한 얼굴로 맡았다. "제발 부탁할게요."라며 끄덕이는 엘비라가 조용히 앉아 있는 에크하르트와 안게리카를 번갈아 보더니 고개를 갸웃거렸다.

"그러고 보니 두 사람의 결혼식은 언제 올릴까요? 램프레히트와 달리 서두를 건 없으니까 내년도 괜찮지만, 신혼집 준비는 서둘러야죠.

안게리카도 혼약 기간이 길어지면 불안하죠?"

에크하르트는 사별한 첫째 부인과 살았던 집이 따로 있는 모양이다. 그곳에 안게리카를 데리고 산다고 해도 정리며 살림살이며 새로 들여야 한다. 엘비라의 말에 에크하르트가 살짝 얼굴을 찌푸렸고, 안게리카는 웃으며 고개를 가로저었다.

"……혼인 시기는 에크하르트 님께 맡기고 있는 데다 제가 아직 미숙하여 스승님께 실력을 인정받는 것이 우선이라 정말 급하지 않습니다. 로제마인 님께서 성인이 되신 후라도 좋을 정도입니다."

안게리카가 당당하게 그렇게 말하자, 에크하르트는 "아무리 그래도 그건 너무 늦어."하고 씁쓸하게 웃었고, 엘비라는 머리를 싸맸다.

"로제마인이 성인이 될 때까지 기다리면 당신 부모에게 면목이 없죠. 에크하르트보다도 결혼 생각이 없는 여성이 있다니 믿을 수가 없네요."

'어머님, 안게리카에게 연애를 기대하면 안 돼요.'

안게리카가 때를 놓쳐 손가락질을 받지 않게 스무 살이 되기 전에는 꼭 결혼하기로 결론짓고, 오늘 가족회의는 끝났다.

"자, 로제마인은 그만 쉬세요."

여기서 이야기를 끝내자고 하는 엘비라의 옆모습이 매우 피로해 보였다.

"……저기 어머님. 인쇄업 문관 업무부터 파벌 통솔, 신부를 맞을 준비로 너무 바쁘시죠? 큰 도움이 되지는 않겠지만, 아주 조금 피로를 풀어드리고 싶은데 괜찮으세요?"

"어디 아픈 데도 없는데요?"

"기분만 풀어드릴게요. 어머님께 치유의 여신 룽슈멜의 축복이 있기를."

반지에 기도를 담자, 녹색 빛이 뻗어 나갔다. 조금이라도 피로가 풀렸으면, 하고 빌었다. 그 마음이 통했는지 엘비라가 부드러운 미소를 지었다.

"고맙게 생각합니다, 로제마인. 피로가 싹 풀린 것 같아요. 내일은 오랜만에 집에서 다과회를 열죠. 주방장도 다양한 디저트를 만들 수 있게 됐답니다."

"네. 기대하고 있을게요."

방으로 돌아오는 길에 코르넬리우스가 "피곤해." 하고 어깨를 크게 돌렸다.

"다른 영지 사람과 결혼하면 성가신 일이 많다고 듣긴 했는데 이 정도인 줄은 몰랐네."

"그러네요. 귀족은 마음만 통한다고 결혼하지 못하는 건 알고 있었는데 저도 놀랐어요. 그렇게 말씀하시는 걸 보면 코르넬리우스 오라버니가 마음에 둔 상대도 다른 영지 분이세요?"

"아닌데……."

대화에 낚여서 당연한 듯이 부정한 코르넬리우스가 화들짝 놀라며 입을 틀어막고 나를 내려다보았다. 아뿔싸, 라고 쓰인 표정을 순식간에 지웠지만 순간의 동요로 전부 파악되었다.

나는 후후후 웃으며 코르넬리우스를 올려다보았다.

"그럼 코르넬리우스 오라버니가 에스코트를 신청하려는 분은 에렌페스트 분이시군요? 벌써 신청은 하셨어요? 빨리 신청하지 않으면 다른 멋진 남성분께 뺏겨서 때를 놓칠 텐데요?"

"……꼭 어머님이 두 사람 있는 것 같네. 자, 방에 다 왔다. 넌 이미 잘 시간이잖아. 피곤하지? 피곤할 거야. 슈라트라움의 축복과 함께 편히 잠들 수 있게 어서 쉬어."

질문에는 하나도 대답하지 않고, 코르넬리우스는 얼른 나를 방에 밀어 넣었다.

다음 날 열린 다과회에서도 램프레히트의 결혼이 화제였다. 식이 영지의 경계에서 열리므로 라이제강 백작의 여름 저택에서 점심을 먹은 후에 경계문으로 출발할 듯하다.

"그럼 그날 밤도 라이제강 백작의 저택에서 묵나요?"

"네, 아마도요. 아직 완전히 결정하지는 않았지만, 그 주변은 구 베로니카 파가 많거든요. 베로니카 님을 처벌한 지금의 영주 일족을 받아들여 주는 장소가 몇 없어요."

라이제강 백작의 저택은 과거 기원식 때도 습격을 받은 기억이 있다. 그때는 신관이 지내는 별채였고, 나는 자고 있어서 자세히는 모르지만, 이번에도 같은 일이 일어나지 않길 바랄 뿐이다.

"기사단을 데리고 가니까 습격 걱정은 하지 않아도 됩니다."

쿡쿡 웃는 엘비라와 함께 결혼식 당일의 저녁 연회와 아우렐리아를 환영하는 피로연 등에 관해서 얘기를 나눴다. 결혼 이야기에 문득 어떤 생각이 스쳤다.

"그러고 보니 어머님도 결국 다무엘의 상대를 못 찾으셨네요."

"……지금은 특히나 시기가 나쁘니까 정세가 안정되기 전까지는 어려워요."

곤란한 듯 한숨을 내쉰 엘비라가 말하길 다무엘의 결혼 상대를 찾기란 하늘의 별 따기라고 한다. 먼저 마력이 맞지 않아서 같은 계급인 하급 귀족 안에서는 상대가 없다. 다음은 브리기테도 난색을 보였듯이 후계자도 아닐뿐더러 집도 없는데 하급 기사에게 신분을 낮추면서까지 결혼하기에는 상당한 각오가 필요하다.

또 영주의 양녀의 측근을 사위로 삼으면 그 집안은 파벌이 고정된다. 형세가 좋은 쪽으로 바꾸고 싶은 중급 귀족은 곤란해진다. 특히나 아렌스바흐에서 신부가 온다고 발표한 지금은 중급, 하급 귀족이 파벌의 동향을 숨죽여 살피는 상태라고 한다.

더욱이 다무엘은 나의 측근이지만 원래는 벌로써 신전에 가게 된 하급 기사다. 언제 호위 기사의 지위에서 잘릴지 모른다. 나는 그가 필요하지만, 주변 사람 눈에는 반드시란 보장이 없다. 보니파티우스가 말했듯이 조만간 교체되리라는 의견이 많아서 이 또한 커다란 불안 요소로 작용한다고 한다.

나는 신전에 돌아가서 다무엘에게 엘비라의 말을 전달했다.

"……그래서 바로 결혼하기는 어렵대요."

"그러니까 저는 평생 결혼을 못한다는 말이군요."

어깨를 축 떨군 다무엘이 가엾어서 긍정도 못하고, 나는 잠시 고민에 빠졌다.

"가능성이 전혀 없지는 않아요. 영내의 정세가 안정되고, 어머님과 양어머님의 파벌이 완전히 에렌페스트를 장악하든가, 마력 압축으로 마력이 맞는 하급 귀족이 자랄 때까지 기다려야 하지만요."

다무엘이 "불가능이나 마찬가지입니다."라며 고개를 푹 숙였지만, 이것만큼은 어쩔 수 없다. 귀족의 인맥이 거의 없는 내가 도울 수 있는 분야가 아니다.

낙담한 다무엘을 곁눈질로 힐끔거리며 우리는 경계문이라는 예배실이 없는 곳에서 성결식을 열 준비를 하고, 동행할 회색 신관들을 선출했다. 동시에 페르디난드에게 마석으로 갑옷을 만드는 방법과 회색 신관의 방어를 높이는 방법을 배우면서 하루하루를 보냈다. 빛의 띠로 감아서 포박하는 주문과 그물로 여러 명의 적을 한 번에 잡는 주문, 축소판 여신의 방패를 소환하는 주문 등을 배워서 불시의 습격에 대비했다. 유비무환이다.

성과 신전을 오가는 귀족 측근들의 정보에 의하면 성에서는 기사단의 경호와 숙소 마련, 연회 준비 등에 관한 회의가 열렸고, 지시가 떨어졌다고 한다.

다른 영지의 상인이 오게 되었다는 소식을 담은 편지를 길이 가져왔고, 고아원과 공방 시찰을 갔더니 평민촌의 북적거림이 느껴지게 되었다.

지금까지와 전혀 다른 활기가 평민촌에 넘쳐나던 여름의 끝, 우리는 영지의 경계를 향해 출발했다.

경계선상의 결혼식

오늘의 레서버스는 큰 크기다. 신전장실 담당 시종인 프랑과 모니카와 니콜라, 신관장실 담당 시종 둘, 전속 요리사인 푸고와 궁중요리사 넷. 거기에 성결식에 필요한 신구와 공물, 나와 페르디난드의 의식용 의상, 시종들의 식료와 갈아입을 옷 등 어마어마한 짐들이 실려 있다.

귀족 측근은 시종이 오틸리에와 브륀힐데, 문관이 하르트무트, 호위 기사가 안게리카와 레오노레다. 라이제강의 여름 저택에 묵어야 해서 라이제강 계 귀족을 우선해서 데려가게 되었다. 이번에도 안게리카는 에크하르트의 혼약자로서 동행한다. 나머지는 대기조다.

오늘 코르넬리우스는 나의 호위 기사가 아닌 신랑의 남동생이다. 동시에 칼스테드도 오늘은 기사단장이 아닌 신랑의 부친이다. 그래서 질베스타의 호위 기사는 부단장을 중심으로 편성되었다.

경계문 성결식에 영주 일족도 참가해달라는 요청도 있어서 영주 부부를 포함한 빌프리트와 샤를로테도 함께 간다. 영주 일족이라면 보니파티우스도 동행해야 마땅하지만, 대외적으로 이미 은퇴한 사람이기에 남아서 성을 방어하고 있다. 이만한 인원수가 각자의 측근을 이끌고 가면 성의 경비가 상당히 허술해지기 때문이다.

의식을 진행하는 신전 관계자와 그 시종, 영주 일족과 그 시종, 호위를 위한 기사단, 신랑이 램프레히트뿐만 아니라 프로이덴이라는 사람도 있어서 그 가족도 마찬가지다. 이번 의식의 참가자를 듣고, 나는 그 규모에 숨을 삼켰다.

"엄청나게 많네요."

"아렌스바흐가 아우브의 조카라는 지위와 영지 간의 긴장을 전면으로 드러내지 않았더라면 이렇게까지 규모가 커지지 않았겠지."

페르디난드가 말하길 일반 귀족이 다른 영지의 상대를 맞이할 경우 각자 영주의 허가를 얻은 다음, 친족만 경계문에 마중하러 가서 신랑 혹은 신부를 데리고 돌아간다고 한다. 이 시점에서는 아직 의식을 치르지 않은 혼약 관계이며 정식 혼인은 여름 성결식까지 기다리는 게 보통이다.

"일반 귀족이 아닌 경우는 어떤 경우예요?"

"왕의 허가가 필요한 경우다."

영주뿐만 아니라 왕의 허가가 필요한 왕족이나 영주 일족의 혼인은 영주 회의 때 중앙 신전의 신전장이 찾아와서 치른다고 한다. 귀족원의 강당 끝, 신의 뜻을 받으러 갈 때 지나간 제단이 있던 예배실에서 성결식을 치르고, 그 뒤에 영지에서 피로연을 연다. 어쨌거나 이번처럼 경계문에 영주 일족이 모여서 의식을 치르지는 않는다고 한다.

"이번 혼인이 이렇게까지 거창해진 이유가 뭘까요? 라이제강의 피가 진한 집안에 시집가는 조카를 아우브 아렌스바흐가 걱정해서, 가브리엘레 님 때처럼 무시하지 말라고 못 박으려 일부러 경계선상에 있는 문에 왔다, 저는 그렇게 생각해요."

득의에 찬 얼굴로 밝힌 나의 추측을 페르디난드가 "생각이 짧군." 하고 지적했다.

"램프레히트의 말을 믿는다면 신부는 프뢰벨타크 출신인 셋째 부인의 딸이다. 이렇게 난리를 피울 이유가 없지. 아마 중앙과 클라센부르크와는 거래하면서 아렌스바흐와 거리를 두려고 하는 에렌페스트를 견제하는 것이 가장 큰 목적이 아닐까? 분명 아렌스바흐도 초조한 거다."

페르디난드는 그렇게 말하며 한숨을 쉬었다.

"지금까지는 가브리엘레의 딸인 베로니카 파, 말하자면 아렌스바흐의 영향력이 강한 파벌이 수십 년간 에렌페스트의 최대 세력이었다. 베로니카의 아들 질베스타가 영주가 되면서 더욱 견고해질 줄 알았지. 하지만 질베스타는 그대를 구했고, 전 신전장과 모친인 베로니카를 처벌하면서 자신의 지지 세력이었던 파벌을 모조리 잘라냈다."

페르디난드의 말에 나는 질베스타가 어떤 상황인지 겨우 헤아릴 수 있었다. 귀족의 파벌 관계가 전혀 이해되지 않았을 때는 '왜 죄인이 제멋대로 날뛰게 놔두는 거지?'라고 생각했었다. 하지만 지지자가 없어지는 것이 어떤 의미인지 알면 그것은 심히 무섭고 두려운 일이었다. 그 처벌은 영주로 있기 위해 필요한 자신의 파벌을 잘라 버리는 행위였다.

입장 바꿔 생각하면 영주 부부, 형제자매, 칼스테드와 엘비라, 측근들 대부분을 내 손으로 처벌하거나 멀리 떼어놓는 것을 의미한다. 그렇게 되면 지금까지 내 편을 들었으나 회의적인 시선으로 바뀐 귀족, 지금까지 가깝지 않았던 귀족, 지금까지 원한을 품었던 반대파 귀족만 주변에 남는다. 믿을 수 있는 자기편이 거의 없는 상태로 생활하고, 영지를 다스려야 하는 셈이다.

"그대가 그런 표정을 지을 건 없다. 질베스타가 본인의 결정으로 한 일이야. 실제로 에렌페스트에는 그 결정이 필요했다. ……그리고 아렌스바흐의 이번 목적에는 귀족원에서 보지 못한 그대를 관찰하려는 의도도 숨어있겠지."

"귀에 딱지가 앉을 정도로 들어서 알아요. 신관장님의 지시가 있기 전까지 자발적으로 움직이지 않기. 축복은 최소한으로 억누르기, 맞죠?"

보호자가 시키는 대로만 움직인다는 것을 보여주기 위해 나는 부모 뒤를 쫄래쫄래 따라가는 병아리처럼 페르디난드의 뒤에 숨어 있을 예정이다.

이른 아침에 출발하자 점심 전에 라이제강에 도착할 수 있었다. 여기저기 겨울 저택을 돌아다니며 기원식을 치르던 때와 비교하면 앞으로 쭉 날아가기만 하면 되어서 상당히 빨랐다. 중급 이상의 귀족만 움직여서 기수의 속도를 높일 수 있었던 것도 큰 요인이었으리라.

"잘 오셨습니다."

라이제강 백작이 우리를 맞이해 주었고, 영주 부부와 빌프리트, 샤를로테를 저택 안으로 들였다. 그들의 측근과 호위 기사단도 그 뒤를 이었다.

"요리사는 여깁니다. 오늘 잘 부탁합니다."

푸고와 성에서 데려온 궁중요리사는 오늘 밤 신부 일행을 환영하는 연회에서 힘써 줄 도우미들이다. 숙박비 대신에 증조부님이 구매하신 레시피집의 올바른 조리법을 보여줄 셈이다.

하지만 나와 페르디난드는 곧바로 저택에 들어가지 않았다. 어느 정도 떨어져 있어도 기수가 유지되게끔 해두고, 신전 시종들에게 지시를 내려야 해서다. 나는 귀족 측근들을 대기시키고, 신전 팀에 지시를 내렸다.

"점심을 먹으면 별채에 가서 옷을 갈아입을 거니까 준비해 두세요."

세례식과 수확제 때와 마찬가지로 신관과 무녀는 백작의 저택에 들어가지 못한다. 그래서 나와 페르디난드도 의식용 의상으로 갈아입을 때는 별채로 이동해야 한다. 그것이 이곳의 규칙이라면 수확제 때 우리의 시중을 드는 회색 신관을 자유롭게 출입하게 해준 일크너는 역시나 상당히 관대했던 것 같다.

"우리는 제단 준비를 하러 먼저 경계선에 가마. 그렇게 여유는 없어."

"알겠습니다."

페르디난드의 말에 회색 신관들이 움직이기 시작한다. 별채를 청소하고, 엘라가 준비한 도시락을 먹고, 환복에 필요한 짐을 옮기려면 상당히 바쁘리라.

움직이기 시작한 회색 신관들을 지켜본 뒤 나와 페르디난드는 측근들과 저택에 들어갔다.

점심을 먹고 별채에서 신전장의 의식용 옷으로 갈아입으면 신전 팀이 먼저 출발한다. 신전 팀이라고 해도 나와 페르디난드의 귀족 측근들도 포함이다.

경계문에서 의식을 치른 적이 없으므로 당연히 제단도 없다. 그래서 간이 제단을 설치해야 한다. 동시에 불시의 습격 등에 대비하여 문대기실과 의식이 열리는 방에 페르디난드가 다양한 장치를 설치하기로 했다.

나는 모니카와 니콜라의 도움으로 옷을 갈아입고, 레서버스에 올랐다. 조수석에 안게리카, 뒷좌석에 회색 신관들이 타는 것을 확인하고 출발이다.

라이제강에서 더 남쪽을 향해 하늘을 달렸다.

"……어?"

청색 무녀 시절의 기원식 때는 상공에서 보면 에렌페스트와 아렌스 바흐에 별 차이가 없고, 계속 똑같은 숲만 이어져 있어서 경계선이 어디에 있는지도 몰랐었다.

그런데 오늘은 경계선이 보였다. 정말 똑똑히 선을 그은 것처럼 우거진 숲과 관목 초원으로 나뉘어 있었다. 최근 들어 직할지의 기원식과 수확제만 담당하느라 귀족이 관할하는 남쪽 끄트머리까지 오지 않아서 경계선 부근의 광경이 바뀐 줄 모르고 있었다.

나는 페르디난드를 쳐다보았다. 페르디난드는 복잡한 표정으로 발밑을 내려다보고 있었다. 역시 상황이 심상치 않은 모양이다. 하고 싶은 질문은 산더미지만, 긴급 사태도 아닌데 기수 너머로 소리치면 '영주의 양녀가 천박하게 무슨 짓이냐'라고 할 것이 뻔하다. 하는 수 없이 문에 도착할 때까지 참기로 했다.

영주는 영지와 영지의 경계선을 귀족이 넘으면 알 수 있다고 한다. 반대로 말하면 마력이 귀족의 기준에 못 미치는 자는 감지하지 못한다. 이 경계를 지키는 결계 덕분에 영주는 다른 영지 귀족의 침략을 누구보다 먼저 알아차릴 수 있다. 또한 귀족이 침략 등의 의심을 받지 않고 드나들 의도로 설치한 것이 이 경계문이기도 하다.

"……저게 경계문인가요?"

시야 가득 펼쳐진 숲속에 거대한 흰 문이 덩그러니 있다. 결혼으로 귀족이 이용하는 전제로 만들어서 그런지 마을의 문보다 훨씬 크고, 넓직하다. 다만, 경계문 좌우에 벽 대신 눈에 보이지 않는 결계가 뻗어 있어서 숲속에 커다란 문이 뜬금없이 세워져 있는 것처럼 보인다. 마차가 지나갈 만한 도보 외에는 온통 녹색이어서 상공에서도 눈에 확 띄었다.

"잘못 찾을 걱정이 없는 점은 훌륭하네요."

안게리카가 말한 대로다. 상당히 느낌이 묘하지만, 못 보고 지나칠 걱정은 없겠다.

"로제마인 님, 페르디난드 님, 기다리고 있었습니다."

경계문에 도착하자 문을 지키는 기사들이 맞이해 주었다. 이곳에는 에렌페스트의 기사뿐만 아니라 아렌스바흐의 기사도 있었다.

"오늘은 양 영지에서 영주 일족이 모이는 큰 행사니까 힘들겠지만, 잘 부탁해요."

나는 페르디난드가 시킨 대로 양측 대표에게 인사하고, 페르디난드에게 받은 가죽 주머니를 건넸다. 짤랑 소리 나는 가죽 주머니 속에는 나중에 경계문에 집결된 기사들이 축하주를 마실 때 쓸 돈이 들어 있다.

축하주를 현물로 건네면 무언가 혼입될 위험이 있으니 우리 쪽에서 준비하지 않는 편이 무난하다는 결론이 나와서다. 현물이 아니니까 임무 중에 몰래 마실 사람도 없을 테고, 공개적으로 돈을 건넸으니 대표가 먹고 튀지도 못하리라.

"황송합니다."

큰 업무의 뒤풀이 비용을 받아서인지 기사들의 얼굴에 희미한 미소가 어렸다. 첫인상은 중요하다. 일단 기뻐하는 그들을 보고, 나는 에렌 페스트 기사에게 의식이 열리는 방으로 안내하게 했다.

"신관들은 제단 준비를 해라. 로제마인은 대기실에서 대기다."

페르디난드의 지시에 따라 프랑을 포함한 신전 시종들이 기수에서 모든 짐을 실어 날랐다. 짐을 전부 옮기면 나는 기수를 정리하고 대기 실로 이동한다. 시종들이 준비하는 동안 오틸리에와 브륀힐데가 내 시 중을 들었다. 두 사람은 여기저기 돌아다니며 차를 따라주었다. 차와 함께 나온 디저트는 엘라가 출발 전에 만들어 준 거다.

오물거리며 먹고 있는데, 어느 정도 지시를 내리고 신구 등 설치가 끝났는지 페르디난드도 대기실로 들어왔다. 곧바로 유스톡스가 차를 내왔다. 페르디난드의 측근에는 유스톡스 외에도 모르는 얼굴이 몇 명 있었다. 에크하르트의 모습이 없으니까 느낌이 묘했다.

오늘의 의식과 역할 분담을 복습한 후 나는 페르디난드에게 상공에 서 본 풍경 얘기를 꺼냈다.

"……그나저나 풍경이 완전히 바뀌었던데요. 제 기억과 다르던데 그때 습격당한 곳과 똑같은 곳 맞죠?"

'그때'로 제대로 전해진 모양이다. 페르디난드는 미간을 찌푸리면 서 "거의 그쯤이지."라며 고개를 끄덕였다. 그때 눈에 띄는 문은 보이 지 않았으니 다소 거리가 있어도 아렌스바흐의 경계 근처라는 의미로 는 같은 공간에 있는 셈이다.

페르디난드는 벨트에 걸어둔 가죽 주머니 속에서 도청 방지 마술 구를 꺼내어 내게 내밀었다. "아렌스바흐 기사도 있으니까."라며 포기 섞인 한숨과 함께 조그맣게 속닥였고, 나는 내가 또 실언했음을 깨달 았다.

"죄송해요."

"됐다. 아마 이 경계 부근은 빈데발트 백작의 관할이었겠지. 백작이 처벌된 뒤에 파견된 귀족의 마력이 부족한 건지, 아니면 벌로 이 땅에 귀족을 파견하지 않았는지, 애초에 아렌스바흐 전체의 마력이 떨어진 건지. ……어쨌거나 아렌스바흐는 마력 부족에 허덕이는 모양이군."

페르디난드의 말에 나는 입술을 삐죽 내밀었다.

"그렇게 마력 부족에 허덕이면서 신부를 둘이나 보내는 목적이 뭘까요? 영주의 조카라면 상급 귀족이고, 마력 압축을 하기 전의 람프레히트 오라버니보다 마력이 많을 거잖아요? 귀한 인재였을 텐데요……."

"두 신부 이상의 대가를 요구할 게 분명하다. 아직 무슨 꼼수인지는 모르겠지만……."

정보가 터무니없이 부족하다. 그렇게 말하면서 페르디난드는 차를 마셨다.

성결식을 위한 제단이 완성됐을 때쯤에 에렌페스트 사람들이 도착했고, 그 뒤에 아렌스바흐 사람들도 도착했다. 두 영주는 장황한 인사를 주고받았다. 나는 그것을 멍하니 들으면서 아렌스바흐 측 사람들을 관찰했다.

자수가 들어간 베일로 얼굴을 가린 신부들은 뒤쪽에 있어서, 인사를 나누고 있는 아우브 아렌스바흐와 그 일족이 제일 먼저 시야에 들어왔다.

'저 사람이 아우브 아렌스바흐구나.'

아우브 아렌스바흐는 할아버지라고 해도 좋을 정도로 나이가 지긋

한 사람이었다. 50대 중반에서 후반쯤이 아닐까? 옆에 서 있는 게오르기네와 부녀지간으로 보일 정도로 나이 차이가 난다. 거기에 디트린데까지 함께 있으니 완전히 3대 가족으로 보였다.

아우브 아렌스바흐의 뒤에 숨듯이 디트린데보다도 어린, 내 또래쯤으로 보이는 여자애가 함께 있었다. 금발에 파란 눈. 아주 예쁜 아이다.

'저 아이가 또 다른 영주 후보생인가?'

영주 후보생이라면 영주의 자식임이 틀림없겠지만, 게오르기네의 아이는 아닐 터이다. 디트린데가 막내딸이라고 들은 적이 있다. 게다가 얼굴도 다르고, 서 있는 위치를 보아도 부모 자식의 거리가 아니었다.

'또 다른 부인이 있거나 아니면 나처럼 방계에서 데려온 양녀이려나?'

아렌스바흐의 영주 일족을 관찰하는 동안 영주 사이의 인사가 끝났다. 게오르기네는 온화한 미소를 지으며 아우브 아렌스바흐보다 반걸음 뒤에 물러서 있다. 나서지 않는 모습이 왠지 에렌페스트에서 봤을 때와 분위기가 달라 보인다.

디트린데가 다정하게 웃으며 빌프리트에게 다가왔다.

"빌프리트, 로제마인과 혼약했다면서요? ……그런데 내 눈에는 둘 사이가 여전한 것 같네요."

"로제마인과는 원래 가족이니까 변하는 건 없습니다."

그 뒤 디트린데가 샤를로테와도 무난한 첫인사를 나누는 것을 시야 끝으로 보면서 나는 람프레히트의 신부, 아우렐리아와 그녀의 가족으로 시선을 옮겼다.

아우렐리아는 베일을 쓰고 있어서 얼굴이 똑똑히 보이지는 않았다. 하지만 영주의 조카라는 지위에 걸맞게 의상이 상당히 화려하다. 여성치고는 키가 큰 편이어서 체격이 좋은 램프레히트와 나란히 있으니 안정감이 있었다.

아우렐리아의 부친도 아우브 아렌스바흐처럼 꽤 고령이었다. 첫 손자가 성인이 되었을 세대이리라. 아우렐리아의 모친인 셋째 부인은 늦게 들인 부인일까. 엘비라와 비슷비슷한 나이대로 보였다. 그 모친 옆에 나란히 서 있는 소녀에게로 시선을 옮겼다.

'저 아이가 애교가 많고, 눈치가 빨라서 사랑받는다던 그 여동생인가? 투리랑 좀 닮은 것 같아.'

풍성한 머리카락을 땋은 스타일과 생글거리며 밝고 활동적인 분위기가 왠지 모르게 투리와 닮았다. 나이도 언뜻 투리와 비슷해 보인다. 투리는 평균보다 발육이 좋으니까 어쩌면 디트린데와 비슷한 나이대이리라. 학년은 다르더라도 귀족원에 재학 중일 터였다.

아우렐리아의 가족 뒤로 프로이덴의 친족과 그의 신부인 아렌스바흐의 중급 귀족 친족이 인사를 나누는 것이 보였다.

"그럼 성결식을 시작하자."

페르디난드의 지휘로 성결식이 시작되었다. 제단이 있는 방으로 친족들이 이동하고, 신랑 신부와 내 측근과 페르디난드의 측근은 대기실에 남았다.

"저, 당신이 램프레히트 님의 여동생이고, 오늘 의식을 진행하는 신전장님이신가요? 에렌페스트의 성녀라고 들었어요. 이렇게 어리신데 맡겨도 될까요?"

아우렐리아의 목소리에 나도 모르게 뒤돌아보았다. 접촉 금지라고 했지만, 말을 걸었는데 어찌 무시할 수 있으랴. 내가 뒤돌아봄과 동시에 슥 하고 앞으로 나와 경계 태세에 돌입한 안게리카와 측근들이 내 주위를 둘러쌌다. 이에 호응하듯 신부 측에 있던 아렌스바흐 기사들도 경계 태세를 취했다.

"물러서세요. 경사스러운 자리에서 소란한 기운을 풍기면 안 되죠."

측근들의 뒤에서 그렇게 말한 나는 아우렐리아에게도 말을 걸었다.

"저 같은 어린애에게 중요한 의식을 맡기면 아렌스바흐 귀족은 불안할지 몰라도 저는 신전장으로서 매번 의식을 거행하고 있습니다. 제대로 축복을 내릴 테니 안심하세요."

"로제마인 님, 신부와 개인적인 접촉은 금지입니다."

레오노레의 말에 나는 나중에 보호자들에게 혼날 각오로 확 고개를 돌리며 가슴을 폈다.

"접촉은 하지 않았어요. 이건 내 혼잣말이에요."

"어쩜. 그렇게 우렁찬 혼잣말이 다 있군요."

오틸리에가 뭐라고 하든 혼잣말이다. 내가 끝까지 우기자, 아렌스바흐 측에서 가냘픈 목소리가 들려왔다. 여러 사람에게 가로막혀 있어서 확실치 않지만, 아마도 아우렐리아이리라.

"……저도 혼잣말이지만, 정말 축복을 내려주실 건가요?"

놀라움이 섞인 불안한 목소리에 나는 눈을 끔뻑거렸다. 에렌페스트의 내부가 분열되었다는 정보는 구 베로니카 파를 통해 아렌스바흐로 흘러 들어갔을 터였다. 우리 입장에서는 아렌스바흐 측이 억지로 떠민 신부지만, 어쩌면 두 신부에게도 권력으로 강행한 억지 결혼인지도 모른다. 만약 그렇다면 심각한 정세 속에서 시집오게 되어 가장 불안할 사람은 두 신부다.

"이것도 혼잣말이지만, 새로운 부부를 축복하는 건 당연합니다. 그러기 위해 제가 여기에 있는 거죠. ……영지 상황이 복잡하니 서로 불안한 사항도 많겠죠. 하지만 에렌페스트의 생활은 부부 두 사람이 서로 이해하고, 서로 도우며 만들어나가는 것이에요. 그 길이 행복으로 가득하길 빌어드릴게요."

커다란 혼잣말을 주고받자, 각자의 호위 기사가 얼굴을 마주 보며 한숨과 함께 물러서기 시작했다. 덕분에 대기실 안의 긴장감이 점차 풀렸다.

"신전장님, 입실하십시오."

프랑의 목소리가 문 너머에서 들려왔다. 나는 두 신부를 향해 싱긋 웃은 뒤 성전을 품에 안고 열린 문으로 향했다. 아렌스바흐 측의 강렬한 시선을 느끼면서 나는 제단 앞에 있는 페르디난드 쪽으로 똑바로 걸었다. 이 중대한 의식에서 옷을 밟고 넘어지지 않게 세심한 주의를 기울이며.

성전을 놓아두는 제단 뒤에는 나를 위한 발판이 마련되어 있다. 평소처럼 페르디난드에게 성전을 넘겨서 대신 제단에 올리게 한 뒤 나는 발판에 올라섰다.

내 준비가 끝나자 페르디난드가 소리쳤다.

"지금부터 성결식을 거행하겠다. 신랑 신부는 앞으로!"

회색 신관이 연 문에서 신랑 신부가 입장했다. 서로의 기사단이 팽팽한 긴장감을 보이는 가운데 열리는 의식이지만, 친족에게서 박수와 축하의 말이 나왔고, 나는 이에 안심하며 아래를 내려다보았다.

페르디난드의 성전 낭독이 끝나면 그다음은 양쪽 영주가 지켜보는 가운데 두 커플에게 결혼 의사를 묻는다. 에렌페스트로 시집오는 경우이므로 혼인 서류를 준비하는 것은 에렌페스트 측이다. 질베스타가 꺼낸 서류에 마술구 펜으로 신랑 신부가 차례로 사인한다. 금색으로 타들어 가는 계약 서류 두 장이 모두 흔적도 없이 타면 혼인 성립이다.

"새로이 탄생한 부부에게 신전장의 축복이 있겠다."

여기서 내가 사람들 앞에 나설 차례다. 축복의 양을 조절하기 위해 사전에 마력을 담아둔 마석을 페르디난드가 내게 건넸다. 이 마석의 마력만으로 축복을 내리는 것이다. 페르디난드가 고안한 '과한 마력 방지 작전'이다. 절대 헛짓거리하지 마라, 라는 페르디난드의 시선에 가볍게 고개를 끄덕인 나는 한 번 크게 숨을 들이쉰 후, 신에게 기도를 올렸다.

"높고 정정한 천공을 관장하는 최고신인 어둠과 빛의 부부신이여. 나의 기도를 듣고 새로운 부부의 탄생에 당신의 축복을 주소서. 당신께 그들의 마음과 기도와 감사를 바치오니 거룩한 가호를 내려 주소서."

최고신인 부부신의 축복을 빌자 여느 때처럼 반지에서 금빛과 검은 빛이 소용돌이치며 천장 근처까지 날아올랐다. 금색과 검정이 꽈배기를 틀며 꼬이더니 이내 터졌다. 모든 것이 작은 빛 가루가 되어 신랑 신부의 머리 위로 떨어져 내렸다.

이번에는 자제하라는 말도 있었고, 신랑 신부가 두 팀이라서 그렇게 큰 축복도 아니다. 감정에 쉽게 좌우되는 나의 축복이 네 사람에게 평등하게 날아간 것에 안도의 한숨을 내쉬자, 아렌스바흐 측에서 "호오……." 하고 감탄 섞인 한숨이 새어 나왔다.

"훌륭한 축복이었다. 에렌페스트의 성녀."

"황송합니다."

아우브 아렌스바흐가 피식 웃음을 보였다.

하지만 그 시선은 내가 아닌 페르디난드에게 향해 있었다.

염색 공모전 협의

성결식이 무사히 끝나고, 나는 예정대로 앓아누웠다. 깨어난 후에 페르디난드에게 들은 건 구 베로니카 파 아이들의 고군분투로 습격을 미연에 방지했다는 이야기였다.

"습격자가 신전 일행이 마차로 이동할 줄 알았나 보지. 가도 변 숲속에 여러 명의 기척이 있었다는 보고가 기사단에서 올라왔다."

"가도 변 숲이요? 대체 뭐 하러? 길이고 뭐고 아무것도 없고, 목적지까지 일직선으로 갈 수 있는 기수를 타고 굳이 힘들게 가도를 따라 상공을 나는 사람도 없는데 무슨 생각이었을까요?"

어이가 없다며 중얼거리자 페르디난드가 나를 날카롭게 노려보았다.

"그대가 본인 기수에 회색 신관들을 모조리 태우고 이동할 줄 몰랐겠지. 그대가 기수의 크기를 자유자재로 바꾼다는 사실은 일부 귀족만 아는 데다 일반인이라면 영주의 양녀가 자기 기수에 회색 신관을 태울 거라고 누가 생각이나 했겠느냐."

"……그러니까 제 유연한 발상 덕분인 거네요."

"몰상식한 거지."

페르디난드가 말하길 귀족으로 치면 비상식적인 나의 행동 때문에 습격자가 공격 대상을 놓쳤다고 한다. 숲속에서 마차가 지나가기를 꼼짝 않고 기다리는 한심한 습격자의 모습을 상상하니 웃겼다.

기사단이 못 찾을 정도로 마력이 미약한 습격자들은 기사단이 수색을 시작하자마자 뿔뿔이 흩어져서 마력을 지웠다고 한다. 미약한 마력을 따라 기사들이 수색했지만 대상을 놓쳤고, 경계문의 경계를 강화했다고 한다.

"결과로 따지면 아무 일도 없이 끝났다. 하지만 구 베로니카 파 아이들이 계획을 눈치채고, 사전에 연락을 취하려고 노력한 것도 사실이다. 로데리히의 편지와 그 정보 제공자들 덕분에 숲에 잠복한 습격자의 존재가 밝혀졌다. 귀족원에서 다른 파벌끼리도 협력하도록 그대가 애쓴 노력의 결실이라고 리카르다가 그러더군."

껄끄러운 분위기가 싫어서 시작한 일이었고, 파벌 관계는 부모가 엮인 이상 영지로 돌아가면 협력 체제가 끝날 줄 알았는데 이는 기쁜 오산이었다. 성인이 되어 자유롭게 파벌을 선택하게 되면 그들을 우리 쪽으로 끌어들일 생각이었는데 구 베로니카 파 아이들은 꽤 선진적이었다.

"로데리히와 아이들이 용감한 행동으로 영주께 충성심을 보여줬네요. 자신의 부모와 대립하는 일이 얼마나 힘든 일인지, 양아버님이라면 알고 계실 테니까 아이들을 잘 거둬주시도록 신관장님 쪽에서도 잘 말해주세요."

귀족 사회에서 성인이 되기 전에 부모를 떠나려고 결심하는 건 자신의 기반을 무너뜨리는 셈이다. 다음 비호자가 없으면 그들의 미래에는 한 가닥의 희망도 없다. 일반적으로 견습생 업무도 친척의 밑에서 이루어지기 때문에 순식간에 짓밟힐 가능성이 크다.

"······그들은 그대에게 알리려고 필사적이었다던데 그대가 하지 않고?"

"제 측근으로 거둬도 돼요? 데려오고 싶은 사람은 있는데 제가 맨 먼저 구 베로니카 파를 들이면 다들 좋아하지 않잖아요."

아직도 기반이 약한 질베스타나 차기 영주가 될 빌프리트가 데려가는 편이 낫지 않을까. 라이제강을 등에 업은 내가 데려가는 편이 구 베로니카 파에 효과가 크다면 사양하지 않고 거둘 생각이지만.

"잠깐. 측근으로 들이겠다고? 공을 세운 포상을 주는 것이 아니라? ……여전히 성급하기 짝이 없군. 고작 이번 일 하나로 무작정 측근으로 삼으면 위험하다."

"저는 귀족원에서 그들의 행동을 지켜봐 왔기 때문에 무작정이 아니에요. 일면식도 없는 사람을 서류로만 판단해서 측근으로 삼은 하르트무트와 브륀힐데 때가 더 무작정이었죠."

보호자 입장에서는 사전에 나의 측근 후보를 가려냈으니 무작정이 아니었을지도 모른다. 하지만 내 입장에서는 됨됨이도 모르는 낯선 사람이 측근으로 들어온 셈이다. 그것에 비하면 구 베로니카 파 아이들은 귀족원에서 한 계절 동안 그들의 언행을 지켜보았다.

처음에는 다른 파벌과의 협력을 못마땅해했지만, 팀을 만들어주니 모두 하나가 되어 공부했고, 자료 제공이며 공부도 서로 가르쳐주게 되었다. 정보 수집으로 돈을 벌 때도 구 베로니카 파가 아니면 얻을 수 없는 아렌스바흐의 정보를 모으려고 힘썼고, 영지대항전 준비도 자기들 나름의 적절한 위치에서 활약했다. 함께 생활해 보면 평소에 아무리 표정을 관리하는 귀족이라도 다소 보이는 것이 있다.

'나한테 보는 눈이 있느냐 없느냐는 제쳐놓고.'

"그렇군. 듣고 보니 그대에겐 갑작스러운 일도 아니겠군. 하지만 주변 사람에게는 그렇지 않다. 구 베로니카 파를 측근으로 삼으려면 시간과 공적이 더 필요해. 허나 훗날을 위해서도 공에 포상을 하는 편이 좋다. 그대는 어쩌고 싶은가?"

어쩌고 싶으냐고 물어도 곤란하다. 방금 측근으로 삼고 싶다고 일단의 희망을 말했다. 그것 외에 구 베로니카 파 아이들을 이쪽 파벌에 끌어들임과 동시에 조금이라도 어른의 의식을 바꾸는 데 일조하는, 요긴한 포상이 있을까?

"측근 말고……. 예전에도 한 번 제안한 적이 있는데 계약 마술 내용을 살짝 수정해서 마력 압축 방법을 가르치면 안 될까요?"

"……그대의 마력 압축 방법이라."

지금은 플로렌치아 파로 확정된 귀족을 선별해서 가르치고 있다. 공적에 대한 포상으로 가르쳐줄 수 있다면 우리 파벌을 위해 움직일 자가 늘어날 것이다.

"구 베로니카 파 아이들은 왜 자기 손으로 파벌을 정하지 못하는지, 성인이 될 때까지 기다리면 성장에 큰 차이가 벌어지지 않을지……. 그런 말을 하면서 초조해했었어요."

"그럴만하지. 성장률은 크게 벌어지겠지. 그건 램프레히트와 다무엘 세대, 안게리카와 코르넬리우스 세대를 비교해도 명백하거든."

"애초에 신관장님과 양아버지는 에렌페스트의 마력 부족을 해소하려고 압축 방법을 퍼트리고 싶으셨죠? 우리 편이 되겠다는 계약 마술을 맺을 수 있다면 아이들이 성장기일 때 최대한 마력을 키워주고 싶어요."

페르디난드는 복잡한 표정으로 묵묵히 내 말을 들었다. 바로 거부하지 않는다는 것은 다소 희망이 있다는 뜻이다.

"마력 압축 방법을 가르쳐도 되는지는 상층부의 의견을 따라야 해서 당장 대답할 수는 없지만, 하루라도 빨리 아이들을 이쪽 파벌로 끌어들여야 한다. 그래서 부모까지 끌어들이든가, 아니면 장래의 귀한 인재가 짓밟히기 전에 아이들만이라도 확보해서 부모를 버리게 하든가…… 곧 선택의 기로에 몰리는 날이 오겠지."

"그렇겠죠. 이대로는 아렌스바흐에 붙고 싶은 부모와 스스로 파벌을 선택하고 싶은 아이 사이에 대립이 심해질 수 있으니까 미성년자들을 비호할 사람이 필요해질 거예요."

구 베로니카 파 아이들을 비호하려면 아직 어린 나로서는 부족하다. 에렌페스트를 통치하는 질베스타의 일이다. 영주로서 그들의 공적과 결의에 보상했으면 했다.

"그대의 의견은 잘 알겠다. 전해 두마."

몸을 회복하고, 일상생활이 돌아왔다. 필린느와 하르트무트가 신전을 오가며 평소 업무를 재개하자 기다렸다는 듯이 평민촌에서 면담 의뢰가 들어왔다. 염색 공모전을 여는 길베르타 상회가 주 의뢰자였다.

면담 일정을 정하고, 나는 브륀힐데에게 올도난츠를 날려 보냈다.

"브륀힐데, 길베르타 상회와 염색 전시회 회의를 신전에서 열 건데 어쩔래요? 평민촌보다는 마음이 편할 거예요."

"필린느와 하르트무트도 출입하고 있는걸요. 걱정하지 않으셔도 가겠습니다."

신전에 문제없이 들어갈 수 있다는 대답이 돌아왔다. 수시로 드나드는 다른 측근의 얘기를 듣는 사이에 평민촌보다는 거부감이 줄어든 모양이다.

"하르트무트는 신전에 대해서 뭐라고 했어요?"

"귀족 대신 신관이 있을 뿐이지 성과 다름없이 청결하고, 또 평민출신 회색 신관도 교육을 잘 받아서 주변에 있어도 불쾌하지 않다고 했습니다."

"저도 신전에서 어떤 업무를 했는지 보고했습니다."

하르트무트뿐만 아니라 필린느도 싱긋 웃으며 그렇게 말했다.

"로제마인 님, 이번 길베르타 상회의 면담은 염색 공모 전시회에 관한 회의가 될 테니까 엘비라 님께도 연락을 드리시지요."

하르트무트의 지적으로 엘비라에게도 연락을 넣은 결과, 길베르타 상회의 회의에 호위 기사와 문관, 거기에 브륀힐데와 엘비라까지 참가하게 되었다.

오늘 면담은 엘비라와 브륀힐데가 동석하므로 여느 때의 고아원 원장실이 아닌, 신전의 정면 현관과 가장 가까운 곳에 새로 마련한 응접실에서 열 예정이다.

"지금 출발하겠습니다."

엘비라가 보낸 올도난츠가 날아왔다. 나는 니콜라에게 차와 디저트 준비를 부탁하고, 프랑과 모니카와 다무엘과 안게리카를 대동하고 정면 현관에 마중을 나갔다. 하늘을 두리번거리는데 성 쪽에서 대열을 지은 기수 무리가 날아오는 것이 보였다. 예상보다 많다. 엘비라와 브륀힐데와 함께 견습 문관 두 사람과 견습 호위 기사 두 사람도 왔다.

"여기가 신전이군요⋯⋯."

처음 온 브륀힐데는 신전을 검사하듯 쭉 둘러봤지만, 신전장실에 온 적이 있는 엘비라는 주저 없이 신전으로 들어왔다. 그 모습에 브륀힐데의 황색 눈동자가 믿을 수 없다는 듯이 휘둥그레졌다.

신전에 들어가는 다른 측근들의 발걸음에도 주저함이 없다. 성큼성큼 걷는 모두에게 홀린 듯이 브륀힐데도 신전으로 들어왔다. 최대한 표정에 감정을 드러내지 않으려고 하지만, 아주 살짝 눈동자가 좌우로 흔들린다.

"이쪽이 응접실입니다. 귀족 문관과 평민 상인이 만날 때 사용합니다."

응접실 가구는 전 신전장이 남긴 물건이다. 정세가 바뀜을 감지한 청색 신관과 그의 본관에서도 거부하고, 신전 내에서도 인수할 사람이 없어서 그대로 창고에 쌓여 있었다. 하지만 페르디난드의 의견으로 이번에 유효하게 활용하기로 했다. 전 신전장은 본가의 격에 맞는 가구를 사용하고 있었고, 의자의 천을 새로 갈고 번지르르하게 윤기를 낸 응접실은 상급 귀족이 사용해도 전혀 문제가 없는 장소가 되었다.

페르디난드는 가구를 쭉 둘러보더니 만족스럽게 고개를 한 번 끄덕였지만, 필린느는 주눅 든 기색으로 눈동자만 굴렸다. 어쩌면 하급 귀족에게는 너무 화려해서 긴장하게 되는, 불편한 방이 되었는지도 모른다.

"오늘 디저트는 코르데 타르트입니다. 신작이에요."

내가 엘라와 니콜라가 제철 맛을 듬뿍 넣어 만든 타르트를 권하자, 프랑이 곧바로 차를 따라 주었다. 프랑이 달인 차가 브륀힐데의 입에도 맞은 모양이다. 한 모금 마신 브륀힐데가 지그시 눈을 감고, 그 맛을 천천히 음미했다.

"정말 맛있어요."

"프랑은 페르디난드 님의 교육을 받았고, 우수한 평가를 받고 있답니다."

"어쩜……."

우리가 차와 디저트를 즐기고 있을 때 길이 길베르타 상회 멤버들을 데리고 왔다. 귀족이 쭉 늘어선 응접실을 본 순간, 오토가 숨을 삼키는 것이 보였다. 나를 보며 깊은 미소를 짓는 건 동요를 숨기기 위해서이리라.

'하긴 귀족이 열이나 있으니까 놀랄 만하지.'

장황한 인사를 끝내고, 나는 오토에게도 자리에 앉아 차를 마시길 권했다.

"오토, 평민촌 상황은 어때요? 다른 영지에서 상인이 많이 오고 있죠? 공방과 고아원을 둘러보러 가니까 예전보다 시끌벅적하던데요?"

프랑이 달인 차와 코르데 타르트를 맛보면서 나는 오토에게 화제를 던졌다. 귀족들에게 평민의 직접적인 정보가 도움이 된다는 것을 보여줘야 해서다.

"성황입니다. 상업 길드를 비롯한 대형 상점이 대응에 쫓기고 있고, 내년까지 해결해야 할 문제점이 몇 가지 드러났지만, 아직까지는 순조롭습니다."

내년을 대비해서 재검토해야 할 사항은 있지만, 방문자가 많아졌다는 말은 상업상 기회가 늘었다는 말이다. 이탈리안 레스토랑에 왔었던 점주들은 이미 내년을 대비해 움직이기 시작했다고 한다.

"길베르타 상회에서도 린샴과 머리 장식의 판매율이 높습니다. 이탈리안 레스토랑도 소개 제도로 출입이 제한되어서 고급스러움과 특별함이 더욱 부각되었습니다. 중앙 상인도 음식을 보고 눈이 휘둥그레지더군요. 아직 에렌페스트에는 부족한 물건이 많지만, 다른 영지보다 뛰어난 부분도 몇 가지가 있어서 자긍심을 가지고 장사하고 있습니다."

중앙과 클라센부르크의 상인을 상대로도 지지 않고 장사하는 오토
와 벤노의 모습이 눈에 선하다. 나는 점점 신이 났다.

"큰 문제가 없어서 다행이네요. 거리도 깨끗하게 유지되고 있
나요?"

"물론입니다. 지금도 병사들이 순찰을 하는데 요즘은 불평도 줄었
습니다. 새로운 생활 방식에 모두가 적응해서겠지요. 부디 그들을 치
하해 주십시오."

눈이 많이 쌓이는 겨울에도 쓰레기나 오물을 버리러 갈 수 있게 통
로와 지붕 설치가 진행 중이라고 했다. 건설 관련 공방도, 재목을 취급
하는 상회도 분주하다고 한다.

"그럼 염색 공모 전시회 얘기를 나눠보죠. 염색 공방 상황은 어
때요?"

"영주 일족에게 칭호를 하사받고, 귀족의 전속이 되는 길이 열린다
는 말에 다들 흥분해 있습니다. 젊은 장인은 구텐베르크와 같은 칭호
를 받으려고 야심에 불타는 눈으로 새로운 염색을 만들어내려 하고
있고, 경험이 많은 장인은 자신이 견습생이었을 무렵에 스승에게 들은
얘기나 기술을 떠올리려고 안간힘을 쓰고 있습니다."

지금은 쓰지 않게 된 염색 기술이지만, 길베르타 상회에 남아 있던
옛 수기와 천, 염직 협회의 창고에서 찾아낸 몇 없는 정보로 기술 부활
작업까지 하며 분위기가 뜨겁게 달아오른 듯했다.

"이것이 참가할 염색 공방과 장인의 목록입니다."

오토가 내민 목록을 쭉 훑어보니 에파라는 이름이 있었다. 공방 이
름으로 엄마임을 확인한 순간, 단숨에 기분이 들뜨기 시작했다.

'우와! 엄마도 참가하는구나! 반드시 엄마를 전속으로 임명해야지!'

차분하게 목록을 보는 척하며 속으로는 주먹을 불끈 쥐는데, 오토가 내게서 엘비라에게로 시선을 옮겼다.

"엘비라 님, 전시회 일정은 언제쯤입니까? 장인에게 정확한 날짜를 알려야 합니다."

당일 반입 시간과 다과회 개시 시간, 행사 규모, 성에 들어갈 수 있는 인원수 등 중요한 사항은 대체로 오토와 엘비라, 이따금 브륀힐데가 대화를 나누며 정했다. 나는 잇달아 정해지는 사항에 고개만 끄덕일 뿐이다.

그러면서 머릿속으로 염색과 복식에 관한 칭호를 고민했다. 오토가 칭호를 하사해 달라고 했지만, 좀처럼 어울리는 이름이 떠오르지 않았다.

'구텐베르크도 요한이 만든 금속 활자에 감동해서 그냥 나왔을 뿐인걸. 책과 인쇄면 몰라도 염색은 영 흥미가 없단 말이지.'

도서관 관련이나 인쇄 관련이라면 얼마든지 생각나는 이름이 있지만, 우라노 시절에 엄마가 시켜서 해본 것이 전부인 염색 관련은 세세한 명칭까지 기억하지 않았다. 염색을 장인에게 퍼트리려고 한 이유도 유스톡스의 정보 수집에 대응하기 위해서였지, 염색물 공모전도 칭호도 예상 밖이다. 깊이 생각해 본 적이 없어서 생각나는 이름도 쓸 만한 게 없다.

'음. 사람 이름이 아니면 염료 이름이나, 제일 처음에 떠오른 유젠으로 할까? 그런데 일본어면 여기 사람들이 발음하기 어려울 텐데.'

설상가상 이곳에서는 귀족의 이름처럼 긴 이름을 붙여야 한다. 짧은 이름을 붙이면 보나 마나 이상한 표정을 지으리라.

'어쩌지. 아예 기술 부활, 같은 의미적인 단어가 나올지도⋯⋯. 뭐라고 했더라? 그 왜, 지금은 거의 까먹었지만, 있었잖아. 그런 시대가. 구별하기 어려운, 문화 부활이니 재생이니⋯⋯.'

"아⋯⋯ 맞다. 르네상스!"

확! 하고 고개를 든 순간, 콕 집어서 설명하기 어려운 복잡한 시선들이 나를 향해 있었다.

"아, 아하하, 실례했어요. 그, 우수한 자에게 하사할 칭호를 생각하다가 그만."

호호호, 하고 미소로 얼버무렸지만, 모두의 미묘한 표정은 여전했다. 순간 침묵이 흐르더니 오토가 웃음으로 표정을 관리하며 모두를 둘러보았다.

"호오, 르네상스. 그것이 로제마인 님께서 염색 장인에게 하사하실 칭호입니까? 곤란한 표정이시기에 혹시나 미비한 점이 있는가 싶었는데 그걸 고민하고 계셨군요."

'오토가 엄청 무마하고 있어. 그냥 입에서 튀어나온 말이라고 할 분위기가 아니야. 어쩌지!?'

"납득하실 만한 칭호가 결정되어 다행입니다."

"르네상스⋯⋯."

내가 속으로 머리를 싸매면서 어떻게 정정할지 고민하는 사이에 염색 관련 칭호가 르네상스로 결정되어 버렸다. 하르트무트와 필린느가 메모하고, 오토의 뒤에서 보좌로 서 있는 테오도 서자판에 쓰고 있다.

'우째! 염색이랑 동떨어져 버렸어. 이대로는 엄마가 르네상스로 불릴 판이야. 안 돼에에에에에에!'

회의가 끝나고, 길베르타 상회 멤버들이 일제히 퇴실했다. 그 뒤에 엘비라가 하급 문관들에게 퇴실을 명령했다.

"자네들은 이제 물러가도 좋아요. 오늘 내용은 회의록을 작성해서 플로렌치아 님과 샤를로테 님께 제출하세요. 난 로제마인 님과 페르디난드 님하고 할 얘기가 남았거든요."

상인의 회의가 끝난 다음 시간에 페르디난드와 약속을 잡아놓았던 모양이다. 하급 문관들이 퇴실하자, 모니카에게 페르디난드를 불러오게 하고, 프랑에게는 차를 새로 끓이게 했다.

"무슨 얘기가 있었죠? 전혀 들은 바가 없는데……."

"아우렐리아에게 들은 아렌스바흐의 내부 정보예요. 페르디난드 님은 당신에게 말할 필요가 없다고 생각하실지 몰라도 전 알아두는 게 좋을 것 같아서요."

나는 내 측근들을 둘러보았다. 브륀힐데도 하르트무트도 들어두는 편이 좋다고 생각하는 모양이다. 그들의 표정에 회의가 끝난 안도감은 어디로 가고 보이지 않았다.

"어머님, 아우렐리아 님은 결혼한 후로 어떠세요?"

"당신은 기본적으로 영주의 양녀로서 만날 테니 아우렐리아라고 부르세요. ……램프레히트와 의논하며 면담 상대를 엄선하고 있어서 지금은 아우렐리아가 구 베로니카 파와 접촉하는 것 같지는 않아요."

램프레히트와 아우렐리아의 신혼집이 부지의 별채여서 어느 귀족이 드나드는지 훤히 보인다고 한다.

"다른 신부, 베티나는 구 베로니카 파와 친밀하게 만나고 있다더군요. 뭐, 그건 이미 예상했던 일이었어요."

엘비라가 말하길 베티나와 혼인한 프로이덴은 구 베로니카 파의 중급 귀족이라고 했다. 친척 간에 만나다 보면 자연스럽게 구 베로니카 파와 친분이 쌓일 터이니 이건 어쩔 수도 없는 일이다.

"하지만 아우렐리아는 항상 베일을 쓰고 있어서 저도 아직 얼굴을 보지 못했어요."

"그러고 보니 오해를 피하고 싶어 한다고 램프레히트 오라버니가 그랬었네요."

"계속 아렌스바흐의 베일을 쓰고 있으면 더 오해를 살 텐데 말이죠."

엘비라가 한숨을 내쉬었다. 하지만 지금까지 줄곧 오해받으며 살아왔다면 이 긴박한 상태에서 더욱 오해를 피하려고 하는 아우렐리아의 마음도 이해가 간다.

"저기, 어머님. 아우렐리아를 염색 전시회에 초대하실 건가요? 저에겐 접촉하지 말라고 했지만, 그렇다고 초대를 안 할 수도 없잖아요."

남편이 섬기는 주인의 모친인 플로렌치아와 시어머니인 엘비라와 시누이인 내가 기획한 행사에 아우렐리아를 초대하지 않으면 제삼자 눈에는 완전히 며느리를 배제하는 식으로 보인다.

"그럼요. 초대를 안 할 수는 없죠. 제가 최대한 당신 옆에 있을 거고, 브륀힐데도 있어요. 발언에만 주의하면 됩니다."

내가 몇 가지 주의를 듣고 있을 때 페르디난드가 들어왔다.

"엘비라, 얘기해 봐라."

"램프레히트가 들은 정보인데요……."

그렇게 운을 떼며 엘비라가 알려준 얘기는 아렌스바흐의 영주 후보생이 갑자기 줄어든 이유였다.

"아우브 아렌스바흐의 첫째 부인은 드레반헬 출신이고, 둘째 부인은 베르케슈토크 출신, 셋째 부인이 에렌페스트의 게오르기네 님이셨다고 합니다."

"베르케슈토크……. 그랬던 거였군."

그 내용만으로 페르디난드는 뭔가를 깨달은 모양이지만, 공교롭게도 나는 하나도 모르겠다. 일단은 베르케슈토크가 정변으로 멸망한 대영지라는 건 안다.

"첫째 부인에게는 딸만 셋이라 아들이 없고, 둘째 부인에게는 아들이 둘 있었다는군요."

첫째 부인과 둘째 부인이 모두 대영지 출신이라서 둘째 부인의 아들 중에 한 사람이 아렌스바흐의 차기 영주가 될 것으로 누구나가 예상했었다고 한다. 첫째 부인의 딸들은 영지 밖으로 시집간 사람도 있고, 영지 내의 상급 귀족과 결혼한 사람도 있었다.

하지만 정변이 일어났고, 첫째 부인과 둘째 부인의 가문으로 진영이 갈렸다. 아우브 아렌스바흐는 첫째 부인의 집안과 뜻을 함께했다. 그리고 드레반헬과 같은 진영에 있었던 덕분에 정변에서 승리할 수 있었다.

"아시는 바와 같이 정변이 끝난 뒤에 대규모 숙청이 일어났죠."

즉위한 왕과 클라센부르크에 의해 귀족 숙청이 일어났다. 그리하여 패배한 대영지의 귀족이 냉혹한 처벌을 받게 되었다.

"둘째 부인은 당시의 아우브 베르케슈토크의 여동생이어서 처형당했다고 합니다. 그 두 아들에게도 해가 갈 뻔했지만, 목숨만 살려달라는 아우브 아렌스바흐의 탄원으로 상급 귀족의 신분으로 강등되어 목숨은 건졌지요."

이 시점에서 아렌스바흐는 승자 그룹이 되었음에도 후계자 빈곤 사태에 처했다. 설상가상 패배한 영지까지 나눠받아 영지는 더욱 거대해졌다.

"둘째 부인의 아들들이 영지 후보에서 제외되어 상급 귀족이 되었을 때 이미 첫째 부인의 딸들은 시집간 후라서 더는 아렌스바흐의 영주 일족이 아니었죠. 그래서 첫째 부인이 자신의 딸의 아이, 다시 말해 손녀를 양녀로 삼아 영주 후보를 늘리려고 했다고 합니다."

하지만 어느 영지에서나 귀족이 감소한 상황이었다. 그래서 겨우 한 아이밖에 입양하지 못했다. 그 아이를 차기 영주로 키우면서, 상급 귀족으로 강등된 영주의 피를 이은 자를 양자로 삼아서 영주 후보를 늘릴 예정이었다고 한다.

그런데 첫째 부인이 세상을 뜨고, 게오르기네가 첫째 부인이 되었다.

"게오르기네 님의 첫째 딸도 상급 귀족과 결혼해서 더는 영주 후보가 아니었죠. 남은 건 디트린데 님과 첫째 부인의 양녀가 되었던 레티치아 님뿐이라고 합니다."

"영주의 남동생도 영주 일족이지 않은가? 그쪽에 자식이 많다면 영주의 지위를 빨리 넘겨서 영주 일족을 늘릴 생각은 못 한 건가?"

페르디난드의 말에 엘비라는 천천히 고개를 가로저었다.

"아렌스바흐에서는 영주가 결정되면 같은 세대의 영주 일족을 폐하는 관습이 있다고 해요. 아우렐리아의 부친은 땅을 부여받고, 상급 귀족이 되었다고 합니다."

지금 아렌스바흐의 상태는 그야말로 사면초가다.

"……제가 램프레히트에게 들은 얘기는 여기까지예요."

"이래저래 의문점이 남지만, 아우렐리아가 프뢰벨타크 출신의 셋째 부인의 딸이라면 자세한 정보를 얻어내지 못할 가능성도 있겠군."

페르디난드는 미간을 잔뜩 찌푸리며 아주 싫은 표정으로 생각의 바다에 잠겼다.

염색 공모전

여름 막바지에 열렸던 램프레히트와 프로이덴의 성결식이 끝나자 금세 여름 성인식과 가을 세례식 시기가 왔다. 의식을 끝내고, 나는 염색 공모전을 보러 성으로 이동했다. 수확제 준비 전까지의 짧은 기간을 성에서 지내게 된 것이다.

"로제마인 님, 곧 끝납니다."

내가 성에 도착하자, 리젤레타가 기쁜 듯이 웃으며 치밀한 마법진과 그것을 숨기는 자수로 화사해진 천을 펼치며 보여주었다. 리젤레타와 샤를로테를 비롯한 모두의 노력으로 슈바르츠와 바이스의 의상 자수는 거의 완성 단계에 이르러 있었다.

"훌륭해요, 리젤레타."

"얼마 안 남았네요. 저도 하겠습니다."

마법진을 외우고 싶은 안게리카가 파란 눈동자를 번쩍이며 자수바늘을 손에 쥐자, 유디트가 깜짝 놀라 고개를 들더니 자기도 안 지려고 자수 실로 손을 뻗었다.

'다들 참 의욕적이네.'

자수는 의욕이 넘치는 사람들에게 떠넘기고, 나는 다른 일을 하기로 했다.

"호위 임무는 다무엘과 코르넬리우스에게 맡길게요. 하르트무트와 필린느는 사본을 뜨세요. 이쪽도 시간이 별로 없어요. 서두릅시다."

귀족원에 가기 전까지 단켈페르거의 책을 전부 베끼고 싶었기에 우리는 사본 작업에 온 힘을 쏟았다. 사본이 아닌 현대어 해석본을 만드는 나도 시간이 없는 건 피차 마찬가지였다.

브륀힐데와 엘비라와 플로렌치아에게 다과회 준비를 통째로 맡기고, 사본 작업에 힘을 쏟는 사이에 금세 염색 공모전 당일이 찾아왔다.

다과회는 오후부터 열리지만, 세 점 종에 길베르타 상회가 와서 천을 반입할 예정이다. 길베르타 상회가 도착했다는 연락이 왔고, 나는 상황을 보러 전시장으로 이동했다. 전시장에 도착한 사람은 내가 제일 처음이었지만, 금방 플로렌치아와 엘비라도 도착했다. 지시를 내리고 있던 오토가 그들을 발견하고 인사하러 다가왔다. 장황한 귀족의 인사를 나눈 뒤 엘비라는 방의 상태를 쭉 둘러보았다.

"오토, 저 나무틀은 뭐죠?"

길베르타 상회의 점원들이 벽 쪽에 잇달아 나무틀을 설치하고 있었다. 나는 그 나무틀이 천을 걸 때 쓰는 도구임을 한눈에 알았다. 하지만 천은 상인이 펼쳐서 보여주는 물건이라는 감각이 있는 플로렌치아와 엘비라에게는 이해가 안 되는 모양이다.

오토가 들여온 나무틀은 옷걸이 중에서도 기모노를 넓게 펼쳐서 걸 때 사용하는 횃대 같은 물건이라고 하면 이해하기 쉬우리라. 높이가 2m 정도이고, 도리이(신사 입구에 세워진 빨간 기둥과 같은 문)처럼 생겼다. 그런 나무틀이 벽 쪽에 세워지자 엘비라가 미간을 찌푸렸다. 질문을 받은 오토는 살짝 당황한 미소를 띠면서 설명하기 시작했다.

"새로운 염색물을 공개하는 자리지만, 엄연히 다과회이기에 조금 떨어진 자리에서도 모든 천이 잘 보이도록 고민한 결과입니다."

귀족은 천을 고를 때 눈앞에 진열된 천 중에서도 상인이 직접 펼쳐주는 천을 만져보면서 자기 취향을 고른다. 이번처럼 많은 귀족에게 모든 천을 보이고 싶을 때 평상시처럼 한 사람씩 대응하면 인원도 천도 시간도 부족하다. 도무지 대응할 수 없는 상황에 오토가 골머리를 앓았던 모양이다.

"로제마인 님의 머리 장식을 만드는 장인이 제안하였습니다. 성의 벽이 전부 흰색이니 벽 쪽에 진열하면 천이 돋보이지 않겠느냐고요. 넓게 펼쳐서 진열하면 취향에 맞는 천을 감상하기 쉽겠다고 하더군요."

여기서 옥신각신하면 밑도 끝도 없다. 나는 곧바로 오토를 변호했다.

"이번에는 의상을 주문하는 자리가 아니라 새로운 염색법을 발표하고 전속을 정하는 자리라서, 개인 취향이 아니더라도 모든 천을 보셔야 해요. 길베르타 상회가 모든 참석자를 대응할 수 없어요. 이렇게 펼쳐두고, 스스로 취향을 찾도록 해야 해요."

전속을 정하고 천을 고를 때 대응 순서만 틀리지 않는다면 문제가 없다고 내가 설명하자, 엘비라의 표정이 살짝 부드러워졌다.

"듣고 보니 모든 천을 보면서 본인의 취향을 고르려면 테이블마다 나열해서 봐도 시간이 턱없이 부족하긴 하겠네요."

천을 진열하자, 새하얀 벽이 알록달록한 빨강으로 물들었다. 겨울 의상에 쓰이는 천이라서 모든 천이 겨울 귀색인 빨강이 바탕이다. 하지만 같은 빨강이라도 분홍에 가까운 빨강부터 주황에 가까운 빨강까지 종류가 수두룩하고, 한 장에 여러 색조가 섞인 천도 많았다. 나의 아이디어로 만들어서일까. 대부분이 꽃무늬였다.

천을 펼치는 작업에 들어가자 브륀힐데가 길베르타 상회에 지적하기 시작했다.

"거기. 나무틀 사이를 더 벌리세요. 이쪽 천의 무늬가 묻히잖아요."

"아, 알겠습니다."

"이 천은 이 꽃이 잘 보이도록 진열해야죠."

"지당한 말씀입니다."

브륀힐데는 각각의 천이 돋보이도록 전시 방법을 세세하게 지시한다. 지적에 맞춰 위치를 세밀하게 조절해야 하는 길베르타 상회 직원들은 진땀을 흘렸지만, 브륀힐데의 안목은 대단했다. 정말 약간의 변화만으로 인상이 확 달라졌다.

"로제마인 님……"

브륀힐데에게 휘둘리는 점원들의 눈짓에 오토가 작은 목소리로 내게 도움을 요청했다. 하지만 나는 활기가 넘치는 브륀힐데를 막을 생각이 없다.

"브륀힐데의 감각에 맡기면 다과회에서 좋은 반응을 이끌어낼 거예요. 길베르타 상회도 이 기회에 상급 귀족의 감각을 보고 배우세요."

그때쯤 성의 시종들이 다과회 준비로 분주하게 돌아다닐 시간이 되어 있었다. 테이블을 설치하고, 손님에게 내놓을 디저트 등의 보고는 플로렌치아가 대응했다.

속속들이 진열 중인 천을 지켜보던 엘비라가 문뜩 생각난 듯이 고개를 들고 오토를 불렀다.

"진열된 천을 봐도 어느 장인이 만든 천인지 모르겠네요. 표식이라도 달 건가요?"

엘비라의 말에 오토는 고개를 저었다.

"상인에게 공평을 기하고자 행사장에 전시한 천에는 길베르타 상회만 알 수 있는 번호를 달았습니다. 전속으로 삼고 싶으실 정도로 마음에 든 천의 번호를 알려주시면 그 번호의 공방과 장인의 이름을 알려드리겠습니다."

"눈으로만 보고 판단하라는 뜻이군요. 새로운 기술이기도 하고, 좋은 방법이네요."

엘비라는 가볍게 고개를 끄덕이며 승낙했지만, 나는 승낙하고 싶지 않았다. 이러면 내가 엄마를 전속으로 지명하지 못할 수도 있지 않은가. 오토의 '공평을 기한다'라는 말이 내가 가족을 편애하지 못하게 막겠다는 말임을 깨닫고, 나는 입술을 삐죽거렸다.

'좀 편애하면 어때서! 오토 씨, 너무해!'

하는 수 없이 내 눈으로 엄마의 작품을 찾아낼 수밖에.

'좋았어! 나의 가족애를 똑똑히 보여줄 테다!'

점심 식사를 마치고, 다과회 준비를 총점검하면 다섯 점 종부터 다과회다. 다과회 디저트를 잔뜩 먹으려고 점심을 깨작거렸다가 리카르다에게 혼이 났다. 최근에 파이나 타르트 만들기에 빠져 있는 엘라의 디저트는 대부분 먹으면 배가 금방 차서 살짝 위를 비워두지 않으면 얼마 먹지도 못하리라.

"로제마인 님, 새로 소개하겠습니다."

점심을 먹으러 잠깐 저택에 돌아갔었던 엘비라가 베일을 쓴 아렌스바흐의 아우렐리아를 데리고 돌아왔다. 엘비라가 걱정했듯이 자수가 빽빽한 두꺼운 베일로 얼굴을 가린 아우렐리아는 언뜻 보면 아렌스바흐의 관습을 중시하고, 에렌페스트를 거부하는 것처럼 보였다.

"로제마인 님, 이쪽은 램프레히트의 처, 아우렐리아입니다. 아우렐리아, 이쪽은 로제마인 님입니다. 제 딸이고, 램프레히트의 여동생이지만, 영주의 양녀가 되셨어요. 당신의 성결식 때 신전장을 맡으셨으니 전혀 모르진 않죠?"

"네. 축복을 내려주셔서 감사했습니다."

엘비라의 소개로 나는 아우렐리아와 인사를 나누었다. 하지만 베일이 얼굴을 가려서 정말 상대가 보이지 않았다.

"아우렐리아. 오늘은 다른 귀족도 모이는데 베일을 벗는 게 어떨까요?"

"로제마인 님도 이렇게 말씀하시잖아요. 아우렐리아."

"아닙니다. 어머님. 몇 번을 말씀드리지만, 저는……."

절대 벗지 않겠노라는 의지를 보이듯이 아우렐리아가 베일을 꽉 잡았다.

엘비라가 아우렐리아에게 베일을 벗으라고 누차 설득한 듯하다. 상대가 얼굴을 보이지 않으면 음침해 보이니까 벗었으면 하는 마음도 이해된다. 하지만 베일을 꽉 쥔 아우렐리아의 손이 미세하게 떨리고 있었다. 베일을 쓰고 있어도 겁을 먹었음을 알 수 있었다.

"아우렐리아, 당신이 걱정되어서 그래요. 고집스럽게 아렌스바흐의 베일을 쓰고 있으면 에렌페스트의 방식에 따를 생각이 없는 것처럼 보이거든요."

"그럴 의도는 없습니다……."

그래도 아우렐리아는 베일을 쥔 손을 풀지 않았다. 지금까지 대체 어떤 오해를 받아왔는지 모르지만, 그 뿌리가 상당히 깊은 모양이다.

"그렇게 베일을 벗고 싶지 않다면 에렌페스트의 천으로 베일을 새로 장만하면 어떨까요? 그러면 당신이 에렌페스트의 방식에 따르는 것처럼 보이지 않을까요?"

내 말에 아우렐리아가 움찔했다. 엘비라도 잠시 고민하더니 어쩔 수 없이 "그거라면 확실히 인상은 조금 좋아지겠네요."라고 말했다.

"오늘은 에렌페스트의 오래되면서 새로운 염색 기술을 사용한 천을 전시하는 날이에요. 제가 제안한 방법으로 장인들이 물들인 천을 공개하는 거죠. 이 중에서 당신이 마음에 든 천을 골라 베일을 만들어 쓴다면 그것만으로 인상이 많이 바뀔 거예요. 어때요?"

"훌륭한 제안을 해 주셔서 감사하게 생각합니다, 로제마인 님. 에렌페스트의 천으로 베일을 만들겠습니다."

아우렐리아의 목소리에서 안도의 감정이 묻어 나왔다.

그 뒤 전시장에 나타난 플로렌치아와 함께 엘비라는 최종 확인을 하며 바쁘게 돌아다녔다. 전시가 완벽한지 매의 눈으로 체크하는 브륀힐데의 옆에서 나는 엄마가 물들인 천을 찾으며 벽 쪽에 진열된 천을 훑어보았다.

주황색 같은 빨강부터 보라에 가까운 빨강까지 다양한 색상의 천이 있고, 천 한 장에 진한 빨강에서 연한 빨강으로 바림이 들어간 작품, 홀치기염색답게 색깔이 얼룩덜룩한 작품, 무늬가 규칙적으로 들어간 작품도 있었다.

'엄마가 만든 천은 뭘까?'

각양각색의 작품 중에 꽃 부분만 밝게 물들인 천, 이파리에 초록색을 넣은 천이 드문드문 섞여 있었다. 이러한 작품은 다양한 색을 사용한 천이 아직 많지 않아서인지 눈길을 끌었다.

'어라? 왠지 날 따르는 것 같은데?'

어째서인지 아우렐리아가 내 뒤를 졸래졸래 따라왔다. 바쁜 플로렌치아와 엘비라를 대신해서 한가한 내가 상대해 줘야 마땅하리라.

'무슨 얘기를 꺼내지. 화제가…… 음.'

"베일을 쓰고 있어도 앞이 보이나요?"

"……네?"

"예전에 저도 얼굴을 감추려고 베일을 쓴 적이 있는데 그때는 발만 보여서 앞에 있는 상대가 누군지도 모를 정도였거든요."

청색무녀 시절에 기원식에서 베일을 썼을 때 상대방도 내 얼굴이 보이지 않았겠지만, 나 역시 상대방의 얼굴이 보이지 않았다. 그래서는 사교도 못 하리라.

나의 의문에 아우렐리아는 면목 없어 하며 말했다.

"제 베일에는 마법진이 수놓아져 있어서……."

아우렐리아의 눈에는 우리가 보이는 모양이다.

"그럼 베일을 써도 사람을 착각할 우려는 없겠네요."

"아, 네, 그렇습니다."

"자수가 굉장히 복잡해 보이는데 아우렐리아는 자수를 잘하시나요?"

"남들만큼 합니다."

'그 말은 꽤 잘한다는 뜻? 리젤레타도 자기 실력이 평범하다고 했으니까.'

"로제마인 님은 뭐든지 출중하시지요? 남편이 자랑스러운 동생이라고 하더군요. 정말 성녀처럼 자비로우시다고 들었습니다."

자신의 주인인 빌프리트를 로제마인이 구해주지 않았다면 지금의 자신도 없다고 램프레히트가 아우렐리아에게 말했다고 한다.

"남편은 고아와 파벌이 다른 자에게도 자비를 보이니 초면부터 저를 싫어하지 않을 거라고 했지만, 저는 그 말을 그대로 믿을 수가 없었습니다. 하지만 성결식 때 제 말에 대답해 주셔서 정말 기뻤습니다. 오늘도 베일을 벗으라는 말보다 새로운 베일을 만들라고 제안해 주셔서 얼마나 기뻤는지 모릅니다."

접점이 거의 없는 램프레히트와는 대화한 적이 적어서 몰랐는데, 내게 고마움을 아주 많이 느끼고 있다고 한다. 아우렐리아가 내게 호의를 갖고 다가온 것도 램프레히트의 말이 크게 작용해서였나 보다.

이왕이면 나도 램프레히트를 칭찬해서 점수를 따게 해 주고 싶지만, 마땅히 할 말이 떠오르지 않았다. 일단 이대로 친목이나 다지기로 했다.

"그럼 자랑스러운 여동생인 제가 아우렐리아에게 천을 하나 선물할게요. 결혼 축하 선물로요. 귀여운 것과 예쁜 것, 어느 쪽을 좋아하나요?"

"저는 키가 크고, 귀여운 천이 어울리는 용모가 아니라⋯⋯."

아우렐리아가 고개를 저었지만, 말하는 투로 보아 어울리지는 않아도 귀여운 쪽을 좋아하는 눈치다.

"평소에 입는 옷과 어울리는 색인지 아닌지는 따져 봐야겠지만, 베일을 쓰면 얼굴도 안 보이는데 어울리는지 안 어울리는지 누가 알겠어요."

아우렐리아의 머리가 움찔하고 흔들렸다. 꼭 아우렐리아의 마음의 움직임을 보는 것 같아서 살짝 재미있어졌다. 나는 함께 따라온 브륀힐데를 돌아보았다. 천을 고르는 데는 그녀만한 사람이 없다.

"브륀힐데, 이런 베일에는 어떤 무늬가 어울릴까요?"

"이 홀치기염색과 납결염색을 조합한 천은 어떠십니까? 무늬를 강조한다면 이쪽도 멋집니다. 마법진을 수놓는다면 이것처럼 아랫단에만 무늬가 있고, 이 부분은 비어 있는 천이 사용하기 편할지도 모르겠습니다."

아우렐리아가 진지하게 천을 살펴보기 시작했다. 얼굴은 보이지 않지만, 천 앞에 서서 빤히 보는 시간이 길어지는 것을 보면 알 수 있었다. 아우렐리아가 오래 머문 천의 번호를 따로 메모하는 브륀힐데를 시야의 끝으로 보면서 나는 엄마가 만든 천을 찾았다.

전시회가 시작하기 전에 아우렐리아와 친분을 쌓은 나는 아우렐리아와 엘비라 사이에 앉게 되었다. 최대한 아렌스바흐에 관한 얘기를 꺼내서 조금이라도 많은 정보를 캐내라는 특명을 받은 것이다. 중대 임무다.

'아렌스바흐에 관한 화제라.'

나는 차를 홀짝이면서 아우렐리아에게 말을 걸었다.

"아우렐리아. 아렌스바흐에 관해서 궁금한 것이 있는데 물어봐도 될까요?"

"아, 네. 물론입니다. 제가 아는 것이라면…….."

경계하듯이 목소리가 경직된 느낌을 받았지만, 나는 중대 임무를 수행해야 한다.

"아렌스바흐의 도서실은 장서 수가 얼마나 되나요?"

"……도, 도서실의 장서 수 말입니까?"

아우렐리아의 목소리 톤이 높아졌다. 동요한 기색이다. 엘비라와 플로렌치아는 '그게 아니야'라고 말하고 싶은 듯 시선을 떨구었다.

"네. 아무래도 대영지니까 성에 책이 아주 많겠죠?"

"죄송합니다만, 정확한 수는 모릅니다. 저는 성에 자주 가지 않아서요. 하지만 귀족원 도서관 쪽이 더 많았습니다."

영주의 조카지만, 셋째 부인의 딸이라서 홀대를 받았다고 들었다. 그러니 성에 자주 출입하지 못했다는 말도 이해가 된다.

"그럼 이곳에 올 때 혼수로 아렌스바흐의 책을 가지고 오지는 않나요? 제가 소설책을 많이 좋아하거든요. 단켈페르거에는 강한 기사 이야기가 많던데, 아렌스바흐에는 어떤 이야기가 있나요? 아는 이야기가 있으면 들려주세요."

들뜬 마음으로 대답을 기다리는데 아우렐리아가 살짝 고개를 갸웃거렸다.

"흔한 기사 이야기라면 바다의 마수를 퇴치하는 이야기가 유명합니다."

"세상에, 그런 이야기가 있어요? 맛보기로 살짝만 말해 봐요."

엘비라가 그렇게 말하자, 아우렐리아가 "정말 흔한 이야기입니다만." 하고 고개를 끄덕였다.

그녀가 해준 이야기는 거대한 바다 마물을 쓰러뜨리는 내용이었다. 에렌페스트에서 전혀 듣지 못한 이야기다. 내 뒤에서 필린느가 필사적으로 메모를 했다.

아우렐리아의 이야기에는 생선 이름이 많이 등장했다. 그녀와 친해지면 말린 해초나 건어물 정도는 얻을 수 있을지도 모른다. 저절로 기대감이 높아졌다.

'생선! 생선! 해산물! 야호!'

내 눈에는 아우렐리아의 베일에 수놓인 복잡한 무늬가 점점 생선

떼로 보이기 시작했다.

"아렌스바흐에는 에렌페스트에 없는 바다가 있다고 지리 수업 때 배웠어요. 바다에는 어떤 생선이 있나요? 맛있나요? 맛있나요?"

내가 깍지를 꼭 끼며 기대의 눈빛으로 올려다보자, 섬뜩했는지 아우렐리아가 몸을 뒤로 뺐다.

"에렌페스트의 음식이 더 맛있습니다. 아렌스바흐의 요리도 고향 음식이니까 맛있기는 마찬가지입니다만……."

"에렌페스트에 왔으니까 이제 생선은 못 드시겠네요."

이곳에 오면서 생선을 가지고 오지 않은 듯한 말에 내가 실망하자, 아우렐리아도 살짝 어깨를 떨구었다.

"시간을 멈추는 마술구에 넣어서 가져오긴 했습니다만, 먹을 수가 없습니다."

"왜요!?"

"공교롭게도 상자 속에 제가 먹으려고 챙겼던 음식이 하나도 없었거든요."

그리워졌을 때 먹으려고 고향 음식을 준비해서 가져왔건만, 상자 속에는 조리되지 않은 식자재만 들어 있더라고 했다. 상급 귀족의 영애는 스스로 요리하지 않는다. 요리는 요리사의 일이다. 아무리 신선해도, 아무리 그리워도 먹을 수 없다고 한다. 지금은 에렌페스트의, 아니, 칼스테드의 저택에서 나오는 요리가 맛있고 신기해서 생선은 마술구 속에 방치한 상태라고 한다.

"시간을 멈추는 마술구는 마력 소비가 커서 어차피 못 먹을 거, 버리려고 합니다."

"잠깐만요. 그걸 버리다니 말도 안 돼요! 폐기할 거면 저한테 주세요."

"로제마인 님, 그런 식으로 물건을 조르면 안 됩니다."

엘비라와 브륀힐데가 얼굴을 찌푸렸다. 하지만 이 기회를 놓쳐서 혹여나 귀한 생선을 버리기라도 하면 나는 눈 감고 죽지 못할 만큼 후회하리라.

'생선! 해산물! 먹고 싶어. 미치도록 먹고 싶어. 소금구이라도 좋으니까 먹고 싶어.'

"아우렐리아, 내 요리사에게 요리를 시킬게요. 아렌스바흐와 조미료가 다르니까 아주 똑같은 맛은 못 내겠지만, 새로운 요리를 만들 수는 있어요."

"······새로운 요리요?"

새로운 요리라는 부분에서 엘비라의 눈썹이 씰룩거렸다.

"결혼은 서로가 서로의 문화를 존중하지 않으면 헤쳐 나가기 어려워요. 한쪽만 참아야 하는 것이 아니에요. 당신이 고향을 그리워하는 건 당연해요. 고향의 맛이 그리워지기도 하겠죠. 하지만 재료밖에 없다면 에렌페스트의 조미료로 맛을 내면 되지 않겠어요? 이것 또한 영지 간의 교류예요."

내가 결혼한 것도 아닌데 거창한 말을 한다는 자각은 있다. 하지만 아무렴 어떠냐. 중요한 건 램프레히트의 결혼으로 내가 해산물을 먹을 수 있느냐 없느냐다.

"고향의 식자재가 자유롭게 유통된다면 이곳에 더 정을 붙일 수 있겠죠? 전 아렌스바흐의 재료와 에렌페스트의 요리사로 새로운 요리를 만들어내고 싶어요! 이것도 새로운 유행이 될지도 모르죠. 아우렐리아, 우리 함께 힘내요."

"……아, 네."

아우렐리아에게 절대로 재료를 버리지 말라고 압력을 넣고, 약속을 받아냈다.

새로운 재료를 얻은 나였지만, 벽 쪽에 전시한 천 중에서 엄마의 천을 찾아내지는 못했다. 겨우 세 작품으로 후보를 좁혔을 때 행사가 끝나 버려서다. 전속 르네상스도 선택하지 못했다.

결국 '투리의 디자인을 살릴 수 있는 것'이라는 조건으로 브륀힐데에게 겨울 의상에 쓸 옷감을 고르게 했다. 진한 빨강에서 따뜻함이 느껴지는 주홍색 같은 빨강으로 점차 색깔이 바뀌는 그러데이션과 시간을 들여 여러 번 물들였을, 조금씩 농도가 다른 꽃이 어지러이 뿌려진 천으로 옷을 만들게 되었다.

'나의 가족애가 졌어.'

염색 공모전 후와 수확제

염색 공모전이 끝난 다음 날은 치수를 재고, 의상을 주문했다. 오늘은 오토가 아닌 코린나가 재봉사들을 데리고 성에 찾아왔다. 염색 공모전에서 고른 천으로 겨울 의상을 만들기 위해서다. 엄마를 전속으로 삼지 못해서 슬프지만, 적어도 의상은 투리의 디자인으로 만들고 싶다.

"로제마인 님께 진심으로 감사의 말씀드립니다."

코린나가 말하길 어제 염색 공모전은 대성공이었다고 한다. 귀부인들이 자신의 전속 상회를 통해 공방과 장인에게 주문을 넣음으로써 길베르타 상회의 독점을 우려했던 큰 상점을 비롯한 염직 협회, 염색 공방, 장인들에게 매우 높은 평가를 받았다고 한다.

장인들이 죽을힘을 다해 염색한 천은 상급 귀족에게 먹혀들었고, 새로운 염색이 에렌페스트에 뿌리를 내렸다. 플로렌치아와 샤를로테에게서 각자 르네상스라는 칭호를 받은 장인은 선망의 대상이 되었고, 다음에야말로 기회를 잡겠다고 야망을 불태우는 장인도 많다고 한다.

"로제마인 님께서 르네상스를 정하지 못하셔서 장인들이 다음 계절을 목표로 혈안이 되어 있습니다. 이번에 로제마인 님께서 고르신 천을 참고로 그림 공부를 시작한 젊은 장인도 있다고 들었습니다."

지금까지 염색 장인에게는 단색으로 고르게 물들이는 기술이 필요했다. 하지만 납결염색으로 어떠한 무늬를 만들려면 앞으로는 그림 실력도 필요하다.

"이번 공모전에서 스스로 그림을 그린 장인도 있지만, 미술 계열 공방에 꽃 그림을 의뢰해서 물들인 장인도 있고, 자수에 밑그림을 그리는 재봉사에게 꽃과 나무 그림을 의뢰한 장인도 있었습니다. 염색물이 큰 변화기를 맞고 있어요."

장인들이 모두 새로운 염색물에 도전하고 있다고 한다. 그건 기쁘고 좋은 소식인데, 하고 생각하면서 나는 입을 열었다.

"단색 옷감도 필요하니까 에렌페스트에 단색 천이 사라지지 않도록 염직 협회에 주의하라고 하세요."

유행만 쫓느라 소중한 기술을 잃으면 낭패다. 아렌스바흐에서 온 신부가 단색 염색을 유행시키는 바람에 에렌페스트식 염색법이 사라지고 말았듯이 단색으로 물들이는 기술이 사라지면 의미가 없다.

"염직 협회에 그렇게 전하겠습니다."

내 말에 고개를 끄덕이면서도 코린나는 손을 바쁘게 움직이며 척척 치수를 잰다. 그들의 말을 잘 들어보니 아주 약간 수치가 달라져 있었다. 놀랍게도 조금 성장한 모양이다.

'해냈어! 1년 사이에 조금 컸다!'

겉으로 티 나지 않게 속으로 감동에 몸을 떨고 있을 때 이번에는 브륀힐데가 고른 천을 내 몸에 대면서 코린나가 의미심장한 미소를 지었다.

"로제마인 님은 역시 보는 눈이 정확하시네요."

"네?"

"이 천은 에파가 염색한 천입니다. 이름 없이 번호로만 되어 있어도 찾아내시는군요. 오토도 감탄했답니다."

'아니야. 내가 아니야. 내가 아니라고.'

후보를 고른 사람은 나지만, 최종 결정자는 브륀힐데다.

'아아아아아! 나의 가족애가 브륀힐데에게 완패했어!'

이 천이 엄마의 작품인 줄 알았더라면 르네상스의 칭호도 내려줬을 텐데 내 입으로 '이번에는 해당자 없음'으로 결정한 탓에 이제 와서 번복할 수도 없다. 알아보지 못한 자신에게 실망했지만, 엄마의 천으로 겨울 의상을 만들 수 있게 되어 솔직히 기뻤다.

"여름 의상이 마음에 들었었는데 겨울도 비슷한 분위기로 의상을 만들어 주겠어요?"

알고 있습니다, 라고 말하고 싶은 듯한 미소로 코린나가 맡아주었다. 엘비라와 플로렌치아에게는 '벌룬형 치마를 유행으로 정착시키고 싶다'라고 했다. 샤를로테도 귀여워서 따라 하고 싶다고 했으니 당분간은 벌룬형 치마로 가자.

"그리고 이 의상에 맞춘 머리 장식을 만들라고 투리에게 주문해 두세요."

"알겠습니다."

모든 치수를 재고, 의상과 머리 장식 주문이 끝나면 신전으로 돌아가야 한다. 곧 수확제여서다. 신전에 돌아가서 페르디난드에게 염색 공모전에서 있었던 일을 보고했다. 아우렐리아와 나눈 얘기도 전하고, 아렌스바흐의 식자재로 새로운 요리를 만들고 싶다고 했더니 페르디난드가 고개를 저으며 퇴짜를 놓았다.

"그대는 만들라는 말만 하면 그만이지만, 다뤄본 적도 없는 식자재는 요리사에게 고역이다."

페르디난드가 귀 따갑게 설명한 것을 정리하자면 나의 전속 요리사는 아렌스바흐의 귀한 식재료를 다룰 줄 모른다는 말이었다. 처리 방법을 모르면 요리사가 위험에 빠진다나. 새로운 식자재를 완전히 위험물로 취급했다.

'그러고 보니 평민촌에서 살 때 처리 방법이 특수한 재료가 꽤 있었어.'

먼저 으깨야 하는 마늘 비스름한 것. 먼저 구워야 하는 춤추는 버섯 등 모르면 큰코다치는 식자재가 의외로 많다.

"옛날에는 남쪽 지역 귀족들이 아렌스바흐의 식자재를 종종 성에 헌상했었으니 구 베로니카 파 귀족의 전속 요리사나 궁중요리사라면 조리 방법을 알 수도 있지. 다만, 지금은 그녀가 가져온 식자재를 아무 의심 없이 사용할 정도로 아직 아우렐리아를 신용할 수가 없다."

페르디난드가 아우렐리아를 믿지 못하면 이대로 생선을 보류하게 된다. 나는 황급히 페르디난드를 설득했다.

"아우렐리아는 나쁜 사람이 아니에요. 베일을 벗는 것도 무서워서 떠는데요……."

"어리석긴. 이러니까 시야가 좁다고 하는 거다. 아우렐리아 본인뿐만 아니라 그 주변을 포함해서 생각해야지."

페르디난드의 완전한 보류 선언에 나는 울고 싶어졌다.

'바로 눈과 코앞에까지 생선이 왔는데 여기서 보류라니 너무해!'

"신관장님. 아우렐리아가 에렌페스트에 정을 붙이고, 새로운 유행을 준비하려면 아렌스바흐의 식자재를 꼭 연구해야 해요. 제가 정말 절실하게…… 생선이…… 생선이 먹고 싶어요. 소금구이라도 좋아요. 복잡한 양념은 천천히 연구해도 돼요. 일단은 소금구이를 먹고 싶어요."

소금으로 구워서 그 위에 계절상 슬슬 끝물인 감귤류의 치토린을 쭉 짜기만 해도 되니까 생선이 먹고 싶다. 필사적으로 호소하자, 페르디난드가 관자놀이를 눌렀다.

"첫말에 아우렐리아가 에렌페스트에 정을 붙이고, 새로운 유행을 준비하기 위해서라고 그럴싸하게 말해 놓고, 결국 본인 식욕을 채우겠다는 말이군. ……하아, 그대는 도통 바뀌질 않는군. 내 교육이 전혀 의미가 없었던 건가."

"신관장님의 교육 덕분에 변한 거죠. 교육이 없었다면 당장에 푸고와 엘라를 데리고 아우렐리아의 집에 쳐들어가서 생선을 먹어 치웠을 테니까요."

이렇게 제대로 의견을 구하고 있지 않은가. 주변 평가는 낮지만, 이래 보여도 상당히 성장한 편이다. 내가 무엇이 성장했는지 당당하게 설명하자 "내가 원하는 성장은 고작 그 정도가 아니다."라며 페르디난드에게 혼이 났다.

'하긴 그렇겠죠.'

"질베스타를 통해서 궁중요리사에게 특수한 조리법이 필요한지 물어볼 테니 그대는 당분간 신전에 있어라. 감시를 안 하면 멋대로 덜렁덜렁 밖에 나가겠지. 신전과 성을 왕복하는 틈에 빠져나가든가, 식욕이 왕성한 자를 꾀어서 몰래 도망치든가……."

페르디난드가 내가 저지를 법한 행동을 하나하나 들기 시작했다. 요즘에는 귀족 측근과 함께 행동하기 때문에 신전과 성을 왕복할 때 꼭 페르디난드가 없어도 허가가 나온다. 도중에 생선을 먹으러 빠져나갈 방법이 없을까 생각하고 있었는데 들켜 버렸다.

'아이고야. 어떻게 알았지. 신관장님은 독심술도 익혔나 봐.'

멋쩍어져서 내가 힐끗 올려다보자, 페르디난드가 인상을 팍 찌푸렸다.

"탈주 버릇이 있는 못난 상사가 여태까지 한 짓을 예로 들었을 뿐인데 그대에게도 찔리는 데가 있나 보군."

'양아버님!'

"게다가 그대는 생각이 얼굴에 다 드러난다. 신전에 있다고 너무 방심하는 것 아닌가?"

"으윽……."

지적한 대로 신전에서는 어깨 힘이 빠진다고 할까. 긴장이 풀리는 건 사실이다. 내가 뺨을 누르며 귀족다운 표정을 만들려고 하자, 페르디난드가 어이없어하며 숨을 내뱉었다.

"그대는 본인 유리한 쪽으로만 기억하나 본데, 아우렐리아와는 접촉 금지다. 염색 공모전 때는 엘비라를 감시관으로 붙여둬서 접촉을 허가했지만, 예외인 줄은 알지?"

다과회 때 꽤 친밀하게 대화해서 깜빡 잊고 있었는데, 접촉하지 말라고 했었다. 하지만 그 정도로 위험한 인물 같지 않아 보였고, 나는 어떻게 해서든 생선이 먹고 싶다.

'감시가 없으면 접촉을 못한다. 그렇다면 감시할 보호자가 있으면 되는 거지?'

가볍게 뺨을 두드린 나는 등을 꼿꼿이 세우고, 귀족다운 미소를 지었다.

"이 땅에 사는 생명이, 생명의 신 에이비리베의 격심한 감정에 휩싸이는 혹독한 겨울의 도래를 앞두고, 요리의 신 쿠웨칼라에게 바칠 물건을 준비하고자 합니다. 아렌스바흐와 에렌페스트의 협동으로 쿠웨칼라가 만족하실 공물을 준비하겠습니다. 이왕이면 페르디난드 님도 함께하지 않으시겠어요?"

"아우렐리아가 아렌스바흐의 요리를 에렌페스트에서 퍼트리려고 한다는 소문이라도 나면 구 베로니카 파가 쌍심지를 켜고 아우렐리아에게 달려들 거다. 더는 엘비라에게 괜한 짐을 주지 말도록."

내가 최대한 귀족답게 권유해 봐도 페르디난드는 날카롭게 노려보는 것도 모자라 단호하게 거절했다. 주변 동향 파악이 완전히 끝날 때까지 생선은 보류여야 하는 듯하다.

'내 생선이 멀어져간다. 생선이, 생선이이이이이이이.'

그 뒤에도 어떻게든 페르디난드를 설득하려고 도전과 패배를 반복하다가 며칠이 지났다. 그때 엘비라로부터 로빈발트에 제지 공방이 마련됐다는 연락이 들어왔다. 빌프리트의 최종 확인도 끝났다.

제지 공방에는 가장 기본적인 종이 제작 방법만 가르치면 되니까 한 달이면 충분하다. 수확제 전에는 돌아올 수 있다. 나는 레서버스에 로제마인 공방의 회색 신관 넷, 식물지 협회를 세워야 하는 플랑탱 상회의 멤버를 태우고 현지로 갔다. 제지 공방에 파견하는 교육 담당은 일크너에서 체류한 경험이 있는 회색 신관과 핫세 마을에서 다른 평민과 교류한 경험이 있는 회색 신관으로 구성되었다. 플랑탱 상회의 다프라도 있으니까 큰 걱정은 없으리라. 일단 '회색 신관을 함부로 다루지 말 것' '나의 사유물이라고 생각하고 다룰 것'이라고 재차 못 박아 두었다.

제지 공방의 파견 외에도 이번 겨울에 핫세와 교대할 신관 선출, 겨울 준비 작업 돌입, 인쇄 상황을 보며 분주하게 지내는 사이에 수확제 계절이 찾아왔다.

수확제도 빌프리트와 샤를로테가 도와주기로 해서 내가 도는 범위는 상당히 좁다. 페르디난드가 봄의 기원식 때 돌았던 곳에 그대로 가면 된다고 하여 수확제 담당 범위는 의논조차 거의 하지 않은 상태로 결정했다.

나는 직할지의 정해진 범위를 돌고나면 구텐베르크를 데리러 그레첼로 향한다. 이번에 징세를 맡을 문관은 유스톡스가 아닌 상급 귀족이다. 나의 측근이 되기 전까지 하르트무트의 상사였던 사람이고, 관계상 숙부라고 한다.

"로제마인 님은 기수를 타고 도십니까?"

청색 신관과 함께 이동할 때는 무조건 마차다. 장기간 이동이기도 하고, 개인 짐도 있어서 귀족에게도 마차는 필수다. 그 문관은 신전 제사에 기수를 쓸 줄은 생각지도 못한 모양이다. 나는 짐과 시종들을 마차로 먼저 보내고, 우리는 기수로 이동한다고 설명했다. 나의 몸 상태를 고려한 이동 방법이니까 마차로 이동하고 싶다면 그리하라고 했지만, 어쩐지 그 문관은 기수로 이동하고 싶은 눈치였다.

'뭐, 이해해. 마차보다 빠르고 편하니까.'

세세한 의논을 마치면 수확제를 향해 출발이다. 수확제는 제사이고, 마을 밖으로 나가야 하므로 미성년자인 견습생들은 성에 남는다. 동행자는 안게리카와 다무엘뿐이다. 이를 전해 들은 유디트가 "저는 또 남아야 합니까?"라며 다무엘을 원망스럽게 보았다.

"이번만큼은 내 책임이 아니야, 유디트."

곤란해하며 볼을 긁는 다무엘에게 안게리카도 동의했다.

"그럼요. 다무엘을 부럽게 보지 말고, 호위를 완수할 수 있게 강해지도록 노력하세요. 스승님께 특훈을 해달라고 부탁드릴까요?"

"……명중률을 높이라고 하셔서 지금 연습 중입니다."

유디트도 납득했고, 이제는 자리를 비우는 동안 할 일을 분담하면 끝이다. 견습 기사들은 연대 강화를 위해 기본적으로 매일 특훈이다. 이는 사냥 대회를 위한 훈련이기도 하다. 수확제 기간에는 성에서 겨울 식량을 위한 사냥 대회가 열리기 때문이다.

"사냥 대회에서 성인 기사들에게도 지지 않게 눈부시게 활약하세요."

"네! 공주님의 기대에 부응하겠습니다."

"견습 문관 두 사람은 단켈페르거의 사본을 부탁할게요."

"맡겨주십시오."

"시종들은 자수를 완성하세요. 수확제가 끝나면 페르디난드 님께 확인받을 예정이거든요."

"알겠습니다."

수확제로 자리를 비울 동안 할 일을 지시한 나는 브륀힐데에게 시선을 멈췄다.

"브륀힐데, 귀족원의 진급식과 친목회 때 여자들은 모두 머리 장식을 달자고 제안했었죠? 길베르타 상회를 불러서 올해 여학생들이 쓸 머리 장식을 장만하세요. 전부 소은화 한 닢 정도 가격으로 맞추고요."

내가 지시를 내리자, 브륀힐데는 "소은화 한 닢이요?"라며 미간을 찌푸렸다.

"그건 하급 귀족이나 중급 귀족 급의 머리 장식입니다. 로제마인 님께는 어울리지 않아요."

"난 평상시용 머리 장식과 같이 꽂을 거예요. 상급 귀족도 따라 해도 좋아요. 모두가 머리 장식을 달자고 했을 때 구매를 고심하는 하급 귀족이 없었으면 해서 그래요."

내가 대책을 전하자, 브륀힐데는 모두의 머리카락 색깔에 어울리는 머리 장식을 골라 보이겠다며 의욕을 보였다. 나는 가슴을 쓸어내렸다.

'이거로 내가 떠나 있는 동안 성 측근들이 한가하진 않겠지?'

각자에게 맞는 업무를 골라주는 것도 은근히 힘들다.

수확제 동안 레서버스로 이동하는 사람은 프랑과 안게리카뿐이다. 모니카, 푸고, 엘라, 로지나는 마차 이동이다. 핫세의 작은 신전으로 가는 그들과 회색 신관들을 태운 마차는 여느 때처럼 병사들이 호위하고, 그 선두에 아빠가 있다. 나는 호위하러 온 병사들을 둘러보았다.

"이탈리안 레스토랑에 갔을 때 청결을 유지하고 있는 평민촌을 내 눈으로 직접 보았어요. 그 식사 자리에서 상업 길드의 점주들에게 병사 여러분이 힘써 주었다는 보고를 받았습니다. 정말 감사하게 생각합니다. 영주님도 아주 기뻐하십니다. 오늘 밤 작은 신전에서 저녁을 먹을 때 부디 여러분의 이야기도 들려주세요."

"알겠습니다. 오늘 밤 식사 시간을 기대하고 있겠습니다."

아빠가 오른쪽 주먹으로 왼쪽 가슴을 두 번 두드리자, 병사들이 자랑스럽게 웃으며 따라했다. 나도 그들을 따라 왼쪽 가슴을 두 번 두드리고, 마차를 보냈다.

오후에 기수를 타고 출발한 내가 핫세에 도착하면 곧바로 수확제다. 올해도 풍작이었는지 농민들이 우리를 열렬히 환영한다. 내가 세례식, 성인식, 성결식을 소화하는 동안 징세관은 촌장 리히트와 징세와 사망자 처리에 관해 의논한다.

의식이 끝나고 볼페 대회가 열렸다. 올해도 뜨거웠다. 축구공처럼 차이는 볼페가 가엾지만, 나 말고는 아무도 그것을 신경 쓰는 기색이 없었다.

그런 핫세의 수확제도 어린애인 나는 퇴장이다. 징세관을 핫세의 겨울 저택에 남겨둔 채 나는 작은 신전으로 이동했다.

"로제마인 님!"

술을 마시지 않아도 이미 연회 분위기가 물씬 풍기는 작은 신전에서 회색 신관은 물론이고, 병사들까지 나를 열렬히 환영해 주었다. 나는 의식복에서 평상복으로 갈아입고, 연회가 열리는 식당으로 향했다.

"작은 신전의 밭도 풍작이었습니다. 역시 로제마인 님의 마력이 가득 차서 그렇겠죠?"

토르가 기뻐하며 오늘을 위해 수확한 채소를 보여 주었다. 내가 평민일 때 보았던 채소보다도 싱싱하고 맛있어 보인다. 릭도 토르와 함께 웃으면서 식당 한편에 놓인 나무상자를 가리켰다.

"로제마인 님을 위해 품질 좋은 채소를 신전에 가져가실 수 있게 챙겨뒀습니다. 쉽게 상하는 엽채류는 오일이나 소금에 절여서 항아리에 담았는데, 근채류는 내일 아침 일찍 수확하려고요. 부디 신전 고아원에도 나눠주십시오."

농사를 시작해서일까, 에렌페스트의 고아원에서 온 회색 신관들보다 작은 신전에서 지내는 회색 신관들이 볕에 그을어서 건강해 보인다.

"핫세에서 자란 고아면 몰라도 회색 신관은 농사를 해 본 적도 없었을 텐데 익숙지 않은 작업을 하느라 고생이 많았겠어요."

"그래도 맛있는 채소를 키웠습니다. 직접 키운 채소가 매일 식탁에 올라오는 걸 보면 오로지 음식이 나오길 기다리며 배를 굶주렸던 무렵보다 훨씬 행복합니다."

과거의 에렌페스트 고아원은 청색 신관의 감소와 함께 신의 은총이 줄면서 모두가 항상 배를 곯았다. 스스로 식량을 만들면 된다. 그런 간단한 생각도 그 무렵에는 하지 못했다며 회색 신관들이 조그맣게 웃었다. 자신들이 할 수 있는 일이 늘어서 기뻐하는 모습에 나까지 기뻤다.

회색 신관들에게 노력을 치하하고, 나는 병사들에게로 갔다. 모처럼 평민과 대화할 귀한 기회다. 나는 엔트비켈른을 위해 온 동네를 뛰어다닌 병사들의 고군분투를 들은 뒤, 다른 영지 상인들이 드나들면서 어떤 변화가 있는지 물었다.

"상업 길드의 길드장과 플랑탱 상회를 통해 얘기는 들었지만, 다른 시점의 얘기도 듣고 싶어요. 치안이 나빠졌거나 상인이 아닌 사람이 불이익을 당한 일은 없었나요? 병사 여러분의 눈에는 어떻게 비치던가요?"

상인 시점으로는 다른 영지에서 오는 상인의 수가 늘어 정신은 없어도 이익은 크게 올랐다고 했다. 개선점이 산더미지만, 깨끗해진 마을과 이탈리안 레스토랑에 초대하면서 좋은 반응을 얻었다고 들었다. 내가 말을 꺼내자 병사들이 앞다투어 느낀 점을 말해 주었다.

"사람이 늘어 물건이 대량으로 팔리면서 물가가 올랐습니다. 그만큼 일거리도 늘고 급료도 늘었습니다만, 급료가 오르기 전까지는 생활이 팍팍했습니다."

"여름이어서 숲에서 채집하면 굶지 않아도 되었지만, 앞으로 매년 이러면 힘들어질 겁니다."

"술집과 식당이 항상 북적이는 인상이었습니다. 그렇게 많은 사람이 마을에 있는 건 처음이라 깜짝 놀랐어요."

잇달아 병사들의 입에서 의견이 나왔다. 프랑이 서자판에 열심히 기록하는 것이 보였다. 나도 내 서자판을 꺼내어 의견을 써넣었다.

상인뿐만 아니라 그 종자까지 포함한 상당수가 마을에 유입한 모양이다. 남쪽 장인 거리에는 어떤 상품을 만드는지 정탐하려는 상인도 있었지만 낯선 상인을 경계한 장인들이 그들을 공방에 들이지 않았다고 한다.

"장인들은 그들을 수상쩍어하더군요. 그리고 주문량이 늘어서 너나없이 바쁜 마당에 타지인들이 정보를 캐내려고 기웃거려서 귀찮아 죽을 지경이라고 합니다."

"여행객이 자주 지나는 동문부터 서문의 큰길 주변은 항상 혼잡해서 지금까지 없었던 활기를 띠었습니다. 하지만 식당이나 술집에서는 다툼이 잦아서 동문 병사가 불려 다니느라 고생하더군요."

그래도 총체적으로는 대체로 순조롭다고 한다. 상인들의 보고와 크게 다른 점이 없어서 나는 가슴을 쓸어내렸다.

"순찰하며 지도해 준 여러분 덕분에 평민촌이 청결과 깨끗함을 유지하고, 모두 새로운 생활 습관이 몸에 뱄어요. 다른 영지 상인의 방문이 늘었는데도 작은 다툼으로 끝난 것도 다 여러분의 공적입니다. 감사하게 생각합니다. 그리고 앞으로도 잘 부탁해요."

"로제마인 님의 조언이 없었다면 이렇게까지 철저하게 순찰하고 지도하지 못했을 겁니다. 결국 평민촌이 망했을지도 모르죠. 마을을 지키는 일은 병사의 소임. 앞으로도 무슨 일이 있으면 곧바로 연락해 주십시오."

왼쪽 가슴을 두 번 두드리는 아빠에게 나도 같은 동작을 했다.

'다행이야. 내가 제대로 평민들을 지켰나 봐.'

수확제와 그레첼

걱정했던 평민촌 상황도 특별히 문제가 없다는 말에 안도의 한숨을 쉬었다. 다만, 이야기를 듣기로는 올해는 상인을 수용하는 것만으로 한계인 듯하다. 내년에 거래처를 늘리기는 어려우리라. 내년에 늘어날 상인의 수만큼 고급 숙소와 그 종업원을 1년 만에 갖출 턱이 없다.

'린샴과 머리 장식의 제작법을 파는 수도 고려해 봐야겠어.'

다음 날 아침, 회색 신관들은 정말 꼭두새벽부터 움직였고, 밭에서 수확한 채소를 담아 주었다. 그동안 나는 아침 식사다.

오늘 메뉴는 작은 신전의 밭에서 따온 신선한 채소 수프와 샐러드, 그리고 에렌페스트에서 가져온 베이컨을 곧바로 썰어서 구워 나왔다. 어제부터 푸고가 준비한 빵에는 블랙커런트와 비슷한 비오레베라는 나무 열매와 꿀로 만든 잼을 듬뿍 발라서 먹는다. 이 잼은 핫세의 무녀들이 오늘 내게 주려고 숲에서 따와서 조린 것이다. 비오레베의 시큼한 맛이 꿀의 강한 단맛을 잡아줘서 아주 맛있었다.

"오늘 아침에 나온 수프도 잼도 맛있었어요. 여러분이 키운 채소라서 그런가 봐요."

"이 신전 주변은 로제마인 님의 마력이 가득해서 숲의 은총이 충만하거든요."

토르가 말하길 강줄기 너머의 핫세보다 작은 신전의 주변 토지가 더 비옥하다고 한다. 내년에도 맛있는 채소가 나도록 예배실 마석에 마력을 듬뿍 주입해 두었다.

아침을 먹으면 에렌페스트로 돌아가는 마차를 배웅한다. 고아원으로 떠나는 마차에는 교대한 회색 신관들, 모두가 수확한 채소, 핫세에서 제작한 인쇄물, 작은 신전의 결산 관련 서류 등을 실었다.

아빠를 비롯한 병사들에게 항례의 출장비를 건네고, 신전까지 호위를 부탁했다.

"겨울에는 눈이 많이 쌓여서 쓰레기를 버리기도 힘들어지겠죠. 그래도 봄이 되었을 때 평민촌이 엉망진창이 되어 있지 않게 주의하세요."

"네. 눈이 쌓여도 쓰레기를 버릴 수 있게 지금 지붕을 달고 있습니다. 나머지는 모두의 협력만 있으면 됩니다. 되도록 둘러보겠습니다. 저희 병사는 계속 일해야 하니까요."

눈보라 속에서도 출근하던 아빠를 떠올린 나는 가볍게 고개를 끄덕였다. 평민촌은 아빠와 병사들에게 맡기면 걱정 없다. 병사들의 경례를 받고 그에 답하자, 마차는 덜컹거리며 움직이기 시작했다.

멀어져가는 마차를 배웅하면 나도 출발이다. 핫세의 겨울 저택에 가서 징세관의 업무를 확인해야 한다. 출발 준비를 하는 모니카와 로지나, 아침 식사 정리를 회색 신관과 회색 무녀에게 맡기고 점심 도시락을 프랑에게 건네는 푸고와 엘라를 바라보면서 나는 노라와 얘기했다.

"노라, 이곳 겨울 채비는 이제 괜찮죠?"

"네, 핫세 주민과 협력해서 겨울 채비를 하게 되었습니다. 언제까지고 플랑탱 상회의 도움을 받을 순 없으니까요."

지금까지 플랑탱 상회의 중개로 이루어졌지만, 작은 신전에서 비용과 일손을 내기로 하면서 핫세 마을과 협력 체제를 구축한 듯하다. 나중에 리히트에게도 고마움을 전하고, 앞으로의 협력도 당부해 두자.

"로제마인 님, 준비가 끝났습니다."

"그럼 노라. 뒷일을 부탁할게요. 조금씩 변한 작은 신전을 보면 에렌페스트 고아원에서 오는 신관들이 당황하겠네요. 그들에게 어떻게 생활하는지 가르쳐주세요. 그리고 신전 생활에서 너무 벗어나진 않았는지 본인들의 생활을 한 번 돌아보세요. 너무 많이 변하면 에렌페스트 고아원에 오게 됐을 때 고생할 거예요."

"네, 알겠습니다."

모니카를 비롯한 시종과 회색 신관들을 태운 마차와 속도를 맞추며, 프랑과 안게리카를 태운 레서버스로 핫세의 겨울 저택으로 향했다. 마차는 겨울 저택에서 징세관과 합류해서 오늘 묵을 숙소로 이동한다. 나는 핫세에서 징세관의 업무를 확인한 후, 기수로 이동할 예정이다.

"모니카, 나중에 봐요."

"네, 로제마인 님."

마차를 배웅한 나는 리히트의 안내를 받으며 광장으로 향했고, 수확물을 성으로 전이하는 징세관의 작업을 지켜보았다. 어제 의식에 쓴 무대 위에 마법진이 그려진 천이 널찍이 펼쳐져 있었다. 그 위에 징세한 물품을 잇달아 옮겼다. 징세관이 마법진을 건드리자 마법진이 빛나며 대량의 짐들이 한순간에 사라졌다. 대량의 짐 중에 일부는 내 짐이다.

"리히트, 작은 신전의 겨울 채비를 핫세 주민도 돕고 있다면서요? 회색 신관들은 신전에서 자라서 세상 물정에 둔하니까 삶의 기술을 가르쳐주면 고맙겠어요."

"저희도 돈을 받고 있고, 작은 신전 근처에서 채집도 하게 해주니까요."

누이 좋고 매부 좋죠, 라며 리히트가 웃었다. 나의 마력이 충만한 작은 신전의 주변 숲은 열매가 풍부하고, 그 풍부한 열매를 먹으려고 모이는 동물도 많아서 사냥에 적합하다고 한다.

"핫세는 앞으로도 작은 신전과 우호적인 관계를 쌓아갈 겁니다."

"네. 잘 부탁해요."

리히트와 웃음을 나누었을 때는 징세관이 작업을 끝낸 참이었다.

"로제마인 님, 다음 마을로 가십시다."

기수로 하늘을 달려서 다음 겨울의 저택으로 이동한다. 의식을 소화하고, 다음 날 아침에 징세가 끝나면 또 이동이다. 이동 중에 징세관과는 대체로 올해의 수확과 하르트무트에 관한 화제를 나눴다. 하르트무트는 굉장히 냉소적인 아이였는데 지금은 에렌페스트의 성녀에게 빠져있다. 그 변화가 흐뭇하기도 하고, 한편으로는 불안하다고 했다.

'응. 나도 가끔 불안해질 때가 있어. 우수해서 더 무섭다고 할까. 내 연구를 평생의 사업으로 삼겠다고 하질 않나…….'

징세관의 말을 요약하면 '주인의 말은 잘 들으니까 고삐를 꽉 잡아라'였다. 그러고 보니 오틸리에도 비슷한 말을 했던 것 같다.

"하르트무트는 우수하니까 측근으로 곁에 두면 쓸모가 있을 겁니다."

"적응도 빠르고, 유연성도 있죠. 신전 업무에 금방 적응했고요."

신전에서 일하는 하르트무트의 얘기를 하자, 징세관이 눈을 크게 떴다.

"고집 세고, 자기주장이 강한 하르트무트가 로제마인 님의 눈에는 그렇게 보이십니까? 그렇다면 유연하게 대응해서라도 로제마인 님을 모시고 싶어서 그러는 것일 겁니다."

순간 '광신도'라는 단어가 떠올랐지만, 왠지 모를 음습함에 머릿속에서 지워 버렸다. 하르트무트는 내가 생각했던 것보다 훨씬 충신이었던 모양이다.

'뭔가 포상을 줄까?'

서자판을 받은 성의 시종을 부러워했으니 측근들에게도 뭔가 알맞은 물건을 주면 좋을지도 모른다. 그런 생각을 하며 이동 중에 한 번 몸져누우면서 직할지의 수확제를 끝냈다. 신전으로 돌아갈 때 또 한 번 몸져누웠다.

수확제 도중에 앓아누운 탓에 내가 제일 늦게 도착했다. 빌프리트와 샤를로테는 수확제를 끝내고, 사냥 대회 기간 전에 아슬아슬하게 도착했다고 한다.

"신관장님. 전 이제 그레첼에 갈게요."

"먼저 엘비라에게 연락해라. 수확제뿐만 아니라 구텐베르크의 회수부터 인쇄업의 성과를 확인하는 일도 있지 않으냐."

페르디난드의 지적에 나는 손뼉을 쳤다. 신전에서 신전장으로서 가는 것이라 의식의 연장선으로 별채에 묵고, 구텐베르크만 데리고 돌아올 생각이었다. 하지만 그레첼에 가면 기베와 대면하게 될지도 모른다. 브륀힐데의 부친은 뼛속까지 귀족이라서 누군가가 곁에 없으면 화제며 대응이며 곤란해진다. 중개해줄 엘비라나 브륀힐데는 반드시 동행해야 한다.

"로제마인이에요. 직할지 수확제가 끝나서 그레첼에 가려고 합니다."

엘비라에게 올도난츠로 연락을 보내자, 곧장 답장이 왔다. 여러 가지로 채비를 하고, 문관도 데려가야 하니 사흘 후에 출발하자는 내용이었다.

일정이 정해졌으므로 브륀힐데에게도 그레첼에 가려고 하는데 동행하겠느냐고 물었다. 비록 브륀힐데는 미성년자지만, 그레첼이 고향이니까 문제없다.

"신관장님, 이번에는 수확제도 있어서 신전장의 입장으로 가는 건데 견습 문관을 데려가도 될까요? 저번에는 인쇄업 때문에 동행하기는 했었는데."

제사에 성의 측근은 필요 없다. 하지만 귀족으로서, 영주 일족으로 행동할 때는 측근이 있어야 한다. 예외적인 입장이란 참으로 골치가 아프다.

"일단 데리고 가거라. 직할지면 몰라도 그레첼에서는 어느 쪽 입장으로 있어야 할지 모르는 일이니."

페르디난드의 말에 따라 양쪽 종자를 모두 데리고 가기로 했다. 프랑과 모니카, 그리고 전속 요리사로는 푸고. 귀족의 저택에서 묵게 되면 그쪽에 요리사가 있지만, 신전장으로서 별채에서 묵게 되면 요리사가 필요해서다.

약속대로 사흘 후에 나는 신전장으로서 치를 의식 준비를 끝내고, 그레첼로 향했다. 그레첼은 제2의 에렌페스트다. 아렌스바흐에서 시집온 영주의 딸을 배려하여 직할지 중에서도 인구가 많고, 가도 변의 토지가 부여되었다. 또 그녀의 입맛대로 마을이 만들어진 탓에 귀족이 사는 작은 귀족가와 평민이 사는 평민촌이 뚜렷하게 나뉜다. 직할지와 달리 겨울 저택이 없고, 일크너와 달리 영주의 저택 근처에서 의식을 치르기 위해 평민들이 모이지도 않는다. 상공에서 언뜻 봐도 어디서 의식을 치르는지 짐작이 가지 않았다.

'청색 견습 무녀일 때 기원식에 왔었지만, 작은 성배만 전달하고 끝났었고…….'

더군다나 그 역할은 페르디난드가 별채에서 기베의 저택으로 인사하러 간 김에 재빠르게 끝내 버려서 나는 일절 관여하지 않았다.

"징세관. 당신은 어디에서 의식을 치르는지 아나요?"

"아니요. 징세는 기베의 저택에서 처리하기 때문에 의식에 관해서는 모릅니다."

기베의 땅에서는 등록한 메달을 신관이 건네받고, 징세는 이미 기베가 끝내놓기 때문에 징세관은 정해진 수확물만 이동시키면 된다고 한다. 그래서 징세관의 업무는 기베의 저택 안에서 전부 끝난다고 한다. 하는 수 없이 도착한 후에 묻기로 했다.

"기베 그레첼, 의식 장소는 어딘가요? 안내해 주세요. 수확제로 이곳을 방문하는 건 처음이거든요."

인사를 끝낸 나는 곧바로 수확제 장소를 물었다. 그런데 그레첼 백작도 모르는 눈치다. 한 손으로 턱을 쓰다듬으면서 의아한 표정으로 고개를 갸웃거리고, 다른 한 손을 휘휘 저어서 시종을 부르더니 뭔가를 속삭였다. 그 뒤에 하급 문관으로 보이는 사람이 헐레벌떡 달려와 "아, 안내하겠습니다."라고 했다.

"내가 신전장의 임무로 의식을 치르고 올 동안 나머지 분들은 인쇄 쪽을 부탁할게요. 호위 기사를 제외한 측근들도 의식과는 관계가 없으니까 저택에 들어가 있으세요."

인쇄업 담당 문관들은 고개를 끄덕이며 저택으로 들어갔지만, 하르트무트 혼자만 주황색 눈을 반짝이며 "의식에 동행하게 해주십시오."라며 버텼다.

"신전 예배당은 입실 금지라서 로제마인 님의 축복을 직접 볼 기회가 많지 않습니다. 하지만 이곳에는 신전이 없으니 입실 금지도 아니지 않습니까."

어찌나 열변을 토하던지, 거절할 말을 찾기가 귀찮아진 나는 프랑과 안게리카와 함께 하르트무트도 데리고 가기로 했다. 귀족들이 기피하는 평민촌에 가는데도 신이 난 걸 보니 별 상관이 없나 보다.

"푸고에게 요리를 시켜야겠군요."

나는 하급 귀족에게 그렇게 말하고, 별채로 이동했다. 그런데 그곳에서 지내고 있어야 할 구텐베르크는 어디로 갔는지, 내부가 텅 비어 있었다. 오랫동안 사용한 흔적이 없는 별채의 상태에 순간 핏기가 싹가셨다. 나는 동행한 하급 문관을 째려보았다.

"나의 구텐베르크들은 어디 있죠?"

"펴, 평민촌에서 지내고 있습니다. 별채에서 공방까지 멀다 보니 거처를 옮기고 싶다고 그쪽에서……."

대답이 횡설수설했지만, 매일 이동하기가 버거워서 거처를 공방 근처로 옮기고 싶다 부탁했다고 한다.

"결코 해를 가하거나, 강제적으로 옮기지 않았습니다."

"알겠어요. 그럼 의식 장소로 안내하세요. 푸고는 요리를, 모니카는 여기서 묵을 수 있게 준비하세요."

구텐베르크가 평민촌에서 지내고 있다고 해도 신관인 프랑과 모니카는 이 별채에서 묵어야 한다. 청소와 요리할 시간이 필요하다.

나는 프랑, 안게리카, 하르트무트를 태운 레서버스로 앞장서는 기수를 따라 광장으로 이동했다. 후미를 지키는 건 다무엘에게 맡겼다. 에렌페스트의 평민촌으로 치면 중앙 광장에 해당하는 곳이 그레첼에서 의식을 치르는 곳인 듯하다.

"……사람이 별로 없네요."

광장에는 세례식, 성인식, 성결식을 희망하는 사람들이 모여 있었다. 그레첼은 다른 곳보다 인구가 많을 터인데 어째서인지 모인 사람이 적었다. 축복받는 당사자와 가족뿐인 느낌이다. 마을 전체가 축제 분위기였던 다른 지역과 천지차이였다. 다만 비교적 한산해서일까, 모인 사람들 속에 섞여 있는 구텐베르크 일행을 금방 찾을 수 있었다. 별다른 일 없이 건강해 보이는 얼굴을 보니, 내 속의 불안이 스르륵 사라졌다.

"그럼 전 이만 물러나겠습니다."

평민촌에는 한시도 못 있겠다는 듯이 하급 귀족은 안내만 끝내고 돌아갔다. 더럽고 악취가 풍기는 평민촌에 있고 싶지 않았으리라. 오랜만에 맡는 평민촌의 냄새에 나도 모르게 얼굴을 찌푸렸다. 익숙해진 줄 알았는데 구리긴 구리다.

"하르트무트는 안게리카와 저쪽에 서서 의식을 방해하지 마세요."

"프랑을 도와주는 건 괜찮습니까?"

세례를 받는 아이를 메달에 등록하거나, 성인식과 성결식을 치르는 사람들을 조회하며 혼자 바삐 움직이는 프랑을 하르트무트가 가리켰다.

"아닙니다. 하르트무트 님께 도움을 받을 수는……."

"나는 견습 문관이다. 걱정하지 않아도 메달도 다룰 줄 알고, 로제마인 님의 측근으로서 빌마에게 의식 진행 방법도 배웠다."

하르트무트는 그렇게 말하며 프랑의 옆에 섰다. 그리고 우왕좌왕하지도 않고, 당당한 태도로 메달을 등록했다. 나는 일하게 놔두라고 프랑에게 눈짓했다. 혼자서 하는 것보다 훨씬 빠르다. 프랑도 포기하고 하르트무트에게 작업을 맡겼다.

등록과 조회가 순조롭게 흐르는 것을 보고, 나는 아이들에게 성전 그림책을 읽어주기 시작했다. 신화 낭송이 끝나면 신에게 기도를 올려서 축복을 내린다.

"바람의 여신 슈첼리아여. 나의 기도를 듣고 새로운 아이의 탄생에 당신의 축복을 주소서. 당신께 그들의 마음과 기도와 감사를 바치오니. 거룩한 가호를 내려 주소서."

반지에서 튀어나간 바람의 여신 슈첼리아의 귀색인 노란빛이 반짝이며 떨어진다. 내게, 그리고 에렌페스트의 신전과 직할지 수확제에서는 이제 익숙한 광경이 된 축복의 빛이지만, 그레첼에서는 그렇지 않았다.

"우와!? 이게 뭐야!?"

"대단하다! 반짝거려!"

처음 축복을 본 아이들의 반응에 그제야 내가 그레첼에서 축복을 내리는 것이 이번이 처음임을 떠올렸다. 주변 가족들도 입이 쩍 벌어져 있다. 그때 구텐베르크와 함께 서 있던 길이 떵떵거리며 외쳤다.

"그러니까 말했지? 난 거짓말 안 해. 로제마인 님은 진짜 축복을 내

리는 성녀시고, 난 그 로제마인 님의 시종이다 이 말이야."

평민촌에서 얼마간 지내서일까. 길의 말투가 투박해졌다. 그 사이에 평민촌에 물들었구나, 하고 마음이 따뜻해진 나와 달리 프랑은 "그런 거친 말투로 로제마인 님의 시종이라고 떠벌리다니……."라며 인상을 찌푸렸다.

'길, 신전에 돌아가면 야단맞겠어.'

아이들의 환성이 울렸는지, 길의 목소리를 들었는지, "뭐야, 무슨 일이야?"하며 구경꾼들이 몰리기 시작했다. 성인의 축복을 끝내고, 성결식의 축복을 내릴 때쯤에는 제법 사람이 늘어나 있었다.

"성녀 전설이 더 널리 퍼졌네요."

하르트무트가 도취한 표정으로 그렇게 말했다. 성녀 전설이 퍼지는 순간을 마주한 기쁨에 아주 신이 난 듯하다. 도무지 이해를 못하겠다.

"별로 한 것도 없는데요."

이런 의식의 축복에는 큰 마력을 쓰지 않는다. 반지를 반짝이는 귀족의 인사와 별반 차이가 없다. 하지만 하르트무트는 천천히 고개를 저었다.

"축복을 되돌려 주지 못하는 평민을 위해 자신을 마력을 써서 축복을 내려주시니까 대단한 것이지요."

나는 귀족과 나 사이의 깊고도 넓은 골을 새삼 깨달았다.

수확제라고 해도 그레첼은 에렌페스트의 평민촌과 마찬가지로 농촌처럼 다 함께 자축하는 수확물이 있는 것도 아니었다. 의식이 끝나면 근처에서 연회가 열리는지, 제사의 흥분이 가라앉자 모두가 삼삼오오 무리 지어 자리를 떴다. 조금씩 사람이 줄어가는 광장에서 나는 구텐베르크들을 손짓으로 불렀다. 길이 제일 먼저 달려왔다.

"부르셨습니까, 로제마인 님?"

아무래도 말투가 완전히 바뀌지는 않은 모양이다. 말투로 프랑에게 혼이 날 것 같으면 내가 막아주자. 그런 생각을 하며 나는 조그맣게 웃었다.

"오늘 밤에는 별채에서 묵도록 하세요. 얘기를 듣고 싶어요."

"수확제 때 로제마인 님께서 오실 줄 알고 미리 옮길 준비를 해뒀습니다."

"그럼 다들 기수를 타고 가요."

나는 광장에서 레서버스를 출현시켜서 올라탔고, 구텐베르크가 묵는 곳들을 돌며 모두를 태우려고 했다. 하지만 회색 신관들은 승차를 거부했다.

"몸을 깨끗이 씻고 옷을 갈아입지 않은 상태로는 로제마인 님의 앞에 나갈 수 없습니다. 이 상태로 기수를 타는 건 도저히……."

회색 신관들이 레서버스 앞에 모여서 그렇게 말했다. 평민촌에서 지내는 동안에는 대충 지냈어도 내 앞에서는 차림새가 신경이 쓰이는 모양이다.

"……시간이 없어요. 다 같이 한꺼번에 씻죠."

"네?"

짐만 레서버스에 싣고, 구텐베르크를 한곳에 모았다. 루츠, 길, 자크, 요한, 요제프, 모두가 무슨 일이 일어날지 불안한 얼굴로 두리번거린다.

"다들 코를 쥐고 눈을 감으세요."

나는 그렇게 말하면서 슈타프를 소환하여 마력을 담았다.

"로제마인 님, 조절 잘하셔야 합니다."

등 뒤에서 자신도 휘말릴 각오를 한 듯 코를 쥔 다무엘의 충고가 날아왔다. 다무엘이 얼른 코를 쥐는 모습을 보고, 구텐베르크들도 덩달아 코를 쥐었다.

"바셴."

이번에는 조절을 잘한 모양이다. 구텐베르크만 쏙 들어가는 크기로 물을 소환했고, 몇 초 만에 사라졌다. 느닷없이 물에 빠진 구텐베르크들은 코만 쥐고, 눈과 입을 연 상태였는지 몇 명은 연신 기침을 해댔지만, 이거로 모두가 깨끗해졌다. 덩달아 바셴이 닿은 바닥 부분만 광이 난다.

"자. 이제 됐죠? 타세요."

내가 재촉하자, 구텐베르크는 여우에 홀린 얼굴로 레서버스에 하나둘 올라탔다. "평민촌이 깨끗해진 게 이거 때문이구나."라는 루츠의 중얼거림이 들렸다.

'정답이야, 루츠.'

별채에 돌아가서 구텐베르크는 옷을 갈아입고, 오늘 밤 잠자리를 어떻게 할지 의논하는 등 바쁘게 움직였다. 나는 모니카의 도움을 받으며 의식용 의상에서 귀족 의상으로 갈아입었다. 구텐베르크의 의논이 끝나면 올도난츠로 브륀힐데에게 연락하면 되리라.

"다들 일하는 건 어땠어요?"

그레첼은 에렌페스트의 평민촌과 크게 다르지 않아서 귀족과 마주칠 일이 거의 없고, 초반에 내가 그레첼의 장인들을 단단히 잡아놓은 덕분에 작업이 순조로웠다고 했다.

"딱히 큰 문제는 없었습니다."

"……회색 신관들이 조금 힘들어했을 뿐입니다."

봄에 엔트비켈른과 바셴으로 개조하기 전까지 줄곧 더러운 평민촌에서 살았던 장인들은 별다른 문제없이 지냈지만, 청결하게 관리하는 신전에서 자란 회색 신관은 더럽고 냄새나는 생활에 익숙해지는 데 고생했다고 한다.

"예전에 파견 근무했던 일크너는 인구수가 적고, 오물을 비료로 쓰고 있어서 신경이 거슬릴 정도로 냄새가 심하지 않았는데 이곳은……. 그래도 이제는 익숙해졌지만요."

회색 신관이 조금 불만스럽게 그렇게 말했다. 감정을 그대로 표현하지 않으면 전해지지 않는 평민들에게 시달려서일까, 그들의 감정 표현이 알기 쉽게 매우 단순해졌다.

"하르덴첼에서도 불합격이었듯이 그레첼의 대장장이도 요한에게 금속 활자의 합격을 받지 못했습니다."

"합격이 눈앞이라 겨울 동안 저희 공방에서 가르치고 싶다는 제안을 하고 있는데, 로제마인 님께서 기베에게 허가를 받아주실 수 있겠습니까?"

대장간에 다녔던 자크와 요한의 말에 나는 고개를 끄덕였다. 하르덴첼에서 깨달은 교훈을 발판삼아 요한은 대화를 하려고 노력하고, 자크가 중재 역할을 맡은 덕분에 그레첼의 장인들과는 신뢰 관계를 잘 쌓은 모양이다.

"목공방에는 인쇄기 제작법을 가르쳤습니다. 대장간과 공동 작업을 했지만, 이쪽은 특별한 문제가 없었습니다."

인고는 그렇게 말했다. 나무의 종류, 베는 방법, 조립 방법 등을 가르쳤더니 순조롭게 해냈다고 한다. 새 인쇄기도 두 대나 만들었다고 한다.

"잉크 공방은 어땠어요?"

"네! 그게……."

하이디가 씩씩하게 손을 들어 대답하려는 순간, 요제프가 근처에 있는 하르트무트를 힐끗 보고 서둘러 하이디의 입을 틀어막았다.

"부탁이니까 넌 가만히 좀 있어. ……잉크 공방에서는 검정 잉크 제작은 문제가 없었지만, 색깔 잉크는 만들려고 해도 이 근방에서 얻을 수 없는 재료가 있었습니다. 그레첼 근방에서 채취할 수 있는 소재 몇 개로 시험하면서 색깔 연구에 들어갔습니다."

"고마워요, 요제프."

검정 잉크는 문제없이 완성되었으니 인쇄 자체에는 지장이 없다. 컬러 잉크는 그레첼의 소재로 만들 수 있게 연구하는 수밖에 없을 듯하다.

"남은 건 제지 공방인가요?"

"……제지 공방은 썩 좋지 않습니다."

루츠가 어깨를 떨구며 그렇게 말했다. 길과 회색 신관들도 시선을 주고받으며 한숨을 내쉬고, 그레첼에서 만든 종이를 내밀었다. 에렌페스트에서 제작 중인 종이보다 확실히 품질이 떨어졌다. 언뜻 갱지처럼 보인다.

"왜 이렇죠?"

"……이곳 수질이 나빠서입니다. 깨끗한 종이가 만들어지지 않아요."

에렌페스트의 경우, 마을 서쪽을 흐르는 큰 강물은 상당히 더럽지만, 숲을 돌며 합류하는 샛강은 깨끗하다. 그래서 그쪽 강물을 끌어온 물로 종이를 만들고 있다. 일크너는 시골이라서일까, 물이 매우 깨끗해서 수질을 걱정할 필요가 없었다.

"깨끗한 물을 끌어오든가, 더러운 물을 정화하든가……. 이건 장인이 어떻게 할 수 없는 문제네요. 기베 그레첼에게 얘기해 볼게요."

대강 일련의 얘기를 끝냈다. 하르트무트와 메모를 확인하는데 루츠와 길이 서로 얼굴을 마주 보는 것이 보였다. 둘은 씩 웃더니 내 쪽을 돌아보았다.

"이것을 로제마인 님께 바치고 싶습니다."

"인쇄 방법을 가르치려고 만든 그레첼의 책입니다. 얇고, 내용이 짧아서 귀족에게 상품 가치는 없겠지만, 로제마인 님은 기뻐하실 것 같아서요."

에렌페스트에서 가져온 종이로 만든 책이라서 품질은 나쁘지 않았다. 항상 보는 책과 똑같다. 다만, 두께가 상당히 얄팍했다. 나는 '상품 가치가 없다'라는 말에 의아해하면서 책장을 파라락 넘겼다. 눈을 재차 깜빡거리며 대각선식 속독으로 읽었다. 그리고 고개를 홱 들고, 루츠와 길을 보았다. 두 사람은 자신 있게 웃고 있었다.

"이렇게 인쇄업을 보급한 곳에서 이야기를 모으면 각지의 이야기가 모일 겁니다."

그 책의 내용은 두 사람이 그레첼의 장인들에게 들은 이야기를 정리한 평민촌 민화였다. 그 말마따나 귀족의 구매 의욕을 일으킬 만한 내용은 아니다. 하지만 각지의 이야기를 모으는 그림 계획을 구상하고 있던 내게는 매우 중요하고 기쁜 깜짝 선물이었다.

"언젠가 평민도 자유롭게 책을 읽을 수 있게 할 거라고 하셨죠?"

루츠가 씩 웃었다. 하르트무트가 있어서 말은 하지 않았지만, '이런 거 원했지?'라는 얼굴이다. 길은 '거봐, 좋아하잖아'라며 가슴을 펴고 있다. 둘의 의도대로 기분이 좋아진 나는 저절로 얼굴에 웃음꽃이 피었다.

　"훌륭해요, 루츠, 길!"

　"이야기를 모으는 데 사용한 비용은 청구하겠습니다. ……언젠가 플랑탱 상회에서 인쇄할 테니 절반만요."

　그렇게 말하는 루츠에게 나는 고개를 크게 끄덕였다.

　'그래, 전액이라도 낼게! 얼마든지 청구해!'

그레첼의 귀족과 인쇄업

이날 저녁은 기베의 저택에서 먹게 되었다. 그레첼 백작은 레시피 집을 사서 요리사에게 연구를 시켰는지, 수프에 감칠맛이 돌았다. 맛있느냐 아니냐를 묻는다면 물론 푸고의 요리가 압도적으로 맛있지만.

'나도 별채에서 모두와 먹고 싶었는데.'

구텐베르크들과 허물없이 대화할 수는 없어도 그들이 즐겁게 수다를 떠는 것을 듣고 있기만 해도 조금은 평민촌에 있는 기분과 화기애애한 분위기를 즐겼으리라.

여기서도 인쇄업 얘기가 화제였지만, 서로 속을 떠보듯 빙빙 돌려 말하는 귀족식 대화는 피곤하고, 불편하다. 식사 때만큼은 머리를 쓰지 않고 맛있게 먹고 싶다.

서로 탐색하는 식사가 끝나고, 이번에는 그레첼의 인쇄업과 제지업에 관해 문관의 보고를 듣게 되었다. 그레첼 백작에게 임명받은 문관의 보고를, 기베를 비롯하여 시찰했던 문관들이 차를 마시며 들었다.

"그레첼의 인쇄업은 딱히 문제없이 돌아가기 시작한 듯합니다. 시험 삼아 인쇄한 책을 봤습니다만, 성에서 팔던 상품과 특별히 다를 바가 없었습니다."

"큰 문제없이 돌아가고 있다면 그레첼의 장인들은 참 우수한가 보군요."

하르덴첼의 대장장이들이 불합격을 받은 사실을 알고 있는 엘비라가 문관의 보고에 감탄했다. 하지만 내가 구텐베르크에게 들은 보고와 전혀 달랐다.

'어? 문제점이 꽤 있었는데?'

내가 무심코 고개를 갸웃거리자, 옆에 앉아 있던 하르트무트가 손에 든 메모를 내려다보며 가벼운 한숨을 내쉬었다.

"구텐베르크에게 들은 보고와 상당히 다릅니다만……."

"무슨 뜻이지?"

그레첼 백작의 표정이 험악해지더니 문관과 하르트무트를 번갈아 보았다. 하르트무트는 자신의 메모를 보면서 구텐베르크의 보고를 간결하게 설명했다.

"하르덴첼과 마찬가지로 대장장이는 금속 활자의 합격을 받지 못했습니다. 색깔 잉크도 이 근방에서는 같은 소재를 쉽게 입수하지 못하는 관계로 이곳 소재로 따로 연구해야 합니다. 그리고 그레첼의 수질이 나빠서 종이를 만들 수는 있지만, 품질이 나쁘다고 합니다."

문제가 있다는 보고를 듣고, 그레첼 백작이 불쾌한 듯 인상을 찌푸렸다.

"그레첼의 평민이 무능하다는 말인가."

'아니, 잠깐만. 아무리 생각해도 대충 보고한 문관이 무능한 거지.'

마음속으로는 지체 없이 태클을 걸었지만, 영주의 양녀인 내가 그걸 말해 버리면 그 순간 문관의 미래가 사라져 버릴 게 틀림없다.

'어디 보자. 뭐라고 말해서 귀족과 평민 사이를 중재하면 되려나?'

이대로 방치하면 실패가 전부 평민 탓이 될 것이 불 보듯 뻔하다.

"기베 그레첼. 그레첼의 평민은 무능하지 않아요."

내가 발언하자 시선이 일제히 내게 집중되었다. 그 시선의 대부분이 '평민을 감싸는 건가?'였고, 일부는 '쓸데없는 소리를 하시면 안 됩니다'라며 나를 견제하는 것이었다.

"장래가 기대되지만, 시간이 부족할 뿐이에요. 겨울 동안 대장장이들을 에렌페스트로 데리고 가서 교육하겠다고 나의 구텐베르크들이 제안해왔습니다. 체류 비용은 기베 그레첼에게 청구하겠지만, 시간을 들여 교육한다면 대장장이의 문제는 해결될 거예요."

나의 제안에 그레첼 백작의 미간에 깊은 주름이 생겼다.

"또 평민에게 돈을 써야 하는 겁니까……."

인쇄업 유치에 얼마나 큰 비용이 발생하는지는 이 일을 제일 먼저 시작한 내가 가장 잘 안다. 더는 돈을 들이고 싶지 않은 마음을 모르는 건 아니지만, 여기서 망설이면 지금까지의 투자가 무의미해진다.

"금속 활자는 소모가 빨라요. 만드는 장인이 없으면 금속 활자를 계속 사야 하죠. 길게 보면 그레첼 장인이 만들게 되는 편이 좋지만, 이건 기베 그레첼의 생각에 달렸어요."

따로 대장장이를 키우지 않아도 금속 활자만 계속 산다면 인쇄기가 있으니까 인쇄는 가능하다. 어느 쪽에 돈을 들여도 상관없다며 선택지를 제시해서 쉽사리 장인을 짓누르는 선택지를 슬그머니 제외했다.

"흠……."

"그레첼에서 제지업을 하려면 깨끗한 물을 공방에 끌어오든가, 오염된 물을 정화하든가 둘 중 하나를 해결해야 해요. 하지만 이건 평민의 장인이 어떻게 할 수 있는 문제가 아닙니다. 페르디난드 님도 대규모적인 수질 정화에는 마술구를 설치해야 한다고 하셨으니까 귀족이 해결할 일이에요."

기베 그레첼이 생각에 잠겼다. 나는 그가 이상한 억지를 부리기 전에 제지업의 문제도 절대 평민 탓이 아니라는 인식을 심었다.

"그레첼을 어떻게 이끄느냐는 기베 그레첼이 고민하실 일이니까 더는 간섭하지 않을게요."

나는 평민을 옹호하면서도 너무 깊이 참견하지 않게 주의했다. 어떤 말이 귀족의 자존심을 건드리는지 여전히 긴가민가해서다.

'그레첼은 기베인 당신 땅이니까 저택에서 으스대면서 평민에게 책임 전가하지 말고, 좀 더 똑바로 보고 제대로 일해! 일크너와 하르덴첼을 본받아서 평민과 똑바로 마주 봐! 라고 퍼붓고 싶다.'

식사를 끝낸 나는 배정된 객실로 돌아가는 도중에 하르트무트에게 오늘 구텐베르크에게 들은 보고를 정리하라고 당부했다. 엘비라가 백작에게 그레첼의 현상을 이해시켜서 귀족의 긍지에 상처받지 않게 인쇄업을 진행하게 해야 한다. 적당한 선을 모르는 나보다도 귀족을 잘 아는 엘비라에게 맡기는 편이 나으리라.

"알겠습니다."

나는 브륀힐데의 시중을 받으며 목욕을 하고, 잠자리에 들 준비를 했다. 내 머리카락을 말리고, 거울 앞에서 정성 들여 빗질하던 브륀힐데가 문득 생각난 듯이 입을 열었다.

"신전에서 자라서서 저희와 사고방식이 다른 로제마인 님께 여쭙고 싶은데 왜 그렇게까지 평민을 감싸시나요? 평민인 구텐베르크의 보고보다 귀족인 문관의 보고를 중시해야 하지 않습니까?"

거울에 비친 황색 눈동자는 정말 의아해하는 듯했고, 자신의 발언이 옳다고 믿어 의심치 않는 말에 나는 놀라움을 감출 수 없었다.

저녁 식사 때 기베 그레첼의 자존심을 건드리지 않으려고 내 딴에는 완곡하게 표현했고, 하고 싶은 말의 절반도 꺼내지 않았다. 그런데 그들에게는 문관의 보고보다 구텐베르크의 보고를 중시하는 나의 행동부터가 이해되지 않는 모양이다.

"……인쇄업을 성공시키려고 구텐베르크를 파견했으니까 성공하기 위해 어떻게 하면 좋은지 생각했을 뿐이에요. 그레첼의 평민촌에서 실제로 일한 구텐베르크의 보고와, 평민촌에 발을 들인 적도 없는 문관의 말……. 어느 쪽 말을 믿을 수 있는지 생각해 보면 답이 나오지 않나요?"

"구텐베르크는 평민이지요?"

"네. 평민이에요. 하지만 일크너와 하르덴첼에서 제지업과 인쇄업을 퍼트리고 온 나의 손발이에요."

'아, 안 되겠어. 나의 제지업과 인쇄업은 그레첼의 풍토와 안 맞아.'

평화로운 시골이라서 평민과 거리가 가까운 일크너에서는 새로운 종이가 잇달아 나올 정도로 큰 성공을 이뤘고, 상급 귀족인 기베 하르덴첼의 땅에서도 결과가 좋았다. 그래서 나는 귀족가의 귀족들과는 의견이 맞지 않아도 기베가 통치하는 땅이라면 어떻게든 성공할 줄 알았는데 아니었다.

"……당신 생각이 그레첼 귀족의 일반적인 생각이라면 이곳에는 제지업과 인쇄업을 포기하는 편이 낫겠네요. 신전 출신인 내 생각은 이곳과 맞지 않는 것 같아요."

제지업을 포기하고, 필요한 도구를 자기들끼리 만들어 쓰는 대신 전부 사들여서 인쇄만 한다면 당분간은 유지되리라. 하지만 자신의 땅에서 조달하는 곳보다 인쇄비용이 월등하게 비싸진다. 주위에 인쇄업이 보급된다면 값이 비싼 그레첼의 인쇄물은 금방 쇠퇴하리라. 그렇게 평민이 '무능'하다고 욕을 먹고, 최악의 경우에는 억울하게 처형당

한다.

'평민의 피해를 최소화하는 방향으로 대책을 마련해야겠어.'

최악의 사태를 상상하며 내가 고민에 빠지자, 브륀힐데가 빗을 놓고, 그 자리에 무릎을 꿇었다.

"로제마인 님은 그레첼이 인쇄업으로는 전망이 어둡다고 생각하시지요? 어째서입니까? 이곳이 일크너와 하르덴첼과 무엇이 다릅니까? 가르쳐주십시오."

그렇게 쉽게 대답할 수 있는 말이라면 이미 저녁 자리에서 기베 그레첼에게 전부 털어놨다. 겨우 꾹 참고 넘어갔는데 여기서 죄다 털어놓으면 말짱 도루묵이다.

"내 솔직한 감상을 그대로 말하면 귀족의 자존심을 건드릴 위험이 커요. 그레첼의 귀족인 당신도 들으면 썩 기분이 좋지는 않을 거예요……."

"저는 그레첼이 첫 실패 사례가 되는 사태를 피하고 싶습니다. 아직 늦지 않았다면 가르쳐주세요."

고개를 들어 나를 지긋이 바라보는 황색 눈동자는 진지했다. 그레첼에서 시작한 인쇄업을 성공시켜야 한다는 초조함이 엿보였다. 그레첼은 브륀힐데가 나의 측근이고, 하르덴첼과도 친척 관계라는, 다소 정보가 많은 상태에서 인쇄업을 시작했다. 그런데도 실패한다면 귀족의 자존심을 건드리게 되리라.

'하긴 자기 일은 옆에서 가르쳐주지 않으면 모르는 법이지.'

스스로 주변과 자신의 차이를 깨닫기는 어렵다. 제삼자가 알려줘야 비로소 보이기도 한다. 그것을 받아들이느냐 아니냐를 떠나서 어떻게 다른지를 깨닫지 않으면 바꾸지 못한다. 귀족의 상식을 모르는 내가 하는 말이니까 틀림없다.

"……그레첼의 귀족은 다른 기베의 땅보다 백성을 생각하지 않는 것 같아요."

"그렇지는 않습니다. 아버님은……."

"기베 그레첼에게 평민은 지키는 존재가 아니죠? 함께 살아가는 존재가 아니에요. 내 말이 틀렸어요?"

"평민인걸요. 함께 살 수는 없습니다."

그것이 당연하다는 브륀힐데의 말에 나는 한숨을 내뱉었다.

"일크너와 하르덴첼에서는 귀족과 평민이 함께 수확제와 기원식을 축하했어요. 기베에게는 그 땅에 사는 평민을 지키겠다는, 땅을 다스리는 귀족의 긍지가 있었습니다. 하지만 이곳에는 그런 느낌이 없어요. 아우브에게 땅을 부여받고, 그 땅을 지키는 기베가 아니라 귀족가에 사는 귀족에 가까운 느낌을 받았어요."

"둘 다 같은 귀족입니다만……?"

땅을 다스리는 기베와 귀족가에 사는 귀족의 차이를 이해하지 못하는지 브륀힐데가 난감해하며 중얼거렸다.

"땅을 가진 귀족과 귀족가에 사는 귀족은 다르다고 들었어요. 그래서 인쇄업을 담당할 문관은 그 땅의 귀족이 선출하게 한 거였어요. 그래야 본인들의 땅을 풍족하게 하고, 백성을 이끌기 위해 진지하게 임할 거라고 어머님이 말씀하셨기 때문이었어요."

평민과의 소통에 익숙하고, 자신들의 땅을 발전시키기 위해 힘을 쏟을 것이다. 그것을 기대하고 인쇄업 담당 문관을 골랐을 터였다.

"그런데 그레첼의 담당은 달랐어요. 사업 진행도 정확하게 파악하지 못하고, 직접 평민촌에 가서 상황을 확인하지도 않을뿐더러 곤란한 일이 생기면 평민에게 책임을 덮어씌우려고 하죠."

"하지만 평민은……."

"네. 귀족이 그런 식으로 취급해도 평민은 불평 한 번 안 내죠. 아무리 무모한 지시를 내려도, 전혀 죄가 없는데 죄라고 단정해도, 참아야 하는 쪽은 평민. 오히려 그들을 억누르고 있다는 자각조차 없어요. 왜냐면 그것이 귀족에게는 당연하니까."

브륀힐데가 고개를 끄덕였다. 내가 평민과 귀족의 차이를 알고 있고, 인정하는 말을 하니 조금 안도한 것처럼 보이기도 했다. 그 안도를 나는 한마디로 박살 냈다.

"하지만 그래서는 인쇄업과 제지업은 실패해요."

브륀힐데가 이번 말은 이해를 못하겠다는 듯이 부릅뜬 눈을 재차 깜빡거렸다. 그리고 파랗게 질린 얼굴로 조그맣게 물었다.

"……어째서입니까?"

"모르겠어요?"

브륀힐데는 '모르겠다'라는 말은 하지 않고, 입술을 꾹 닫은 채 곤란한 표정으로 나를 보았다.

"종이를 만드는 것도, 잉크를 만드는 것도, 금속 활자를 만드는 것도, 인쇄기를 만드는 것도, 인쇄해서 책을 만드는 것도, 완성한 상품을 파는 것도, 전부 평민이기 때문이에요. 평민촌의, 인쇄업의 상황을 살피려고 하지 않고, 알려고 하지 않고, 시키는 대로 일하는 평민에게 책임을 씌워서 억누르기만 하면 인쇄업은 절대 성공하지 못해요. 당신은 순수 혈통의 귀족이니까 평민의 마음을 이해하지 못해도 어쩔 수 없어요. 하지만 평민촌에 관심을 가지지 않고, 알려고도 하지 않는 태도로는 잘 될 리가 없죠."

성공하지 못한다는 말에 브륀힐데가 움찔하고 몸을 떨었다. 실패를 두려워하고, 공포심마저 느껴지는 표정이 어딘가 눈에 익다.

'아, 그렇구나. 신사업의 실패도 귀족에겐 오점이 되는구나. 그것도 개인이 아니라 그레첼 전체에.'

그렇게 생각하니 브륀힐데의 초조함이 이해되었다. 동시에 일크너가 기사회생의 방편을 찾고 있었다고 하더라도 성공이 불투명한 제지업에 어찌 용케 달려들었나 싶었다.

"제지업과 인쇄업을 성공하려면 어떤 문제를 개선해야 하는지 저녁 자리에서 기베 그레첼에게 얘기했어요. 내 의견을 받아들이든가, 아니면 하던 대로 진행하든가 선택은 기베 그레첼이 하겠죠."

브륀힐데가 주먹을 꽉 쥐면서 "알려주셔서 감사합니다. 실례했습니다."라며 일어났다.

나를 침대에 눕히고, 재울 준비를 하면서도 브륀힐데는 생각이 복잡한 듯했다. 황색 눈동자가 생각의 바다에 잠겨 있는 것이 보인다.

"당신에게는 귀족의 긍지가 있고, 그레첼의 귀족이라는 자존심에 금이 가지 않으려고 노력하는 자세가 보여요. 그건 정말 바람직한 자세지만, 당신이 지켜야 할 그레첼은 귀족뿐만이 아니라 그레첼에 부여한 땅과 그곳에 사는 자들 모두라는 사실을 받아들이길 바라요."

다음 날은 징세관의 작업을 보고, 별문제가 없으면 구텐베르크를 데리고 에렌페스트로 돌아간다. 징세관의 작업을 지켜보는 건 신전장의 역할이라서 지금 내가 데려가는 사람은 모니카와 프랑이다. 그리고 호위 기사 둘. 구텐베르크들은 짐을 꾸리고 있다고 한다.

이미 그레첼의 여름 저택에 옮겨놓은 물자를 징세관이 확인하고,

하인들이 전이 마법진에 옮기고 있었다. 잇달아 전이되는 물품을 지켜보는데 주변을 살피던 다무엘이 말을 걸었다.

"로제마인 님, 기베 그레첼이 오셨습니다."

내가 뒤돌아보자, 그레첼 백작과 브륀힐데가 엘비라와 하르트무트와 함께 이쪽으로 다가오고 있었다. 뭔가 결심한 표정으로 그레첼 백작이 내 앞에 무릎을 꿇었다.

"로제마인 님. ……부디 그레첼의 대장장이를 단련시켜 주셨으면 합니다."

인쇄업을 실패할 수 없다는 그레첼 백작의 뒤에서 브륀힐데와 엘비라와 하르트무트가 조금 안도한 듯 어깨에 힘을 뺐다. 아마 다 함께 설득했으리라.

그레첼 백작이 어떤 선택을 했는지, 어떻게 바꿀 생각인지 나는 모른다. 하지만 어떻게든 인쇄업을 성공시키고자 하는 의지가 느껴졌다. 그렇다면 인쇄업이 성공하도록 최대한 협력해야지.

"알겠어요. 반드시 금속 활자를 만들 수 있게 단련해서 그레첼에 돌려보낼게요."

나는 곧바로 프랑을 시켜 요한에게 기베의 말을 전하도록 했다. 구텐베르크와 함께 에렌페스트로 데리고 가려면 서둘러 채비해야 한다.

나는 징세관의 작업을 지켜보면서 그레첼 백작에게 제지업과 인쇄업을 성공시키려면 해야 할 일들을 나열했다.

"인쇄업에 성공하려면 귀족이 발을 들여도 혐오감이 들지 않게 평민촌을 깨끗하게 정비하는 것부터 시작하세요. 평민촌이 깨끗해진다면 다른 영지 상인의 방문이 늘어난 지금, 가도 변에 있는 그레첼은 무역 도시로 발전할 거예요. 그 어느 기베보다도 토지를 번창시킬지도 모르죠. 기베 그레첼의 손에 달렸어요."

마지막에 덤으로 약간의 정보를 주자, 생각지도 못한 말을 들은 사람처럼 그레첼 백작이 눈을 끔벅거렸다. 상인을 수용할 마을이 부족한 실정이다. 유행을 퍼트리고 싶은 브륀힐데의 고향에서는 꼭 힘내서 평민촌을 정비하길 바랐다.

"그럼 짐을 실으세요."

점심을 먹고 내가 별채 앞에서 레서버스를 소환하자, 구텐베르크들이 익숙한 동작으로 짐을 착착 실었다.

"데리고 왔습니다, 로제마인 님!"

그러던 중에 대장간에 장인을 부르러 갔던 요한이 돌아왔다. 그의 뒤를 두 명의 대장장이가 따라왔다.

"수고했어요, 요한. 자, 타세요. 에렌페스트에 돌아갑시다."

두 젊은 대장장이가 벌벌 떨면서 레서버스에 올라타는 모습을, 겨우 레서버스에 익숙해진 요한이 웃으면서 지켜본다. 그런 요한을 비웃는 자크의 웃음소리를 등 뒤로 들으면서 나는 레서버스를 출발시켰다.

도서관 계획과 의상 완성

신전에 돌아가자마자 여느 때의 생활이 시작되었다. 음악과 봉납 가무 연습에다가 페르디난드의 업무 돕기, 오후에는 신전과 고아원의 겨울 채비 지시를 내리고, 플랑탱 상회와 길베르타 상회와 연락을 주고받았다. 단켈페르거의 사본도 아직 완전히 끝나지 않은 상태였다.

"……로제마인 님은 성에 계실 때보다 신전에 계실 때가 더 바쁘시네요."

하루가 멀다 하고 신전에 와서 견습 문관으로서 나를 돕는 필린느가 의미심장한 어투로 말했다.

"인쇄업을 보급하기 위해서인걸요. 책을 늘릴 수 있다면 온 힘을 쏟아야죠."

필린느에게 대답하면서 나는 생각에 잠겼다. 루츠와 둘이서 시작한 제지업은 로제마인 공방과 핫세의 작은 신전, 벤노가 운영하는 제지 공방 등의 대량생산을 거쳐 영주가 맡게 되었고, 일크너에 퍼져서 종이의 종류도 늘었다. 지금은 에렌페스트 전체에 보급되는 중이다.

마찬가지로 신전 공방에서만 진행했던 인쇄업도 영주가 주체가 되어 진행하게 되었다. 하르덴첼뿐만 아니라 그레첼의 인쇄업까지 궤도에 오르면 흥미를 보이는 기베가 몇이나 있으니까 퍼지는 건 시간문제다. 아마 책은 급속도로 늘어나리라. 비록 인쇄업에 관여하고 있다고 해도 내가 할 일은 이제 거의 없다. 장인에게 맡기고, 공방 운영마저 남에게 맡기는 단계에 들어섰다.

"그레첼의 인쇄업이 궤도에 오르면 슬슬 다음 단계로 옮겨야겠어."

하르트무트가 나의 중얼거림을 주워들었는지, 의아한 표정을 지었다.

"로제마인 님, 다음 단계라니요?"

들어 버렸으니 하는 수 없다. 하르트무트는 나의 측근이니 평생 인쇄업에 관여하게 된다. 앞으로의 계획을 알려줘도 문제없으리라.

"도서관 건설이에요."

나는 당당하게 선언했다. 책이 늘어나면 이제 남은 건 딱 하나다. 그런데 하르트무트는 이해를 못한 표정으로 눈을 끔뻑이며 나를 보았다.

"……로제마인 님, 대단히 송구스럽습니다만, 제 머리로는 그레첼의 인쇄업과 도서관 건설이 도무지 이어지지 않습니다."

그렇게 진지한 얼굴로 물어도 왜 모르는지 이해가 되지 않았다.

"그야 간단하잖아요, 하르트무트. 인쇄업이 보급되면 책이 늘죠? 책이 늘면 수납 장소가 필요하겠죠? 그러니까 도서관이 필요하지요."

에렌페스트의 성 도서실은 그렇게 넓지 않다. 수백 권이면 몰라도 앞으로 나올 책을 전부 수납할 공간은 없었다. 아무리 생각해도 수납 공간이 너무 부족하다.

"영주 후보생 과정에서 창조 마술을 배우면 핫세에 작은 신전을 세운 신관장님처럼 도서관을 세우려고요."

창조 마술로 만드는 건 나의, 내가 만든, 나를 위한 도서관이다. 생각만 해도 흥분되는 훌륭한 계획이다. 이곳에는 우라노 시절에 없는 마술구가 있으니까 우라노 시절의 도서관보다 훨씬, 훨씬 멋진 도서관을 만들 수 있음이 틀림없다. 이왕이면 유르겐슈미트에서 가장 큰 도서관을 만들 생각이다.

"완벽한 도서관을 만들기 전에 다른 영지에 어떤 도서관이 있는지 연구하고 싶네요."

"······도서관을 연구하신다고요? 도서관은 자료를 보관하는 장소가 아닌가요? 책장만 있으면 되지 않나요?"

필린느와 하르트무트가 얼굴을 마주 보며 그렇게 말하는 것을 듣고, 나는 고개를 세차게 저으며 부정했다.

"도서관은 자료만 보관하는 곳이 아니에요! 첫 번째로 최대한 많은 자료를 수집하고, 편하게 이용할 수 있게 정리해서 소중하게 보관하며 이용자에게 적절히 제공할 수 있어야 한단 말이에요. 다른 영지, 특히 중앙에서는 어떤 식으로 도서관을 운영하는지 철저하게 조사해서 최고의 도서관을 만들고 말 거예요. 가장 장서가 많은 중앙 도서관에 지지 않는 로제마인 도서관을 에렌페스트에 만듭시다!"

내가 나의 야망을 밝히자, 필린느가 진지한 얼굴로 고개를 끄덕였다.

"그러려면 먼저 페르디난드 님께 허가를 받아야겠네요."

'Nooooo! 첫 관문부터 못 뚫을 것 같아!'

다음 순간, 나는 매우 냉정해졌다. 페르디난드에게 허가를 따내려면 도서관의 존재 의의와 영업 방법 등 이 세상의 도서관 운영을 세세하게 연구해서 이론으로 설득해야 한다.

'지금은 야망을 꼭꼭 숨겨둬야 해. 나중에 반드시 승리를 거머쥐려면!'

좋았어! 하고 나는 의욕을 불태우며 즐거운 도서관 계획을 짜기 시작했다.

'슈바르츠와 바이스 같은 마술구는 꼭 있어야 해. 대출과 반납 업무를 하고 무단 반출까지 완벽하게 파악하는 데다, 나를 지키려고 했을 때의 모습을 돌이켜보면 기능도 다양한 것 같고, 무엇보다 귀엽잖아!'

페르디난드와 힐쉬르가 연구하고 있으니 조만간 비슷한 마술구를 만들어내지 않을까? 나는 색깔이 다른 수많은 슈바르츠와 바이스가 폴짝폴짝 뛰어다니며 작업하는 도서관을 떠올리며 방그레 웃었다.

'마술이 있는 이런 판타지 세상인데 도서관 자체가 이상한 건물이면 뭐 어때? 책이 늘어날 때마다 한 층씩 생겨서 높아지는, 그야말로 성장하는 유기체 느낌! 어때? 멋지지?'

랑가나단(인도의 도서관학자)이 제창한 것과는 의미가 다르지만, 책이 늘어날 때마다 지하와 지상으로 뻗어 올라가는 도서관이라니 로망이 있지 않은가. 수납 장소가 부족할 걱정이 없고, 골라내지 않아도 모든 자료를 간직할 수 있으니 이 얼마나 멋진가.

'그리고 마술구를 쓰면 책에도 다양한 기능을 달 수 있지 않을까? 예를 들어 분류 번호순으로 자동으로 책장에 꽂힌다든지, 대출 기간이 넘으면 전이 마법진이 발동해서 도서관으로 돌아온다든지, 검색하면 해당 자료가 빛나서 한눈에 찾는다든지……. 어떡해! 너무 신나서 멈추질 못하겠어!'

이것도 하고 저것도 하면 좋겠다, 하고 혼자 들떠서 로제마인 도서관 계획을 짜던 나는 배신을 당했다. 웬걸, 필린느와 하르트무트와 프랑이 신관장실에서 일하는 시간에 나의 도서관 건설 계획을 폭로한 것이다.

"로제마인."

"예이."

눈을 치켜뜬 페르디난드가 무시무시하게 쩨려보며 내게 설명을 요구했다.

"아주 신나게 재미있는 계획을 세웠다는데 내게는 올라온 보고가 전혀 없다. 대체 무슨 짓을 꾸미는 거지?"

"그, 그건, 저기, 아직 계획을 짜지도 않았어요. 제 소원을 추려낸 뒤에 전국 도서관을 다니며 연구해서 유르겐슈미트에서 제일 멋진 도서관을 세우고 싶다고 생각했을 뿐인데……. 계획이 제대로 세워지면 보고하려고 했어요."

진땀을 흘리며 보고하는 내 옆에서 프랑이 한숨을 내쉬면서 고개를 저었다.

"로제마인 님, 계획을 세우기 전에 신관장님께 상담하셔야 합니다."

"무슨 말이에요, 프랑. 신관장님을 설득하는 데 아무 준비도 없이 대항해서 어쩌자고요. 우선은 연구와 계획이 중요해요. 상담은 그 뒤에……."

"그러니까 의도적으로 보고하지 않았다는 말이군?"

페르디난드의 목소리 온도가 떨어졌다. 썰렁한 냉기가 날아오는 느낌에 나는 서둘러 고개를 저었다.

"아니에요! 성공하려면 사전준비와 물밑 교섭이 필요하다고 신관장님이 가르쳐주셨잖아요. 전 귀족답게 노력했던 것뿐이라고요. 애, 애초에 아직 사전준비도 안 되어 있는데 뭘 보고하라고요?"

여기서 내 꿈이 무너지면 낭패. 도서관 건설을 위해 잔머리를 굴려서 어떻게든 페르디난드의 화를 풀려고 쩔쩔맸다. 나의 필사적인 주장이 통했는지, 아니면 무슨 말을 해도 소용없다고 포기했는지, 페르디난드는 책상 위를 손끝으로 톡톡 두드리면서 입을 열었다.

"책이 관련되지 않았을 때도 귀족다움을 보여줬으면 한다만, 뭘 어떻게 하고 싶은지 간단하게 설명해라. 들어보고 알찬 계획이라면 흔쾌히 협력하마."

'신관장님이 자진해서 협력해 준다고 하다니!'

최대의 난관일 줄 알았던 페르디난드가 협력자가 되어 주면 그야말로 최강이다. 감동한 나는 내가 만들고 싶은 도서관을 설명했다. 도서관의 의의와 지향하는 도서관, '이런 기능이 있으면 좋겠다'를 채워 넣은 마술구에 관해서, 그야말로 열변을 토했다.

"전 이런 도서관을 세울 거예요!"

손끝으로 관자놀이를 톡톡 두드리며 열의가 넘치는 내 얘기를 듣고 있던 페르디난드가 깊고 긴 한숨을 내뱉었다.

"……정말 바보로구나. 좀 현실성 있는 계획은 못 세우느냐?"

"신관장님. 어떤 부분에서 현실성이 없었는데요?"

창조 마술을 쓰면 1분도 안 되어서 마을을 싹 바꿔버리는 이 세계의 '현실성'이 뭔지 나는 모르겠다. 고개를 갸웃거리는 나를 보며 필린느와 하르트무트가 깜짝 놀란 표정을 지었다. 아무래도 두 사람이 듣기에도 현실성이 없는 계획이었나 보다.

'어라? 왜?'

주변 반응에 당황하는데, 페르디난드가 관자놀이를 누르면서 "먼저 크기다."라며 설명하기 전부터 기운 빠진 목소리를 냈다.

"그런 규모의 도서관은 필요가 없어."

"네? 필요하죠. 앞으로 책이 무한으로 늘어날 테니까 계속 추가로

넓힐 수 있는 도서관이 좋아요. 창조 마술이면 진짜 성장하는 도서관을 세울 수 있죠?"

"창조 마술을 오해하고 있구나. 성장이 아니라 개축이다. 시행할 때마다 막대한 마력이 필요하지."

"그 말은 마력만 있으면 어떻게든 된다는 뜻이죠?"

도서관을 위해서라면 얼마든지 페르디난드의 끔찍하게 맛없는 약도 자진해서 먹을 테다. 그 정도의 각오는 있다.

"마력 문제뿐만이 아니다. 개축할 때마다 모든 자료와 책장을 건물 밖으로 꺼내야 하는 노력과 시간은 어떻게 생각하나?"

평민촌에서 시행한 엔트비켈른은 건물에 전혀 영향이 없는 지하 개조라서 짐을 집밖으로 꺼내거나 위에 세운 목조 건물 부분이 무너지는 일도 없었다. 하지만 곰곰이 되새겨보면 귀족가에 끈적끈적한 것이 있는 화장실을 만들 때 온 가구를 정원에 꺼냈었다고 보니파티우스가 말했던 것 같다.

"아…… 음, 이렇게 위에 쌓아 올리면 안 되나요?"

위로 척척 쌓아 올리는 형태를 손으로 표현했지만, 페르디난드에게 퇴짜를 맞았다. 아무래도 창조 마술을 써도 성장하는 도서관 건설은 간단하지 않은 모양이다.

"하는 수 없네요. 차차 분관을 세우는 방법으로 대처하죠."

'세로가 안 되면 가로로 늘리면 되지.'

그거라면 책을 전부 꺼낼 필요도 없고 완벽하다. 하지만 또다시 퇴짜를 맞았다.

"그만한 규모의 도서관이면 막대한 마력이 필요하다. 불가능해."

"괜찮아요. 약을 왕창 먹어서라도 해낼 테니까."

주먹을 불끈 쥐며 주장하자, 페르디난드가 "아니." 하고 나를 째려보았다.

"그대 혼자 노력한다고 되는 규모가 아니다. 창조 마술로 만들어진 도서관은 유지에도 마력이 필요한데, 그대의 자손이 그걸 유지할 마력이 있을지 없을지도 모르지 않느냐. 만약 유지하지 못할 시에는 창조 마술로 만든 그대의 도서관은 붕괴할 것이다. 조금 전 그대가 주장하던 보존이라는 도서관의 중요한 역할을 해내지 못하는 셈이야."

'뭣이라고!?'

"창조 마술로 만들 경우, 장래에 이를 유지할 수 있느냐 아니냐는 계획이 가장 중요하다. 그렇기 때문에 영주가 다짜고짜 마을을 확대하지 않는 것이지. 그대가 회복약을 먹어서 한계치의 마력을 쏟아서 만들고, 확대한 도서관을 누가 어떻게 유지하겠느냐 말이다."

"제 자손이라면 분명 도서관을 애지중지하게 아껴줄 거예요!"

'책벌레의 자식도 책을 좋아하겠지! 분명 그럴 거야!'

도서관을 무엇보다 소중히 하도록 키우겠다! 라고 주장하자 페르디난드가 얼음장 같은 눈빛으로 나를 보았다.

"……그대는 본인의 선조가 남긴 물건을 책보다 소중히 아껴본 적이 있는가?"

"아니요."

"그렇겠지. 본인도 못 하는 일을 남에게 기대해서는 안 되지."

지극히 당연한 말을 듣고, 나는 맥없이 어깨를 떨구었다. 그런 나를 보면서 페르디난드는 거듭 현실을 들이댔다.

"또 귀족원 도서관에 있는 스밀형 사서를 갖고 싶다고 했지만, 그것을 작동하는 데도 막대한 마력이 필요한 건 잘 알 거다. 그만큼 도서관 유지에 귀족을 떼어줄 만큼 에렌페스트에는 마력이 남아돌지 않아. 그대의 계획에 현실성이 없다는 말은 이런 뜻이다."

'윽! 마력에 여유가 없으면 마력을 늘리면 되잖아.'

내가 마력 압축을 가르치는 건 에렌페스트의 마력을 늘리기 위해서다. 늘린 마력을 도서관 유지에 쓰면 된다.

"그래서 지금 열심히 늘리고 있잖아요. 무엇을 위한 마력 압축인데요."

"적어도 현실성이 아예 없는 도서관 운영을 위해서는 아니지."

"너, 너무해요, 신관장님."

너무나도 냉정하게 묵살되어 충격을 받고 있는데도 페르디난드는 달래주기는커녕 계속해서 연타를 가했다.

"너무한 건 현실성이 아예 없는 그대의 계획이지. 현실 가능한 범위로 다시 짜거라."

"아흑……."

나의 꿈이 가득 담긴 판타지 도서관은 완전히 거부당했다. 맥이 빠진다. 모든 의욕을 상실했을 정도로 실망했다.

'아아, 도서관. 나의 도서관.'

"로제마인, 지금은 있는 도서관으로 충분하니까 풀 죽어 있을 때가 아니다. 그대에겐 새로운 도서관보다 먼저 생각해야 할 것이 있지 않은가."

"……그렇네요."

페르디난드의 말에 나는 손뼉을 짝 쳤다. 확실히 아직은 성의 도서실로 충분하고, 먼저 생각해야 할 것들이 수두룩하다.

"도서관을 만들려면 성의 도서실로는 부족할 정도로 많은 책이 필요하니까 책을 늘려야겠네요. 지금처럼 사본으로 다른 영지의 책을 늘리는 작업 말고도 작가와 교정자를 키워야겠어요. ……아니, 귀족만으로는 수적으로 부족하니까 역시 평민의 문맹률을 낮춰야 할까요?"

그림(Grimm) 계획과 동시 진행으로 신전 학교를 시작할 시기인가, 하고 생각하는데 페르디난드가 관자놀이를 누르면서 즉시 나를 말렸다.

"잠깐. 내 말은 그 뜻이 아니다."

"네?"

"변변치 않은 도서관 계획보다 먼저 귀족원을 생각하란 말이다."

"귀족원이요? 귀족원의 사본이라면 벌써 시작했는데요?"

"아니! 머릿속에서 도서관을 빼! 겨울이면 2학년인데 준비가 먼저이지 않겠느냔 말이다."

이건 또 나의 의식에는 전혀 없었던 말이 튀어나왔다. 귀족원에 갈 준비라니 뭐가 있었던가? 얼른 떠오르지 않았다.

"마술구의 의상은 어떻게 됐지? 내게 마법진 점검도 아직 안 받지 않았는가. 중앙과 상위 영지의 귀족이 지켜보고 있다. 꼼꼼히 확인해야 해."

페르디난드는 슈바르츠와 바이스의 의상 점검, 귀족원에서 내가 먹을 약 제조, 올해 유행시킬 상품의 의논 등, 귀족원에 가기 전에 해야 할 일들을 손가락으로 세기 시작했다.

'엥? 그런 것보다 도서관 계획을 세우고 싶은데.'

깊은 한숨을 내쉬는데 페르디난드가 내 볼을 꼬집었다.

"로제마인, 진지하게 듣고 있는가?"

"저는 항상 진지해요."

'책을 읽기 위해서는.'

점심을 먹은 뒤 나는 리젤레타 앞으로 올도난츠를 보냈다. 슈바르츠와 바이스의 의상 진행 상황을 묻기 위해서다.

"리젤레타, 로제마인이에요. 자수는 얼마나 진행됐나요? 페르디난드 님이 확인하고 싶다고 하세요."

"리젤레타입니다. 자수는 이미 완성되었습니다. 지금부터 신전에 가지고 가겠습니다. 페르디난드 님께 보여드리고, 어서 빨리 의상을 완성시키고 싶습니다."

즉시 리젤레타의 통통 튀는 목소리를 실은 올도난츠가 돌아왔다. 평소의 차분하던 모습에서는 조금 상상이 안 될 정도로 밝은 목소리다. 눈을 동그랗게 뜨는 내게 리젤레타의 언니인 안게리카가 귀띔해 주었다.

"업무 중이 아닐 때는 항상 이렇습니다. 지금은 일이라기보다 취미에 몰두하는 기분일 겁니다. 로제마인 님도 안 계시고요."

"……의식 전환이 확실하네요."

"맞습니다. 저희 자매는 그런 말을 자주 듣습니다. 공사 구별이 정확한 리젤레타와 관심이 있고 없고가 확실한 안게리카라고요."

'안게리카, 진지하게 말하고 있지만 그거 칭찬 아니야.'

안게리카의 말에 뭐라고 대답할까 고민하는데, 다무엘이 도움의 손길을 내밀며 평소의 리젤레타에 관해 알려주었다.

"로제마인 님께서 안 계실 때는 유디트나 필린느와 온갖 수다를 떱니다. 저에게는 여자 마음을 너무 모른다며 혼을 낸 적도 있었습니다."

쓴웃음을 지으며 "여자들 말발에는 이길 수가 없습니다."라고 말했다. 하지만 다무엘을 몰아세우는 리젤레타가 도무지 상상되지 않아서 하르트무트와 필린느에게도 시선을 보냈다.

"옆에서 보면 혼을 낸다기보다는 놀린다고 하는 쪽이 맞습니다. 다무엘이 대화하기 편하니까 친하게 구는 겁니다."

하르트무트도 신나게 수다를 떠는 리젤레타를 본 적이 있나 보지만, 나는 한 번도 본 적이 없다. 주종관계니까 어쩔 수 없다는 걸 알면서도 조금 섭섭했다.

"리젤레타가 가져온다면 호위를 붙이는 편이 좋을 텐데 견습 호위 기사의 일정은 어떻게 돼요? 리젤레타를 혼자 오게 하려니 불안해요."

"견습 기사라면 오늘 보니파티우스 님의 특훈이 오전에 끝났을 거예요."

필린느가 곧바로 대답해주었다. 나는 올도난츠로 견습 호위 기사와 함께 신전에 오라고 당부했다.

내 말에 충실히 따랐는지, 리젤레타와 브륀힐데가 코르넬리우스와 유디트와 레오노레와 함께 자수를 완성한 천을 소중히 싸서 가져왔다.

"이것이 바이스의 앞치마 부분이고, 이쪽이 슈바르츠의 조끼 부분입니다."

리젤레타가 자랑스럽게 말하며 신전장실의 테이블 위에 자수가 들어간 천을 쫙 펼쳤다. 복잡한 마법진과 눈속임용 라인과 무늬가 다양한 색실로 수놓아져 있다. 마법진이 평범한 무늬로 보이도록 꽃과 덩굴 같은 식물도 있다. 보기만 해도 눈이 어지러웠다. 용케 이렇게 촘촘한 작업을 계속했구나 싶었다. 감탄하며 보는데 브륀힐데가 조그맣게 웃었다.

"가장 중요한 앞치마와 조끼 자수가 끝나서 지금은 의상을 만들고 있습니다. 슈바르츠의 셔츠와 바지는 완성됐어요."

"슈바르츠의 바짓단에도 자수를 살짝 넣었습니다. 바이스의 치마 끝단에도 같은 무늬 자수를 넣고 싶어서 지금 수놓고 있습니다."

올도난츠로 들었던 목소리와 달리, 리젤레타는 침착한 태도로 진척 상황을 설명했지만, 진한 녹색 눈동자는 기쁜 듯이 반짝였다.

'얼마나 스밀이 좋으면 의상 제작까지 즐거울까.'

이렇게나 촘촘한 자수를 즐기면서 한다. 기사에겐 리젤레타가 최고의 신붓감이 아닐까.

"그럼 이쪽 자수는 받을게요. 페르디난드 님이 보시고 문제가 없으면 앞치마와 조끼 제작에 들어가면 돼요."

"알겠습니다."

나는 프랑을 시켜 자수가 완성된 천이 도착했다고 보고했다. 페르디난드는 어지간히 완성된 자수가 궁금했었는지, 프랑이 당장 공방에 오라는 답장을 받아왔다. 나는 사본하던 손을 멈추고, 자수를 넣은 천 보따리를 든 프랑과 함께 신관장실로 향했다.

"신관장님의 공방은 아무나 못 들어가죠?"

분명 에크하르트도 못 들어갔었다. 나는 따라오려고 해도 들어오지 못하는 측근들을 보면서 고개를 갸웃거렸다.

"건네줄 물건도 있으니 그대의 공방에서는 곤란하다."

페르디난드는 그렇게 말하며 비밀의 방의 문을 열었다. 나는 프랑에게 보따리를 넘겨받고, 페르디난드의 공방에 들어갔다. 여전히 물건이 가득하고, 어수선하고 산만한 공방이다.

"신관장님, 혼약자가 있는 여성이 시종도 없이 남성과 둘만 있으면 나쁜 소문이 난다고 하지 않으셨어요?"

"그건 그렇다만, 그대의 사라지는 잉크에 관한 정보가 누설되는 건 피해야 하니 어쩔 수 없다. 그대가 얌전히 자수를 하고 있었다면 이런 상황도 없었어."

사라지는 잉크를 검증하고 싶으니 측근은 방해된다고 한다. 페르디난드는 기구가 잔뜩 놓여있는 테이블 가장자리를 치우고, 보따리에서 꺼낸 천을 펼쳤다.

"호오, 훌륭하군."

자수의 전체상을 본 페르디난드가 그렇게 중얼거렸다. 그 뒤 진지한 눈으로 자수된 마법진에 문제가 없는지 손가락으로 꼼꼼하게 더듬었다. 마법진 자수가 제대로 이어져 있는지, 틀린 데는 없는지 확인한 후, 제대로 기동하는지, 내게도 만지게 해서 사라지는 잉크로 그린 마법진에 문제가 없는지 확인했다.

마법진 공부를 조금 한 덕분에 나도 몇몇 모양을 알아볼 수 있었다. 이 마법진에는 바람에 관한 마법진이 많고, 불의 마법진과 복잡하게 뒤섞인 것도 있었다. 전부 감이지만.

"괜찮은 것 같아요?"

"그래. 그대가 만지면 희미하게 빛나긴 해도 자수로 덮어서 그렇게 눈에 띄진 않는군. 마법진이 이중으로 된 상태니까 효과는 더 강력해졌겠지만, 별 탈은 없을 것이다."

"의외로 대충 넘어가시네요."

슬쩍 속마음을 내비치자, 페르디난드의 눈썹이 씰룩거렸다.

"점검하기에는 조금 위험하거든."

슈바르츠와 바이스의 기존 의상에 내포해 있던 마법진에는 상대의 공격을 자동으로 반사하는 효과가 있었다. 그 마법진과 개량판 마법진은 에크하르트가 실제로 공격해서 검증했다고 한다.

"가벼운 공격도 반드시 되돌아오더군. 얼마나 강력해졌는지 검증하려면 뼈가 부러질 각오를 해야 한다."

'말 그대로 정말 뼈가 부러지는 레벨이란 뜻이지?'

"공격이 정말 자동으로 되돌아가는지만 검증하면 된다. 도서관 마술구를 공격하는 어리석은 자는 왕족의 반역자로 간주해도 이상하지 않으니 위력만 떨어지지 않았으면 문제없겠지."

"그러네요. 도서관을 공격한 순간 죽음을 각오해야 할 테니까요."

도서관과 슈바르츠와 바이스를 공격하는 괘씸한 놈이 어떤 일을 당하든 내 알 바 아니다.

"그대는 도서관이나 책이 엮이는 순간 흉악해지는군."

"도서관과 책을 지키기 위해서라면 저는 '피의 축제'도 불사하지 않을 각오예요. 흉악한 마법진 제작자로 불리고 싶지는 않지만요."

페르디난드는 시치미 뗀 얼굴로 "난 흉악하다는 말에 익숙해졌다."라고 중얼거렸다. 귀족원 시절의 디터 경기에서는 '마귀' '흉악' '마왕' 등 다양한 호칭으로 불렸다고 한다.

"그리고 이거. 그 흉악한 마법진을 새긴 부적이다."

슈바르츠와 바이스의 의상에 넣을 마법진을 모조리 연구한 페르디난드는 방어구도 이래저래 개량한 모양이다.

"감사하게 생각합니다."

"……이왕이면 누구 하나 걸려주면 좋겠는데."

페르디난드의 입에서 무시무시한 희망이 새어 나왔다. 무표정으로 나직이 중얼거려서 더 무섭다. 나는 무심코 힉! 하고 숨을 삼켰다.

"싫어요. 그런 불길한 걸 바라지 마세요!"

"딱히 바란 건 아니다. 그렇게 되어도 괜찮을 거라고는 생각한다만……."

"아무리 다른 사람이 없는 공방이라고 본심을 너무 드러내지 마세요!"

페르디난드는 내 말에 코웃음 치며 흘려 넘겼다. 번복할 생각은 없나 보다.

'그야 비밀의 방은 귀족이 본심을 드러낼 수 있는 유일한 장소지만! 그런 무서운 본심, 듣고 싶지 않아!'

"그런데 그대가 수놓은 마법진은 어느 거지?"

"아, 주머니의, 이거예요."

이 자수가 샤를로테고 이건 안게리카, 하고 내가 손가락으로 가리키며 말하자 페르디난드가 미간을 찌푸렸다.

"또?"

"없어요. 하나는 자수하라고 해서 열심히 하나 했는데 거의 제 시종이 했죠. 리젤레타는 정말 대단해요."

웃으며 당당하게 리젤레타의 노력을 자랑하자, 페르디난드에게 꿀밤을 맞았다.

"그대의 시종이 대단하다고 그대가 대단한 건 아니다. 그대에겐 이미 혼약자가 있어. 신부 수업의 일환으로 자수 연습을 하거라."

"네? 어찌어찌 형태는 나왔으니까 이거면 됐잖아요. 자수에 소비하는 시간이 아까워요. 제 인생에서 자수보다 사본이 더 중요한걸요. 자수를 한다고 책이 늘어나는 것도 아니잖아요. 물론 도서관에 깔 카펫에 소음 방지 마술진을 수놓으라고 시킨다면 전력을 다해 달려들 생각이에요."

"정말이지 그대는……. 아무리 다른 사람이 없는 공방이지만 본심을 너무 드러내는구나."

자수 합격을 받고, 불과 사흘 뒤. 리젤레타는 슈바르츠와 바이스의 의상을 완벽하게 완성했다.

겨울 사교 시즌의 시작 (2학년생)

슈바르츠와 바이스의 의상이 완성되고 며칠 뒤, 길베르타 상회에서 서한이 도착했다. 내가 쓸 겨울 머리 장식과 완장을 신전과 성, 어디에서 넘겨주면 좋으냐는 내용이었다. 나는 요한에게 안전핀도 받아서 한꺼번에 신전에 가져오라고 부탁했다.

'오랜만에 투리를 만난다.'

내가 길베르타 상회와의 회의가 들어왔다고 프랑에게 알리자, 그 얘기를 들은 필린느가 "……의상과 함께 성으로 보내게 하면 되지 않나요?" 하고 의아하게 물었다. 일반적으로 생각하면 그것이 가장 편한 방법이지만, 겨울 의상과 함께 성에 가지고 오게 하면 투리를 못 만나게 된다.

"나의 머리 장식 장인은 아직 성에 출입하지 못해서요. 그래서 지금까지처럼 여기서 받고, 봄의 머리 장식을 주문할 거예요. 내가 쓸 머리 장식은 내가 주문하고 싶거든요."

그렇게 말하자 필린느가 납득한 듯 고개를 끄덕였다.

사실 신전에 측근이 드나들게 되면서 예전보다 투리와 나의 관계를 더 꼼꼼하게 숨겨야 했다. 페르디난드의 명령으로 길과 빌마가 루츠와 투리와 나의 관계에 대해, 신전 내에 공통된 인식을 심기 위해 부지런히 이야기를 만들어서 견습생 이상의 사람들에게 읽도록 했다고 한다.

얼마 전에 빌마가 하르트무트에게 정리해 준 성녀 전설에도 루츠와 투리와의 관계가 서술되어 있었다. 그때 "하르트무트 님께 이것을 드리려고 하는데, 괜찮으십니까?"라며 빌마가 내게 물었다. '미리 파악해두세요'라는 숨은 의미를 깨닫고, 꼼꼼히 확인하던 나는 잠시 정신이 아찔해졌다.

보호자들이 정해준 시종밖에 없었던 내가 스스로 시종을 고르려고 할 때 고아원의 존재를 알게 되었고, 몰래 그곳을 사찰했다. 그때 청색 신관과 무녀가 감소한 고아원의 참상을 보고, 가련한 고아들을 어떻게든 구하고자 힘쓴 결과, 자신의 어용상인이었던 길베르타 상회에 명령하여 마인 공방을 세우게 되었다.

덧붙여서 공방 설립 때 길베르타 상회에서 보낸 사람이 루츠와 투리였고, 고아를 구하려고 최선을 다하는 그들의 모습에 내가 감격하여 루츠에게는 인쇄기 제작 방법을, 투리에게는 머리 장식을 짜는 방법을 가르쳐주게 되었다고 한다. 그리고 길베르타 상회의 벤노는 새로운 종이를 탄생시키고, 책을 취급하는 상점을 소망한 내게서 새로운 이름을 부여받아 플랑탱 상회로 독립한 것으로 되어 있었다.

'아예 틀린 얘기는 아니지만, 좀 기분이 묘하네.'

빌마가 만든 성녀 전설 속의 나는 고아들에게 식사와 일거리를 제공하고, 은총을 그냥 기다릴 것이 아니라 스스로 생활을 꾸려나가도록 지도하는 훌륭한 공적을 세웠으며, 꿈속에서 신의 말씀을 듣고 지금까지 없던 신기한 물건을 만들어 내는 성녀 그 자체였다.

'주관적인 부분이 엄청 과장됐어!'

이 부분의 표현은 사실을 왜곡한 느낌이 드니까 수정해 달라고 지적했는데 어째서인지 더 과장되어 돌아왔다. '사실을 있는 그대로 표현한 결과'랬다. 빌마가 말하기를 '절제된 표현'으로 수정한 이 자료를 읽고, 하르트무트는 감격했다고 한다. 하르트무트의 연구에 무엇이 추가되었을지는 생각하기도 싫다.

　길베르타 상회가 투리를 데려올 때는 고아원 원장실에서 면담한다. 머리 장식을 구매하는 것이 전부라서 문관은 굳이 따라오지 않아도 되는데 하르트무트는 무슨 일이 있어도 따라오려고 했다. 신전에는 성녀 전설이 널려 있어서 너무 재미있나 보다.

　그러고 보니 대체 언제 면담을 의뢰했는지, 가끔 오후부터 하르트무트가 신관장실에 가 있기도 했다. 몇 가지 이야기를 듣는 조건으로 대량의 업무를 떠맡은 모양이지만, 본인이 만족하면 괜찮겠지 하고 내버려 두었다.

　"그럼 투리. 머리 장식을 보여주겠어요?"

　길베르타 상회에서 오토와 테오와 투리가 왔다. 인사를 끝내고, 나는 투리에게 머리 장식을 보여 달라고 했다.

　"이쪽은 로제마인 님께서 주문하신 겨울 의상에 맞춰서 만들었습니다."

　엄마가 염색한 천과 마찬가지로 화심에 가까운 진한 빨강이 꽃잎 끝으로 갈수록 주홍에 가까운 색으로 변화하는 아름다운 꽃이었다. 천에 물들어 있던 꽃이 그대로 뽑혀 나온 듯하다. 한눈에 겨울 의상에 맞춘 물건임을 알 수 있었다.

　'이거, 천을 염색한 건 엄마니까 두 사람의 합작인 셈이겠네.'

　머리 장식만 봐도 두 사람의 애정이 느껴져서 자연스럽게 미소가 지어졌다.

　"훌륭해요. 실력이 더 늘었네요, 투리."

"황송합니다."

투리가 활짝 웃었다. 나는 여느 때처럼 투리에게 머리 장식을 바꿔 달게 하고, 새로운 머리 장식을 필린느에게 보였다.

"필린느, 어때요?"

"너무 잘 어울리세요. 정말 로제마인 님을 위해 만들어진 장식 같아요."

필린느도 칭찬했으니 나는 겨울 머리 장식은 이거로 결정하고, 봄 머리 장식을 주문하기로 했다.

"봄의 귀색은 녹색이니까 새싹을 연상케 하는 머리 장식을 만들어 주세요."

"아직 의상에 쓸 천을 정하지 않으셨지요?"

"색깔이나 세세한 디자인은 투리에게 맡길게요. 여태까지 내 기대를 져 버린 적이 없으니까."

내가 '그래도 되지?'라고 생각하면서 웃자, 투리는 미소를 유지한 채 '또 부담 주기야?'라고 말하고 싶은 시선을 보냈다. 그래도 입으로는 "로제마인 님의 기대에 응할 수 있게 성심성의껏 노력하겠습니다."라는 한마디를 꺼냈다.

머리 장식 주문이 끝나고 투리가 오토에게 눈짓을 보내자, 바로 오토가 살짝 망설이며 입을 열었다.

"로제마인 님의 주문이라며 로제마인 님의 시종이 서른 개가 넘는 머리 장식을 주문하셨는데, 틀림없습니까?"

"네. 올해는 귀족원에서 모든 여성이 머리 장식을 달기로 해서 각자의 머리카락 색깔과 분위기에 맞게 주문하라고 시종에게 부탁했어요. 내 주문이에요."

내가 수확제로 직할지를 도는 동안, 브륀힐데가 잊지 않고 주문한 모양이다. 틀림없다고 하자, 오토는 안심한 듯 어깨에 힘을 뺐다.

"그렇습니까. 그럼 겨울 의상과 함께 성에 보내겠습니다. 그리고 이것이 주문하셨던 완장입니다. 이것도 틀림없으십니까?"

오토가 '정말 이런 물건이 필요해?'라고 말하고 싶은 시선으로 색깔이 다른 네 개의 완장을 꺼냈다. 나와 한넬로레, 그리고 슈바르츠와 바이스가 쓸 완장이며 '도서위원'이라고 한자로 수놓아져 있다. 그 옆에 안전핀이 든 조그마한 나무상자가 놓였다. 안전핀은 요한의 제자인 다닐로가 만든다고 들었는데, 요한이 확인을 거쳐서 주문대로의 상품이 완성되어 있었다.

"주문한 대로네요. 완벽해요."

나는 기뻐하며 완장을 팔에 두르고, 필린느에게 안전핀으로 고정하라고 지시했다. 내 왼팔에 '도서위원'이라는 글자가 생기자 점점 기분이 좋아지기 시작했다.

'좋아, 좋아. 도서위원이야!'

콧노래를 흥얼거리며 팔을 접었다 뻗었다 했다. 그때 하르트무트가 화들짝 놀라며 "로제마인 님, 진정하십시오. 반지가……." 하고 내 어깨를 눌렀다. 반지가 어렴풋이 빛을 내며 축복을 뿜어내기 일보직전임을 깨닫고 나는 황급히 마력을 억눌렀다.

"길베르타 상회, 오늘 면담은 여기까지다."

"하르트무트, 괜찮아요."

"아닙니다. 방심할 수 없습니다."

내 마력이 넘쳐 나오기 전에 하르트무트의 지시로 일찍이 면담이 끝나 버렸다. 투리는 걱정스럽게 뒤돌아보며 돌아갔다.

프랑은 신구를 가져오라고 모니카를 예배실로 보내고, 나를 번쩍 안아서 서둘러 신전장실로 돌아갔다. 제대로 억누르고 있으니까 아직 괜찮은데, 라고 생각하면서도 모니카가 가져온 신구에 마력을 봉납하며 가볍게 숨을 내뱉었다.

"그나저나 하르트무트는 용케 눈치챘네요."

"로제마인 님에 관해서 페르디난드 님과 유스톡스 님께 많은 것을 배웠으니까요. 바로 도움이 되어서 기쁩니다."

'잠깐만. 뭘 배웠다고?'

"귀족원에서 로제마인 님을 자제시키는 데 필요한 일이니까요."

페르디난드와 유스톡스에게 뭘 배웠는지 하르트무트에게 자세히 들은 나는 어쩔 수 없이 나의 행동을 되짚어보는 꼴이 되었다.

'왜 그렇게 세세하게 알려준 거야? 신관장님과 유스톡스, 정말 바보야!'

투리에게 머리 장식과 완장을 받은 뒤로 신전과 고아원의 겨울 채비도 끝나고, 봉납식 준비도 캠펠과 프리닥에게 맡겨두면 되는 상태가 되었다.

"봉납식 전에는 돌아올게요. 그때까지 이곳 일은 여러분께 맡길게요."

"알겠습니다. 일찍 돌아오시기를 기다리고 있겠습니다."

나는 성에서 열리는 세례식 때 입을 의식 의상과 장식 몇 가지를 레서버스에 싣고 성으로 향했다. 곧 겨울 사교계이다. 프랑과 신전 식구들과는 당분간 이별이다. 다음에 신전에 돌아오는 날은 봉납식 때다.

성에 돌아간 다음 날부터 길베르타 상회에서 보낸 겨울 의상과 머

리 장식도 도착하고, 겨울 사교계는 물론 귀족원에 갈 준비도 척척 끝냈다. 그러던 가운데 아우렐리아가 생선을 어떻게 하면 되냐고 묻더라는 소식을 엘비라가 전해주었다. 그리고 보니 시간을 멈추는 마술구는 마력 소비량이 많아서 유지하기가 힘들다고 했었다.

"페르디난드 님, 이대로는 제 생선이 버려질지도 몰라요! 귀중한 생선이요! 당장은 요리를 못하더라도 적어도, 제가 받아서 관리하고 싶어요. 그래도 되죠!?"

생선 요리를 금지한 페르디난드에게 올도난츠로 애원하며 내가 생선을 관리하려고 할 때 "그대는 맡으면 안 된다."라는 답장이 왔다.

"아우렐리아와 접촉하거나 몰래 요리하려고 수작을 꾸미거나, 질베스타를 끌어들여서 일을 성가시게 만들 게 뻔하지. 엘비라와 연락을 취해서 내가 맡아둘 터이니 그대는 손대지 말도록."

나의 생선은 성가신 사태를 피하고 싶은 페르디난드가 맡게 되었다. 하지만 아우렐리아와 페르디난드가 접촉해서 물건을 주고받는 흐름은 썩 좋지는 않은지, 아우렐리아가 시어머니인 엘비라에게 선물하고, 엘비라가 희귀한 물건이라 페르디난드에게 나눠주는 형식을 취한다고 한다.

참 성가신 방법이지만, 이로써 다행히 생선을 버리지 않아도 되고, 페르디난드가 연락할 것을 알게 된 엘비라가 기뻐하고 있으니 잘된 일이다. 생선이 페르디난드에게 도착했다는 보고를 받고, 한시름 놓았을 때쯤에는 귀족들이 귀족가로 돌아오는 겨울 사교계 시즌이 되어 있었다.

겨울 사교계는 세례식과 데뷔 무대로 시작해서 신입생에게 브로치와 망토 수여식이 끝나면 점심을 먹는 흐름이다. 올해 나는 신전장으로서 의식을 진행하게 되었다. 대강당에 신관장인 페르디난드와 함께 입장하므로 귀족과 접촉할 일은 없다. 귀족과 대화하게 되는 건 오후부터다.

'저기에 기베 일크너와 브리기테가 있네. 아, 기베 하르덴첼과 기베 그레첼이 얘기하고 있구나. 기베 라이제강도 보이니까 저기는 라이제강 계열 무리야.'

세례식을 진행하기 전, 단상에서 대강당을 둘러보았다. 제지, 인쇄 관계로 안면을 튼 귀족이 많아진 것을 깨달았다.

'나 1년 동안 꽤 노력했네.'

참고로 얼굴은 몰라도 한눈에 알아본 사람은 상급 귀족이라서 맨 앞줄에 자리 잡은 아우렐리아다. 에렌페스트의 염색물로 새로 만든 베일을 쓰고, 여전히 얼굴을 감추고 있었다. 하지만 단상의 플로렌치아와 샤를로테를 비롯한 플로렌치아 파의 상급 귀족 부인들과 같은 염색 천을 쓴 베일과 의상을 입고, 그들과 함께 있음으로써 한눈에 파벌을 알 수 있다. 이제는 에렌페스트를 거부한다는 소리는 듣지 않으리라. 얼굴을 숨기는 탓에 더욱 시선을 끄는 느낌이 있긴 하지만, 새로운 염색물의 홍보로는 더할 나위가 없다.

램프레히트는 빌프리트의 호위 기사로 행동해야 해서 아우렐리아는 엘비라와 행동하는 듯했다. 원칙상 아우렐리아와 접촉이 금지된 나지만, 엘비라와 있으니까 인사 정도는 해도 될까?

'생선 요리를 못 해주게 된 사과를 하고 싶어. 고향 맛이 그리울 텐데…… 그리고 보니 또 한 명의 신부는 어쩌고 있을까?'

나는 대강당을 둘러보며 아렌스바흐에서 온 또 한 명의 신부를 찾아보았다. 하지만 그녀는 베일을 쓰고 있지 않은지 언뜻 봐서는 어디에 있는지 모르겠다.

세례식과 데뷔 무대는 아무 탈 없이 끝났다. 그 뒤에 수여식에서 샤를로테가 귀족원의 신입생이 된 증표로 망토를 받는 모습을 보고 싶었지만, 나는 점심을 먹기 전에 옷을 갈아입어야 한다. 페르디난드와 둘이서 데뷔 무대가 끝나자마자 곧장 퇴장해서 옷을 갈아입는다.

호위 기사와 리카르다의 빠른 걸음에 맞춘 속도로 기수를 타고 방에 돌아가자, 이미 오틸리에가 대기 중이었다. 리카르다와 오틸리에가 둘이서 내 의식용 의상을 휙휙 벗겨 내고, 겨울 사교계를 위해 맞춘 의상을 입혔다.

엄마가 물들인 천으로 투리의 디자인을 토대로 만든 의상이다. 가슴 부분의 주홍색이 아래로 내려갈수록 진빨강으로 물들어가듯이 디자인되어 있다. 긴 소매도 아래로 갈수록 빨간색이 진해지고, 알록달록하게 물든 꽃이 매우 귀엽다. 겨울 귀색을 강조한 빨간 의상 곳곳에 흰색 꽃장식이 달렸고, 무릎에서 위로 벌룬형으로 된 치마 밑에는 섬세한 레이스로 테두리를 꾸민 흰색 천이 정강이까지 내려온다. 새로운 의상에 맞춘 머리 장식도 투리의 작품이다. 완벽하다.

"어때요?"

"정말 너무 잘 어울리세요, 공주님."

리카르다가 만족스럽게 웃으며 칭찬해 주었다. 나도 대만족이다.

점심을 먹으면 본격적인 사교 시간이다. 올해도 나는 빌프리트와 샤를로테와 함께 대강당으로 이동했다. 가는 길에 나눈 화제는 점심때부터 이어진 귀족원 얘기였다.

"올해는 저도 오라버니와 언니와 함께 귀족원에 가게 되어 너무 기대되어요. 작년에는 혼자만 성에 남아서 외로웠거든요."

샤를로테의 의상도 염색 공모전에서 고른 천이고, 벌룬형 치마도 나와 한 세트다. 염색물을 쓰고 치마 형태가 비슷해도 취향이 달라서 인가, 아니면 샤를로테에게 어울리는 장미색 같은 빨강을 써서인가, 분위기가 굉장히 달라 보인다.

"귀족원에 출발하기 며칠 전부터 신입생은 어린이 방에서 작년에 언니가 만든 참고서로 공부하는 거죠?"

샤를로테의 말에 내가 고개를 끄덕이자, 빌프리트가 웃음을 참는 기색의 놀리는 듯한 얼굴로 입을 열었다.

"로제마인, 올해도 성적향상 위원회 활동하지? 1학년에게 참고서 를 주면 이적 행위라고 2학년들이 시끄러울걸?"

"어머나, 2학년부터 위로는 작년에 수업을 일찍 통과해서 다음 해 예습을 할 여유가 있었잖아요. 그러니 1학년생도 예습할 시간이 있어 야 하지 않겠어요? 승부는 공평하지 않으면 재미없어요."

1학년의 이론 범위는 그렇게 많지 않고, 지리와 역사 외에는 지금 까지 어린이 방에서 배운 공부로 충분하다. 어린이 방에서 며칠간 지 리와 역사를 예습하고 수업에 임하면 꽤 좋은 승부가 되리라.

"로제마인 님과 빌프리트 님께는 죄송하지만, 올해는 견습 기사가 이깁니다. 안게리카가 졸업했거든요. 어떻게든 안게리카를 이해시키 려고 견습 기사가 총동원되어 가르쳤기 때문에 이론에는 자신이 있습 니다."

코르넬리우스가 피식 웃으며 그렇게 말했다. '안게리카 성적 올리 기 부대'로 활동하면 안게리카는 물론이고, 본인의 성적까지 자연히 오른다. 어떻게 설명해야 안게리카가 이해할까 머리를 써서 진지하게 생각하기 때문이다.

"오호라. 민폐만 끼치는 줄 알았는데 저도 모두에게 도움이 되었네요. 올해 견습 기사는 강합니다."

이제 졸업했으니 무서운 것 없다며 안게리카가 가슴을 폈다. 확실히 기사 코스는 힘겨운 상대가 될 듯하다. 그때 하르트무트가 도발하듯 코르넬리우스를 보았다.

"매년 좋은 참고서와 메모할 종이가 없는 하급 귀족의 성적을 올리기가 힘들었습니다. 하지만 식물지를 배급받았고, 상급 귀족이 공부를 가르친 덕분에 모두 성적이 팽팽합니다. 우린 아무런 준비도 없는데 기사 코스만 좋은 참고서를 썼던 작년과 다릅니다."

문관 대표인 하르트무트도 자신만만해하고, 브륀힐데도 마찬가지로 고개를 끄덕였다.

"저희도 작년에 귀족원에서 정보를 공유하고, 학년끼리 참고서를 만들었는걸요. 올해는 견습 시종이 이겨요."

"최대한 빨리 수업을 끝내고 도서관에 가려고 하시는 로제마인 님을 따라가려면 저희도 최대한 빨리 수업을 끝내야 하거든요……."

리젤레타가 키득키득 웃으면서 "측근의 실력을 시험하시네요."라고 말하기에 나도 안게리카처럼 당당하게 나갔다.

"오호라. 나의 도서관 출입이 여러분의 성적 향상에 도움이 되었네요."

"로제마인 님, 언니를 따라 하시면 안 됩니다."

리젤레타에게 혼이 난 나는 화제와 시선을 돌렸다.

"그러고 보니 우리 영주 후보생이 모두 귀족원에 다니게 되면 올해 어린이 방은 어떻게 되죠? 샤를로테는 양아버님께 들은 말 없나요?"

"모리츠 선생님이 공부를 가르쳐주시기로 했고, 오라버니의 악사가 페슈필 선생으로 남기로 했어요."

"난 너희처럼 악사가 필요한 다과회를 열 일이 없거든."

귀족원에서 연습이 있거나 마지못해 사교에 필요하게 되면 샤를로테의 악사나 로지나를 빌리면 된다고 빌프리트가 말했다. 어린이 방에서 어떤 교육을 하느냐로 에렌페스트 아이들의 성적이 크게 좌우되는 건 누가 봐도 명백하므로 현상 유지를 위해 인원 배치에 고민하는 모양이다. 모리츠는 이미 4년이나 어린이 방의 운영에 관여했으니 맡겨도 괜찮으리라.

"항상 어린이 방에 영주의 자제가 있지는 않으니까 없을 때 어떻게 할지 생각할 좋은 기회네요."

대강당에 들어가자, 이미 수많은 귀족이 있었다. 나는 물론이고, 제지업과 인쇄업에 관여하는 빌프리트와 샤를로테에게도 인사하러 오는 귀족이 많았다.

제일 먼저 인사하러 온 사람은 그레첼 백작 부부였다. 브륀힐데의 부모이며 그레첼에서 제지업과 인쇄업을 시작했으나 넘어야 할 산이 많고, 궤도를 타기 위해 고군분투 중이다.

"기베 그레첼, 제지업과 인쇄업은 어떤가요?"

"이번 겨울에는 종이와 금속 활자를 사들이기로 했습니다. 제지업은 하얀 종이를 만들지 못한다면 애초에 색깔 종이를 만들 수 없을까 장인이 고안하고 있습니다. 엔트비켈른을 부탁해 보는 방향도 검토 중입니다."

수질 정화에 쓰이는 마술구는 페르디난드가 '무시 못 할 정도의 마력이 필요하다'라고 말했을 정도다. 바로 도입하기는 어렵다. 적어도 그레첼의 평민촌을 에렌페스트처럼 정비해서 물의 오염도를 조금이라도 낮추는 방향을 생각하는 듯하다.

"양아버님께 부탁하시려면 제지업뿐만 아니라 다른 영지의 상인을 수용하는 데 필요한 정비라는 점으로 공략하기를 추천할게요. 그건 에렌페스트 전체의 문제거든요."

에렌페스트에서 시행한 엔트비켈른이 지하의 상하수도관 연결로 끝난 덕분에 예상보다 마력을 아꼈다고 들었다. 그렇다면 필요한 곳에 남은 마력을 쓰면 되지 않을까.

'잘하면 기베 그레첼을 양아버님 편으로 끌어들일 수 있어.'

자신의 모친을 단죄하고, 구 베로니카 파와 거리를 둠으로써 지지자가 적은 질베스타에게는 상급 귀족인 아군이 필요하다. 그레첼 백작의 제안이 상급 귀족을 끌어들이는 계기가 되면 좋겠다. 라이제강 계의 상급 귀족을 같은 편으로 삼을 수 있다면 앞으로 훨씬 편해지리라.

물론 그레첼을 위해 마력을 쓸지 말지는 질베스타가 판단할 일이고, 같은 편이라고 할 수 있는 관계가 될지 어떨지도 모른다. 하지만 어떻게 부탁하느냐, 어떻게 자기편에 끌어들이느냐, 어떻게 자신의 이익을 얻느냐, 그레첼 백작과 질베스타가 자신의 사교 실력을 보여줘야 할 때다.

"로제마인 님께서 한마디 거들어주시면 든든할 것 같습니다."

브륀힐데의 미소에 나도 싱긋 웃으며 고개를 끄덕였다.

그레첼 백작과의 대화가 끝나고, 다음에 인사하러 온 사람은 하르덴첼 백작 부부다. 인사를 끝낸 뒤 나는 봄이 일찍 찾아온 하르덴첼이 어떻게 됐는지 물어보았다.

"눈이 빨리 녹고, 따뜻한 기후가 이어져서 올해는 수확량이 대폭 늘었습니다. 하르덴첼에서 이만한 식량을 수확할 수 있다니 놀랍더 군요."

눈이 잘 녹지 않고, 여름이 짧은 하르덴첼에서는 항상 수확이 변 변치 않았다. 하지만 올해는 기원식으로 하룻밤 새에 봄이 찾아오면 서 따뜻한 기간이 길어졌고, 수확량이 예년의 곱절 가까이 늘었다고 한다.

"하지만 좋은 일만 있지는 않았겠죠? 여름이 너무 더워서 건강을 해친 사람은 없었나요?"

"저도 눈이 너무 빨리 녹아서 폭염이 올까 봐 두려웠습니다만, 심한 더위는 아니었습니다. 봄의 기후가 아주 길어진 느낌이었습니다. 따뜻 한 날이 길어졌다고 건강이 나빠지는 약한 사람은 하르덴첼에는 없습 니다. 그랬다면 예전 환경에서 못 살았겠죠."

'나는 안 그래. 기후 변화에 엄청 민감하거든.'

"다만, 급격한 기후 변화 때문인가, 마목이 이상한 성장을 보이고, 마수의 출몰 시기가 바뀌어서 사냥꾼들이 고생했다고 합니다. 하지만 그런 고생은 별거 아니죠. 로제마인 님께서 신전장이 되시고, 성전의 옛 기록을 알려주신 덕분에 하르덴첼의 백성은 이번 겨울을 아무런 걱정 없이 지낼 수 있게 되었습니다."

하르덴첼 백작이 내 앞에 무릎을 꿇고, 내 손을 잡았다. 많은 귀족 들이 눈을 동그랗게 뜨고 주목하는 가운데, 그가 내 손등에 자신의 이 마를 살짝 갖다 댔다. 이것은 귀족이 최대의 감사를 표할 때 하는 행동 이다.

"하르덴첼의 모든 백성을 대표하여 에렌페스트의 성녀에게 깊은 감사를 드립니다."

기베 하르덴첼의 다음에도 인사는 계속 이어졌다.

"어머, 기베 일크너. 그 이후로 어떻게 됐어요? 가능하면 일크너의 수확제에 가고 싶었는데……."

수확제 때 일크너에 가서 제지업이 어떻게 발전하고 있는지 보고 싶었고, 볼크의 자식도 만나고 싶었다. 하지만 "하르덴첼, 일크너, 그레첼까지 혼자 다 해먹을 셈이냐."라며 페르디난드에게 야단맞았다. 마력을 제공하고 작은 성배를 나누어 주는 기원식은 내가 몇 군데를 돌든 불평하지 않지만, 수확제는 자신들의 몫에 크게 좌우하므로 청색 신관에게서 불만이 나온다고 했다. 또 올해는 구텐베르크가 있는 그레첼이 최우선이라서 포기해야 했다.

"로제마인 님은 항상 바쁘시니까요. 이제 인쇄업이 보급되기 시작했으니 제가 모셨을 때보다 훨씬 바쁘시겠지요."

"그럼 브리기테가 일크너의 상황을 말해 줄래요?"

"물론이지요."

일크너 자작 부부와 브리기테, 그리고 빅토어는 새로운 소재를 사용한 종이 제작에 힘을 쏟고 있는 것과 일크너에서 가까운 기베의 땅에 가서 제지 공방에서 종이 제작을 가르친 장인들의 얘기를 들려주었다. 일크너 근방은 산과 나무가 많고, 물이 깨끗해서 그레첼과 같은 문제없이 종이 제작을 가르칠 수 있었다고 한다.

"로제마인 님, 소개해 드리겠습니다."

기베 일크너 가족과 얘기가 일단락되었을 때 엘비라의 목소리가 들려서 뒤돌아보았다. 그곳에는 엘비라와 베일을 쓴 아우렐리아가 인사하려고 와 있었다.

"아우렐리아, 새로운 베일을 썼네요."

"네. 로제마인 님께서 제안해 주신 대로 같은 염색 천으로 베일을 만들어 쓰니까 주변 시선이 조금 부드러워졌습니다. 여태까지 잘 쓰지 않았던 귀여운 천을 쓰게 되어 정말 기쁩니다."

마지막 말은 아우렐리아가 쑥스러워하며 조그맣게 중얼거렸다.

"당신이 조금이라도 지내기 편해졌다고 하니 제안한 보람이 있네요. ……다만, 생선 요리는 허가가 떨어지지 않아서 당분간 어렵게 됐어요. 약속했는데……."

'고향 맛이 그립지? 빨리 먹고 싶지? 미안해.'

평민촌에 사는 내 가족은 흙냄새 제거 과정에 손이 많이 가는 민물고기를 별로 좋아하지 않는지, 식탁 위에 생선이 오른 적이 없다. 오로지 육류였다. 나는 숲에서 루츠가 낚은 민물고기에 소금을 쳐서 구워 먹은 이후로 생선을 먹지 않았다. 그때 함께 낚은 생선은 건어물이라고 하기에는 너무 딱딱했고, 국물로도 우리지 못했다. 맛있는 생선을 먹고 싶은 욕구는 그 무렵부터 계속 있었다. 분명 아우렐리아도 고향의 맛이 그리울 터이다.

'왜냐면 나는 생선 요리가 그리운걸! 그 마음 이해해!'

"귀족원에서 돌아오면 최대한 빨리 생선 요리에 도전할 테니까 그때까지 기다려 주세요."

"이렇게까지 신경 써 주셔서 기쁩니다. 지금은 에렌페스트의 음식을 즐기고 있으니 걱정하지 마십시오."

'어, 어라라?'

고향을 떠나온 아우렐리아의 향수를 방패로 페르디난드와 질베스타에게 조리법을 조를 생각이었다. 그런데 나의 갈망과 다르게 아우렐리아는 딱히 서두르는 기색도 없이 천천히 해도 되는 모양이다.

'이, 이상하다. 내 생선 계획이 더 멀어졌어.'

고개를 갸웃거리는데 빌프리트가 내 팔을 홱 잡아끌고는 한 발짝 앞으로 나왔다.

"로제마인, 아우렐리아와의 대화는 거기까지 해. 저쪽 시선이 따가워."

빌프리트의 손가락이 슬쩍 움직이는 방향에는 구 베로니카 파 집단이 보였다. 아우렐리아와 접촉하려고 호시탐탐 기회를 노리는데, 엘비라가 붙어 있어서 접근이 어려운가 보다.

"아우렐리아, 당신 얘기는 람프레히트에게 많이 들었다. 이런 시기라 불편하겠지만, 조금이라도 편하게 지낼 수 있게 나도 신경 쓰겠다."

"황송합니다, 빌프리트 님. ……하지만 저는 지금 생활이 크게 불편하지 않습니다. 아렌스바흐에 있을 때보다 훨씬 자유롭게 지내고 있습니다."

만나는 상대를 시어머니가 제한하고, 남편 본가의 별채에서 지내는 날이 편할 리가 없다. 그렇게 생각했는데 아우렐리아의 말은 정말 자유를 느끼고 있는 것처럼 들렸다.

'아렌스바흐에서 대체 어떤 생활을 보냈던 걸까?'

귀족원으로 출발

겨울 사교 시즌이 시작되면 어른은 사교로 부산해진다. 귀족원으로 출발하는 날까지 우리는 예년대로 어린이 방에서 지낸다. 첫날에는 데뷔 무대를 막 끝낸 신입 아이들에게 인사를 받았다. 그다음은 신입에게 카루타와 트럼프로 노는 방법을 가르치는 역할을 귀족원 상급생에게 분담하라고 하르트무트에게 부탁했다.

"아이들의 의욕을 끌어낼 수 있게 눈치껏 져 주세요. 귀족원을 졸업하면 교활한 귀족을 상대로 일하게 될 거 아녜요? 상급생이라면 이제 막 세례를 받은 아이들의 기분을 다루는 것 정도야 식은 죽 먹기겠죠?"

"로제마인 님은 그렇게 말씀하시면서 상급생의 자존심을 은근히 자극하시는군요."

어깨를 들썩이며 상급생들에게 말을 걸러 가는 하르트무트를 보내고, 빌프리트에게 2학년을 지휘해서 어린이 방의 경험이 있는 아이들과 게임을 하라고 부탁했다.

"작년에도 여기 있었던 샤를로테를 시키지 그래? 나는 모르는 애도 많아."

"샤를로테는 1학년 공부를 해야 해요. 그리고 게임으로 분위기를 띄우는 데는 샤를로테보다 빌프리트 오라버니가 더 잘하시잖아요."

초반에 디저트 경품으로 아이들의 흥미를 끌고, 게임으로 승부욕을 자극하는 역할을 빌프리트와 2학년에게 맡긴 나는 모리츠에게 말을 걸었다.

"모리츠 선생님, 오늘은 신입에게 지리와 역사 공부를 가르치세요. 이건 작년에 정리한 참고서예요."

"작년에도 다소는 가르쳤습니다만……."

"성적향상 위원회 활동은 공평해야 하거든요."

나는 샤를로테에게 신입을 모으게 했다. 그리고 귀족원에서 시행 중인 성적향상 위원회가 진행하는 승부에 관해 알려주고, "상급생은 벌써 준비에 들어갔으니까 1학년 여러분도 열심히 하세요."라고 격려했다.

매일 몇 명씩 학생들이 귀족원으로 이동하면서 어린이 방의 인원수도 점차 줄었다. 그러는 와중에 빌프리트와 샤를로테를 포함해서 어린이 방에 영주 후보생이 없을 때의 학습 계획을 의논하거나, 부족한 선생을 보충할 수 있게 요청을 모으거나, 아이들에게 새로운 이야기를 들려주면서 시간을 보냈다.

단켈페르거에서 빌린 책의 현대어 역, 이길 때까지 싸우는 뜨거운 기사 이야기는 의외로 견습 기사가 목표인 남자애들에게 가장 반응이 좋았다.

'이 현대어 역을 에렌페스트의 책으로 만들어서 단켈페르거의 이야기로 팔아도 되는지 한넬로레 님께 물어봐야지.'

귀족원으로 출발하기 전까지 짧은 기간 동안 저녁은 보니파티우스와 페르디난드도 동석한 보호자들의 회의 시간이 되었다. 빌프리트와 샤를로테와는 이미 끝난 얘기라도 내가 모르는 것들이 많아서 질문과 요청을 하는 시간이 꼭 필요해서다.

"알겠어요. 올해도 요리사는 엘라와 푸고를 데리고 갈게요. 작년처럼 푸고는 내일이라도 보내고, 엘라는 저와 같은 날에 이동할게요. ……저기, 양아버님. 혹시 생선 조리법을 아는 궁중요리사가 있을까요?"

"아, 페르디난드가 말한 그 얘기로군. 아우렐리아가 가져온 물건이 위험하지 않다는 것만 확인된다면 네 요리사에게 조리법을 가르쳐주는 것이야 뭐가 어렵겠어. 작년에 네 전속 요리사가 만든 레시피도 몇 가지 배웠다고 하고 말이야."

올해도 잘 부탁한다는 말에 나는 푸고와 엘라의 새로운 레시피를 떠올렸다. 둘이서 만든 레시피라면 계약 마술에 저촉되지 않으니까 문제가 없다. 귀족원에서 함께 요리하면서 공개된 레시피도 있으리라.

"어쨌든 간에 그 얘기는 네가 귀족원에서 돌아온 후에 하자꾸나."

"네."

"그리고 작년에 성적을 올리고, 유행을 퍼트린 너희의 노력 덕분에 귀족원 예산도 늘어났다."

다른 영지의 거래가 늘면서 전체 예산이 증가했고, 귀족원 예산도 늘어났다고 한다. 그 거래가 늘어난 원인이 귀족원에서 활약한 우리이기 때문에 우대한 것이라고 했다.

"올해도 성적을 올리고, 유행 확산과 정착에 쓰도록. ……이라고 빌프리트와 샤를로테에겐 말했다만, 로제마인은 이 늘어난 예산을 어디에 쓸 거야? 영지대항전에만 쓰진 않을 테지?"

"하급 귀족에게 종이와 잉크를 나눠주는 데 쓰려고요."

다무엘이 말했듯이 하급 귀족은 수업 내용을 목패에 새기고, 끝나면 나무를 깎아서 재사용한다. 자칫 잘못 깎으면 열심히 남긴 내용이 사라지기도 하고, 시간이 지나면 수정도 어려워진다.

"모두가 수업 내용을 남길 수 있게 종이를 주고 싶어요. 개인이 아닌 에렌페스트 전체의 성적을 올리려면 밑바닥부터 끌어올리는 것이 중요하거든요."

상급 귀족은 내버려 둬도 자존심 때문에 부끄럽지 않을 성적을 받는다. 그러기 위한 노력을 아끼지 않고, 양피지와 잉크도 얼마든지 준비할 수 있다. 기록물을 보관할 여유가 있어서 형제나 친척이 남긴 자료도 넘친다.

"공부한 기록을 남기기도 쉽지 않은 하급 귀족이야말로 지원이 필요해요. 물론 제가 다른 영지에 의뢰하고 있는 사본 비용은 계속해서 제가 돈을 지불할 거지만요."

완성된 사본의 소유권을 주장하려면 내가 개인적으로 사들이는 것이 중요하다. 이건 양보 못 한다. 늘어난 예산을 하급 귀족의 지원에 쓴다고 하자, 샤를로테가 의아하다는 듯이 남색 눈동자를 반짝였다.

"언니, 상급 귀족은 어떻게 지원하시게요? 하급 귀족만 지원하면 불공평하잖아요."

"물론 평등하게 지원해야죠. 종이가 필요하다고 한다면 거부할 생각은 없어요. 하급 귀족과 마찬가지로 지급할게요. 하지만 상급 귀족이 귀족원에서 쓸 문구도 준비하지 못했다고 말하기는 어려울 테니 결국 불공평하게 보이겠죠."

솔직히 지원이 필요 없는 상급 귀족에게 아까운 예산을 쓸 필요는 없다고 생각한다.

"그리고 양아버님. 저 올해는 인쇄물…… 그러니까 수업 참고서가 아닌 기사 소설과 연애 소설, 악보를 귀족원에 가져가려고 하는데 괜찮을까요?"

"인쇄 소문이 퍼지면 내년 영주 회의가 또 혼란스러워지는 것 아니냐?"

"기숙사에서 딱 한 권만 가지고 나갈게요. 똑같은 책이 쌓여있다는 사실만 모르면 그냥 글자가 가지런한 책이에요. 인쇄 기술이 새어나갈 일은 없을 거예요."

그리고 그중에는 등사판 인쇄로 만든 책도 있다. 이것은 인쇄기를 모른다면 완전히 손으로 쓴 기록물로밖에 보이지 않는다.

"에렌페스트지로 만든 새로운 형태의 책이라고 가볍게 소개해서 책벌레 동지를 늘리고 싶어서요. 미래의 고객층 개척인 셈이죠."

인쇄 공방이 늘면서 에렌페스트의 인쇄물이 조금씩 많아지고 있다. 이 책들을 돌려가며 빌려주고, 책벌레를 찾아내는 고객층 개척과 동시에 작가를 키워야 한다. 귀족에게 먹히는 책은 귀족이 쓰는 게 최고다. 나의 연애소설을 희생함으로써 그것을 깨달았다.

"가볍게 소개? 소개하다가 또 흥분해서 쓰러지겠지. 책을 소개할 거면 그대 말고 다른 사람을 시키는 편이 어떤가?"

"숙부님 말씀이 맞아. 책을 받다가 눈앞에서 쓰러지면 그 사람에겐 얼마나 끔찍한 기억으로 남겠냐. 또 한넬로레 님에게 부담을 줄 셈이야?"

페르디난드의 냉정한 말에 빌프리트가 재차 고개를 끄덕이며 내게 연타를 가했다. 한넬로레가 책 대여에 나쁜 기억이 생겨서는 안 된다. 나는 한넬로레와 친해지고 싶다.

"그럼 책 소개문 정도로 참을게요. 소개해서 퍼트리는 임무는 빌프리트 오라버니와 샤를로테가 해줘요."

"좋다."

페르디난드가 고개를 까딱거렸고, 빌프리트와 샤를로테도 서로 얼굴을 마주 보며 고개를 끄덕였다.

내가 직접 소개하고 싶었는데, 하고 입술을 삐죽이는 나를 보고 질베스타가 큭큭 웃었다.

"그렇게 풀 죽을 것 없어, 로제마인. 네 요청을 여러 방면으로 검토한 끝에 기숙사에 책장을 설치했다. 그러니 기분 풀어."

"풀렸어요."

배움의 장소인 귀족원 기숙사에 어떻게 책장 하나 없을 수 있냐며 도서 코너를 만들어 달라고 요청했었는데, 그 요청이 간신히 통과한 모양이다.

"공동으로 쓸 참고서도 꽂고, 에렌페스트에서 인쇄한 책도 진열해야겠네요. 책을 더 많이 가져가야겠네!"

'꾸준히 책을 늘려서 책장을 하나둘 늘리면 언젠가 도서 코너에서 도서실로 진화시키는 거야!'

"기숙사에 책장은 설치했지만, 성 도서실에 지혜의 여신상을 설치하자는 제안은 반대다."

솔랑쥬 선생이 말하길 도서관에 세워져 있는 지혜의 여신 메스티오노라 상에 기도하면 책이 잘 모이는 은총이 있다고 한다. 왕궁 도서관에도 여신상이 있다고 하니까 성 도서실에도 여신상을 세워서 에렌페스트에 책이 늘어나도록 매일 기도해야 하지 않느냐고 제안했는데 거부당했다.

"여신상보다도 책을 넣는 쪽이 중요하지. 안 그러냐?"

"그럼 양아버님. 책을 살 예산을 주세요."

내가 책 매입비를 요구하자, 질베스타가 아주 싫은 표정을 지었다.

"책 한 권에 얼마인 줄 알아? 그만한 예산은 없어. 네가 납본제도를 만들었으니까 조만간 늘어날 거다. 좀 기다려."

'만세! 납본제도! 초반에 도입하길 잘했어, 굿 잡!'

가만히 기다리면 책이 늘어난다. 어쩜 이리 훌륭한 제도가 있을까. 늘어날 인쇄물이 기대된다.

"도서 코너도 설치해 주셨고, 모두가 열심히 참고서를 만들었으니까 올해 성적은 기대하셔도 좋아요. 작년보다 더 오를 거니까요."

이론은 문제가 없다. 이대로 열심히만 하면 어느 정도 상위권을 차지할 터이다. 성적을 올릴 다른 여지라면 실기다. 마력을 늘리는 도중이긴 하지만, 모두의 성과를 전혀 모르는 데다 늘어나는 것과 잘 다루는가는 또 다른 문제라서 성적에 얼마나 영향을 주게 될지도 모른다.

'또 성장할 여지가 있는 건 디터인데.'

나는 미소를 띤 채 이야기를 들으면서 식사하는 보니파티우스에게로 시선을 옮겼다. 견습 기사들의 훈련 성과를 듣고 싶다.

"할아버님, 견습생들의 연대는 어때요?"

내가 묻자, 보니파티우스는 기다리고 있었다는 듯이 상체를 내밀고, 특훈 내용과 얼마나 성장했는지 설명했다.

"네가 바라는 대로 견습 기사들은 제법 단련이 됐다. 아직 구멍투성이지만, 작년에 비하면 조금은 연대 의식이 강해졌을 게다."

"세상에! 감사하게 생각합니다, 할아버님. 그거면 디터 순위도 오르겠네요."

작전이라고는 눈곱만큼도 없었던 작년에 비해 올해는 처음부터 작전을 세우고 연습할 수 있겠다. 효과적으로 연습한다면 영주 후보생의 견습 호위 기사가 조금씩 마력 압축을 진행 중인 지금, 순위 상승은 식은 죽 먹기이리라.

"할아버님이 보시기에 장래가 기대되는 사람이 있던가요?"

"음? ……성장이 빠른 건 아무래도 영주 일족의 견습 호위 기사이고, 네게 마력 압축을 배운 사람이지. 그런 의미로는 파벌이 달라서 아까운 녀석도 있군."

구 베로니카 파 아이들은 아무리 노력해도 마력 성장에 차이가 생기고, 실력에도 영향을 미치고 있다고 한다.

"양아버님, 마력 압축 보수는 어떻게 됐어요?"

램프레히트와 아우렐리아의 결혼식 날, 습격을 막아준 구 베로니카 파 아이들에게 답례하기로 한 건이 어떻게 진행됐는지 아직 듣지 못했다. 얼마나 많은 아이가 결혼식 당일의 습격 계획을 알았는지 모르니까 중요한 말은 전부 감추었지만, 질베스타에게는 통한 모양이다.

"알려줘서 고맙다는 칭찬과 정보비를 지급했고, 네가 마력 압축을 가르치게 해 달라고 요청했다는 얘기도 했지."

그 뒤 질베스타가 눈을 내리뜨고, 진한 녹색 눈동자로 나를 똑바로 보았다.

"……그리고 마력 압축을 배우는 조건도 전달했다."

"어떤 조건이 붙었는데요?"

"영주 일족에 이름을 바치는 것이다."

주변에서 꼴깍 침을 삼키는 소리가 들렸다. 주변 사람들이 휘둥그런 눈으로 질베스타를 바라보는 가운데, 나 혼자 의미를 몰라 고개를 갸웃거렸다.

"저기, 이름을 바친다니 무슨 말이에요?"

"자신의 이름을 봉인한 마석을 바쳐서 목숨을 건 충성을 맹세하는 것이지."

"네?"

"네 주변에도 예가 있어."

금방 이해하지 못하는 내게 질베스타는 페르디난드와 그 뒤에 서 있는 에크하르트와 유스톡스를 가리켰다.

"저 둘은 페르디난드에게 이름을 바치고 충성을 맹세했어. 그래서 페르디난드가 신전에 들어간 뒤에도 측근으로 대했지."

권력자였던 베로니카의 눈 밖에 난 사람에게 이름을 바치는 어리석은 사람이 어디 있겠느냐는 말이 돌아도 둘은 페르디난드에게 이름을 바쳤다. 이름을 바친 자는 주인에게 생살여탈권을 맡긴 상태이고, 주인이 허락하지 않는 한 다른 사람을 모실 수도 없다고 한다.

'내가 보기엔 부담스러운 충성이지만, 주변에 적이 득실거렸던 신관장님에겐 그 누구보다 믿을 수 있는 충신이었겠지.'

확실히 영주 일족에게 목숨을 바칠 정도로 충성심이 강하다면 마력 압축을 가르쳐도 문제는 없겠지만, 권력의 주체가 바뀔 때마다 파벌을 바꾸는 중급과 하급 귀족에게는 이름을 바쳐서 섬기라는 조건은 고민되었음이 틀림없다.

그런 생각을 하는 사이에 금방 귀족원으로 출발하는 날이 왔다.

"슈바르츠와 바이스의 의상도 넣었고, 단켈페르거의 책도 넣었습니다. 한넬로레 님께 빌려드릴 수 있게 에렌페스트에서 인쇄한 책도 준비했습니다. 이제 잊은 물건은 없겠죠?"

귀족원에 재학 중인 측근들은 각자의 출발일에 이동했다. 지금 남은 사람은 성인 측근인 오틸리에, 리카르다, 다무엘, 안게리카, 네 사람뿐이다. 나와 함께 귀족원에 이동할 성인 시종은 올해도 리카르다로 정해졌다.

"안게리카는 여기에 남아서 뭘 할 거예요?"

"훈련해야죠. 올해는 스승님께서 견습생을 보시느라 제가 특훈을 받을 기회가 없었는데 오랜만에 스승님께 특훈을 받으려고 합니다."

파란 눈을 반짝이며 의욕을 다지는 안게리카와 달리 함께 단련해야 하는 다무엘은 "올해도 단기집중 특훈이라니." 하고 작년을 떠올리며 아련한 눈빛을 했다.

"안게리카. 다른 일은 없어요? 약혼도 했으니까 에크하르트 오라버니와 사교도 해야 하지 않나요?"

"저는 둘째 부인이 될 사람이라서 에크하르트 님과 사교 자리에 나갈 일은 없습니다. 특훈이 없을 때는 제 망토에 자수를 넣거나 슈팅루크에 마력을 쏟을 예정입니다."

'전투력 강화 외에 하고 싶은 일이 없구나.'

전이 차례가 오면 올도난츠가 날아온다. 나는 측근과 함께 전이 마법진이 있는 방으로 향했다. 먼저 짐부터 이동한다. 하인들이 마법진 위에 짐을 올리며 준비하는 동안 나는 보호자들과 작별 인사를 나눴다.

"올해는 최대한 평온하게 지내거라."

"어머, 양아버님. 저는 항상 평온을 바라고 있답니다."

매우 수상쩍은 눈빛으로 쳐다보지만, 나는 일부러 소동을 일으킬 생각으로 지내고 있진 않다. 어떻게 하면 도서관에 틀어박혀 책만 읽으며 지낼까 하는 생각만 한다. 어째서인지 생각처럼 안 될 뿐이다.

"로제마인, 올해는 그대가 수업을 통과해도 측근들이 수업을 통과하기 전까지 기숙사에서 시간을 보낼 수 있게 하르트무트에게 책 몇 권을 맡겨뒀다."

"왜 하르트무트한테 주는데요!? 저나 리카르다에게 주셨어야지요."

내가 눈을 부릅뜨자, 페르디난드가 콧방귀를 뀌었다.

"그대에게 넘기면 수업을 끝내기도 전에 밤새 읽고, 수업도 속공으로 끝내서 도서관에 돌진하겠지. 시간벌이용으로 책을 준비한 의미가 없다. 리카르다가 아니라 하르트무트에게 맡긴 이유는 아무리 영주 후보생이라도 남성의 방이 있는 2층에는 못 들어가기 때문이다."

페르디난드의 말에 리카르다가 "역시 페르디난드 도련님이시네요. 공주님을 너무 잘 알고 계십니다."라며 고개를 크게 끄덕였다.

'크윽, 새로운 책아!'

"리카르다에게 빈 마석을 맡겨뒀다. 다만 마석의 용량은 한계가 있고, 그대의 흥분은 끝이 없지. 단켈페르거의 영주 후보생에게 민폐를 끼치지 않게 제발 조심해라."

'조심하라고 해도 책을 앞에 두고 어떻게 흥분을 안 할 수 있어? 대체 어떻게 조심해야 할까?'

내가 고개를 갸웃거리자, 페르디난드가 살짝 냉철한 미소를 띠었다.

"내가 도서관을 금지해야만 할 만큼 큰 사태를 일으키지 않게 조심하란 말이다."

"최대한 조심할게요."

페르디난드의 주의 사항을 듣는 사이에 전이 준비가 끝난 모양이다. 나는 리카르다에게 등 떠밀려 마법진 위에 올라섰다.

"저는 내일 갈게요, 언니."

"그래요, 샤를로테. 기다리고 있을게요. 그럼 여러분. 다녀오겠습니다."

그 말과 동시에 마법진이 빛을 발하더니 시야가 일그러졌다.

기숙사 입실과 충성

검정과 금색 마력으로 가득한 빛이 교차한다. 가벼운 현기증 같은 감각과 눈앞이 일렁이는 울렁거림에 나는 무심코 눈을 질끈 감았다.

"귀족원의 에렌페스트 기숙사에 잘 오셨습니다, 로제마인 님."

내게 말을 거는 소리에 기숙사에 도착했음을 깨닫고, 천천히 눈을 뜨니 두 명의 기사가 있었다. 기숙사 안에 있는 전이 마법진 방이다. 다음 차례에 올 빌프리트를 위해 나는 얼른 마법진에서 나와서 그 자리를 비워줘야 한다.

리카르다와 전이의 방을 나오자, 측근들이 다 함께 나를 기다리고 있었다. 같은 학년인 필린느만 시종과 함께 방을 치우고 있는지 모습이 보이지 않았다.

"기다리고 있었습니다, 로제마인 님."

"자, 공주님. 잠깐 쉬고 계세요. 저는 방을 정리하고 오겠습니다."

남자 하인들이 짐을 옮기는 모습을 보면서 리카르다가 측근들에게 눈짓을 보냈다. 곧바로 리카르다는 일하기 시작했고, 나는 기수를 타고 측근들과 함께 다목적 홀로 이동했다.

"오랜만에 귀족원 기숙사에 왔는데도 반가운 느낌이 안 드네요."

"분위기와 내부가 성과 비슷해서 저도 이동한 실감이 없네요. 그래서 신입생이 긴장감 없이 기숙사에 익숙해질 수 있나 봐요."

유디트가 싱긋 웃었다. 부모가 기베 퀼른베르거를 섬기는 기사인 유디트는 세례식을 퀼른베르거에서 치르고, 겨울 데뷔 무대 때 처음으로 입성했다고 한다.

"기베의 여름 저택과 차원이 다른 성의 규모에 처음에는 긴장했었습니다. 다 모르는 귀족이니까요. 하지만 겨울 사교계가 이어지는 동안, 매일 어린이 방을 다니면서 점차 익숙해졌습니다."

삼 년간 일종의 관례 행사처럼 어린이 방에서 겨울을 보내다 보니 유디트도 귀족원에 입학하기 전에는 큰 긴장감 없이 성에 들어올 수 있게 되었다고 한다.

"귀족원에 올 때도 새로운 생활에 대한 긴장감은 있었습니다. 하지만 기숙사가 성과 구조와 분위기가 비슷하고, 절반 이상은 어린이 방에서 함께 지냈던 멤버들이라서 안심할 수 있었습니다."

귀족원으로 이동하는 며칠밖에 마주친 적이 없는 상급생도 아예 모르는 사람이 아니므로 긴장의 정도가 다르다고 한다. 나는 지금까지 몰랐던 어린이 방의 역할에 감탄하면서 유디트의 이야기를 들었다.

"생각지 않게 어린이 방의 역할이 크네요."

"로제마인 님과 빌프리트 님께서 어린이 방에 오신 이후로 카루타와 트럼프, 디저트 상품 등 즐길 거리가 많아졌고, 착실히 공부하게 되었으니 어린이 방의 역할이 더 커진 셈입니다."

다목적 홀에 들어갔다. 작년과 다르게 사람이 거의 없어서 횅했다. 그때 제일 먼저 눈에 들어온 건 새 책장이었다. 아직 텅 빈 책장이 다목적 홀의 한쪽 모서리에서 존재감을 뿜어내고 있었다.

"저게 새로 들어온 책장이군요."

나는 신바람이 나서 달려갔다. 영주 소유의 귀족원 기숙사에 어울리는 중후한 책장으로, 세밀한 조각이 들어가 있다. 가까이서 보니 윤기 내는 니스 같은 칠이 칠해져 있었다. 얼마나 꼼꼼하게 손질했는지,

반지르르한 나뭇결에 내 얼굴이 비친다. 나는 호오, 하고 감탄의 숨을 내뱉으며 커다란 책장을 올려다보았다. 심장이 콩닥콩닥, 벌렁벌렁한다. 모두가 모이는 다목적 홀에 설치된 새로운 책장에는 아직 어떤 책도 꽂혀 있지 않았다.

"빨리 책을 꽂고 싶어요. 책장이 빽빽해지면 진짜 멋질 거예요."

"그럼 제가 리카르다를 도와 짐을 정리하고 나면 책을 옮기겠습니다."

차를 준비하던 리젤레타가 브륀힐데에게 뒷일을 맡기고, 조용히 다목적 홀을 나갔다. 볼을 비비고 싶은 마음으로 책장을 바라보는데 브륀힐데가 "여기서도 책장이 보이네요."라고 말했다.

나는 차를 마시면서 책장을 중심으로 다목적 홀을 쭉 둘러보았다. 작년에는 1학년을 환영하려고 모든 상급생이 모여서 시끌벅적했는데, 올해는 사람이 거의 없어서 다목적 홀이 매우 조용했다.

"다른 학년들은 뭐 하고 있어요?"

"수업 준비 중입니다. 1학년생과 다르게 상급생은 준비물이 많거든요. 로제마인 님도 빌프리트 님이 도착하시면 준비하셔서 채집하러 가셔야죠."

"네?"

"조합 실기에 쓸 소재를 채집하셔야 합니다. ……금방 끝납니다."

귀족원에는 속성의 수가 많고, 마력 용량이 커서 조합하기 쉬운 소재가 많다고 한다. 그래서 실기에 쓸 약초와 마석을 이곳에서 채집한다고 레오노레가 귀띔해 주었다. 성의 숲에서 채집한 소재도 있지만, 그건 수업과 별도로 조합할 때 쓴다고 한다. 종류와 질을 맞추면 수업을 편하게 따라갈 수 있어서 귀족원에서 채집하길 권한다고 한다.

"이전까지는 상급생 견습 기사가 한꺼번에 채집해서 모두에게 팔았는데, 올해는 대상을 지키면서 싸우는 연습 겸 다 함께 채집하러 가게 되었습니다. 최종학년인 저는 연일 채집입니다."

코르넬리우스가 말하길 어제는 3학년, 오늘은 2학년 차례라고 한다. 조합 실기 수업이 없는 1학년은 채집할 필요가 없어서 연일 채집도 오늘로 끝이라고 했다.

"로제마인 님. 저, 보니파티우스 님의 특훈 성과일까요? 명중률이 높아져서 마석을 얻기가 굉장히 쉬워졌어요. 강해졌다고요."

유디트가 짙은 보랏빛 눈동자를 반짝이며 기쁜 듯이 보고했다. "그렇게 다무엘을 이기려고 노력하더니 훌륭하네요."라며 레오노레가 키득거렸다.

"저는 지금까지 공부한 작전을 어떻게든 디터에 살릴 겁니다. 어렵겠지만요. 안게리카의 빈자리를 어떻게 채울지가 올해의 과제예요."

'하긴 이론에서는 발목을 잡아도 실기에서는 주력이었으니까.'

그런 대화를 나누고 있을 때 빌프리트가 도착했다. 측근이 내온 차를 마시는 빌프리트에게 나는 새 책장을 손가락으로 가리켰다.

"저기 봐요, 빌프리트 오라버니. 양아버님이 마련해 주신 새 책장이에요. 어떤 책을 어떻게 진열할까요? 희망 사항이 있으면 사양 말고 말씀하세요."

빌프리트는 나를 보고, 측근들을 둘러보더니 가볍게 한숨을 내쉬었다.

"여기에 너만큼 책장에 애착이 있는 사람은 없어. 네 좋을 대로 해."

그 순간 빈 책장에 책을 채워 넣는 기쁨과 내 마음대로 분류할 수 있는 행복감이 퍼졌고, 내 눈에 책장이 반짝이는 것처럼 보였다. 그 효

과로 빌프리트까지 덩달아 반짝인다. 후광을 업은 느낌이다. 지금만큼
빌프리트가 멋져 보인 적이 없었다. 이렇게 내게 책을 맡겨주는 사람
이 혼약자라서 다행이다.

"빌프리트 오라버니……! 감사하게 생각합니다."

내가 빌프리트에게 고마워하며 감격하자 주변이 숨을 삼켰고, 하르
트무트가 내 어깨를 눌렀다.

"로제마인 님, 진정하십시오. 너무 흥분하셨습니다."

"……미안해요. 너무 기쁜 나머지 그만."

책 진열 방법을 한차례 설명한 뒤 오늘 채집에 관한 얘기를 나누고
있을 때, 채집에 편한 기수복으로 갈아입고 방한구를 껴입은 2학년이
하나둘 다목적 홀에 모이기 시작했다. 동시에 방 정리가 끝났다며 리
카르다가 보낸 올도난츠가 날아왔다.

"자, 로제마인. 넌 먼저 기수복으로 갈아입고 와. 채집하러 가자."

옷을 갈아입고 다목적 홀로 돌아가자 2학년생과 견습 기사가 모두
모여 있었다. 2학년은 방한구를 잔뜩 껴입고 있는데 견습 기사는 마석
을 가공한 전신 갑옷에 망토 차림이다.

'그리고 보니 기사의 갑옷은 방한 기능도 있었지?'

"2학년은 채집을 중점적으로 하도록. 우리가 마수를 경계하겠다."

코르넬리우스의 호령에 맞춰 견습 기사들이 움직였고, 2학년을 포
위하듯이 다목적 홀을 나섰다. 나는 평소처럼 일인용 레서버스로 이동
이다.

'어?'

우리는 중앙동으로 나가는 문이 있는 현관홀을 지나 안쪽으로 이동

했다. 아무래도 출입구가 다른 곳에도 있는 모양이다. 이 주변 회의실을 이용한 적은 있어도 더 깊이 들어간 적은 처음이다. 한 회의실을 지나 코너를 돌자, 또 다른 현관홀이 나타났다. 쌍여닫이문을 견습 기사 두 사람이 열었다.

전이 마술이 걸려 있지 않은, 평범하게 기숙사 밖으로 나가는 문이었다. 밖은 눈이 내리고, 숲처럼 나무가 무성했다. 온 나무에 눈이 하얗게 덮여서 주변이 온통 흰색이다. 살을 찌르는 차가운 공기가 뺨에 닿아서 나도 모르게 몸을 움츠렸다.

"순서대로 기수를 소환해. 이동한다."

선도하는 견습 기사들이 소환한 기수에 올라타고, 하늘을 달리기 시작했다. 2학년도 순서대로 기수를 소환했다. 필린느는 하급 귀족이지만, 매번 신전과 성을 왕복하느라 기수를 다루는 데 능숙했다. 중급 귀족이지만 기수 사용에 익숙지 않은 로데리히보다 훨씬 자연스러웠다.

'뭐든지 습관이 중요하네.'

기수로 하늘 높이 올라가자, 기숙사 바로 옆에 딱 한 군데만, 나무가 없는 원형 부분이 있었다. 멀리서 보면 눈발에 가렸겠지만, 지금 높이에서는 원기둥꼴로 연노랗게 빛나 보인다.

"저기가 에렌페스트의 채집 장소입니다."

내 옆을 달리는 레오노레가 노랗게 빛나는 곳을 가리켰다. 기수를 달려서 내려가자, 마치 매직미러 같은 결계를 뚫고 지나간 것처럼 순식간에 경치가 바뀌었다. 연노랗던 부분은 어째서인지 파릇파릇한 풀이 무성하다. 둘레 부분을 키가 큰 나무들이 둘러싸고 있고, 열매 같은 것도 열려 있다. 누가 봐도 이 부분만 계절이 달랐다.

"……여긴 대체 뭡니까?"

눈이 휘둥그레진 2학년생을 보고, 코르넬리우스가 피식 웃으면서 가르쳐주었다.

"원래는 보물 뺏기 디터를 할 때 이 원에 보물을 놓아둔다고 에크하르트 형님에게 들었습니다. 디터 경기에 지장이 생기지 않게 이곳만 절대 눈이 쌓이지 않는다고 합니다."

이런 곳이 기숙사마다 근처에 있는데 눈이 쌓이지 않아서 좋은 약초를 캘 수 있다고 한다. 동시에 이곳에서 나는 약초와 나무 열매를 노리고 몰려오는 마수를 잡아서 마석을 얻는 사냥터이기도 하다고 했다.

"다른 영지의 채집터에는 절대 들어가지 마십시오. 보물 뺏기 디터 때부터 이어져 온 관습이지만, 이렇게 즉각 공격받습니다."

코르넬리우스가 슈타프를 단숨에 검으로 바꿔 이쪽으로 접근하는 마수를 베었다. 마수가 녹듯이 흐물거리더니, 반짝이는 마석이 되어 바닥에 떨어졌다.

"이 잎은 회복약에 필요합니다. 그리고 이 노란 열매도 주우세요."

3학년 하급 견습 기사가 주변을 경계하면서 2학년에게 조합에 필요한 소재를 가르쳐준다. 우리는 슈타프를 소환하여 "메서." 하고 나이프로 바꾸고, 채집하기 시작했다.

"유디트, 저쪽 나무 위에 있는 잔체를 잡으세요. 트라우고트, 오른쪽에 두 마리 있습니다. 조심하세요."

신체강화로 시력 강화에 성공한 레오노레가 주변을 둘러보면서 경계를 호소하고, 누가 어느 마수를 쓰러뜨릴지 지시를 내렸다. 접근해오는 마수를 차례로 사냥하는 견습 기사 덕분에 우리는 마음 놓고 채집할 수 있었다.

기숙사에 돌아오면 채집터에서 견습 기사가 잡은 마수에서 얻은 마석을 각자 수업에 필요한 몫만큼만 사들였다. 이것이 견습 기사들에게 귀중한 수입이 된다.

"……작년까지는 우리가 채집한 소재만큼 수입이 있었겠네요."

"그렇긴 합니다만, 이것도 훈련의 일환이니까요."

코르넬리우스는 돈이 궁하지 않은 상급 귀족이니까 괜찮을지 몰라도 하급 귀족에게는 큰 수입원이었을 터이다. 견습 문관과 견습 시종이 직접 채집하는 경험은 중요하고, 호위 대상을 지키면서 싸우는 훈련도 중요하지만, 훈련의 일환으로 치부해 버리면 모처럼의 제안이 오래가지 못하리라.

"그럼 채집한 소재에 버금가는 금액을 견습 기사들에게 호위 비용으로 주면 어때? 모두의 성적을 올리기 위한 일환이기도 하고, 추가된 예산에서 내면 되지 않아?"

"그거 좋은 생각이네요, 빌프리트 오라버니. 잠깐 계산해 볼게요."

내가 말을 꺼내기도 전에 빌프리트가 호위 비용을 지불하자는 안을 냈다. 순간 하급과 중급 기사의 표정이 밝아졌다. 역시 짭짤한 수입원이었나 보다.

채집이 끝나면 바로 저녁 시간이라서 우리는 채집하려고 입은 기수복을 벗어야 한다. 나는 방에 돌아가서 시종들의 도움으로 옷을 갈아입었다.

저녁 자리에서는 내일 신입생 환영식에 관한 얘기를 나눴다. 디저트를 내고, 상급생이 접대하며 신입을 환영하는 것이다. 역할 분담을 정하는 자리에서 나와 빌프리트의 역할은 제일 먼저 정해졌다.

"영주 후보생 두 분은 앉아 계십시오."

"네, 그게 좋겠습니다. 영주 후보생이 디저트와 차를 내면 긴장해서 맛도 못 느낄 테니까요. 두 분은 신입생에게 기숙사의 규칙과 작년에 어떻게 지냈는지를 얘기해 주십시오."

'기숙사의 규칙이라. 책장 사용 규칙도 정해야겠어.'

이곳은 책장에 사슬로 이어놓을 만큼 책이 귀하다. 에렌페스트에서는 인쇄로 많은 책이 만들어졌고, 가격도 조금은 저렴해졌지만, 아직 한참 비싸다. 허락도 없이 가지고 나가서 멋대로 팔면 곤란하다.

"하르트무트. 책장과 거기에 꽂힌 책을 어떻게 다룰지 주의사항과 사용 방법을 정해야겠죠?"

"그래야 할 겁니다. 책장의 책은 대부분 로제마인 님의 소유물이니까 어떻게 다뤄야 하는지 주입해 둬야겠지요."

다목적 홀 밖으로 가지고 나가지 말 것, 읽은 책은 반드시 책장에 돌려놓을 것 등 기본이지만 문서로 남기면 모두가 지키리라. 좋았어, 하고 나는 고개를 크게 끄덕였다.

다음 날, 1학년들이 각자의 시종과 함께 전이 마법진으로 기숙사에 왔다. 다목적 홀로 유도하여 인사를 나누고, 자리에 앉히면 상급생이 환대한다. 이때 신입생은 기숙사의 식사 시간과 방의 규칙 등의 설명을 듣는다.

마지막으로 영주 후보생인 샤를로테가 왔다. 나는 측근들에게 둘러싸여서 차를 마시는 샤를로테에게 얼른 책장의 사용 방법과 주의사항을 얘기했다. 그러자 샤를로테가 "언니." 하고 운을 떼더니 컵을 놓고 고개를 절레절레 저었다.

"언니는 염색 공모전 때도 아우렐리아에게 초반부터 느닷없이 도서관 장서량을 물어보셨죠? 하지만 누군가를 대접할 때는 가벼운 잡담부터 시작하세요. 갑자기 책이니 책장 사용법이니 설명하면 보통은 당황해요."

염색 공모전이라면 염색물이나 유행하는 의상에 관한 잡담부터, 지금은 귀족원의 수업이나 기숙사에 관한 얘기부터 꺼내는 것이 도리인 모양이다.

"……하지만 샤를로테. 이곳 책장 규칙도 기숙사의 일이고, 장서 수와 새로운 책 얘기는 인사나 마찬가지잖아요."

"아니에요."

샤를로테는 즉각 부정했지만, 내게는 '최근에 뭐 읽었어?' '재미있는 책 있어?' '도서관에 읽고 싶었던 책이 들어왔어' 등은 '안녕'이나 '잘 지냈어?'로 이어지는 인사의 일종으로 분류한다.

"그런 인사는 듣도 보도 못했다. 대체 언제 누구한테 쓰는 거야?"

"제가 책을 좋아하는 친구를 만났을 때 쓰죠."

"너만 그래."

빌프리트에게까지 그런 말을 듣고, 나는 입술을 삐죽였다. 책이 적은 이곳에서는 나의 인사말이 평범하게 받아들여지지 않는다.

'내 언젠가 인사로 만들고 만다!'

"아 참. 빌프리트 오라버니, 샤를로테. 지금 리카르다에게 회의실 준비를 시켰어요. 습격 가능성을 알려준 구 베로니카 파 아이들에게 고마움을 전하려고요."

그 순간, 빌프리트와 샤를로테의 웃는 표정이 진지하게 바뀌었다.

"그들이 저에게 알려주려고 한 거라 저 혼자서 할 생각이었어요. 하지만 이번 기회에 구 베로니카 파 아이들을 조금이라도 우리 파벌에 끌어들이려면 영주 후보생이 다 함께 하는 편이 좋을 것 같거든요. 어때요?"

"물론 동석해야죠."

"그래. 나도."

나는 구 베로니카 파 아이들이 모여 있는 한 모퉁이를 힐끗 보았다. 작년 초에 비하면 꽤 나아졌지만, 실내에 파벌의 벽이 다시 생긴 듯했다.

"공주님, 준비가 끝났습니다."

"고마워요, 리카르다."

내가 슥 일어나자, 하르트무트가 말을 걸었다.

"마티아스, 로데리히. 예의 건에 관련된 자들과 함께 회의실로 와."

이름을 불린 마티아스와 로데리히가 긴장한 표정으로 주위를 휙 둘러본다. '예의 건'이 뭔지 금방 눈치챘으리라. 다른 아이들도 고개를 끄덕인다. 세 명의 영주 후보생과 그 측근이 움직이자, 구 베로니카 파 아이들만 그 뒤를 따라 이동했다. 사정을 모르는 아이들은 그 모습을 멍하니 바라보았다.

내가 회의실에서 자리를 권하자, 모두가 굳은 얼굴로 자리에 앉기 시작했다. 구 베로니카 파 아이들만 해도 열 명이 넘으니 꽤 많은 인원수다. 쭉 앉은 구 베로니카 파 아이들 중에 주먹을 불끈 쥔 로데리히가 뭔가 하고 싶은 말이 있는 듯한 짙은 갈색 눈동자로 이쪽을 보았다.

"여러분이 용기를 내어 알려 준 덕분에 습격을 미연에 방지했고, 아렌스바흐와 에렌페스트의 성결식을 무사히 끝낼 수 있었습니다. 고마워요. ……영지에서 공개적으로 불러서 업적을 치하하면 여러분의 가족 사이가 나빠질까 봐 여기서 고마움을 전합니다."

내가 고마움을 전하자 아마 중심인물일 마티아스가 모두를 대표해서 "과분한 말씀입니다."라고 대답했다. 그의 짙은 보라색 머리카락이 살랑인다.

마티아스는 베로니카 파 내에서도 중심에 있는 게를라흐 자작의 막내아들이다. 중급 견습 기사이고, 트라우고트와 마찬가지로 마력 압축 방법을 배우지 못해 마력의 미비한 성장을 한탄하고, 성인이 되기 전에 스스로 파벌을 정하지 못하는 자신의 상황을 분해하던 기억이 있다.

"로제마인 님께서 보수로 저희에게 마력 압축을 가르치게 해 달라고 요청하셨다고 아우브 에렌페스트께 들었습니다."

"매우 까다로운 조건이 붙었다면서요."

영주 일족의 누군가에게 이름을 바치라는 조건은 매우 어렵다. 충신이라도 이름을 바칠 수 있는 자가 거의 없다고 들었다. 에크하르트와 유스톡스, 두 사람에게 이름을 받은 페르디난드가 비정상적인 셈이다.

"내 힘이 부족해서 미안해요."

"아닙니다. 시간이 지나고, 상황이 바뀌면 조건도 완화될 거라고 아우브 에렌페스트께서 말씀해 주셨습니다. ……성장기인 지금 당장 마력 압축 방법을 배우려면 이름을 바치지 않으면 안 될 뿐입니다."

그렇게 말하며 마티아스가 곤란한 표정으로 웃을 때 로데리히가 벌떡 일어났다. 그는 꽉 쥔 주먹을 떨고 있었다. 얼굴을 붉히며 나를 강

렬한 눈빛으로 쳐다본다. 로데리히가 무슨 말을 꺼낼지 그 자리에 있는 모두가 깨달았다.

"……제, 제 이름을 로제마인 님께 바치겠습니다!"

"잘 생각하세요, 로데리히. 충동적으로 정해서 좋을 일은 없어요."

마력 압축 방법을 알아내는 것은 귀족에게 중요한 일이리라. 하지만 나는 거기에 목숨을 걸 정도의 가치는 없다고 생각한다. 솔직히 말하자면 내게 이름을 바칠 만큼의 가치가 없다.

"로제마인 님의 말씀대로 충동적으로 정해서 좋을 것 없어. 조금 더 곰곰이 생각해."

"마티아스 님. 저는……."

"우리는 이름을 바치는 순간 부모와 결별이야. 지금까지 구 베로니카 파였어. 이름을 바쳐서 측근이 되어도 주변에 배신자로 낙인찍히기도 하고, 정세가 어떻게 바뀔지도 몰라."

마티아스가 미간을 찌푸리며 괴로운 표정을 보였다.

"어느 남자가 있었어. 그는 차기 영주로 정해진 사람에게 푹 빠졌고, 그 사람이 영주가 된 후에도 충신으로서 기베가 되어 평생 섬기겠다는 희망을 품고 이름을 바쳤다. 그런데 상황이 바뀌었지. 그 사람이 갑자기 차기 영주의 자리를 박탈당한 거야."

그 자리에 있던 누군가가 침을 삼킨다. 그것은 터무니없는 상황이 아니다. 베로니카가 권력을 쥔 시대가 수십 년 동안 이어져왔었는데 어느 순간 갑자기 상황이 역전되었다. 그로부터 몇 년이 지났다. 또다시 상황이 바뀌지 않는다고 단언할 수 없었다.

"로제마인 님은 귀족원에 재학하신 작년 겨울 동안 왕족과 상위 영지의 영주 후보생과 많은 교류를 하셨어. 지금까지와는 생각하지 못할 정도로 영향력이 커졌고, 에렌페스트에 가져온 수많은 은총을 생각하면 나 역시도 이름을 바칠 가치가 있다고 생각해."

마티아스는 거기서 잠깐 말을 끊었다.

"하지만 그렇다고 해서 그 큰 영향력이 얼마나 작용할지 아무도 몰라. 네가 이름을 바칠 상대가 영주 부부라면 나도 말리지 않았어. 하지만 로제마인 님도, 빌프리트 님도, 샤를로테 님도 아직 어리시고, 앞으로 어떻게 바뀔지 전혀 예상 못 해. 충동적인 결정으로 부모라는 뒷배를 잃게 되면 우리에게 매우 위험해, 로데리히."

마티아스의 말에 로데리히의 안색이 창백해지더니 눈동자를 굴리며 나와 마티아스를 번갈아 보았다. 나는 해 줄 말이 하나도 없었다.

"잘 생각해……."

고뇌에 찬 목소리로 반복하는 마티아스의 말은 흔들림이 없었다. 마치 줄곧 자신을 타일러온 말처럼 무겁게 울렸다.

힐쉬르의 방문과 진급식

구 베로니카 파 아이들에게는 충동적으로 움직이지 말고, 신중하게 행동하라는 말을 끝으로 해산시켰다.

"……난 양아버님에게 듣기 전까지 이름을 바치는 것이 있는 줄도 몰라서 다양한 의견을 듣고 싶어요. 마력 압축 방법과 상응하는 일인가요?"

성인이 되면 자신의 의지로 파벌을 정할 수 있다. 그때를 못 기다릴 정도로, 자신의 목숨을 걸 정도로 마력 압축 방법이 중요한 걸까.

측근들을 둘러보자, 브륀힐데가 고개를 저었다.

"저는 누구에게도 이름을 바칠 생각이 없습니다. 무엇을 선택하고, 어떻게 살지는 제가 정하고 싶으니까요. 누군가에게 이름을 바친 귀족은 아마 다섯 손가락에 꼽을 정도일 겁니다. 이름을 바치지 않아도 충성심을 바칠 수 있어요."

브륀힐데는 상급 귀족답게 자랑스러운 미소를 지으며 그렇게 말했다. 그 의견에 레오노레도 동의했다.

"충성심이 아닌 사랑하는 분과 서로의 이름을 바쳐서 영원한 사랑을 맹세하는 꿈은 꿉니다. 하지만 현실에는 없습니다. 있을 수 없어요."

'호오. 충성심뿐만 아니라 그렇게 이름을 바치기도 하는구나. 마음이 통한 사람끼리면 몰라도 일방적으로 바치겠다고 밀어붙이면 무섭겠는데.'

"저는 에크하르트 형님이 이름을 바쳐서 페르디난드 님께 신용을 얻었을 때의 기쁨과 페르디난드 님이 신전에 들어가셨을 때의 괴리를 직접 봐왔습니다. 불우한 시기를 보낸 형님의 모습을 봤기 때문에 저는 누구에게도 이름을 바치지 않을 겁니다."

'그렇구나. 코르넬리우스 오라버니도 이름을 바친 사람을 바로 옆에서 지켜봐 왔구나.'

코르넬리우스의 의견에 하르트무트는 재차 고개를 끄덕이며 "저는 로제마인 님께서 바라신다면 이름을 바쳐도 상관없습니다."라는 말을 툭 던졌다. 모두가 눈을 부릅뜨는 가운데 혼자만 씩 웃는다.

"하지만 그건 로제마인 님이 바라지 않으시지요?"

온통 적에 둘러싸여 믿을 사람이 없었던 페르디난드와 달리 나는 영주인 양부모, 상급 귀족인 부모, 또 후견인과 보호자가 많아서 측근과의 관계도 양호하다.

"로제마인 님은 죽을 각오의 충성심을 전혀 원하지 않으십니다. 이름을 바치는 가치도 이해하지 못하고 계시지요. 심지어 회색 신관과 무녀에게도 선택지를 주고, 그들의 의사를 최대한 존중하려고 하시는 분입니다. 이름을 바친다고 기뻐하지 않으시겠지요."

하르트무트가 내 생각을 측근들이 알기 쉽게 설명했다. 왠지 완벽한 실험체가 된 느낌을 받았지만, 맞는 말이다. 누군가가 내게 이름을 바쳐도 난처하다.

"빌프리트 오라버니와 샤를로테는 구 베로니카 파 아이가 이름을 바치면 받아줄 수 있어요?"

나와 마찬가지로 받는 입장인 둘을 보았다. 빌프리트는 당연한 얼굴로 고개를 끄덕였다.

"위에 선 자의 도리로서 누군가가 이름을 바친다면 당연히 받아들여야지. 이름을 바치고 섬기겠다고 할 정도로 누군가가 충성한다면 그건 주인에게도 명예야."

이름을 바칠 정도로 충성심이 있다면 구 베로니카 파 아이라도 받아들이겠다는 빌프리트의 확고한 말에 샤를로테도 고개를 끄덕였다.

"저도 받을 거예요. 오히려 언니가 왜 망설이는지 모르겠어요. 필린느도 거두시고, 고아원 원장으로서 고아들의 목숨과 생활을 이미 책임지고 계시잖아요. 아무 보증도 없는 충성심보다 이름을 바치겠다는 사람을 받아들이는 편이 훨씬 쉽지 않아요?"

샤를로테의 말처럼 나는 지금까지 평민들을 지켰고, 고아원 사람들의 생활을 도왔다. 게다가 내가 특별히 돌보고 있는 필린느의 입장은 이름을 바친 상태에 가까우리라. 정말 이름을 바친 것은 아니지만, 애초에 내가 그녀를 측근으로 골랐고, 가족 문제에도 스스로 개입했다. 그래서 성인이 되어 독립하기 전까지, 자세히 말하자면 필린느가 결혼할 때까지 책임지고 돌봐줘야 마땅하다고 생각한다.

하지만 여태껏 파벌이 달라서 교류가 거의 없었던 구 베로니카 파 아이들이 이름을 바친다는 건 내게 '부모와 연을 끊고 가출했습니다. 뭐든 할 테니 측근으로 얹혀살게 해 주세요'라고 하며 생활의 모든 책임을 내게 뒤집어씌우는 느낌이다.

예를 들어 나는 사장이고, 평민촌 주민과 고아원 사람은 직원이다. 필린느는 내가 생활을 봐주고 있지만, 기본적으로 자기 월급으로 먹고 사는 자사의 더부살이 직원이다. 나는 모두의 일거리가 없어지지 않게, 불이익을 당하지 않게 직원들을 보살핀다. 반면에 구 베로니카 파 아이들은 에렌페스트와 같은 분야의 베로니카 파라는 라이벌 회사 직원이다. 그들이 이름을 바친다는 건 직원 스스로 우리 회사에 다니게 해달라고 부탁하는 것이며 더부살이 직원을 제치고 '양자로 삼아 주세요'라고 제안한 것이다. 제안하는 쪽도 각오가 필요하겠지만, 받아들이는 쪽이 필요한 각오와 책임의 크기가 전혀 다르다.

"……나는 좀 어려워요."

"파벌을 바꿨으니 신용해 달라고 말하는 것보다 이름을 바치는 쪽이 훨씬 신뢰가 가."

빌프리트의 말에 나는 모호하게 고개를 끄덕였다.

1학년의 이동이 끝나면서 전 학년이 모였고, 저녁 식사가 어제보다도 진수성찬이다.

저녁 시간 때 올해도 성적향상 위원회의 활동으로서 팀을 나누고, 상품을 발표했다. 올해는 타르트 레시피다. 일단 발매 중인 레시피집에 실리지 않은 레시피로 골라 보았다.

"로제마인 님의 레시피는 대체 얼마나 더 있는 겁니까?"

"올해야말로 기필코 레시피를 거머쥐고 말겠습니다."

다목적 홀에서 다 함께 공부하자며 구 베로니카 파 아이들을 포함한 모두가 작년처럼 의욕을 불태우는 모습을 보며 나는 안도의 숨을 내쉬었다. 조금 전의 어두운 분위기가 한결 밝아졌다. 그것이 감정을 숨기는 귀족 특유의 행동인지 어떤지는 나로서는 판별할 수 없지만.

다음 날, 아침을 먹자마자 모두가 팀끼리 모여 공부하는데 갑자기 힐쉬르가 들이닥쳤다.

"로제마인 님, 빌프리트 님. 내일 진급식과 친목회가 있는데 에렌페스트 학생이 모두 도착했다는 연락을 왜 안 주신 겁니까?"

"……연락하라고 하셨나요?"

내가 고개를 갸웃거리자, 코르넬리우스가 가볍게 한숨을 쉬었다.

"따로 말하진 않았습니다만, 매년 최상급생인 상급 귀족이 올도난츠로 연락을 했었습니다. 가장 지위가 높은 사람의 의무라서 올해는 빌프리트 님께서 연락하셔야 했습니다. 그렇지, 이그나츠?"

코르넬리우스가 빌프리트의 견습 문관을 힐끗 보았다. 이름을 불린 이그나츠가 곤란한 듯 웃었다.

"빌프리트 님께 말씀드린다는 걸 깜빡했습니다. 죄송합니다."

"이그나츠, 너……. 미안하다, 힐쉬르 선생. 이쪽에 착오가 있었다."

빌프리트가 사과하는 모습을 보니 내 기분이 묘해졌다. 확실히 연락은 실수가 없어야 하고, 실수했다면 사과해야 마땅하다. 하지만 기숙사에도 없는 힐쉬르가 이쪽에 따지는 상황이 조금 납득되지 않았다. 나는 "앞으로 조심해 주세요."라고 말하는 힐쉬르를 보았다.

"이번 일은 기숙사에 없었던 사감이 제일 큰 문제 아닌가요? 다른 영지의 사감은 입실 시기에 계속 기숙사에 있잖아요."

"……어머, 로제마인 님은 모르십니까? 플류트레네와 룽슈멜의 치유는 다른 겁니다."

내 지적에 힐쉬르가 싱긋 웃었다. 그 말의 의미는 '그건 그거, 이건 이거' 혹은 '거긴 거기고, 우린 우리' 같은 뉘앙스다. 힐쉬르가 앞으로도 사감으로서 기숙사에 있을 생각이 전혀 없음을 눈치채고, 나는 어깨를 으쓱했다.

힐쉬르는 샤를로테를 보며 "플로렌치아 님을 똑 닮으셨군요."라고 중얼거린 후 다목적 홀의 가운데에 서서 신입생에게 내일 일정과 기숙사 규칙을 설명했다. 기숙사 설명은 작년과 똑같다.

"……그리고 내일 세 점 종에 진급식이 열리고, 그다음에는 점심을 겸한 친목회가 있습니다. 그다음 날부터 수업입니다. 에렌페스트는 10위니까 올해는 10번 문과 방을 쓰니 주의하세요. 이미 이렇게 다들 공부하고 있으니 수업 준비는 완벽하겠지만, 연락 사항은 절대 잊지 마세요. 다른 질문 있나요?"

대강 설명을 끝낸 힐쉬르는 "로제마인 님, 저는 질문이 너무 많습니다. 잠깐 시간 내주실 수 있습니까?"라며 나를 향해 싱긋 웃었다. 보라색 눈동자가 먹잇감을 노리는 짐승처럼 완전히 나를 포착하고 있다.

'어차피 슈바르츠와 바이스의 의상과 신관장님에게 맡긴 연구 자료에 관한 용건이겠지.'

힐쉬르가 무슨 질문을 할지 쉽게 짐작이 갔다. 오히려 그것 외에 짚이는 게 없다. 페르디난드에게 맡은 물건도 있으므로 나는 고개를 끄덕였다.

"시간이야 내줄 수 있지만, 최대한 빨리 끝내주세요. 전 페르디난드 님과 달리 밤을 꼬박 새우면서 힐쉬르 선생님과 토론을 벌일 수 없으니까요."

"로제마인 님처럼 몸이 약하면 연구도 마음대로 못하겠군요."

'선생님은 연구에 몰두할 정도로 너무 건강하셔서 참 부럽네요.'

나는 슈바르츠와 바이스의 의상과 페르디난드에게 맡은 '당장 전달할 자료'를 들고 오라고 리카르다에게 눈짓을 보냈다. 이를 눈치채고 리카르다가 움직였다.

덧붙여 말하자면 힐쉬르에게 이것저것 부탁할 수 있게 '급하지 않은 자료'가 1부터 5까지 있다. 기숙사 상황을 알게 된 유스톡스가 '곧

란할 때 쓸 수 있게' 페르디난드에게 부탁한 덕분이다.

"그럼 이쪽 의상에 어떤 마법진을 썼고, 어떤 식으로 개량했는지 묻고 싶습니다만……."

슈바르츠와 바이스의 의상이 도착하는 동안의 시간도 아까운지, 보라색 눈을 반짝이며 힐쉬르가 질문하기 시작했다. 하지만 대체로 마법진 연구는 페르디난드에게 맡겨서 내가 대답할 수 있는 건 거의 없었다. 힐쉬르가 만족할 만한 대답은 슈바르츠와 바이스에게 옷을 입힐 때 동행하고 싶다는 말에 승낙하는 것 정도였다.

"로제마인 님은 마법진 연구에 흥미가 없으십니까? 페르디난드 님의 애제자인데요?"

"페르디난드 님이 제 후견인이라는 보호자 위치의 교육 담당이긴 해도 딱히 연구 스승은 아니세요."

이런 연구에 미친 과학자 무리에 들어갈 생각은 추호도 없다. 나는 연구보다 책을 읽고 싶다. 연구 결과를 정리한 자료나 책이라면 대환영이지만, 그 경과를 내 손으로 일구어내는 데 매력을 느끼지 못한다.

"도서관 사서가 제 목표니까 도서관 운영에 관련된 마술구나 마법진 연구에는 전력을 다할 생각이에요. ……저기 힐쉬르 선생님. 슈바르츠와 바이스의 의상은 언제 도서관에 가져가면 될까요?"

"올도난츠를 보내 보심이 어떠세요?"

힐쉬르의 제안대로 나는 솔랑쥬에게 올도난츠를 날려 보냈다. 새로운 의상이 완성했음을 알리고, 마력 공급을 하고 싶다고 전했다. 솔랑쥬로부터 '수업이 시작하면 개관하니 그 뒤에 언제든지 오라'는 답장이 돌아왔다.

"다녀왔습니다, 공주님."

리카르다가 가져온 슈바르츠와 바이스의 의상을 힐쉬르가 재빨리 낚아채고, 마법진을 빤히 바라보았다. 손가락으로 쓸면서 진지한 눈빛으로 마법진과 페르디난드가 정리한 자료를 번갈아 보는 옆모습은 마치 연구 중인 페르디난드를 연상케 했다.

'그러니까 이제 내 존재는 안중에도 없는 거지?'

"리카르다, 책장 정리를 해도 되겠죠?"

"괜찮지 않겠습니까? 시간도 좀 걸릴 테고요."

힐쉬르가 직성이 풀릴 때까지 나는 리카르다와 함께 책장을 정리하면서 기다리기로 했다. 1학년, 2학년, 견습 기사, 견습 문관, 견습 시종의 선반을 지정해서 각각의 참고서를 진열했다. 이 기숙사에서 가장 사용 빈도가 높은 책이 참고서니까 이거면 된다. 나머지는 분류번호를 매기면서 내 책을 꽂았다. 에렌페스트에서 인쇄한 책은 소설이 많아서 번호가 한쪽으로 치우쳤지만, 언젠가는 에렌페스트 도서실에 있는 책도 인쇄해서 넣고 싶다.

네 점 종이 울려도 힐쉬르는 움직이지 않았다. 말을 걸어도 "지금 바쁩니다."라는 말만 해서 우리는 그녀를 다목적 홀에 내버려 두고 점심을 먹기로 했다. 오후에는 채집하러 가는 사람도 있고, 이어서 공부하는 사람도 있었지만, 힐쉬르가 정신을 차렸을 때 당황하지 않게 나는 다목적 홀에서 책을 읽기로 했다.

"공주님, 공주님!"

리카르다가 내 어깨를 철썩 때리고는 책을 덮었다. 깜짝 놀라 고개를 드니 힐쉬르가 흥미진진하게 내 손 쪽을 내려다보고 있었다.

"로제마인 님, 그 책은 뭡니까?"

"에렌페스트지로 만든, 새로운 형태의 책이에요."

"잠깐 봐도 될까요?"

"여기서는 자유롭게 읽어도 돼요. 하지만 규칙상 다목적 홀 밖으로 가지고 나가면 안 되니까 대출은 못 해줘요."

힐쉬르에게 책장 사용법을 설명하면서 나는 귀족원의 연애소설을 건넸다. 파라락 책장을 넘기며 훑어보던 힐쉬르가 재미있다는 듯이 웃었다.

"······어쩜, 참······. 이 책에 나와 있는 얘기는 거의 실화네요. 연대는 제각각이지만, 몇 가지는 누구 얘기인지 알겠군요."

"다과회에서 나온 소문을 토대로 썼다고 들었는데 힐쉬르 선생님이 아시는 이야기도 있겠네요. ······뭐가 어느 분의 얘기인가요?"

그 당시에 귀족원에 있었던 사람이라면 알 수도 있겠지만, 등장인물의 이름을 바꾸고, 배경도 가공의 영지라서 나는 누구의 이야기인지 거의 몰랐다. 유일하게 아는 건 질베스타와 플로렌치아의 이야기 정도다.

"모처럼 익명으로 썼는데 그걸 밝히면 어떡하나요. 에렌페스트뿐만 아니라 다른 영지 분의 이야기도 있는걸요."

쿡쿡 웃으며 힐쉬르는 책을 두고, 페르디난드가 작성한 자료를 안아 들며 만족스러운 얼굴로 홀을 나갔다.

'그렇게 말하면 엄청 궁금해지잖아. 신관장님 얘기도 있나? 에크하르트 오라버니가 어머님에게 정보를 판다는 말도 있었고.'

힐쉬르가 돌아간 후에는 진급식과 친목회 준비를 했다. 유행의 전파와 정착을 목표로 여자들에게는 머리 장식을 나눠줬다. 브륀힐데가 길베르타 상회에서 주문 제작한 머리 장식이다.

"유행을 퍼트려야 하니까 올해 진급식에는 이 머리 장식을 반드시 달고 나가세요. 조만간 린샴도 돌릴 테니까 전날 꼭 깨끗하게 머리를 씻고요."

브륀힐데의 판단은 틀리지 않았다. 각자의 머리카락 색깔과 분위기에 맞춘 머리 장식이 색깔별로 상자 속에 쭉 놓여 있다. 어떻게 이 많은 사람의 머리카락 색깔을 다 파악할까. 친한 사람이면 몰라도 나는 도무지 못 해낼 능력이다.

"어머, 귀여워라!"

"개개인에게 맞춘 머리 장식을 준비하시다니 훌륭하세요, 로제마인 님."

"브륀힐데가 골랐어요. 정말 안목이 뛰어나네요. ……빌프리트 오라버니, 오라버니도 린샴을 쓰실 거면 조금 나눠드릴게요."

이왕이면 올해는 남학생의 머리카락도 윤기가 잘잘 흐르게 하자고 제안하자, 빌프리트가 "아니, 이쪽은 따로 준비했으니까 괜찮아."라며 가볍게 손을 저었다. 영주 회의에 참석한 질베스타의 지시로 남자 몫은 빌프리트가 준비했다고 한다.

"머리에 달콤한 냄새가 나는 건 죽기보다 싫지만…… 별수 없지."

"……어머, 단 냄새가 나는 린샴 말고도 있는데요?"

남성도 쉽게 쓸 수 있게 향이 약한 린샴도 있는데 왜 그쪽을 고르지 않았을까? 내가 지적하자, 빌프리트가 살짝 불쌍한 표정을 지었다.

"주변이 인식하려면 향기가 강한 편이 좋다니까 그러지. 내가 좋아서 이런 여자 같은 냄새를 풍기는 건 아니야."

린샴 병을 흔드는 빌프리트의 말에 동의하며 남학생 몇 명이 고개를 끄덕였다.

오늘은 진급식과 친목회가 열리는 날이다. 세 점 종까지 강당으로 가야 해서 아침을 먹은 뒤 몸단장을 하고, 영지 색깔의 망토와 식별 브로치를 잊지 않고 달았다. 영주의 식별 마술이 걸린 브로치가 없으면 기숙사로 돌아오지 못하니 주의해야 한다.

"로제마인 님, 친목회에 동행할 호위 기사는 코르넬리우스, 레오노레, 유디트, 시종은 저, 문관은 하르트무트로 예정되어 있는데 이의 없으세요?"

브륀힐데의 확인에 나는 고개를 끄덕였다. 왕족과 영주 후보생이 참여하는 친목회 동행자는 신분이 높은 사람부터 고른다. 혼자만 중급 귀족인 유디트는 긴장한 기색이 역력하다. 평소와 다르게 미소가 딱딱했다.

"안게리카를 대신해서 열심히 하겠습니다."

"그렇게 걱정할 것 없어요. 친목회에서 무슨 일이 일어나는 것도 아니고요."

현관홀로 가니 모두가 검은색 의상에 망토와 브로치를 달고 있고, 여자는 색깔이 다른 머리 장식을 달고 있었다. 나와 마찬가지로 장식을 두 개 단 사람도 몇 명이 있었다.

"다들 모였네요."

필린느가 머리 장식을 살짝 건드리며 활짝 웃는다. 필린느에게는 견습생 월급에 신관장실에서 업무를 돕는 아르바이트 비용과 사본 비용을 내주고 있다. 그래도 부모와 떨어져 살면 견습생 급료로는 생활이 빡빡하다. 장식품은 그림의 떡이리라. 지금 꽂고 있는 머리 장식은 내가 수확제에 가 있는 동안에 산 것이라서 필린느도 스스로 고를 수 있었다고 한다.

"직접 골랐다고 해도 브륀힐데가 골라온 것 중에서 고른 거예요. 저희 집에서는 장식품을 선물 받은 적도 거의 없어서……."

필린느는 자신에게 그런 안목이 없다며 조금 씁쓸하게 웃었다.

"언니, 안녕하세요."

샤를로테도 검은색 의상에 에렌페스트의 망토와 브로치를 달고, 두 개의 머리 장식을 꽂고 있었다.

"너무 잘 어울리고 귀여워요, 샤를로테."

"어머, 언니가 더 귀여워요."

내 성장 속도보다 샤를로테의 성장 속도가 훨씬 빠른지, 작년보다 차이가 더 벌어진 것 같다. 아니, 착각이 아니다. 시선 높이가 다르다. 분명 나란히 서면 샤를로테가 언니로 보이리라.

'살짝 발꿈치를 들고 걸으면 내가 언니로 보이려나?'

주변이 눈치채지 못하게 슬쩍 발꿈치를 들어보았지만, 중심 잡기가 어려워서 똑바로 걸을 수가 없었다. 측근들이 몸 상태가 안 좋으냐며 걱정하기에 슬그머니 발꿈치를 내렸다.

"자, 가자."

빌프리트의 호령으로 문이 열리고, 에렌페스트 학생들이 기숙사를 나갔다. 문 위의 번호가 똑똑히 10으로 바뀌어 있고, 작년보다 강당에 더 가까워졌다. 작년에는 앞에 있던 진녹색 망토가 올해는 뒤에 있으니까 왠지 느낌이 묘하다. 강당에 서는 위치도 꽤 앞쪽으로 바뀌어 있었다. 우르르 걷는데 주변 목소리가 들렸다.

"에렌페스트 순위가 엄청나게 뛰었는데?"

"단체로 린샴을 썼나 봐⋯⋯."

호의적으로 느껴지지 않는 가시 돋친 목소리도 들렸다. 나는 몰래 숨을 내뱉었다. 질베스타가 말했듯이 순위 변동으로 질투와 빈정거림이 작년보다 심해진 듯하다.

진급식은 작년과 거의 똑같았다. 높은 분의 연설이 있고, 선생의 설명이 있었다. 그 내용이 거의 똑같아서 가만히 시간이 흐르길 기다리면 되었다. 내년에 3학년이 되어 전문 코스로 나뉠 때는 조금 더 집중해서 들어야겠지만, 2학년은 수업과 실기 교실이 작년과 똑같아서 착각할 걱정도 없다.

따분한 진급식이 끝나고, 다음은 실수가 용납되지 않는 긴장감 넘치는 친목회다. 순위 변화가 어떤 영향을 가져다줄지 상상이 안 되었다.

"이제부터 각자 친목회 장소로 이동하겠습니다. 상급생은 신입생을 돌보고, 신입생은 아무것도 모를 테니까 상급생의 말에 따르도록."

최상급생인 코르넬리우스의 말에 "네!"라는 대답과 함께 하급 귀족, 중급 귀족, 상급 귀족, 그리고 영주 후보생과 주인과 동행하는 측근으로 나뉘었다.

강당을 나가면 작년과 마찬가지로 각자의 장소로 이동한다. 우리가 가는 곳은 소강당이다. 등을 꼿꼿이 세우며 걷는 샤를로테의 표정이 살짝 굳어 있다.

"걱정하지 마요, 샤를로테. 내가 함께 있잖아요."

'뭐든지 의지해. 내가 언니잖아.'

내가 샤를로테의 손을 잡으며 싱긋 웃으니, 재차 눈을 끔벅거리던 샤를로테의 표정이 갑자기 부드러워졌다.

"그러네요. 언니도 함께인걸요. 제가 정신을 똑바로 차려야겠어요……."

남빛 눈동자에 강한 빛이 서렸다. 그리고 앞을 노려보는 표정으로 걷기 시작했다. 내 한마디로 긴장이 풀린 것 같아 다행이다.

"10위 에렌페스트의 빌프리트 님과 로제마인 님과 샤를로테 님이 입장하십니다."

문 앞에 선 문관인 듯한 사람의 목소리와 함께 우리는 소강당이라고 불리는 방으로 들어갔다.

작년에 아나스타지우스가 앉아 있었던 커다란 정면 테이블에 조그마한 인영이 보였다.

'아나스타지우스 왕자님의 동생인가?'

친목회(2학년)

왕족이 졸업해서 없기 때문에 중앙의 상급 귀족이 앉아 있는 것이라면 더 고학년이어야 한다. 그러니까 정면에 보이는 조그마한 인영은 왕자가 틀림없으리라.

'그런데 왕자가 입학한다는 정보는 아무한테도 못 들었는데.'

왕자 같은 인물을 보고, 나는 고개를 갸웃거렸다. 그런 중요한 이야기라면 보호자들이 사전에 알려주고, 경계하라고 했을 터이다. 언뜻 보기에 매우 작아 보이는 그 인영은 귀족원의 복장 규정을 위반한 겨울 귀색인 빨강과 하얀 옷을 입고 있었다. 중앙을 나타내는 검은색 망토를 걸치고 있지만, 혼자만 검은색 복장이 아닌 탓에 매우 눈에 띄었다. 아나스타지우스도 검은색이 바탕인 옷을 입고 있었으니 왕족이라고 복장 위반을 범해도 되는 것은 아닐 터이다.

"이쪽이 에렌페스트의 자리입니다."

소강당에는 작년과 마찬가지로 네 명이 앉을 테이블이 균등하게 마련되어 있었다. 우리는 에렌페스트 자리로 안내받았다. 빌프리트가 왼쪽 옆, 샤를로테가 오른쪽 옆자리다. 나는 브륀힐데가 빼준 의자에 앉았다. 문관인 하르트무트는 옆에 앉고, 시종과 호위 기사는 내 뒤에 섰다.

"하르트무트는 왕족이 입학한다는 얘기 들었어요?"

내가 속닥이며 묻자, 하르트무트가 살짝 고개를 저었다.

"아니요. 듣지 못했습니다. ……빌프리트 님과 샤를로테 님뿐만 아니라 다른 영지 사람들도 놀란 눈치인 걸 보면 존재가 알려지지 않은 왕족일 가능성이 큽니다."

나만 못 들은 것이 아니라는 말에 몰래 가슴을 쓸어내렸다. 성에 있는 기간이 짧아서 나만 못 들은 정보가 꽤 많은 듯한 느낌을 받았었는데 꼭 그렇지만은 않았던 모양이다.

"……다만, 작년 귀족원에서 세례를 받을 예정인 왕족이 있다는 소문을 들은 적이 있습니다. 셋째 부인의 자식이고, 지기스발트 왕자와 아나스타지우스 왕자의 이복동생이라더군요. ……그 소문이 사실이라면 이번 가을에 세례를 받았을 겁니다."

"올해 세례식이었다고요? 그런데 어떻게 아무도 모를 수 있지……."

"에렌페스트 귀족의 데뷔 무대는 겨울 사교계의 초반에 진행되지만, 왕족의 정식 데뷔 무대는 봄의 영주 회의에서 열립니다. 아직 정식 데뷔 무대를 치르지 않았을 겁니다."

그러면 앞에 앉은 인영이 작을 만도 하다. 멀어서 작아 보이는 줄 알았는데 세례를 받은 직후라면 몸집이 작은 게 당연하다.

'그런데 왜 올해 세례를 받은 왕자가 여기에 있지?'

하르트무트의 정보를 듣고 더 의아해졌다. 하지만 영지의 모든 영주 후보생이 소강당에 모이자, 중앙의 문관이 정면에 앉은 꼬마 왕자를 소개했다.

"이분은 셋째 왕자이신 힐데브란트 님이십니다. 가을에 세례를 받으시고, 왕족의 일원으로 인정받으셨습니다. 정식 입학까지 아직 멀었습니다만, 올해는 왕족의 소임으로 귀족원에서 지내라는 왕의 명령을 받들어 이곳에 오셨습니다."

긴 설명을 요약하면 귀족원에는 반드시 왕족이 재적해야 하는 규칙이 있다. 재적하는 왕족이 아무도 없을 때는 졸업생이라도 와야 한다.

그 규칙에 따르면 이번에 졸업한 아나스타지우스가 귀족원에 올 차례지만, 지금은 왕족으로서 할 일이 태산이라고 한다. 결혼으로 부여받은 토지에 마력을 채우고, 움직임을 멈춘 왕족의 마술구에 마력을 주입하는 역할을 다하는 중이라고 한다.

'빨리 토지와 신혼집을 마련해서 에그란티느와 결혼하고 싶으니까 귀족원에 올 여유가 없다는 뜻이겠지?'

아마 귀족원의 주재보다 마술구의 부활이 왕족에게 더 중요한 임무이리라. 성인이 된 아나스타지우스를 귀족원에 붙잡아두기보다 겨울 내내 마음껏 부려먹을 수 있는 쪽을 왕이 고른 모양이다. 결국 귀족원에 체류하는 왕족으로서 갓 세례를 받은 힐데브란트가 그 희생양이 되었다. 비록 왕명으로 귀족원에 체류하지만, 입학 전에는 수업에 참여할 수 없으므로 대체로 방에서 지낸다고 한다.

'왕족이 귀족원에 꼭 있어야 하는 이유가 혹시 민원 접수나 긴급 사태 때문인가?'

작년에 치수를 재려고 슈바르츠와 바이스를 도서관에서 데리고 나오면서 단켈페르거와 소동이 일어났을 때 아나스타지우스가 시급히 연락을 받고 중재하러 왔었던 기억을 떠올렸다. 그 뒤에도 아나스타지우스는 솔랑쥬와 내게 사정을 들었다.

'하긴 이렇게 많은 사람이 모이는데 무슨 일이 안 일어나면 이상하지. 왕족도 고생이네. ……그나저나 귀족원에 올 나이도 아닌 어린애를 동원할 정도로 왕족도 일손 부족이 심각한가?'

문관의 설명이 끝나면 다음은 작년과 마찬가지로 인사하면서 돌 차례다. 제일 먼저 자리에서 일어난 곳은 클라센부르크였다. 에그란티느의 졸업으로 재학 중인 영주 후보생이 없어서인가, 고학년으로 보이는 덩치 큰 남성이 왕족에게 인사하러 가는 것이 보였다.

왕족에게 인사한 후, 자신보다 상위 영지에 인사하면서 돌고, 하위 영지의 사람에게는 인사를 받는 방식은 작년과 똑같았다. 클라센부르크 다음으로 단켈페르거, 드레반헬에 이어 9위까지 인사가 끝나고, 에렌페스트의 차례가 되었다. 빌프리트와 샤를로테가 일어나고, 나도 도움을 받으며 의자에서 내려왔다.

"로제마인, 샤를로테. 가자."

빌프리트가 우리를 에스코트하며 내 속도에 맞춰서 정면에 있는 왕족의 자리 앞까지 걸어갔다. 힐데브란트의 앞에 무릎을 꿇고, 가슴 앞에 양손을 교차하며 고개를 숙여서 인사했다.

"힐데브란트 왕자님, 생명의 신 에이비리베의 엄격한 선별을 통한 특별한 만남에 축복을 기도함을 허가해주십시오."

"허가합니다."

앳된 목소리가 그렇게 말했다. 가까이서 보니 푸른 기가 도는 은발에 밝은 보라색 눈동자, 귀여운 얼굴이다. 남자애에게 귀엽다는 말은 조금 실례일 것 같지만, 막 세례 받은 힐데브란트는 귀족원에 있으니 더 어려 보였다. 덧붙이면 거만해 보였던 아나스타지우스와 달리 그는 점잖은 분위기를 풍기며 생글생글 웃었다. 그래서 멋짐과 늠름함과는 더욱 거리가 멀게 느껴진다. 온화하고 부드러운 그 표정을 보니 왕족을 앞에 둔 긴장감이 조금 완화되는 느낌이 든다.

힐데브란트의 허가를 받으면 반지에 마력을 넣어 축복을 보낸다.

나는 빌프리트와 샤를로테를 보면서 과하지 않도록 신중하게 콩알만한 마력을 담았다. 졸업식 때처럼 흥분해서 축복이 막 나가지 않게 하라고 페르디난드가 거듭 당부했었다.

'좋아, 완벽해.'

두 사람과 비슷한 크기로 축복을 보내고 안도하는 사이에도 빌프리트의 인사가 이어졌다.

"처음 뵙습니다, 힐데브란트 왕자님. 에렌페스트의 빌프리트와 로제마인, 그리고 샤를로테가 유르겐슈미트에 걸맞은 귀족의 자세를 배우기 위해 이 자리에 왔습니다. 앞으로 잘 부탁드립니다."

우리의 인사를 들은 힐데브란트가 "고개를 드세요."라고 말했다. 그 목소리에 고개를 들자, 우리 셋을 차례로 보던 힐데브란트가 흥미로운 눈빛으로 샤를로테를 응시했다.

"에렌페스트의 영주 후보생은 최우수와 우수를 거머쥐고, 영지 전체의 성적을 올렸다고 들었습니다. 왕도 기대하고 계십니다. 올해도 열심히 하세요."

힐데브란트는 어린애다운 높은 목소리로 또박또박 말했다. 자신이 생각한 말이 아니라 주변에서 가르친 말을 틀리지 않으려고 애쓰는 느낌이다. 신전장으로서 의식의 말을 통째로 암기해야 했던 나는 힐데브란트가 영주 후보생에게 돌려줄 말을 얼마나 열심히 외웠을지 훤히 보였다. 나로서는 '대단해. 잘했어' 하고 칭찬해 주고 싶은 마음은 굴뚝같지만, 왕족을 상대로 그것은 무례하기 짝이 없는 행동이다. 예를 표하는 한마디로 마무리했다.

"황송합니다."

힐데브란트와 무사히 인사가 끝났다. 작년에 아나스타지우스에게

들었던 '어딜 봐서 성녀냐'라는 빈정거림을 떠올린 나는 왠지 김빠진 기분으로 다음 인사를 하러 갔다. 클라센부르크다.

"올해도 시간의 여신 드레팡아의 실이 겹쳐서 이렇게 다시 만나 뵙는 소망이 이루어졌습니다. 이쪽은 샤를로테. 제 여동생이며 에렌페스트 1학년으로 입학했습니다. 앞으로 잘 부탁드립니다."

빌프리트가 클라센부르크에 인사를 재촉하자, 샤를로테가 첫인사를 건넸다. 빌프리트 자신은 작년에 인사했던 사람이었나 보다. 어쩌면 상급 귀족이 아닌, 영주 후보생인지도 모른다.

'어느 쪽이냐고 물을 수도 없고, 나중에 하르트무트에게 물어봐야지.'

하르트무트의 말에 의하면 그 사람은 상급 귀족이 아닌 현 아우브 클라센부르크의 둘째 부인의 아들이었다. "작년에 인사하셨지 않습니까?"라고 했지만, 전혀 기억이 없는 나는 싱긋 웃어넘겼다.

'딱 한 번 인사하고, 전혀 교류가 없었던 사람을 어떻게 일일이 기억해.'

"에그란티느 님께서 따로 소개하지 않으셨다면 에그란티느 님과도 교류가 없는 사람일지도 모릅니다. 둘째 부인의 자식이라면 교류를 갖지 않는 경우가 흔합니다."

'듣고 보니 나도 니콜라우스와 거의 교류가 없다시피 하네.'

영주 일족과 상급 귀족이 둘째 부인을 들이는 이유는 파벌의 균형을 잡기 위함이기도 하고 첫째 부인에게 자식이 생기지 않거나, 자식을 늘릴 목적 때문이기도 하다. 이복형제와 교류가 적은 경우는 흔하다고 한다.

클라센부르크 다음은 단켈페르거 차례다. 레스티라우트와 한넬로레의 테이블에 가서 대표로 빌프리트가 인사하고, 샤를로테가 첫 만남의 축복을 보냈다.

"한넬로레 님, 지난번에 단켈페르거의 훌륭한 책을 빌려주셔서 감사하게 생각합니다. 아우브께도 제가 감사의 말씀을 드린다고 전해주십시오."

영주 회의에서 영주가 전달해 주리라고는 생각지도 못해서 깜짝 놀랐지만, 덕분에 시간을 들여 느긋하게 읽을 수 있어서 기뻤다고 내가 고마움을 전하자, 한넬로레가 재차 눈을 깜빡거렸다.

"영주 회의 때 아우브가 책을 전달해서 많이 놀라셨죠? 사실 아버님은 누구를 놀라게 하는 걸 좋아하셔서 저도 간 떨어질 뻔한 적이 종종 있답니다. ……로제마인 님께서 싫지 않으셨다니 안심했어요."

한넬로레는 연분홍 혹은 보라색이라고도 할 수 있는 머리카락을 살랑거리며 멋쩍게 웃었다. 아우브 단켈페르거가 나를 놀라게 하려고 영주 회의 때 책을 가져가겠다는 말을 꺼냈고, 한넬로레는 혹시나 내게 민폐를 끼치지 않을까 걱정했던 모양이다. 장난기가 많지만, 영지의 보물이라고 할 법한 책을 빌려주었으니 아주 좋은 사람이리라.

"책을 빌려주셨는데 싫긴요. 정말 재미있게 읽었습니다. 답례로 에렌페스트의 책을 가져왔어요. 책을 돌려드릴 때 드릴게요."

"감사하게 생각합니다, 로제마인 님. 기대하고 있을게요."

한넬로레와 즐겁게 책 얘기를 나누며 웃고 있는 나를 레스티라우트가 의혹에 찬 눈빛으로 보았다.

"네가 그 책을 읽었다고?"

"네. 단켈페르거의 깊은 역사에 압도되었어요."

'이길 때까지 싸우는 전투광인 점도, 디터를 조르는 루펜 선생님의 끈질김도 역사를 아니까 이해가 되고, 대단한 신념에 납득했어요.'

"흥. 그렇지? 기껏해야 200년 정도의 역사밖에 없는 에렌페스트와 다르지."

레스티라우트의 소매를 잡아당기며 "오라버니." 하고 한넬로레가 눈치를 줬다. 이쪽 기분이 상했을까 걱정스럽게 보는 귀여운 빨간 눈동자에 나는 웃으며 고개를 끄덕였다.

"단켈페르거가 에렌페스트보다 역사가 길고, 책의 연식과 두께의 차이가 큰 건 사실인걸요. 단켈페르거의 훌륭한 책을 더 많이 읽어 보고 싶어요."

그리고 단켈페르거의 빌린 책에 관한 감상을 꺼내려고 할 때 샤를로테가 내 소매를 잡아당겼고, 빌프리트는 "그건 책을 돌려줄 때 천천히 얘기해. 이런 인사하는 자리에서는 느긋하게 얘기할 수도 없잖아." 라며 다소 억지로 대화를 끊었다.

'아, 그렇지. 인사하는 도중이었어.'

오랜만에 만난 친구와 신나게 수다 떠는 자리가 아니었다. 나는 "꼭 다과회를 열어요." 하고 한넬로레와 약속하고, 단켈페르거의 앞에서 드레반헬의 앞으로 이동했다.

"빌프리트 님, 로제마인 님, 약혼을 축하합니다. 영주 회의에서 돌아오신 아버님께 소식을 듣고 제 귀를 의심했어요."

드레반헬의 영주 후보생은 올해 최상급생이 된 아돌피네와 동급생인 오르트빈, 그 외에도 두 사람의 영주 후보생이 있었다. 대표를 맡은 사람은 아돌피네. 가슴 앞에서 파도를 그리는 와인레드 머리카락에 윤기가 자르르 흐른다. 마치 린샴을 쓴 머릿결 같다. 그것을 눈치채고, 드레반헬 학생들을 자세히 보니 모두의 머리카락에 윤기가 흐르고 있다. 아돌피네가 자신의 머리카락을 스르륵 쓸면서 싱긋 웃었다.

'설마 작년에 나눠준 린샴을……?'

다과회 때 나눠준 린샴을 분석했는지도 모른다. 만드는 방법이 간단해서 빠른 시일에 제작법이 탄로 날 줄은 알았지만, 예상보다 빨랐다.

'드레반헬, 예상보다 연구에 미친 과학자들이 들끓는 무서운 영지일지도 몰라.'

아돌피네를 올려다보며 침을 꿀꺽 삼키는 내 옆에서 빌프리트와 오르트빈은 즐겁게 대화를 나누고 있다.

"빌프리트, 올해도 기대되네."

"그래, 오르트빈. 게빈넨 연습 성과를 보여주지."

남자끼리는 사교로 치르는 게임 얘기를 나누는데 내게 향한 건 아돌피네의 의미심장한 미소였다.

"로제마인 님, 영주 회의에 참여했던 문관이 흥분해서 돌아왔더군요. 에렌페스트에는 평민도 쓸 수 있는 마술구가 있다면서요? 커다란 조각으로 모이는 종이라니 너무 흥미로워요. 우리 문관들의 눈빛이 싹 변하더군요."

"그 정도로 대단하지 않습니다."

나는 싱긋 웃으며 흘려 넘겼다. 섣불리 상대하면 죄다 분석 당할 것 같다.

"그 신기한 종이는 귀족원에서도 못 봤고, 영지대항전에서도 발표하지 않았죠? 다른 이유가 있나요?"

"영지대항전에서 발표할 만한 물건이 아니기 때문이 아닐까요?"

'평민이 만들고 있는 거라 에렌페스트에서는 아무도 마술구라고 생각하지 않아서 그래! 라고 말할 순 없지.'

"하긴 의외로 자기 영지의 일을 잘 모르는 법이죠. 전 정말 귀족원이 시작되기를 기다리고 있었답니다. 로제마인 님, 올해도 부디 친하게 지내요."

'여러모로 정보를 얻고 싶다, 이 뜻인가? 벌써 보호자들과 상담할 안건이 생겼어.'

싱긋 웃으며 "저야말로 잘 부탁드립니다."라고 인사하면서도 점점 미소가 굳어가는 것 같다. 그리고 아돌피네의 시선이 샤를로테에 멈추더니 오르트빈과 번갈아 보았다.

"샤를로테 님은 1학년이죠? 친하게 지내요."

"저야말로 잘 부탁합니다."

'어떡해! 왠지 샤를로테가 엄청 위험인물에게 찍힌 것 같아! 도, 도와줘요, 신관장님!'

아돌피네의 시선에서 최대한 샤를로테를 지키듯이 하며 다음으로 이동했다. 4위와 5위의 인사가 끝나면 다음은 6위인 아렌스바흐다.

아렌스바흐의 영주 후보생은 디트린데 혼자였다. 람프레히트의 성결식에 왔던 아이는 없었다. 나와 몸집이 비슷했으니 역시 올해 입학생은 아니었던 모양이다.

"늦여름 의식 때 보고 처음이네요. 다들 건강해 보이는군요. 에렌페스트에 시집간 아우렐리아는 어떻게 지내고 있나요? 주눅 들어 살진 않을까 걱정됐거든요. 그렇죠, 마르티나?"

디트린데가 뒤돌아본 곳에는 투리와 닮았다고 생각한 소녀가 있었다. 서 있는 자리로 보건대 디트린데의 시종이 틀림없다.

"함께 시집간 베티나 님한테서는 가족에게 연락이 왔다던데 아우렐리아 언니한테서는 아무 연락도 없으니까 걱정이 되어서⋯⋯."

투리와 닮아서일까, 마르티나가 슬픈 듯이 시선을 떨구니 나까지 가슴이 아프다.

"아우렐리아는 에렌페스트 생활을 즐기고 있어요. 베일도 새로 만들었고, 함께 차도 마셨어요. 그렇죠, 샤를로테?"

"네. 의젓하고 점잖은 분이셨어요."

염색 공모전에 동석했던 샤를로테도 웃으며 동의했다. 안심한 듯 가슴을 쓸어내리는 마르티나와 대조적으로 "아우렐리아가 의젓하다고⋯⋯?"라며 디트린데는 진녹색 눈을 끔뻑거렸다.

'왜 고개를 갸웃거리지? 아우렐리아는 어디를 봐도 의젓한데.'

우리가 아는 아우렐리아와 디트린데가 말하는 아우렐리아에 차이가 있는 듯한 느낌에 나도 살짝 고개를 갸웃거렸다.

"그건 그렇고, 성결식 때 너무 놀라서 축하 인사도 못 했네요. 부디 축복하게 해주세요. 혼약을 축하합니다."

디트린데가 웃으며 축복하자, 기분이 매우 이상해졌다. 그녀의 축복이 진심으로 느껴져서다. 작년의 태도는 대체 뭐였냐고 묻고 싶을 정도로 호의적이고 상냥한 미소였다. 작년에 빌프리트에게 보이던 미소를 내게도 보이는 태도를 이해할 수가 없어서 오히려 거북했다.

"우린 사촌지간이잖아요. 친하게 지내요."

아렌스바흐 다음의 7위, 8위, 9위는 순위가 껑충 뛴 에렌페스트를 경계하는 느낌을 강하게 내비쳤다. 작년에는 상대도 안 해줬으면서 올해는 은근히 비아냥대고 견제한다.

'미안하지만, 그런 식으로 두리뭉실하게 비아냥거려도 빌프리트 오라버니한텐 안 통해! 그리고 만약 통한대도 내가 그냥 안 둬!'

상위 영지의 인사가 끝나면 하위 영지의 인사가 시작된다. 이것도 참 성가셨다. 특히 우리가 순위를 앞지른 11위, 12위, 13위 영지는 미소 속에 적의가 숨어 있었다.

그들은 "우연은 오래가지 않아요."라든지 "좋은 날은 길지 않은 법입니다."라든지 "과연 올해도 제일 빨리 수업을 통과할 수 있을까요? 성적도 따라주면 좋겠네요."라는 말을 귀족다운 표현으로 비아냥거렸다. 물론 하위 영지가 하는 말만 듣고 있으면 체면이 깎이니까 나도 미소로 "그러네요."라고 동의하면서 "우연이 아니니까 오래갈 거예요." 나 "좋은 날이 오래가도록 보강도 하고 있답니다."라고 되받아쳤다.

"격려해 주셔서 감사하게 생각합니다. 결과를 기대해 주세요."

웃으며 빈정대기 대결을 펼치고 있을 때 프뢰벨타크의 뤼디거가 인사하러 다가왔다. 여전히 덩치 큰 빌프리트로 보인다.

뤼디거를 처음 만나는 샤를로테도 빌프리트와 뤼디거를 몇 차례 번갈아보더니 두 사람의 닮은 모습에 남색 눈을 휘둥그렇게 떴다. 하지만 눈동자 색깔이 같은 남색인 만큼 색조만 보면 샤를로테가 더 뤼디거와 닮았다. 뤼디거와 샤를로테가 나란히 서 있어도 남매로 통하리라.

'당연한 거지만, 나만 혈통이 다르구나.'

그런 내 시선을 눈치챘는지 뤼디거가 피식 웃은 뒤 무릎을 꿇고, 양팔을 교차하며 고개를 숙였다.

"빌프리트 님, 로제마인 님, 올해도 시간의 여신 드레팡아의 실이 겹쳐서 이렇게 다시 만나 뵙는 소망이 이루어졌습니다. 그리고 샤를로테 님, 생명의 신 에이비리베의 엄격한 선별을 통한 특별한 만남에 축복을 기도함을 허가해주십시오."

"허가하겠습니다."

샤를로테가 뢰디거의 축복을 받고, 인사를 나눴다. 그 뒤 뢰디거가 고개를 들고 빌프리트를 보았다.

"에렌페스트에서는 토지와 민중을 위해 영주 후보생이 솔선해서 움직인다는 말을 듣고, 프뢰벨타크에서도 마찬가지로 직할지에 축복을 줬더니 수확량이 늘었습니다."

가족에게 신전에 가겠다는 말을 꺼내기엔 상당한 용기가 필요했지만, "에렌페스트에서는 이렇게 토지에 마력을 채우니 수확량이 늘어서 다소나마 여유가 생겼다."라는 빌프리트의 말을 전했더니 영주 부인이 "할 수 있는 일이라면 뭐라도 시작해 봅시다."라며 솔깃해했다고 한다.

'뢰디거의 어머니면 양아버님의 누나지? 왠지 납득이 가네.'

수확량과 세수가 늘면서 편해진 일도 많았다고 한다. 뢰디거는 즐거운 듯 미소를 지었다.

"어두웠던 귀족들의 눈에 조금이나마 희망의 빛이 돌아왔습니다. 그것이 무엇보다 기뻤습니다. 조언해 주셔서 감사합니다. 어머님도 기뻐하고 계십니다."

정변 때 적과 같은 편 영지라는 이유로 영주가 처형당했고, 그 외에도 이래저래 불우한 일이 있었을 터이다. 모친이 프뢰벨타크 출신이라는 이유로 아렌스바흐의 아우렐리아가 홀대를 받았다고 했을 정도이니 혼인에도 큰 영향을 미치리라. 아무것도 모른 채 도서실만 보고 신전에 발을 들인 나와 달리 신전을 멸시하는 풍조를 잘 알면서 용케 제사에 참여하겠다고 선언했다 싶었다. 비록 프뢰벨타크가 지푸라기라도 잡고 싶은 상황이라지만, 감탄하게 된다.

"에렌페스트와는 앞으로도 변함없는 관계를 쌓고 싶습니다."

뤼디거가 그렇게 말하며 내 반응을 가만히 살핀다. 내게 "다과회에서 프뢰벨타크를 시험해 주십시오."라고 말하자, 뤼디거에게 에렌페스트의 방식을 알려준 빌프리트도 똑 닮은 얼굴로 나를 쳐다본다.

"……그러네요. 가까이 사는 사촌인걸요. 앞으로도 사이좋게 지내요."

내가 그렇게 말하자, 숨을 죽이고 반응을 기다리던 뤼디거와 빌프리트가 동시에 안도의 한숨을 내쉬었다.

인사를 끝내고, 밥을 먹었다. 에렌페스트의 레시피를 도입했는지 작년보다 수프 맛이 훨씬 깊어졌다. 디저트는 여전히 설탕 덩어리지만.

에필로그

전이의 방 앞에 선 힐데브란트. 이 문을 열면 귀족원이다. 두근거리는 가슴으로 문을 올려다보는데 그의 이마에 붙은 앞머리를 수석 시종인 아르투르가 손가락으로 가볍게 쓸어 넘겨주었다.

"왕족으로서 귀족원에 가시는 겁니다. 아시지요?"

"알고 있어요. 아바마마의 명령으로 왕족으로서 임하는 첫 공무지요."

힐데브란트는 진지한 표정을 지으며 고개를 끄덕였지만, 미지의 장소로 가는 호기심을 억누를 수 없었다. 문 너머에는 대체 어떤 광경이 펼쳐져 있을까?

"자, 가십시다."

힐데브란트가 밝은 보라색 눈동자로 바라보는 앞에서 문이 서서히 열린다. 측근들의 재촉으로 처음 발을 들인 그곳에는 정적이 흘렀다. 글자와 숫자가 적힌 문들이 균일한 간격으로 쭉 이어진 복도는 세례식 전까지 살았던 어마마마의 별궁에서도, 세례식을 계기로 주어진 자신의 별궁에서도 볼 수 없는 광경이다.

'처음 왕궁에 들어갔을 때는 굉장히 북적거렸었는데…….'

왕의 셋째 부인의 자식으로 태어난 힐데브란트는 모친의 별궁에서 자랐다. 모친의 친척이 손님으로 찾아온 적은 있어도 자신은 세례를 받기 전까지 별궁을 나간 적이 없었다. 그래서 처음 왕궁을 방문했을 때 북적임과 수많은 사람에 압도되었던 기억이 어제 일처럼 선명하다.

귀족원은 열 살부터 성인이 되기 전까지 왕족과 귀족의 자제가 학문을 배우는 곳이라고 들었다. 그래서 귀족원에 가면 아이들이 환영해 주는 줄 알았다. 이렇게 아무도 없이 문만 이어지는 복도가 맞아줄 줄은 꿈에도 생각하지 못했다.

"……아무도 없네요."

"지금은 진급식이 열리는 중이라 모두 강당에 있을 겁니다. 아무도 없는 편이 안전하게 이동할 수 있으니 호위를 하는 저희로서는 한숨 놓입니다."

혼잣말이었는데 앞장서는 호위 기사 한 사람의 대답이 돌아왔다. 다른 사람들은 어딘가에 모여 있는 모양이다. 힐데브란트는 신입생이 아니니까 당연히 진급식에 참여하지 못하지만, 왠지 따돌림당하는 기분이다. 조금 따분함을 느끼면서 그는 걸음을 옮겼다.

균일한 간격으로 문이 이어진 어두침침한 복도를 나가자 창문이 있는 복도가 나왔다. 바깥은 눈이 잔뜩 쌓여 있다. 별궁 주변보다 쌓인 눈이 높다. 마치 별궁에 있을 때보다 귀족원에서가 왕족으로서 책임감이 무겁다는 것을 보여주는 듯해서 힐데브란트는 입술을 꾹 다물었다.

"긴장되십니까? 표정이 조금 굳어있으십니다……."

"무거운 책임감이 느껴져요. 세례를 받은 지 얼마 되지도 않은 제가 왕족으로서 귀족원에서 지내게 되니까……."

걱정하는 아르투르에게 고개를 끄덕이면서 힐데브란트는 왕인 부친에게 귀족원에서 머물라는 명령을 들었을 때를 떠올렸다. 그건 한가을 때였다.

◆

"너에겐 책임이 무겁겠지만, 왕족으로서 귀족원에서 지내줘야겠다."

부모가 힐데브란트에게 하사한 별궁을 찾아와 그렇게 말했다. 어떻게 대답해야 할지 모르는 그를 대신해서 수석 시종인 아르투르가 난처해하며 의견을 말했다.

"힐데브란트 님은 이제 막 세례를 받으셔서 아직 데뷔 무대도 치르지 않으셨습니다만……."

원래라면 왕궁에서 세례를 받고, 영주 회의에서 새로운 왕족으로 데뷔 무대를 선보인 뒤부터 귀족들 앞에서 정식으로 공무를 수행하게 된다. 데뷔 무대 전에 공무를 수행하다니 전례에 없던 일이다.

"……솔직히 아나스타지우스와 너 사이에서 많이 고민했었다. 허나 현재 아나스타지우스는 귀족원 체류보다 더 중요한 일이 있지. 그러니 네가 귀족원에 있어다오."

왕족의 현황을 고려한 끝에 힐데브란트가 희생자로 정해졌다면 측근도 반론할 수 없다. 묵묵히 받아들여서 보좌할 뿐이다.

'귀족원에 가서도 결국 별궁에서 지낼 뿐이겠지만.'

학생들과 최대한 접촉하지 말라는 당부를 들었다. 아직 어려서 사리 분별을 못하는 그를 귀족원 학생들이 나쁘게 이용할 우려가 있기 때문이다. 그만큼 왕족은 엄청난 권력을 가지고 있다고 했다. 하지만 모친의 별궁에서 나간 적이 거의 없는 힐데브란트는 자신이 가진 권력이 얼마나 큰지 잘 몰랐다.

'나보다 어마마마나 측근들이 더 강한 것 같은데…….'

◆

"이곳이 소강당입니다."

친목회가 열리는 소강당에 들어가자, 전방에 설치된 단상의 왕족용 테이블로 안내받았다. 소강당에는 수많은 테이블이 마련되어 있었다.

"영지 수보다 많네요."

"네. 영주 후보생이 여럿인 영지도 있으니까요."

이복형제끼리 대립하거나 각자가 가진 정보를 숨기려는 영주 후보생도 많은 탓에 영주 후보생 한 사람 앞에 하나의 테이블을 주고, 자신의 측근을 옆에 앉히는 방식이라고 했다.

"아르투르도 내 옆에 앉나요?"

힐데브란트가 자신의 수석 시종에게 묻자, 아르투르는 고개를 가로저었다.

"평소 식사하실 때와 똑같습니다. 저는 힐데브란트 님의 뒤에 서서 식사 시중을 들며 조언해 드릴 겁니다."

호위 기사들도 앉지 않지만 문관이라면, 하는 생각에 힐데브란트가 시선을 보내자 "저는 이 자리에 앉습니다."라며 문관인 당크마르가 테이블 아래를 가리켰다. 그곳에서 각 영지의 정보와 영주 후보생들에게 되돌려줄 말을 알려주려는 모양이다.

"인사와 각 영지 대표자에게 해야 할 말은 외웠어요."

세례식 이후로 힐데브란트는 공부 삼매경에 빠져 있었다. 그러니까 당크마르가 테이블 아래에 숨을 필요는 없다고 주장했다.

"힐데브란트 님께서 얼마나 노력하셨는지 잘 압니다만, 첫 공무라서 잊으실 가능성도 있습니다. 당크마르 없이 친목회가 끝나면 제일 좋겠지만, 실수하지 않게 이중삼중으로 계책을 짜두는 것이 측근의 임무입니다."

"알겠어요, 아르투르. 그럼 난 당크마르의 도움 없이 친목회를 끝내겠습니다."

결심한 힐데브란트가 영지 정보 등을 복습하고 있을 때 "진급식이 끝났습니다."라는 연락이 들어왔다. 그러자 당크마르가 후다닥 테이블 아래로 숨어들었다. 평소에는 엄격한 얼굴인 교육 담당이 테이블 아래에 숨는 모습이 왠지 우스꽝스러워서 계속 아래쪽을 힐끗거리게 된다.

"힐데브란트 님, 당크마르 말고 앞을 보십시오. 당크마르의 존재를 학생들이 눈치채면 창피를 당하는 사람은 힐데브란트 님이십니다."

아르투르에게 주의를 들은 힐데브란트는 앞을 보았다. 소강당 문이 열린다.

"1위 클라센부르크의 헨스펜 님이 입장하십니다."

검은 의상에 빨간 망토를 단 몇 명이 입장했다. 클라센부르크의 영주 후보생과 그 측근들이다. 잠시 뒤 검은 의상에 파란 망토를 단 단켈페르거가 입장했다. 영주 후보생이 두 명이어서일까. 클라센부르크보다 인원이 많다.

"2위 단켈페르거의 레스티라우트 님과 한넬로레 님이 입장하십니다."

이렇게 잇달아 입장하는 영주 후보생들은 왕족의 자리에 앉아 있는 힐데브란트를 보고, 눈을 휘둥그렇게 떴다. 데뷔 무대를 치르지 않은 그의 존재를 모르는 영지가 많아서이리라. 놀라움에 술렁이는 분위기는 사람이 늘어날수록 커져만 갈 뿐, 사그라질 줄 몰랐다. 불편함을 느낀 힐데브란트는 자세를 고쳤다. 그 순간, "주목받고 계실 때는 움직이시면 안 됩니다."라며 작은 목소리로 아르투르가 지적했다.

'아직 인사도 시작하기 전인데 혼나 버렸어요.'

정말 왕족답게 인사를 소화할 수 있을지 불안해지기 시작했다. 하지만 여기서 도망칠 수도 없는 노릇이다. 최대한 왕족답게 앉아 있을 수밖에 없었다.

모든 영지의 대표가 자리에 앉자, 문관이 힐데브란트를 소개했다. 사정 설명을 듣고, 아직 데뷔 무대를 치르지 않은 왕족임을 알게 된 영주 후보생들은 탐색하던 시선을 거두는 대신 호기심에 찬 눈빛을 보내왔다. 젊은 학생들이어서일까. 세례식에 모였던 중앙 귀족들보다 시선이 훨씬 직접적이고 감정적이다. 시선에 깃든 감정이 바뀌어도 힐데브란트는 여전히 이 자리가 불편했다.

그런 분위기 속에서 학생들의 인사가 시작되었다. 1위인 클라센부르크의 영지 후보생이 자리에서 일어나 측근들을 대동하고 걸어왔다.

"힐데브란트 왕자님, 생명의 신 에이비리베의 엄격한 선별을 통한 특별한 만남에 축복을 기도함을 허가해주십시오."

"허가합니다."

셋째 왕자인 힐데브란트는 대체로 모두에게 축복을 받는 쪽이다. 짧은 대답이면 되므로 틀릴 일은 없다. 그것에 안심해서 저절로 미소가 지어졌다.

"고개를 드세요."

"처음 뵙겠습니다, 힐데브란트 왕자님. 클라센부르크의 헨스펜이 유르겐슈미트에 걸맞은 귀족의 자세를 배우기 위해 이 자리에 왔습니다. 앞으로 부디 잘 부탁드리겠습니다."

'클라센부르크면 에그란티느 님의 영지다.'

이복형인 아나스타지우스의 혼약자, 에그란티느는 힐데브란트의 세례식에도 참여했기 때문에 아직 기억에 새롭다. 다정하고 우아한 미인이었다.

"에그란티느 님께서 내 세례식에 참가해 주셨습니다. 왕족의 친척으로서, 1위 영지로서 클라센부르크의 책임감 있는 행동을 기대하겠습니다."

"황송합니다."

빨간 망토 무리가 자리를 뜨자, 이번에는 파랑 망토 무리가 다가왔다. 2위인 단켈페르거는 모친의 출신지다. 이따금 친척이 모친의 별궁을 방문했었기에 레스티라우트와 한넬로레는 안면이 있다. 힐데브란트의 세례식에도 왔을 터이다.

레스티라우트는 첫인사가 아닌 "생명의 신 에이비리베가 세력을 떨치는 이때 다시 실이 겹치게 되어 기쁩니다." 하고 원래라면 만날 예정에 없던 사람을 만났을 때의 기쁨을 표하는 인사말을 꺼냈다.

"힐데브란트 님께서 귀족원에 오신다는 소식을 못 들었던 터라 놀랐습니다."

"세례식 때는 아직 아버님께서 말씀이 없으셨거든요. 친척이니 무슨 일이 있을 때 도움을 드리라고 어머님께서 당부하셨습니다."

"아무 일도 일어나질 않기를 빌겠습니다."

그리 친한 사이도 아니지만, 안면을 튼 친척이 있다는 사실만으로 조금 마음이 편해졌다.

다음은 3위인 드레반헬이다. 에메랄드그린 색 망토를 걸친 무리가 다가왔다. 이 영지는 영주 후보생이 네 사람이나 있어서 힐데브란트는 모두의 이름을 완벽하게 외우지 못했다. 문관들도 이복형제인 지기스발트의 혼약자만 외워두면 된다고 해서 정확하게 외운 이름은 아돌피네뿐이다.

'어쩌면 당크마르가 처음으로 나올 차례일지도 몰라요!'

힐데브란트는 긴장한 나머지 침을 꼴깍 삼켰지만, 아돌피네가 대표로 첫인사말을 건넨 덕분에 당크마르가 나올 기회는 없었다.

"지기스발트 형님의 혼약자이신 아돌피네 님과는 앞으로도 오랜 교류를 하게 될 거라고 들었습니다. 아마 내 쪽에서 도움을 받게 되겠지요. 잘 부탁합니다."

"저희야말로 잘 부탁드립니다."

싱긋 웃는 아돌피네가 다른 영지 후보생들을 이끌며 자리를 떴다.

영지마다 연달아 인사하러 왔다. 왕족과 관계가 깊은 대영지나 상위의 중영지와 무난히 인사를 끝낸 힐데브란트도 점점 정보가 마구잡이로 뒤섞이기 시작했다. 9위부터는 테이블 밑에 숨어 있는 당크마르의 도움을 받으며 왕족답게 인사를 소화하려고 했다.

'어? 내 또래인가?'

10위인 에렌페스트 영주 후보생이 자리에서 일어나 걸어오는 모습을 보고, 힐데브란트는 눈을 깜빡거렸다. 막 세례를 받은 그와 언뜻 나이가 비슷해 보이는 여자 영주 후보생이 있다. 오빠와 언니가 그녀의 걸음에 맞춰서 함께 걷는 모습이 흐뭇하다.

"에렌페스트는 몇 학년이었죠?"

"2학년이 두 명, 1학년이 한 명. 2학년 여자 영주 후보생이 예의 로제마인 님입니다."

당크마르의 말에 힐데브란트는 에렌페스트에 관해 외웠던 정보를 떠올렸다. 로제마인이라는 요주의 인물이 있는 영지. 기수로 선생을 습격하고, 왕족의 유물을 부활시키고, 아나스타지우스와 에그란티느를 이어줘서 왕궁을 혼란에 빠트리는 등 주목받을 사건을 연달아 일으켰음에도 불구하고, 몸이 허약해서 영지대항전과 졸업식에도 참석하지 않은 수수께끼의 인물. 왕족 중 유일하게 일면식이 있는 아나스타지우스는 '간단히 수습할 수 없는 이상한 일만 일으키는 위험인물'이라고 평가했다. 그러면서도 상당히 우수해서 작년에는 1학년 최우수를 땄고, 에렌페스트의 유행을 만들어낸 인물이라고 했다.

'도통 모르겠어요.'

당크마르를 비롯한 문관들과 영지의 정보를 외울 때 어디까지 외워야 하는지 참 고민되었다. 아나스타지우스의 보고에는 그녀가 일으킨 일들이 세세하게 적혀 있었지만, 에그란티느와 친밀하게 지냈다는 정보가 가장 많아서 어디까지 믿어야 할지 문관들도 난처해했었다.

'에그란티느 님의 머리 장식도 에렌페스트에서 만든 물건이랬어요.'

세례식 때 그녀가 달고 있던 독특한 머리 장식을 떠올리고 에렌페스트 무리를 보니, 측근을 비롯한 모든 여성이 머리 장식을 달고 있었다.

힐데브란트의 앞에 무릎을 꿇고, 가슴 앞에 양팔을 교차한 에렌페스트 무리가 고개를 숙여서 첫인사말을 꺼냈다. '로제마인의 축복에는 요주의'라고 적혀 있었지만, 별다른 일이 일어나지도 않았다. 그것보다 다른 영지보다 윤기가 흐르는 모두의 머리카락이 힐데브란트의 눈길을 끌었다.

'저것도 에렌페스트가 퍼트렸겠지?'

자신의 세례식을 앞두고 모친이 갖고 싶다며 에렌페스트로 가는 중앙 상인들에게 "여름이 끝나기 전에 돌아오세요."라고 명령했던 기억을 떠올렸다. 힐데브란트는 조그맣게 웃으면서 "고개를 드세요."라고 말했다. 남자 영주 후보생이 대표로 입을 열었다.

"처음 뵙습니다, 힐데브란트 왕자님. 에렌페스트의 빌프리트와 로제마인, 그리고 샤를로테가 유르겐슈미트에 걸맞은 귀족의 자세를 배우기 위해 이 자리에 왔습니다. 앞으로 잘 부탁드립니다."

'그럼 저 연한 금발에 남색 눈을 가진 여성이 로제마인이겠구나.'

이름순으로 형제 순서를 어림짐작하면서 힐데브란트는 한 명씩 얼굴을 비교했다. 부모님은 "뭐만 하면 강한 영향력을 발휘하는 에렌페스트의 로제마인을 눈여겨 봐두어라."라고 말씀하셨고, 아나스타지우스는 "초면부터 뜬금없이 시비조로 대답해도 무난하게 넘어가."라고 신신당부했다.

'시비조로 말을 걸면 어떻게 대응해야 하죠?'

모두가 입을 모아 요주의라고 하는 인물을 보지 않으려고 애를 쓰며 힐데브란트는 긴장하면서도 최대한 온화한 미소로 대답했다.

"에렌페스트의 영주 후보생은 최우수와 우수를 거머쥐고, 영지 전체의 성적을 올렸다고 들었습니다. 왕도 기대하고 계십니다. 올해도 열심히 하세요."

경계한 것과 다르게 딱히 아무 일도 없이 그들은 자리를 떴다. 본인도 모르는 새에 몸에 힘이 들어갔었던 모양이다. 한숨과 함께 몸에 힘을 뺐다.

'이번 불안 사항은 무사히 끝났어요.'

점심 식사와 기나긴 인사가 이어졌던 친목회가 끝났다. 힐데브란트는 제일 먼저 자리에서 일어나 측근과 함께 소강당을 나왔다. 수많은 시선에서 벗어난 순간, 긴장이 딱 풀렸다. 그때 수석 시종인 아르투르에게서 조그마한 목소리로 질책이 날아왔다.

"아직 긴장을 늦추시면 안 됩니다."

자신의 별궁에 도착하기 전까지 왕족다운 태도를 풀지 말라고 신신당부한 말을 떠올리고, 힐데브란트는 다시 자세를 고쳤다. 전이 마술이 걸려 있는 문이 이어진 복도를 걸으며 자신의 별궁으로 이어지는 문을 찾았다.

중앙을 제외한 영지의 기숙사로 이어진 모든 문은 순위를 나타내는 숫자가 적혀 있어서 판별하기 쉽다. 하지만 왕족의 별궁은 각 신들의 속성이 쓰여 있어서 막 세례를 받은 힐데브란트는 한눈에 알아볼 수 없다. 까막눈은 아니지만, 읽는 데 시간이 걸린다. 게다가 문 위에 쓰여 있는 글자를 보느라고 계속 위를 쳐다봤더니 목이 뻐근하다.

"아르투르……."

힐데브란트가 도움을 요청해도 아르투르는 고개를 저으며 "스스로의 힘으로 별궁에 돌아갈 수 있으셔야 합니다."라며 계속하라고 재촉했다.

"제대로 외워서 읽을 순 있어요. ……시간이 조금 걸리지만."

홧김에 반론하며 문 위에 있는 글자를 읽어 내려갔다.

"어둠은 아바마마가 계시는 왕궁, 빛은 첫째 부인, 물은 둘째 부인, 바람은 어마마마, 불은 지기스발트 형님, 생명은 아나스타지우스 형님, 흙은 새롭게 하사받은 내 별궁……."

이대로 어마마마가 계시는 별궁을 찾아가 오늘 자신의 노력을 보고하고 싶은 유혹에 사로잡혔지만, 세례를 받고 별궁을 하사받은 힐데브란트는 이제 면담 의뢰 과정을 거치지 않으면 모친과도 쉽게 만날 수 없게 되었다.

살짝 쓸쓸함을 느끼면서 겨우 찾아낸 자신의 별궁으로 돌아갔다. 이번에는 깊은 한숨을 내쉬어도 아르투르가 타박하지 않았다. 오히려 쿡쿡 웃으며 따뜻한 우유를 준비하고, 컵 속에 꿀을 한 방울 떨어뜨려 준다. 달콤하고 따뜻한 우유를 마시니 겨우 자신의 자리로 돌아온 듯한 기분이 들었다.

"……친목회, 잘 해낸 걸까요?"

"그럼요. 매우 훌륭한 인사였습니다."

부친이 처음으로 맡긴 왕족의 임무라서 힘을 냈지만, 동시에 실수할까 봐 걱정이 태산이었다. 수석 시종에게 합격을 받은 힐데브란트는 이제야 여러 가지 감정이 떠오르기 시작했다.

"소강당에 정말 많은 사람이 있었어요."

"그곳에 있던 사람은 영주 후보생과 그 측근들뿐이니까 귀족원의 학생을 통틀어 생각하면 고작 일부입니다."

영주 후보생들과 그 측근을 합친 숫자보다 중급 귀족과 하급 귀족이 더 많다고 한다. 힐데브란트에겐 상상도 못 할 숫자다.

"아르투르, 나도 검은 옷을 입을 걸 그랬나 봐요. 모두가 검은 옷인데 혼자만 겉도는 느낌이었어요."

힐데브란트는 자신의 의상을 내려다보며 그렇게 중얼거렸다. 검은색 의상을 입고 있던 학생과 교사들 사이에서 심한 소외감을 느꼈다.

"힐데브란트 님은 아직 입학하지 않으셔서 검은 의상을 입으실 수 없습니다. 왕족의 검은 망토로 참으십시오."

"……그리고 보니 나와 몸집이 비슷해 보이는 아이가 있었어요. 그녀도 검정 의상을 입지 않았더라면 학생으로 안 보였겠지요."

오빠와 언니와 함께 인사하러 왔던, 특히나 어려 보이던 여자아이를 떠올렸다. 밤하늘 같은 머리카락과 달 같은 눈이 인상적인 그 아이는 밝은 황토색 망토를 달고 있었다.

'그 망토는 어느 영지였을까요. ……음, 분명 에렌페스트?'

그것이 생각나자, 로제마인이라고 불리던 요주의 인물도 덩달아 생각났다. 아나스타지우스가 말하던 위험한 느낌은 없었지만, 아직 수업도 시작하기 전이다. 이번 겨울에도 무슨 일이 일어날까?

"언니인 로제마인처럼 그녀 역시 우수할지도 모르겠네요."

힐데브란트는 자신이 로제마인과 샤를로테를 착각한지도 모른 채 친목회를 끝냈다.

성의 대기조

"내일은 경계문에서 에렌페스트와 아렌스바흐의 성결식이 열리니까 철저히 준비하세요. ……동행하는 측근은 한 점 종이 울리면 움직여야 하지만, 필린느와 나머지 사람들은 천천히 일어나도 돼요."

하루의 마지막에는 측근의 방에서 일정을 확인합니다. 이번에는 라이제강 백작의 저택에서 묵기 때문에 친척인 오틸리에와 레오노레가 동행하고, 저희는 성에서 대기합니다. 주인이신 로제마인 님께서 신전에 계시니 불침번도 없어서 수석 시종인 리카르다가 방문을 잠갔습니다.

다음 날 아침, 복도에서 인기척을 느끼고 잠에서 깼습니다. 리카르다가 말했던 대로 평소에는 두 점 종이 울리기 조금 전부터 움직이는 측근들이 벌써 돌아다니나 봅니다. 저도 늦을 수는 없습니다. 견습 문관의 작업복을 품에 안고, 준비방으로 이동했습니다.

준비방은 성 안에 본인 전속 시종이 없는 중급이나 하급 시종들이 공동으로 사용하는 방입니다. 모두가 준비할 시간에 이곳에 오면 누군가는 옷매무새를 매만져 줍니다. 그 대신 저도 그곳에 있는 사람의 채비를 도와주는 거죠. 아무도 없을 때는 하인에게 개인적으로 돈을 주고 도움을 받기도 하지만, 집을 나온 지금 헛된 낭비는 금물입니다.

"필린느, 이쪽에 오세요. 그 대신 나중에 나도 도와줘요."

"맡겨 주세요."

로제마인 님의 배려로 북쪽 별채에 방을 얻은 후로 한 계절이 지난 지금, 저는 성의 시종복을 입히는 데 능숙해졌습니다.

옷을 갈아입으면 시종이 식사하는 방으로 이동합니다. 마침 브륀힐데가 아침 식사를 끝낸 참이었습니다.

"어머, 필린느는 동행하지 않으니까 조금 더 자지 그랬어요."

기수복을 입고, 출발 준비를 끝낸 브륀힐데가 나를 보며 그렇게 말했습니다. 브륀힐데는 상급 귀족이지만, 정말 상냥한 분입니다. "측근이 이것도 못 하면 주인이신 로제마인 님께서 망신을 당하세요."라고 하면서 귀족의 관습을 세세하게 가르쳐주고, 슬며시 도와주기도 합니다.

"제가 도울 수 있는 건 돕고, 배웅도 하고 싶어서요."

성에 사는 시종의 식사는 궁중요리사가 만들어주므로 비록 영주 일족보다 가짓수는 적어도 맛은 일품입니다. 식사 시중은 성의 하인이 해줍니다. 일하는 움직임이 신전의 회색 신관과 비슷한 사람도 있습니다.

기사 기숙사에도 궁중요리사가 늘면 맛있는 요리를 먹을 수 있게된다는데 요리사를 교육하고 늘리는 과정이 쉽지 않다고 합니다. 기사 기숙사에서 지내는 유디트가 "저도 기사 기숙사 말고, 북쪽 별채에 방을 주세요."라며 한탄했었습니다.

"이번 원행은 성 밖의 공주님을 알 좋은 기회입니다. 또 공주님이 귀족의 상식에 둔하다는 점을 염두에 두고, 혹여나 라이제강 백작가에서 실수하지 않도록 잘 모시세요."

리카르다의 말에 고개를 끄덕이고, 오틸리에와 브륀힐데, 하르트무트와 레오노레가 기수를 소환하여 출발 채비를 합니다. 주변에 있는 영주 일족과 그 측근들, 신랑의 가족, 일행을 지키는 기사단 등 많은 사람이 각자 떠날 준비를 합니다. 신전에서 출발을 알리는 올도난츠가 왔다는 연락이 있었으니 슬슬 로제마인 님이 도착하실 겁니다.

"아, 오시네요. ……어?"

로제마인 님의 기수가 지금까지 본 적이 없을 정도로 거대해져 있어서 저는 하늘을 올려다본 채 무심코 눈을 크게 떴습니다.

로제마인 님의 커다란, 커다란 기수가 착지하여 입구가 쩍 벌어지자, 그 안에서 다무엘이 커다란 보따리를 안고 내렸습니다. 활짝 열린 입구 사이로 회색 신관 몇 명과 꽉꽉 채운 짐이 보입니다.

"경계문까지 어떻게 회색 신관과 신구를 옮기나 했더니……. 기수를 저렇게 키울 수도 있네요."

저와 마찬가지로 모두를 배웅하러 나온 유디트도 어안이 벙벙한 얼굴로 로제마인 님의 기수를 봅니다. 저도 동의하며 고개를 끄덕였습니다.

"자, 출발하자."

"다녀오십시오."

"성을 잘 부탁한다."

일제히 날아오르는 기수 무리와 반대로 다무엘이 혼자 성에 돌아왔습니다. 하급 기사인 다무엘은 이번에 저희와 마찬가지로 대기조입니다.

"신전 업무 수고하셨습니다, 다무엘. 오늘은 느긋하게 지낼 수 있겠네요."

"너도 앞으로 며칠은 한숨 돌리겠네. 신전에 안 가도 돼."

견습 문관인 저는 뺄 수 없는 수업과 회의가 있는 날을 제외하고 매일 신전에 갑니다. 페슈필 연습, 신관장실의 잡일, 사본, 고아원과 공방 시찰, 평민 상인과 회의……. 신전에 있으면 성에 있을 때보다 훨씬 바빠서 매일 확실하게 단련되는 실감이 납니다. 성에서는 귀족원 1학년에게 아무도 이런 일을 맡기려고 하지 않거든요.

'그리고 다무엘도 있으니까.'

"저, 성에서는 할 일이 적어서 오히려 불안해요."

"안심해. 너를 위해 단켈페르거의 책을 가져왔어. 이어서 사본을 하라더군."

아무래도 로제마인 님은 제 일거리를 잊지 않고 준비해 주신 모양입니다. 아마 다무엘이 안고 있는 보따리에 단켈페르거의 책이 들었겠지요.

"로제마인 님이 돌아오시면 다무엘도 바로 신전 호위 임무에 들어갈 거죠? 저도 신전에 가고 싶은데요……."

"아니, 의식에서 돌아오시면 로제마인 님은 보나 마나 앓아누우실 거니까 몸 상태가 나아질 때까지는 신전에 가도 의미가 없어."

'아, 로제마인 님의 허약한 몸을 깜빡하고 있었어요.'

그럴 때 호위할 기사는 필요해도 견습 문관은 필요 없습니다. 문관들이 주변에서 일하면 로제마인 님은 무리해서라도 일하려고 하실 테니 오히려 폐가 됩니다.

제가 어깨를 떨구자, 다무엘이 어쩔 수 없다는 얼굴로 어깨를 으쓱거립니다.

"로제마인 님께서 회복하시면 올도난츠를 보낼 테니까 그때까지 성에 있어."

"알겠어요. 꼭 올도난츠를 보내주셔야 해요."

다무엘이 "넌 참 성실하구나."라고 웃으며 약속해 주셨습니다.

그 뒤 다무엘은 중요한 단켈페르거의 책을 리카르다와 리젤레타에게 맡기고, 일단 기사 기숙사로 돌아간다며 기수를 타고 날아갔습니다.

'올도난츠를 보내겠다고 약속해 주셨어요. 기대되네요.'

기쁨에 들뜨면서 다무엘의 뒷모습을 바라보는데 유디트가 키득거리면서 제 볼을 손가락으로 콕 찔렀습니다.

"필린느는 정말 다무엘을 좋아하네요."

"……또 티가 났나요?"

제가 뺨을 누르자 유디트가 후훗 웃으면서 "아주요."라며 고개를 크게 끄덕입니다. 이미 유디트, 브륀힐데, 리젤레타에게도 제 마음을 들켜 버렸답니다.

"……멋지시잖아요."

"필린느를 구한 영웅인걸요. 하급 기사인데 측근으로 발탁되고, 항상 신전에 동행하면 우쭐댈 법도 한데 로제마인 님께 휘둘려서 온갖 고생만 하고 있고. 둔하지만 나쁜 사람은 아니니까 응원할게요. 엘비라 님도 당장은 결혼 상대를 못 찾아줄 것 같다고 하셨대요."

유디트가 로제마인 님과 다무엘이 나눈 대화를 귀띔해 주었습니다. 엘비라 님께 '당장은 못 찾을 것 같다'라는 말을 듣고, "결혼은 불가능합니까?"라며 풀이 죽었다고 합니다. 당장에라도 결혼하고 싶은 다무엘에게 미안하지만, 제가 성인이 될 때까지 기다려줬으면 좋겠다고 생각하게 됩니다.

"필린느가 로제마인 님께 부탁하면 분명 시간의 여신 드레팡아의 가호가 있을 거예요."

"그런 뻔뻔한 부탁은 못 해요. 저 같은 꼬맹이가 후보에 올라도 다무엘은 실망만 할 테죠……."

'적어도 성인을 목전에 둔 나이였다면 약간의 희망은 있었겠지만.'

신이 나서 "고백해 보지 그래요?"라며 부채질하는 유디트를 가볍게 째려본 저는 고개를 좌우로 저으며 로제마인 님의 방에 돌아가서 평소의 생활을 보냅니다. 로제마인 님은 신전에서 지내시는 시간이 길어서 부재중이셔도 여느 때의 생활과 다름없습니다.

오늘은 배웅이 있었지만, 원래 시종은 아침을 먹으면 면담 의뢰를 분류합니다. 오늘도 리카르다와 리젤레타가 면담 의뢰를 확인하고 있네요.

"리카르다, 한때는 줄었는데 최근 며칠 사이에 구 베로니카 파의 면담 의뢰가 갑자기 늘어난 것 같지 않아요?"

"……무슨 일이 있었나 보군요. 오늘은 정보를 모으러 가야겠어요."

리젤레타와 리카르다가 그런 대화를 나누는 것을 들으면서 저는 단켈페르거의 책을 옮겨 썼습니다. 예스럽고 어려운 말과 표현이라서 좀처럼 진도가 나가지 않습니다. 이것을 술술 읽으시는 로제마인 님이 너무 대단하십니다.

"지금부터 문 경비를 서겠습니다."

"아, 다무엘. 오늘 난 지인을 만나서 정보를 수집하고 올게요. 성안에 무슨 일이 있으면 올도난츠를 보내세요. 그리고 세 점 종에 필린느는 견습 문관 수업에 가야 합니다. 오늘은 성안에 베로니카 파가 많고, 플로렌치아 파는 거의 없으니까 호위를 부탁할게요."

리카르다는 그렇게 말하며 다무엘을 제게 붙여줬습니다. 다무엘이 수락하는 말을 들으니 가슴이 뛰기 시작합니다.

'어쩌죠. 세 점 종에 있을 수업이 점점 기대되어요.'

면담 의뢰 구분이 끝나면 시종이 방 청소를 합니다. 그때 저는 제 방에서 공부하든가, 기사단 훈련에 참여하든가, 둘 중 하나입니다.

오늘은 모두가 외출해서 기사단에 사람도 적고, 남은 기사도 대부분 경비 임무를 서야 해서 훈련은 없습니다. 공부하러 가려고 펜을 정리하는데 리젤레타가 슬쩍 손을 들어 저를 말립니다.

"필린느, 오늘은 자리 옮기지 않아도 돼요. 자수를 완성한 뒤에 청소할 거거든요. 자수를 하다 보면 아무래도 작은 실밥들이 떨어져서요."

리카르다가 정보 수집을 하러 갈 준비를 하는 가운데, 리젤레타는 슈바르츠와 바이스의 의상에 자수를 넣을 준비를 합니다. 리젤레타가 수놓는 자수는 촘촘하고 정말 아름답답니다.

안게리카는 외모와 성격이 완전히 다른 분이지만, 리젤레타는 업무 중과 그 외의 시간이 완전히 다른 분입니다. 업무 중에는 매우 얌전하고 조용한데, 일만 끝나면 수다쟁이가 됩니다. 그 완벽한 공사 구분을 처음 봤을 때는 리젤레타가 다른 사람이 되어 버린 줄 알았습니다.

'왜냐면 안게리카는 항상 똑같거든요.'

"문 경비는 다무엘에게 맡기고, 유디트도 같이 자수 작업해요. 언젠가 망토에 자수를 넣고 싶잖아요?"

리젤레타의 권유에 유디트는 리젤레타와 다무엘을 번갈아 봅니다. 호위 임무에 똑바로 임하고 싶지만 리젤레타에게 자수도 배우고 싶다, 그런 표정입니다.

"오늘은 방문자도 없을 테니까 열심히 자수를 연습해서 미래의 남편에게 해주면 좋잖아요."

"……싫습니다. 제 목표는 안게리카입니다. 저를 위한 자수는 할지

언정 남성을 위해 익히진 않을 겁니다."

최근에는 유디트의 다무엘을 대하는 태도가 부드러워져서 종종 가벼운 잡담도 나눕니다. 왠지 사이가 좋은 두 사람을 보면 아주 잠깐 부러워지기도 합니다.

'전 체면을 차리게 된다고 할까요, 중급 귀족인 유디트처럼 가볍게 말을 걸기 어렵다고 할까요……. 알고 있어요! 유디트에게 그런 감정이 없다는 거! 하지만 다무엘은 멋진 분이니까 언제 마음이 바뀔지 모르잖아요!'

다무엘은 로제마인 님의 마력 압축으로 중급 귀족인 브리기테 님과 혼약이 가능할 만큼 마력을 키웠습니다. 저도 그 정도까지 마력을 늘리지 않으면 후보로 거들떠 봐주지도 않겠지요. 열심히 압축하고는 있지만, 마력이 낮은 하급 귀족인 제 몸이 원망스럽습니다.

세 점 종이 울렸습니다. 사본에 사용하던 도구를 정리합니다. 오늘은 귀족원 1년 차를 끝낸 견습 문관들이 모여서 성의 기본 업무를 배우는 수업이 있습니다. 저는 로제마인 님의 측근이지만, 성안을 잘 모르니까 참가하게 되었습니다.

오늘은 문관들이 일하는 곳을 견학하며 돌 예정인데 로제마인 님께서도 이 수업을 정말 듣고 싶어 하셨습니다. 로제마인 님은 영주 후보생이시지만, 견습 문관 수업도 들을 예정이시거든요.

'제가 더 노력하지 않으면 우수하신 로제마인 님의 측근으로 실격이란 말을 들을 판이에요.'

"필린느, 서두르지 않으면 늦어."

"지금 갈게요."

저는 다무엘과 본관으로 향했습니다. 걷는 속도를 맞춰주는 그의 배려에 행복을 느낍니다. 하지만 북쪽 별채를 나오는 순간, 제 얼굴에서 미소가 사라졌습니다. 다무엘과 함께 있어서 기쁘지만, 본관에 갈 때마다 조금 긴장합니다. 저희는 로제마인 님의 측근이라도 하급 귀족이라서 험담을 자주 듣거든요.

신전에는 성인이 있어야 해서 로제마인 님은 항상 다무엘과 동행하시고, 익숙한 성에서는 견습생에게 호위를 맡기십니다. 그래서 다무엘은 종종 '신전에 못 데리고 가는 상급 귀족의 대타로 측근이 된 신전 전용 기사'라는 말을 듣고 있어요.

그리고 남동생의 구조에 도움을 받고, 방을 하사받은 저는 '성녀의 비애를 교묘하게 이용한 하급 귀족'이라고 불립니다. 처음에는 일일이 울고 싶은 기분이 들었지만, 요즘은 조금씩 익숙해졌습니다. 물론 좋은 기분은 들지 않습니다. 다무엘이 "로제마인 님의 측근이 된 너를 시샘해서 그래."라고 달래주고, 한 귀로 흘려듣는 방법을 가르쳐준 덕분입니다.

'정말 다정하고 멋진 분이죠?'

견습 문관 수업에 모이는 사람은 몇 명 안 됩니다. 1학년 견습 문관은 저와 로데리히뿐이고, 작년에 참가하지 못했던 2학년생이 두 명 참가하게 되었습니다. 로제마인 님 본인은 견습 문관이라고 생각하시지만, 영주 후보생이기 때문에 견습 문관으로 치지 않습니다. 다들 귀족원 기숙사에서 겨울을 함께 보낸 친한 사람들이라 긴장하지 않아도 되어 기쁩니다.

"로데리히."

"아, 필린느!"

로데리히는 소설 제작에 힘을 쏟고 있는 견습 문관입니다. 로제마인 님이 잠에 빠져 계시는 동안 서로 경쟁하듯이 소설을 만들었는데, 저만 측근으로 발탁되어 조금 미안한 마음이 있습니다. 만약 로데리히의 집안이 구 베로니카 파가 아니었다면 하급 귀족인 제가 아니라 중급 귀족인 로데리히가 측근이 되었겠지요.

"아직 아무도 안 왔으니까 마침 잘 됐다."

로데리히는 주변을 두리번거리며 확인하면서 자신의 짐 속에서 종이 더미를 꺼냈습니다.

"……이, 이거 받아줘. 방에 돌아가면 바로 읽어 봐!"

긴장한 얼굴의 로데리히에게 느닷없이 편지를 받은 저는 무심코 편지와 다무엘을 번갈아 보았습니다. 로데리히는 '아무도 안 왔다'라고 했는데, 옆에 있는 다무엘은 안 보이는 걸까요?

제가 편지를 받자 안심했는지 로데리히는 "전달해서 다행이다."라고 긴장을 풀며 중얼거리지만, 저는 머리를 싸매며 소리치고 싶어졌습니다.

'왜 하필 다무엘의 앞에서 주는 거예요!'

다무엘이 편지를 내려다보면서 제게 "사랑 편지군. 로데리히는 중급 귀족이지? 계급을 올릴 수 있는 귀한 기회니까 놓치지 마."라고 중얼거린 후, 후회가 담긴 무거운 한숨을 내쉬었습니다.

저도 다무엘이 못 보도록 편지를 숨기면서 한숨을 내뱉었습니다. 이렇게 브리기테 님을 향한 미련과 동시에 완전히 자신이 대상 밖이라는 현실을 실감했을 때가 제일 괴롭습니다.

그 뒤에 2학년 견습 문관들도 왔고, 칸토나라는 문관이 본관 설명을 시작합니다. 침울한 기분으로 본관을 돌면서도 로제마인 님께 수업 내용을 알려드릴 수 있게 메모를 잊지 않았습니다.

수업이 끝나고 북쪽 별채에 돌아오자, 유디트가 걱정스러운 표정을 짓습니다.

"필린느, 왠지 안색이 안 좋아요. 설마 다무엘이 무슨 짓을 했어요?"

"잠깐만, 유디트! 갑자기 내 이름이 왜 나와!?"

"그것 말고는 생각나는 게 없으니까요."

유디트가 딱 잘라 말하자, 리젤레타도 "네? 다무엘이 필린느에게 뭘 했다고요? 설마 심한 짓을……." 하고 말하기 시작했고, 당황한 다무엘이 고개를 저어 부정합니다.

"오해야. 아까 로데리히가 사랑 편지를 줬었는데 그거 때문이겠지. 나와는 관계없어."

"……역시 관계가 있었네요."

"다무엘, 왜 로데리히를 막지 않았어요?"

"아니, 내가 왜 막아야 해? 도통 무슨 소리인지 원."

"그런 것도 모르니까 다무엘에게 연인이 안 생기는 겁니다."

"큭!"

즐겁게 떠드는 세 사람에게 등을 돌려, 방으로 돌아온 저는 로데리히의 편지를 뜯어보았습니다. 답장은 최대한 빨리 주는 편이 좋겠다고 생각해서요.

'어!?'

편지를 읽는 순간, 핏기가 싹 가셨습니다. 로데리히의 편지는 사랑 편지가 아니었습니다. 습격 계획을 알리는 내용이었습니다.

첫 장에는 낯선 필체로 성결식 준비를 하러 선발대로 출발하는 신전 일행을 칠 계획이 있다는 내용이 적혀 있었습니다. 언뜻 들었을 뿐이라 사실인지 아닌지 증거는 없다. '그분이 원하신다면'이라는 말도 나왔으니 정말 실행에 옮길지 어떨지도 모른다. 하지만 대책을 세웠으면 한다는 내용입니다.

두 번째 장은 로데리히의 필체로 로데리히가 편지를 전하게 된 경위가 쓰여 있었습니다. 게를라흐 자작의 아들인 마티아스가 이 계획을 알게 되고, 로제마인 님께 몇 번이나 면담 의뢰를 했다고 합니다. 하지만 구 베로니카 파인 그의 의뢰는 받아들여지지 않았습니다. 구 베로니카 파 아이 중에서 조금이라도 로제마인 님께 접근할 수 있는 사람이 누구인지 의논한 결과, 견습 문관 수업에서 나와 만날 가능성이 큰 로데리히가 편지를 건네는 중한 임무를 받게 되었다고 합니다.

그들은 구 베로니카 파지만, 로제마인 님께 도움이 되고 싶다고 귀족원에서 한 말을 실행에 옮긴 것입니다. 저는 편지를 쥐고, 당장에 로제마인 님의 방으로 뛰어 들어갔습니다.

"다무엘, 유디트! 로제마인 님을 지켜주세요!"

제가 편지를 펼치며 보여주자, 모두의 안색이 일제히 바뀌었습니다. 다무엘이 즉시 올도난츠를 리카르다에게 보내어 "기습 계획 있음. 시급히 보니파티우스 님을 면담하게 해주십시오."라고 의뢰했습니다. 동시에 긴급 사태라서 절차를 생략하고 보니파티우스 님께도 올도난츠를 날려 보냅니다.

리카르다보다 보니파티우스 님의 올도난츠가 먼저 돌아왔습니다.

"당장 와라!"

간결한 허가였지만, 그것을 세 번 듣기도 전에 다무엘은 유디트에게 대기하라고 하고는 로데리히의 편지를 쥐고 방을 뛰쳐나갔습니다.

'부디 늦지 않기를.'

또 두 번이나 로제마인 님께서 위험한 일을 당하시지 않게, 하고 유디트와 리젤레타와 저, 세 사람은 기도를 올리고, 맛있는 음식인데도 맛이 거의 느껴지지 않는 점심을 먹었습니다.

점심을 먹고 얼마쯤 시간이 지나, 다무엘과 리카르다가 돌아왔습니다. 두 사람 모두 안도한 표정입니다.

"로제마인 님은 무사하세요?"

"그래. 습격을 미연에 방지했어."

보니파티우스 님은 영주가 기베에 연락할 때 쓰는 마술구를 써서 라이제강 백작에게 직접 이번 습격 계획을 전했다고 합니다. 마침 점심시간이 끝날 무렵에 연락이 닿았는지, 아직 로제마인 님께서 출발하지 않은 시간이었다고 합니다.

정보 제공자가 마티아스였던 덕분에 습격이 어디 쯤에서 일어날지 가늠했고 기사가 경계한 결과, 계획 누설이 그쪽에도 전해졌는지, 로제마인 님을 포함한 신전 일행은 무사히 경계문에 도착할 수 있었다고 합니다.

"보니파티우스 님께서 훌륭하다고 칭찬하셨어요. 로제마인 님께서 그토록 걱정하시던 귀족원의 단결이 싹트고 있는 걸 실감했답니다. 언젠가 아이들의 단결력이 어른을 움직이게 할 거예요."

리카르다가 기쁜 듯이 눈웃음을 지으며 그렇게 말해 주어서 저까지 매우 기뻤습니다.

습격 계획이 미수에 그치고 로제마인 님이 무사하셔서 다행이다, 하고 기뻐하는데 다무엘도 긴장의 끈을 푼 것처럼 어깨에 힘을 뺍니다. 그리고 저를 보며 싱긋 웃었습니다.

"그나저나 필린느는 아쉽겠어."

"네?"

"기대한 사랑 편지가 아니었잖아."

다무엘의 말에 눈앞이 깜깜해졌습니다. 저는 줄곧 로제마인 님이 무사하시기를 빌었는데 다무엘의 눈에는 제가 이런 긴급사태에 사랑 편지나 아쉬워하는 어린애로 보이는 걸까요. 울고 싶은 마음으로 다무엘을 올려다보자 그는 당황해하며 손을 저었습니다.

"우, 울 건 없잖아. 너, 너라면 얼마든지 좋은 만남이 있을 거다. 사랑 편지 한두 통은 더 받을 수 있어."

'그게 아니에요!'

다무엘의 뒤에서 어이가 없어 한숨을 내쉬는 유디트와 리젤레타가 보입니다. 다무엘은 제 마음을 모르니까 본인 나름대로 저를 걱정하는 것이겠지요. 다정한 사람이니까. 하지만 방향을 너무 잘못 잡았습니다.

'이제 그만 말해 버릴까요? 저, 이제 참지 말고 말해 버려도 되죠?'

주먹을 꽉 쥐고, 저는 온 힘을 다해 다무엘을 노려봤습니다. 매번 그러는 유디트면 몰라도 제가 노려볼 줄 몰랐나 봅니다. 다무엘의 동요가 느껴졌습니다. 동요하는 다무엘을 지그시 응시하면서 저는 한 번 숨을 크게 들이마시고 입을 열었습니다.

"다무엘은 제가 성인이 될 때까지 연애도, 결혼도 못 했으면 좋겠어요!"

"자, 잠깐만. 필린느. 아무리 그래도 그 말은 너무 심하잖아!"

"저의 조그마한 소원이에요. 심하지 않아요."

"심해!"

안색이 바뀐 다무엘을 보며 유디트와 리젤레타가 웃음을 터트렸습니다. 다무엘에게 의미가 전혀 통하지 않아 안도하면서도 한편으로 쓸쓸함을 느끼며 저도 둘과 함께 웃었습니다.

'이번에 엘비라 님께 도움을 부탁드려 볼까?'

기로

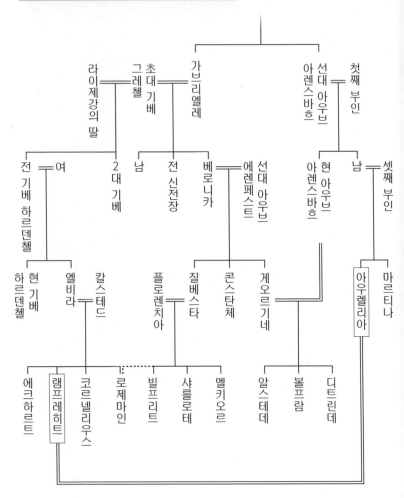

※아우렐리아와 가브리엘레의 관계를 나타내는 가계도이므로
이 단편에 등장하지 않는 인물은 생략했습니다.

영주 일족의 호위 기사는 빠를 때는 여섯 점 종이 울리자마자, 불침번일 때는 아침이 된 이후로 그날에 따라 귀가 시간이 다릅니다. 제 남편인 램프레히트 님은 대부분 제가 저녁 식사와 목욕까지 끝냈을 무렵, 일곱 점 종이 울리기 전에 집에 옵니다.

"아우렐리아 님, 램프레히트 님께서 돌아오셨습니다."

결혼할 때 친정에서 함께 온 시종, 리아디나가 베일을 가져오며 그렇게 말했습니다. 목욕을 끝내고, 시종이 리아디나밖에 없는 방에서 쉴 때는 베일을 벗고 있지만, 다른 사람이 들어올 가능성이 조금이라도 있으면 반드시 베일을 씁니다.

"곧은 금발도, 살짝 눈매가 올라가긴 했어도 깊은 녹색 눈동자도, 이렇게 가리시다니 너무 아까워요."

"시가가 라이제강 계 귀족이 아니었다면 저도 이렇게까지 베일에 집착하지 않았겠죠. 얼굴을 가리는 지금도 엘비라 님께 환영받지 못하고 있는데 어찌 벗을 수 있겠어요."

'여기서 제 본 모습을 아는 사람은 램프레히트 님과 리아디나 정도일까요?'

저와 램프레히트 님은 학년 차도 있어서 귀족원에서 교류도 적었고, 제 얼굴을 본 에렌페스트 귀족은 거의 없을 겁니다. 하지만 얼굴을 드러내면 불리한 일이 생긴다는 건 확신할 수 있어요.

'제 얼굴은 아렌스바흐에서 에렌페스트로 시집온 가브리엘레 님께서 계략을 꾸밀 때의 얼굴과 똑같거든요.'

저는 아렌스바흐에 남아 있는 초상화를 본 것이 전부라서 그렇게 닮았다는 자각이 없었는데, 게오르기네 님께서 "어머님이 가지고 계시던 할머님의 초상화와 똑 닮았구나."라고 하셨습니다.

가뜩이나 어릴 때부터 뒤에서 나쁜 일을 꾸미고 있을 것 같다, 눈매가 사나우니 분명 성격도 못될 것이라는 말을 자주 들어왔습니다. 또 시가 일족이 가장 치를 떨며 싫어하는 여성과 똑 닮다니, 심지어 그 사실을 알게 된 것이 혼인 직전에 열린 다과회에서였다니, 신들도 너무 잔인하신 것 아닌가요.

'이때까지 살면서 가장 심한 오해를 받을 것이 불 보듯 뻔한걸요. 베일은 절대 포기하지 않을 거예요.'

베일을 써도 마법진 자수가 있어서 보는 데는 전혀 지장이 없습니다. 리아디나가 베일을 씌워서 준비를 끝내고, 램프레히트 님과 그 시종의 입실을 허가했습니다. 제 옆에 앉는 램프레히트 님은 초대장과 도청방지 마술구를 내밀었습니다.

"아우렐리아, 어머님이 주신 초대장이야. 초가을에 로제마인과 플로렌치아 님이 주최하는 새로운 염색물 전시회가 있어. 거기에 참가해 달래. 공교롭게도 리아디나는 여기 남아야 할 거야. 당신 시종은 어머님이 고르셔야 하거든. 어쩔래?"

제가 도청방지 마술구를 쥐는 것을 확인하면서 램프레히트 님이 다시 입을 열었습니다.

"어머님도 로제마인의 모친으로서 깊이 관여한 행사야. 이 참가를 거부하면 틀림없이 어머님 파벌에 들어가기 어려워질 거야."

지금 현재 저는 시어머님인 엘비라 님의 지시에 따라 게오르기네 님과 관계가 깊은 구 베로니카 파 귀족의 교류를 끊고, 별채에서만 생활하고 있습니다. 하지만 아직 엘비라 님과 로제마인 님의 파벌에 들어가기 위한 사교도 한 적이 없습니다.

"어머님은 당신이 에렌페스트의 생활에 더 적응해서 그 베일을 벗게 되면 다과회에 초대할 생각이셨던 모양인데……."

"전 이것만큼은 절대 벗지 않을 거예요."

깜짝 놀라며 제가 베일을 꼭 쥐자, 램프레히트가 씁쓸하게 웃었습니다.

"나도 억지로 벗으라고 할 생각 없어. 그리고 내 쪽에서 어머님께 파벌에 넣어달라고 부탁해봤지만, 당신이 그렇게 싫다면 꼭 그 행사에 참여하지 않아도 돼."

"하지만 그러면 엘비라 님과 관계가……."

고부간은 물론이고, 모자 사이까지 깨질 수 있는 제안입니다.

"뭐, 집을 나갈 각오 정도는 하고 있어. 당신이 어머님의 파벌에 들어가고 싶지 않다면 억지로 할 필요는 없어. 새집도 찾아야 하니까 되도록 빨리 결단해 줬으면 좋겠지만."

램프레히트 님은 익살맞게 웃으며 어깨를 으쓱거렸지만, 그 하늘색 눈동자는 진지함 그 자체였습니다. 진심으로 이 집을 나갈 각오를 한 것처럼 보입니다.

"램프레히트 님……."

"괜찮아. 빌프리트 님도 혼약으로 차기 영주로 내정됐어. 거기에 당신이 내게 시집오면서 구 베로니카 파 귀족은 활기를 띠고 있지. 산더미처럼 날아온 초대장을 보면 알잖아. 만약 이 집을 나간다고 해도 구 베로니카 파가 분명 우리를 환영해 줄 거야. ……난 이런 식으로 얼굴을 가리고, 갇혀 지내는 생활을 당신에게 강요하고 싶지 않아."

"하지만 엘비라 님께서 구 베로니카 파를 경계하시는 건 로제마인 님을 비롯해서 영주 후보생들을 습격한 귀족이 그 파벌이고, 위험한 자가 많아서잖아요."

결혼하기 전에 아버님과 게오르기네 님께서 하시는 얘기만 들었을 때는 몇 대나 전 세대의 원한 때문에 아렌스바흐를 계속 싫어하는 줄 알았었습니다. 하지만 엘비라 님의 설명으로 그것만이 아님을 알았고, 구 베로니카 파에 다가가기가 망설여지는 것이 지금 심정입니다.

"빌프리트 님께서 차기 영주로 내정된 지금, 영주 일족은 다시 구 베로니카 파를 거두는 방향으로 움직일 거야. 구 베로니카 파를 빌프리트 님이, 라이제강 계 귀족을 로제마인이 모아서 두 사람이 결혼하면 언젠가는 두 파벌이 합쳐질 거라고 대부분이 예상해."

램프레히트 님은 하늘색 눈동자를 반짝이며 먼 미래에 관해 말했습니다. 하지만 저는 전혀 실감이 나지 않았습니다. 제 생각이 비관적이어서인지, 아니면 결혼으로 상황이 이랬다저랬다 해서인지, 도무지 제가 생각하는 미래는 오지 않을 것 같습니다.

"그러니까 지금 생활이 힘들거나, 어머님이나 로제마인의 파벌보다 구 베로니카 파 귀족과 친분을 쌓고 싶다면 솔직하게 말해 줘. 지금이라면 우린 어느 파벌도 선택할 수 있어. ……난 아버님처럼 내 첫째 부인을 무시하고 싶지 않아."

램프레히트 님이 나를 지그시 바라봅니다. 그 마음에 거짓은 없어 보입니다. 램프레히트 님은 처음 만났을 때부터 조금 요령이 없는 구석은 있어도 거짓말하거나 남을 속이지 않는 분입니다.

"전 아렌스바흐에서도 밖에 나가면 이유 없는 악의를 받을 때가 많아서 집안에 갇혀 지내는 생활에 큰 거부감은 없어요. 그런데 그렇게까지 절 생각해 주시면서 왜 램프레히트 님은 이 별채를 신혼집으로 삼아서 구 베로니카 파의 사교를 제한하자는 엘비라 님의 뜻에 따른 거죠?"

"지금의 주류는 어머님 파벌이야. 로제마인이 계속해서 새로운 유행을 만들어내고, 그것이 귀족원에서 인정받고 있어. 귀족 여성은 어머님의 파벌에 속해야 편하게 살 수 있을 거라고 생각했어. 그러니까 당신이 이곳에 적응하겠다면 그쪽이 나아. 하지만 무리하면 오래가지 못해. 선택할 수 있는 상황이라면 당신 스스로 정하는 편이 나아."

저는 지금까지 줄곧 아버님과 게오르기네 님의 명령대로만 살아와서 스스로 선택한 적도 거의 없습니다. 눈앞에 놓인 기로가 제 인생을 좌우하는 선택이 될 것임을 깨닫고, 덜컥 겁이 났습니다.

"그리고 로제마인이 주최하는 행사라면 나도 안심하고 추천할 수 있어. 한 번 어머님의 파벌과 만나보고, 그 후에 파벌을 정해 보면 어떻겠어?"

한 번 참가해 보고 생각하자는 말은 고맙지만, 그 한 번으로 끔찍한 일을 겪지 않는다고 단정할 수 없습니다.

"……로제마인 님은 아렌스바흐의 귀족에게 습격당한 적도 있다고 들었는데 제게 심하게 굴지 않을 거라고 단언할 수 있어요?"

"그럼. 로제마인은 아무것도 하지 않은 사람에겐 심하게 대하지 않아. 신전 고아원에도 자비를 베풀고, 폐적될 위기였던 나의 주인을 구해 준 정말 마음이 따뜻한 아이야."

벌써 여러 번 했던 여동생 자랑이 시작되었습니다. 제 머릿속에 경계문 성결식에서 대립하는 호위 기사들을 충고하고, 아름다운 축복을 선물해 주신 작은 신전장의 모습이 스쳐 지나갑니다.

"……곰곰이 생각해서 조만간 대답할게요."

"그래. 당신에게는 큰 결단일 거야. 잘 생각해 봐. 그럼 이만 쉬어."

도청 방지 마술구를 회수한 램프레히트 님은 살짝 베일을 들어 입술에서 가까운 볼에 입을 맞추고 일어났습니다. 자신의 시종에게 제 얼굴이 보이지 않게 살짝 망토를 들고, 각도까지 계산한 장난입니다.

'이러니까 사람들이 제 얼굴을 더 궁금해 하잖아요!'

항상 그렇게 화를 내고 싶지만, 동시에 '얼굴을 드러내고 싶지 않다'라는 제 바람을 지켜주는 기쁨과 넘쳐나는 안도감에 분노가 사그라져 버립니다. 오늘도 역시나 화내지 못했습니다. 저는 시종과 함께 방을 나가는 램프레히트 님을 보내고, 휴 하고 천천히 숨을 내뱉었습니다.

"……저기, 리아디나. 내가 어떻게 해야 좋을까요? 지금까지 스스로 선택한 적이 없는데 파벌을 선택하라니요."

저는 앉은 채 리아디나를 올려다보았습니다. 리아디나는 정변으로 남편을 잃었다고 합니다. 둘째 부인이어서 시가에 남을 수도, 친정으로 돌아갈 수도 없어 곤란에 빠진 그녀를 제 어머님이 시종으로 삼아 보호해 주었다고 들었습니다. 어머님이 돌아가신 후, 제 시종이 된 그녀는 제가 어릴 때부터 일어난 다양한 일을 속속들이 알고 있습니다.

"귀족원에서 전문 코스를 고를 때도 문관이나 시종을 고르고 싶었는데 귀족원에 알스테데 님의 호위 견습 기사가 부족하다는 이유로 기사가 되라는 명령을 들어야 했고요."

"그러셨죠. 하지만 기사 코스를 선택하지 않으셨다면 램프레히트 님과 만나지 못하셨을 테니 어찌 보면 사람의 인연이란 건 참 신기해요."

저와 램프레히트 님이 알게 된 건 에렌페스트에서 아직 베로니카 님이 권력을 쥐고 계시던 무렵이었습니다. 램프레히트 님은 '차기 영주의 호위 기사로서 아렌스바흐의 여성을 아내로 맞아들여라'라는 명령을 받았다고 합니다. 영주 일족의 측근, 특히 호위 기사는 주인과 함께 있는 시간이 길어서 집을 비울 때가 많습니다. 램프레히트 님은 그런 자신의 사정을 이해하는 사람이 아니면 다른 영지의 영애를 만나기 어렵다고 판단하고, 귀족원에서 아렌스바흐의 견습 기사와 교류를 하려고 했습니다.

그 무렵에 저는 아버님께 게오르기네 님의 따님인 알스테데 님을 모실 수 있게 기사 코스를 따라는 명령을 받고, 우울한 기분으로 귀족원 생활을 보내고 있었습니다.

"알스테데 님은 귀족원을 졸업하면 상급 귀족과 결혼하기로 정해져 있었잖아요? 모신다고 해도 영주 일족의 측근으로 있을 수 있는 기간은 길어봤자 2년이었어요. 알스테데 님의 마지막 귀족원 생활을 위해 제 진로를 부모님이 결정해 버리니까 우울했어요."

"영주의 첫째 부인의 용태가 악화되어서 머지않아 게오르기네 님이 첫째 부인으로 승격되실 예정이었으니까요. 조금이라도 깊은 관계를 맺고 싶으셨을 겁니다."

게오르기네 님께 은혜를 베풀었다며 아버님은 만족하셨지만, 견습 호위 기사로 임명된 저는 이미 부모가 만들어놓은 동료들 사이에서 적응하지 못하고, 훈련을 구실로 기사동으로 자주 피했습니다.

그래서 기사동에서 램프레히트 님과 대화를 나눌 기회가 생겼습니다. 처음에 램프레히트 님은 제게 아무나 소개해 달라고 하셨습니다. 학년 차이가 크게 나고, 마력을 느끼지 못하는 나이였던 저는 램프레히트 님께 결혼 대상이 아니었던 것이지요. 당시 램프레히트 님은 최종학년. 대화하기 시작한 시기도 늦었을 뿐더러 지금과 달리 에렌페스트는 전혀 매력도 없는 영지였습니다. 대영지에서 하위 영지로 시집가고 싶어 하는 사람은 없습니다.

"어디든 상관없이 아렌스바흐를 벗어나고 싶은 사람이 아니면 어려울 거예요. 저처럼……."

"당신이 원한다면 에렌페스트에 오겠습니까? 베로니카 님도 기뻐하실 테고, 우리 집안을 조금이나마 베로니카 파에 가깝게 할 수 있습니다."

아버님에게서 벗어나고 싶은 생각밖에 없었던 저는 웃으며 승낙했습니다. 하지만 아버님은 "에렌페스트 같은 하위 영지, 게다가 마력도 별 볼 일 없는 상급 귀족에게 절대 못 보낸다."라며 반대하셨습니다. 여러 번 협상한 결과 졸업식을 마지막으로 헤어지는 조건으로 에스코트 역할만큼은 허락받을 수 있었습니다.

"램프레히트 님과 헤어지기로 결심했었는데 이렇게 결혼까지 했네요."

"그것도 명령이었지만요……. 지금 생활은 어떠십니까? 주변을 경계하며 방에서도 베일을 벗지 못하시는 생활이 행복해 보이지 않으니까 램프레히트 님도 선택권을 주신 걸 겁니다."

리아디나의 말에 저는 지금 생활을 돌이켜 보았습니다. 바깥의 악의를 견딜 바에는 평생 집에 갇혀 살고 싶다는 생각을 항상 했었습니다. 바깥에 나가지 않는 생활로만 보면 지금 상태에 불만은 없습니다. 다만 집이 시가의 별채이고, 엘비라 님께서 붙이신 고용인들이 구 베로니카 파 귀족과 연락을 취하는지 아닌지 경계하며 일거수일투족을 지켜보는 탓에 상당히 피곤합니다. 마치 주변 모두가 저를 적대시하는 기분이 들거든요.

"……불만은 하나예요. 엘비라 님께서 베일을 벗지 않는 생활을 인정해 주셨으면 좋겠어요. 그것뿐이에요. ……가브리엘레 님의 초상화도 남아 있다고 하고, 일족의 장로들이 혐오하는 얼굴이라고 하잖아요. 시가 장로들의 눈 밖에 나면 편안한 생활은 꿈도 못 꿀 테니까 전 이대로 베일을 쓰고 살고 싶어요."

저는 한숨을 내쉬었습니다. 로제마인 님과 엘비라 님의 파벌에 들어가는 편이 좋은 줄은 알지만, 가브리엘레 님의 결혼으로 불미스러운 일들을 겪고, 베로니카 님께 시달렸던 분들이 과연 저를 환영할까요.

"염색물 행사도 마찬가지예요. 리아디나가 없으면 불안하지만, 베일을 벗지 않아도 된다면 더 나은 방향을 선택하기 위해서라도 참여해 보고 싶어요."

"그럼 램프레히트 님께 그렇게 말씀드리세요. 아우렐리아 님께서 바라시는 바를 솔직하게 말씀드리면 분명 그 뜻을 존중해 주실 겁니다."

리아디나의 조언대로 저는 베일을 쓸 수 있게 해 달라고 램프레히트 님께 고했습니다.

◆

"그래서, 염색물 행사는 어땠어?"

염색물 행사에서 돌아오자, 램프레히트 님과 리아디나가 걱정스러운 얼굴로 맞이해 주었습니다. 램프레히트 님은 제 상태를 확인하려고 오늘 오후부터 휴가를 냈다고 합니다. 행사 상황을 떠올린 저는 키득키득 웃으면서 방으로 들어갔습니다.

"로제마인 님은 사람을 여러 번 놀라게 하세요."

제가 웃는 것이 그렇게 의외였나 봅니다. 리아디나의 눈이 휘둥그레졌습니다.

"처음에 인사할 때 베일을 벗으라고 했을 적에는 집에 돌아가고 싶었는데 제가 벗고 싶지 않다고 하니 에렌페스트의 새로운 염색 천으로 베일을 만들면 어떠냐고 제안하시는 거예요. 그러면 에렌페스트에 적응하려고 노력하는 것으로 보일 거라고 하셔서……. 엘비라 님도 그거라면 베일을 쓰고 있어도 괜찮다고 허가해 주셨어요."

처음부터 다시 자수를 짜려면 시간은 걸리겠지만, 지금은 시간이 남아도니까 문제없고, 그것만으로 주변에서 베일을 인정한다면 얼마든지 자수를 할 겁니다.

"로제마인 님께서 무늬가 귀여운 새 천을 선물로 주시겠대요."

"귀여운 무늬?"

"네. 귀여운 걸 좋아하지만, 날카로운 제 얼굴에는 어울리지 않아서 지금까지 그런 무늬를 써본 적이 없었거든요. 그런데 로제마인 님은 어차피 베일에 가려서 얼굴이 보이지 않을 텐데 어울리건 안 어울리건 누가 알겠냐고 하셨어요. 보통은 자신의 용모에 고민하는 여성에게 그런 말을 하는 사람이 없잖아요? 하지만 저를 생각해서 해 주신 말씀인걸요. 말리지도 못하고 안절부절못하는 측근들과 득의양양한 로제마인 님의 모습이 너무 다르고 재미있어서 웃음을 참느라 진땀을 흘렸어요."

"어머나, 그러셨군요……."

리아디나도 참지 못하고 웃음을 터트렸습니다. 저는 즐겁게 이야기를 듣고 있던 램프레히트 님을 보았습니다.

"아마 주변에서 아렌스바흐의 정보를 얻어내라고 시켰겠죠. 로제마인 님께서 이것저것 질문을 하셨어요."

그 순간, 램프레히트 님의 표정이 험악해지며 "……무슨 질문?" 하고 경계 태세에 들어갔습니다. 저는 웃음을 참으며 보고했습니다.

"아렌스바흐에 있는 성 도서실에 장서 수가 얼마나 있고, 아렌스바흐에서 유명한 기사 이야기를 묻더군요."

"뭐? ……장서 수?"

"네. 대화 내용이 하나같이 책 얘기예요. 플로렌치아 님과 엘비라 님은 어떻게든 얼버무려서 평범한 화제로 돌리려고 하셨지만, 로제마인 님을 말리지는 못하셨어요. 그 기세에 못 이겨서 저는 바다의 마수를 퇴치하는 이야기를 해드렸어요. 에렌페스트에는 없는 이야기인지, 로제마인 님뿐만 아니라 다과회에 오신 모든 분이 재미있게 들어 주셨어요."

유모에게 들은 흔한 이야기를 로제마인 님은 눈을 반짝이며 좋아하셨고, 어느새 주변 분위기도 부드러워졌습니다. 아렌스바흐에서도 경험하지 못한 포근한 분위기의 다과회였습니다.

"아 참, 리아디나. 로제마인 님이 그 생선을 원하신대요. 새로운 요리를 개발하고 싶으시다나요."

"요리가 아니라 재료 말씀이신가요?"

당혹스러운 듯이 그렇게 말한 리아디나에게 저는 "네." 하고 고개를 끄덕였습니다.

"분명 제가 아렌스바흐의 요리를 그리워할 거라고 하시더군요. 아렌스바흐의 소재에 에렌페스트의 조미료를 써서 새로운 요리를 만든다. 그것도 제가 시집을 왔기 때문에 할 수 있는 일이래요. 마력이 아까워서 버리려고 한 재료였는데 이곳에서는 예상 이상으로 가치가 있나 봐요."

아렌스바흐 특유의 식자재에 눈을 번뜩이며 새로운 요리와 유행을 만들려고 열의를 불태우는 로제마인 님의 모습은 크나큰 충격이었지만, 그만큼 준비한 요리를 바꿔치기한 장난에 침울했던 마음이 정말 많이 치유되었습니다.

"제 눈에 나쁘게만 보이던 것들을 로제마인 님께서는 좋게 보시고 웃으며 받아들여 주셨어요. 덕분에 엘비라 님께서 저를 반기지 않는 줄 알았던 제 생각이 착각이었다는 걸 알게 됐어요."

염색 행사가 끝난 후, 돌아가는 마차 안에서 엘비라 님이 "이쪽에 적응할 생각이 아예 없는 건 아니었네요."라고 나직이 말씀하셨습니다. 지금까지와 똑같은 목소리인데도 그때는 왠지 매우 상냥하게 들려서 저는 베일 안에서 눈을 끔뻑거렸습니다.

"에렌페스트를 하찮게 보고, 관습을 거부했던 가브리엘레 님과는 다른가 보네요. 오늘 다과회에서 그걸 알고, 조금 안심했어요."

그 말로 겨우 깨달았습니다. 고집스럽게 아렌스바흐의 베일을 쓰는 행위가 주변 사람 눈에는 어떻게 보이는지를요. 베일을 절대 놓으려고 하지 않는 제가 엘비라 님께는 에렌페스트의 관습을 따르려고 하지 않았던 가브리엘레 님과 똑같이 보였었나 봅니다. 주객전도잖아요. 저는 황급히 이를 부정하고, 엘비라 님께 제 얼굴이 가브리엘레 님과 닮았다는 것, 일족의 원로들이 반기지 않을 테니 바깥에서는 베일을 쓰게 해 줬으면 좋겠다는 얘기를 했습니다.

"요전에 램프레히트에게도 들었지만, 설마 그렇게 꼭꼭 감춰야 할 정도로 닮았겠어요? 살짝 보여줄 수 없나요? 난 가브리엘레 님의 초상화도 본 적이 있으니까 일족의 원로가 어떻게 느낄지 알 수 있어요."

염색물 행사에서의 언행을 보고, 제게 악의와 해의가 없다고 판단했으니 어떤 얼굴이어도 태도를 바꾸지 않겠다며 엘비라 님께서 강하게 말씀하시기에 저는 아주 살짝 베일을 들어 올렸습니다.

"그랬더니 어머님이 뭐라고 하셔?"

"새로운 베일에 자수를 넣으면 파벌에 넣어주시겠대요. 겨울 사교계에서도 비슷한 염색물로 만든 의상들 사이에 있으면 제가 어떤 파벌을 선택했는지 다들 알 거라고 하셨어요. 구 베로니카 파의 귀족이 함부로 접근하지 못하도록 신변을 지켜주겠다고 하셨고, 라이제강 장로들과 면담이 있을 때도 배려해 주겠다고 하셨어요."

가브리엘레 님과 똑같이 생긴 제 용모를 확인하시고, 엘비라 님께서 약속해 주셨습니다. 이 얼마나 든든한가요.

"그러니까 당신은……."

"네. 전 로제마인 님과 엘비라 님의 파벌에 들어가서 아렌스바흐와 가까운 구 베로니카 파 귀족이 아닌 에렌페스트 사람으로 살기로 결심했어요. 램프레히트 님, 앞으로도 잘 부탁드려요."

고향보다 앞으로의 생활을 선택하면서 제 은둔 생활은 가속화되었습니다. 로제마인 님께서 보내주신 천이 도착했고, 그 천에 열심히 자수를 놓습니다. 엘비라 님과 관계가 좋아지면서 본관에서 열리는 다과회와 식사에도 초대받고, 상인을 부르는 자리에도 함께하게 되었습니다. 그에 맞춰서 주변 고용인들의 태도도 부드러워졌습니다. 늘 바라왔던 쾌적한 은둔 생활의 시작이었습니다.

전속이 되는 길

엄청난 소식을 들은 건 초여름의 일이었다. 염색 공방의 내부는 바깥보다 후덥지근하다. 식물이 발효하는 꿉꿉한 냄새와 습한 열기가 가득 차 있어서다. 직물 공방에서 막 도착한 흰 천을 나무상자에서 꺼내어 품질 순으로 나열한다. 그 옆에서는 철퍽철퍽 소리를 내며 중간중간 거품이 나오는 염액을 천천히 뒤섞고 있다.

"엄청난 소식이야! 모두 모여!"

대장이 허둥대며 공방으로 뛰어 들어왔다. 상자에서 흰 천을 꺼내던 딜라가 얼굴을 찌푸리며 천을 나무상자 위에 툭 내던졌다.

"뭘까? 에파는 알아?"

"오전에 염색 협회에 불려가던데. 무슨 일이 있었나?"

나는 작업하던 천을 선반에 올리고, 딜라와 함께 대장에게로 갔다. 흥분한 대장은 모두들 앞에서 흥분한 기세로 말하기 시작했다.

"영주의 양녀인 로제마인 님께서 옛 기술과 새로운 염색법을 전해 주셨다고 한다. 그래서 염색 장인 중에서 전속을 뽑는 행사를 연다더군. 모든 염색 공방에서 새로운 염색 천을 모아 귀족이 취향에 맞는 천을 고르는 행사다. 선출된 전속은 새로운 칭호를 받을 거다!"

"진짜야? 전속 칭호가 있으면 벨프 자격도 거뜬히 따고, 영주 일족의 전속으로 독립할 수 있잖아!"

새로운 염색 행사가 열린다는 설명에 공방 안의 몇 명이 기대에 찬 함성을 질렀다. 반대로 딜라는 귀찮아하며 고개를 저었다.

"대장이 되고 싶은 녀석들만 신이 났네. 귀족의 변덕에 느닷없이 새로운 염색법을 하라고 시키면 바로 되는 줄 아나 봐. 에파, 이 일 어쩔래? 응?"

동의를 구하는 딜라의 목소리가 그대로 한 귀로 빠져나간다. 벨프 자격에는 관심이 없지만, "로제마인 님의 전속……?"이라는 중얼거림이 머릿속에서 빙빙 돈다.

'전속이 되면 나도 내 능력으로 마인을 만날 수 있게 될까?'

지금까지는 루츠와 투리, 귄터에게 얘기만 들어야 했다. 업무 중에 마인과 얘기할 수 있는 세 사람이 부럽지 않다면 거짓말이다. 기회가 있다면 가까이서 마인의 모습을 보고 싶고, 목소리도 듣고 싶다.

그리고 평민촌에서는 가족이 입을 옷을 마련하는 건 한 집안 엄마들의 일이다. 내가 염색한 천으로 만든 옷을 마인에게 입힐 수 있다면 가족을 위해 옷을 만드는 엄마의 역할을 조금이나마 해낼 수 있을 것 같다.

'받고 싶어. 전속 칭호.'

기존의 방식과 다른 염색법으로 마인에게 가장 잘 어울리는 천을 만들 수 있을까? 고민에 빠진 내 앞에서 대장이 쩌렁쩌렁한 목소리로 말했다.

"단, 장인 모두가 작품을 내지는 못해. 각 공방에서 좋은 물건을 선별해서 영주 일족에게 제출하게 된다. 호이스 공방의 명성을 떨칠 절호의 기회다. 모두 힘써라!"

공방 내의 심사를 통과하지 못하면 성에 천을 올리지 못한다. 나는 공방 안을 쭉 둘러보았다. 남자 중에는 벨프 자격을 따고, 독립을 노리는 몇 사람이 있다. 특히 요르크는 자기를 밀어달라며 주변에 부탁할 정도다. 원래부터 공방의 다프라보다 독립을 지향하던 사람이라 실력도 출중하고, 훌륭하다. 그 정도는 알고 있지만, 나도 질 수는 없었다.

'새로운 염색으로 겨루니까 승산이 아예 없지는 않아.'

나는 의욕을 다지고 발걸음을 돌려 "어떤 식으로 염색할까?" "새로운 염색법이 대체 뭘까?"라며 떠드는 모두에게서 등을 돌렸다. '염색협회에 새로운 염색법 자료가 있다'라는 대장의 말을 등 뒤로 들으면서 방금까지 작업했던 곳으로 빠르게 이동했다. 작업하다 말고 방치한, 물들이기 전의 하얀 천에서 나는 영주의 양녀에게 걸맞은 품질의 천을 찾기 시작했다.

"떠들어대는 사내들은 내버려 두고, 일이나 하자는 거야? 참 대단해."

뒤따라온 딜라의 말에 나는 찾고 있던 천을 품에 안으면서 대답했다.

"아니야. 모든 염색 공방이 새로운 염색에 도전한다면 흰 원단 확보가 최우선이라고 생각했을 뿐이야. 영주 일족에게 맞는 최고급 원단은 많지 않고, 지금부터 직물 공방에 부탁해도 제시간에 맞출지 모르잖아?"

"에파, 당신…… 설마 도전하려고?"

"응. 칭호를 받고 싶어. ……대장, 저는 이 천으로 참가하겠습니다. 또 급한 볼일이 생각나서 오늘은 이만 가겠습니다."

나는 싱긋 웃으며 대장에게 참가를 표명하고, 오후 휴가를 선언했다. 휴가 신청은 기본적으로 선착순이다. 남자들이 화들짝 놀라며 흰 원단을 모아둔 선반으로 우르르 몰려가 다툼을 벌이는 가운데, 나는 최고급 원단을 안고 서둘러 공방을 빠져나왔다.

행사에 출품할 원단 확보에는 성공했지만, 다짜고짜 이 최고품을 염색할 수는 없다. 새로운 염색법을 익히려면 연습도 필요하다. 나는 일단 집에 돌아가서 최고급 원단을 소중히 넣어두고, 이번에는 원단 상점으로 뛰어 들어가서 저렴한 연습용 흰 천을 마구 사 모았다.

'이것도 멍하니 있다간 바닥날 거야.'

그리고 염직 협회에 가 보았지만, 아직 새로운 염색법에 관한 자료는 들어오지 않았다. 염색법을 알게 되기 전까지 염료 선별을 끝내기로 하고, 나는 염직 협회를 나왔다.

"에파. 어제 당신이 가져간 원단, 나한테 넘겨."

다음 날 공방에 일하러 가자마자 요르크가 대뜸 그렇게 말했다. 요르크는 30대 후반으로 독립이 목표인 장인이다. '구텐베르크'라는 칭호를 받은 젊은 장인 중에서도 특히 젊은 나이로 독립하고 칭호까지 받은 목공방 대장, 인고를 시샘하고 있다. "염색 장인에게 칭호를 내렸다면 내가 됐을 텐데."라고 떠벌리고 다닐 정도다.

"내가 벨프 자격을 따려고 하는 거 알지? 그러려면 이번 전속 칭호가 꼭 있어야 해."

진지한 눈으로 그렇게 말하는 요르크를 편드는 사람은 많다. 딜라도 염려하듯이 요르크를 보면서 내게 말했다.

"그래. 에파는 벨프 자격에 관심도 없었잖아. 요르크처럼 꼭 필요한 것도 아닐 텐데 이번에는 요르크에게 양보해 주지그래."

주변 사람들 눈에는 나의 참가 표명이 뜬금포였으리라. 하지만 나는 양보할 생각이 추호도 없다. 굳이 말하자면 내가 양보받고 싶을 정도다.

"……미안하지만, 난 벨프 자격이 아니라 전속 칭호를 원해. 벨프 자격은 업적만 있으면 언제든지 딸 수 있어. 전속이 될 수 있는 기회는 이번뿐이니까 이번은 나한테 양보해 줘."

딜라가 어리둥절한 표정을 지었다. 설마 내가 반론할 줄은 생각지도 못한 얼굴이다. 그것은 요르크도 마찬가지였다. 무슨 말이냐는 듯이 표정을 일그러뜨렸다.

"뭐? 여자가 칭호를 받아서 어쩐다는 거야? 남편도 있으니까 가족을 부양할 필요도 없잖아."

"그런 이유로 넘기라고 하면 곤란해. 가족과 생활을 위해 일하는 건 나나 딜라도 마찬가지야. 그리고 내 남편은 병사야. 언제 무슨 일이 생길지 몰라. 당신만 가족을 부양할 자격이 필요한 건 아니야."

내가 로제마인 님을 만날 기회는 거의 없다. 흔치 않은 기회를 잡으려는 행동이 잘못되었다고 생각하지 않는다. 나는 내가 할 수 있는 노력을 최대한으로 쏟아붓고 싶다.

"……날 이길 수 있을 것 같아?"

"도전하기 전부터 포기할 생각 없어. 그리고 로제마인 님께 어울리는 천은 당신보다 내가 더 잘 알아. 아직 자료가 오지 않아서 조사하지는 못했지만, 새로운 염색법이라면 승산이 아예 없다고 생각 안 해."

"뭐라고……."

요르크가 노기를 드러내자 딜라가 그사이에 끼어들었다.

"자, 자, 거기까지. 에파가 이렇게 의욕적인 줄 몰라서 요르크 편을 들어줬지만, 이렇게 죽어도 넘기지 않겠다잖아. 우기지 말고 다른 방법을 찾아. 좋은 원단은 빠른 사람이 갖는 거니까."

손을 휘휘 저으며 딜라가 요르크를 쫓아내자, 주변에서 구경하던 장인들에게서 웃음이 새어 나왔다.

"그건 그래. 떵떵거리느라 한발 늦은 요르크 잘못이지."

"독립을 노리고 있으니까 직물 공방에 연줄 하나쯤은 있잖아."

요르크는 "공방의 원단을 쓰면 쓸데없는 지출이 는단 말이야."라며 포기하고 자리를 떴다. 그 여유로운 뒷모습을 보면서 나는 다시 기합을 넣었다. 독립을 목표로 지금까지 노력을 거듭한 요르크와 실력을 겨루는 건 쉬운 일이 아니다.

'내가 앞서 있는 건 정보량과 애정뿐이야.'

새로운 염색법을 모르므로 나는 마인에게 어울리는 빨간 염료를 먼저 고르기 시작했다. 마인의 머리카락, 피부색, 금색 눈동자를 떠올리면서 제일 어울리는 빨강을 고르는 것이다. 요르크는 내 자리에서 가까운 작업대에 낡은 판자와 실을 툭 올리고, 연습용의 저렴한 흰 원단에 달기 시작했다. 기존의 염색에 쓰는 물건이 아니다. 순간 새로운 염색법임을 직감했다.

"……요르크는 어떻게 새로운 염색법을 알아? 아직 염직 협회에도 자료는 없었어."

"이건 새로운 염색법이 아니라 옛날 기술이야. 내 아버지는 벌써 예순이 넘어서 언제 가도 모를 정도로 비실거리지만, 옛 기술을 부활시킨다는 말을 듣는 순간 흥분하더니 옛날 도구를 몽땅 끄집어내오는 거야. 이걸 그대로 쓸 수 있을지 없을지 모르겠지만."

요르크의 부친은 벨프 자격을 목표로 노력했는데 에렌페스트에 다른 영지의 신부가 오면서 평생을 익혔던 기술이 단숨에 하찮은 기술로 전락했고, 얼룩이 없는 염색법을 처음부터 새로 익혀야 했다고 한다. 나중에 들어온 견습생은 습득이 빠른 시기에 새로운 염색법을 익히며 성큼성큼 출세한 반면에 요르크의 부친은 벨프 자격은커녕 평생 다루어 계약만 반복하는 인생으로 타락했고, 그것이 평생의 한이 되었다고 한다.

"어이. 부친의 기술을 빌리다니 치사하잖아."

마찬가지로 염색물 행사로 전속 칭호를 노리는 바르노가 얼굴을 찌푸리며 툴툴거렸다.

"쓸 수 있는 수단을 최대한 이용하는 게 뭐가 나빠? 난 아버지의 기술을 빌려서 벨프 자격을 거머쥘 거야. 반드시 독립하고 말 거라고."

기합이 들어간 요르크의 말에 바르노가 압도되었다. 그 두 사람을 보면서 나는 염료를 집어 들었다. 누구에게나 사정은 있다. 나도 질 수는 없다.

'내일은 땅의 날인걸. 오늘 밤에 투리가 집에 올 거야.'

"나 왔어, 엄마. 큰일이야!"

예상대로 여섯 점 종이 울리고 조금 뒤, 투리가 청록색 땋은 머리를 흔들고 숨을 헐떡이면서 집에 왔다. "와! 누나 왔다!" 하고 기쁘게 마중을 나간 카밀이 투리에게 물을 떠다 준다.

"그렇지 않아도 대장이 그 얘기를 꺼내서 공방이 난리가 났어. 너희 쪽이 더 자세히 알고 있지 않니?"

"그럴걸. 그래서 서둘러 왔지. 휴일까지 기다리느라 지쳤어."

투리는 카밀에게 컵을 돌려주며 고맙다고 하고, 식사 준비를 도우러 주방에 들어오면서 얘기하기 시작했다.

"내가 신전에 머리 장식을 드리러 갔을 때 들은 얘기인데……."

"뭐야~? 또 로제마인 님 얘기야?"

볼을 부풀린 카밀을 투리가 가볍게 째려보았다.

"누나 일이 로제마인 님의 머리 장식을 만드는 거잖아. 그렇게 불평만 하면 로제마인 님의 공방에서 만든 책, 안 준다."

"와, 줘, 줘! 로제마인 님, 고맙습니다."

투리가 신전 공방에서 만든 책을 카밀에게 쥐어주고 조용히 시켰다. 평소라면 식사 준비를 도우라며 혼냈겠지만, 오늘은 신나게 책을 읽기 시작한 카밀은 내버려 두고, 나는 "그래서?" 하고 투리에게 다음 말을 재촉했다.

"새로운 염색법은 원래 길베르타 상회가 포상으로 받은 거야. 신전 공방에서 시범을 보여줘서 알아. 엄마가 전속이 될 수 있게 함께 고민해 보자."

다음 날인 땅의 날. 나와 투리는 연습용 원단을 펼치고, 어떤 식으로 염색하면 좋을지 고민했다. 내 무기는 영주의 양녀가 마인임을 알고 있는 점이다. 머리카락 색깔과 피부색도 안다. 어떤 색깔이 어울리는지, 어떤 옷을 입는지, 정보를 손에 쥔 입장에 있다. 그것을 최대한 살려야 한다.

"로제마인 님께 가장 어울리는 색깔은 아는데, 무늬가 좀⋯⋯. 그림을 그려서 물들이는 식은 지금까지 해본 적도 없고, 엄마는 그림 소질도 없어."

단색으로 물들이는 기술은 있지만, 새로운 염색에 관한 지식도 기술도 전무하다. 최소한 귀족님께 선보일 만한 그림 연습도 한 적이 없다.

"그럼 내가 밑그림을 그릴게. 자수와 머리 장식을 연구하면서 그림 연습도 했거든."

갑자기 알게 된 투리의 성장에 나는 눈을 크게 떴다. 언제 이만큼 많은 기술을 익힌 걸까. 옛날부터 투리는 노력가였지만, 다프라 견습생이 되어 따로 살게 되면서 그 성장을 볼 기회가 줄어서이리라. 상상을 뛰어넘는 딸의 성장이 너무나도 눈부셨다.

"그래, 그림을 그릴 수 있게 됐구나……. 그럼 투리에게 맡기마."

"로제마인 님의 겨울 의상은 아마 지금과 비슷한 디자인으로 하시지 않을까 싶어."

투리가 마인의 의상을 알려주었다. 옛날 세례식 의상을 바탕으로 투리가 고안한 디자인을 일부분 사용하고 있다고 했다.

"역시 귀족님의 의상은 어려워. 나도 다양하게 공부해서 귀족님다운 의상을 그리려고 열심히 고민했지만, 극히 일부분만 채용됐는걸. 부족한 부분이 많았나 봐. 처음 디자인에서 많이 바뀌었어."

"일부라도 채용된 것이 어디니. 다음에 더 많이 채용될 수 있게 생각하면 돼. 어떤 식으로 고치면 되는지 배웠을 거 아니니."

"그렇긴 하지. 하지만 부족한 부분투성이라서 짜증나."

분한 얼굴로 투덜거리는 투리의 머리를 가볍게 쓰다듬었다. 엄마 눈에는 지나치게 열심히 한다고 말하고 싶을 정도로 노력하는 것 같다.

"네 노력으로 엄마가 로제마인 님이 어떤 디자인의 옷을 입는지 알잖니. 큰 도움이 되었어. 그 디자인에 맞는 무늬는 어떤 느낌이니? 겨울 머리 장식 디자인은 정해졌어? 넌 그림도 그릴 수 있으니까 자, 그려보렴."

흰 종이와 펜을 내밀자, 투리가 "나한테 맡겨."라며 자신만만하게 웃으며 펜을 집어 들었다. 슥슥 소리 내며 루치 꽃을 그리기 시작했다.

"다음 꽃은 루치로 할까 해. 이번 행사에도 딱 맞지 않아? 그리고 로제마인 님은 아직 키가 작으니까 너무 큰 꽃보다 작은 꽃무늬를 잔뜩 물들이면 귀여울 것 같아."

"그러네. 귀엽겠지만, 색깔도 맞추지 않으면 모양만으로 루치 꽃인지 모르지 않겠니? 그리고 로제마인 님께는 루치 꽃보다 더 깊이 있는 빨강이 어울려."

머릿속으로 루치 꽃을 떠올리면서 말하자, 투리가 "색깔은 엄마한테 맡길게."라고 웃으면서 말했다. 루치 꽃의 빨강에서 마인에게 어울리는 빨강으로 조금씩 색깔 변화를 주면 재미있을지도 모르겠다.

"누나랑 엄마랑 재미없는 얘기만 하고⋯⋯. 일 얘기 그만해."

"미안하구나, 카밀. 투리가 있을 때가 아니면 자세한 얘기를 못 하니까, 좀 참으럼⋯⋯."

"아까부터 계속 같은 말만 해."

생각해 보면 카밀의 말대로 어제저녁에 투리가 돌아오고부터 줄곧 이 상태다. 카밀의 불만은 이해하지만, 다음에 투리가 집에 오는 건 빨라도 다음 땅의 날이라서 조금이라도 세세하게 의논해 두고 싶었다.

내가 난처해하자, 귄터가 카밀의 이마를 톡 두드렸다.

"카밀, 엄마가 로제마인 님의 전속이 되려고 노력하는데 방해하면 안 되지. 가족이 열심히 일할 때는 응원해야 멋진 남자야."

귄터가 그렇게 웃으며 말하면서 나를 보았다.

"힘내, 여보, 내가 카밀을 데리고 점심 사 올게. 카밀, 뭐가 먹고 싶냐? 노점에 사러 가자."

"커다란 소시지가 들어간 브흐레트 먹고 싶어!"

"그거로는 아빠 배가 안 차."

둘이서 시끄럽게 점심을 뭐로 할까 대화하면서 집을 나갔다. 문이 탁 닫히자, 투리가 히죽거리며 나를 보았다.

"엄마. 지금 아빠 보고 멋있다고 생각했지?"

"……그래. 투리도 나중에 결혼하면 네 일을 응원해 주는 사람과 하렴."

요르크는 부친과의 합작이라고 할 수 있는 옛 기술의 부활에 성공했는지, 날이 갈수록 염색 실력이 늘었다. 나도 질 수 없었다. 연습용 옷감을 펼쳐서 투리가 그려준 루치 꽃에 납을 바르며 다양한 염색법을 고민했다. 역시 누가 봐도 루치라고 알 수 있는 빨강과 마인에게 어울리는 빨강을 모두 넣고 싶었다.

'조금씩 색깔이 변하게 할 수 있을까?'

가능하다면 마인의 조언처럼 여러 번 물들여서 꽃에 농담을 내고 싶지만, 시범도 없이 투리의 설명만으로는 쉽지가 않다.

"흐음……. 로제마인 님께 어울리는 천에는 빠삭하다더니 그랬었군. 당신 딸이 전속 머리 장식 장인이었어. 훨씬 유리하잖아."

요르크가 연습용 천을 보면서 그렇게 말했다.

"맞아. 하지만 가진 수단을 최대한 이용하는 게 뭐가 나빠?"

"머리 장식 장인이 딸이면 초반부터 당신이 유리하잖아."

요르크의 말에 "듣고 보니 그거 치사하네."라는 바르노의 목소리가 나왔고, 점차 이에 동조하는 사람이 늘었다.

"어차피 천에 에파 이름만 써두면 작품이 좋고 나쁘고 무슨 상관이겠어? 귀족님들이 하는 일이야 뻔하지."

다른 염색 장인보다 훨씬 많은 정보를 얻을 수 있는 위치를 부정할 생각은 없지만, 그 말에 가만히 있을 수 없었다.

"이름만으로 정해지는 거면 이렇게 고생도 안 해."

"그야 사기인 줄 모르게 어느 정도 적당한 물건을 만들어 올리긴 해

야겠지."

"그만해, 바르노, 요르크. 그랬다면 귀족님은 처음부터 에파를 지명해서 새로운 염색법을 독점하게 했을 거다. 이렇게 거창하게 천을 모을 필요도 없어."

대장이 말리려고 끼어들었지만, '이름만 보고 정한다'라는 모두의 의견은 변함이 없다. 내 가슴속에서 염색 장인의 자존심이 고개를 치켜든다. 분명 내 이름이 쓰여 있으면 마인은 혹하리라. 하지만 나는 그런 방법으로 선택되길 바라지 않는다.

"그럼 장인의 이름 없이 천에 번호를 매겨서 전시하면 되잖아. 길베르타 상회가 멋대로 억측해서 몰래 귀띔하지 못하게 당일에 염직 협회 담당자도 보내면 돼. 이래도 또 불평할래?"

허리에 손을 얹고 억지 부리는 어린애를 혼내듯이 딱 잘라 말하자, 요르크와 다른 장인들도 기가 죽어 뒷걸음질 친다.

"그렇게 본인을 불리하게 만들어서 진심으로 이길 수 있겠어? 염직 협회가 받아들이고 나서는 울어도 소용없어."

"후회하는 건 그쪽이지. 그렇게까지 했는데 당신이 낸 천이 평가받지 못하면 전속은커녕 벨프 자격도 멀어질걸."

내가 콧방귀를 끼자, 요르크와 바르노가 멋쩍은 듯 서로 얼굴을 마주 본다.

"큭⋯⋯. 두고 봐. 내겐 아버지의 기술이 있어. 절대 안 져."

"뭐? 가족한테 힘을 빌리는 건 당신도 마찬가지네. 그래놓고 아닌 척하기야?"

요르크가 내뱉은 말에 딜라가 눈을 부릅뜨자, 바르노가 "그래, 맞아. 너도 치사해."라며 언성을 높였다. 이쪽에도 찬동자가 늘기 시작했다.

"됐어. 옛 염색법을 되살리자는 것도 로제마인 님의 소망이지? 옛 기술을 아는 사람이 있고, 부활시킬 수 있다면 그보다 더 좋은 게 없지."

내가 가볍게 손을 젓자, 딜라와 요르크가 황당한 얼굴로 나를 보았다.

"에파, 당신……."

"괜찮아, 딜라. 나는 내가 제일 로제마인 님께 어울리는 천을 만들 수 있다고 자신하니까."

그리하여 대장을 통해 염직 협회에 요청을 냈다. 작품만으로 공평하게 평가받자는 제안은 장인들의 지지를 얻었고, 길베르타 상회도 이를 받아들였다.

나는 주변 움직임에 개의치 않고, 오로지 새로운 염색법의 연습에만 집중하여 루치 꽃을 물들였다. 루치의 꽃말은 '가족의 사랑'. 마인에게 내 마음이 전해지도록 정성껏, 몇 번이고 염색을 반복했다. 진한 빨강에서 따뜻함이 느껴지는 주홍색 같은 빨강으로 조금씩 색이 겹쳐지면서 변해가는 배경에, 농도가 다른 꽃이 어지러이 들어간 천이 완성되었다.

행사 참가를 표명한 장인의 천이 공개되었고, 호이스 공방의 대표는 요르크와 나로 정해졌다. 요르크는 부친과 힘을 합친 옛 기술의 부활과 염색 기술을 높이 평가받았고, 나는 새로운 염색법 도입과 "이것보다 로제마인 님께 어울리는 천은 없다."라고 우기는 배짱을 높이 평가받아서…….

결국 내 작품이 로제마인 님의 최종 선고에 남았고, 겨울 의상에 쓸 천으로 주문을 받았다. 하지만 전속 칭호는 받지 못했다. 마인이 최종 후보에 남은 세 사람 중에서 고르지 않고, '다음 계절에 정하겠다'라고 결정을 미뤄서다.

대장은 영주 일족의 주문이 들어왔다며 좋아서 펄쩍 뛰었고, 내 어깨를 세차게 두드리며 "너라면 해낼 줄 알았어."라고 했다. 기대해 줘서 기쁘지만, 마인이 알아보지 못해 분한 마음이 더 컸다.

"주문은 받았지만, 전속은 되지 못했어요⋯⋯."

"그런 말 하지 마. 난 이름도 없이 주문을 따낼 줄 몰랐어. 당신의 자신감은 진짜였군. 흥미로운 염색법이었고, 아름다운 빨강이었다. 또 열심히 하면 되지."

요르크가 기분 좋게 내 어깨를 두드리며 격려했다.

"고마워. 요르크는 염원하던 벨프 자격을 땄지? 축하해."

아주 살짝 원망스러운 눈빛을 띠는 나를 내려다보며 요르크가 껄껄 거리며 웃었다.

"뭐야. 축하하는 눈빛이 아닌데?"

"그야 영주 일족의 전속에도 못 뽑히고, 칭호를 못 받은 건 당신이나 나나 피차일반인데 당신만 소원을 이뤄냈으니까 샘이 나잖아."

상급 귀족의 주문을 받고, 옛 기술의 부활에 공헌한 성과를 높이 사서 요르크는 벨프 자격을 얻었다.

"서로 원하는 것이 다르니까 어쩔 수 없지. 다른 녀석한테 전속을 뺏기지 않아서 다행이잖아. 다음이야말로 전속 칭호를 손에 넣어. 내 공방을 갖는 것과 어느 쪽이 빠른지 겨뤄보자."

요르크의 말이 맞다. 아직 끝나지 않았다. 도전할 기회는 남아 있다.

"그러네, 다음에야말로……."

'마인에게 뽑히고 말겠어.'

다음 천은 봄을 나타내는 초록이다. 지금부터 시작할 염료 제조부터 승부는 시작된다. 어떤 식으로 물들이면 좋을까? 다음 기회를 노리며 나는 주먹을 불끈 쥐었다.

후기

오랜만입니다, 카즈키 미야입니다.

이번 「책벌레의 하극상 ~사서가 되기 위해서라면 뭐든지 할 수 있어~ 제4부 귀족원의 자칭 도서위원 V」을 구매해주셔서 감사합니다.

이번 권은 에렌페스트의 봄이 끝나는 무렵부터 겨울이 되어 다시 귀족원이 시작하기까지의 기간에 일어난 이야기입니다. 램프레히트의 결혼, 그레첼의 인쇄업, 염색물 공모전으로 바쁜 나날이 이어집니다. 회색 신관들을 노리던 습격도 막고, 언뜻 평화롭게 끝날 것 같던 결혼식이지만, 불온한 낌새가 도사리고 있습니다. 그레첼의 인쇄업도 순조롭게 진행되는 듯이 보였으나 다른 기베의 땅과 달리 여러 과제가 나타납니다. 로제마인은 염색물 공모전에서 눈을 부릅떠도 엄마의 천을 찾아내지 못하고, 풀이 죽습니다. 그 대신에 램프레히트의 결혼으로 생선을 얻게 된 기대에 흥분하고, 로제마인 도서관 계획을 짜며 즐거운 시간도 보냅니다.

그리고 겨울이 찾아오면서 귀족원 2학년 생활이 시작됩니다. 또 소동을 일으킬지도 모를 두려움에 보호자들은 벌써 두통을 느끼고 있겠군요.

이번 프롤로그의 주인공은 구 베로니카 파 귀족(정확하게는 게오르기네 파) 게를라흐 자작의 아들 마티아스입니다. 구 베로니카 파 귀족의 입장에서 아렌스바흐에서 온 신부에 관한 생각과 부모와 자식 간의 가치관 차이를 그려 봤습니다. 매사에 생각이 깊은 마티아스 덕분에 영주 측에서는 소동 하나를 피할 수 있게 됩니다.

에필로그는 왕의 셋째 부인의 아들인 힐데브란트가 주인공입니다. 이제 막 세례를 받고, 아직 영주 회의에서 데뷔 무대도 치르지 않은 그가 왕족의 임무로 귀족원에 체류하게 됩니다. 순수한 제삼자의 눈에는 로제마인과 샤를로테가 어떻게 보일까요…….

이번 단편은 아우렐리아 시점과 에파 시점입니다.

아우렐리아 시점에서는 타 영지로 시집온 그녀가 처한 상황과 베일을 벗지 않는 이유 등을 넣어 보았습니다. 아우렐리아와 남편인 램프레히트의 대화는 처음 써 보는 거라 신선했습니다. 로제마인 시점인 본편에서는 접점이 적어서 존재가 희미한 램프레히트지만, 조금은 존재감이 커졌을까요? 왠지 모르게 아내에게 지고 있는 느낌이 들지만요.

에파 시점에서는 평민촌에서 일어나는 염색물 공모전 준비 상황을 써 보았습니다. 일대 이벤트가 된 염색물 공모전이지만, 천을 염색해야 하는 장인들에게는 엄청난 사건이지요. 에파는 딸이 입을 천을 자기 손으로 물들여서 가족의 옷을 만드는 엄마의 역할을 조금이나마 해내려고 합니다. 하지만 야심에 찬 남자들도 전속의 칭호를 노립니다. 에파가 평소에 가족에게 보여주지 않는 염색 장인으로서의 의지와 자존심도 볼 수 있습니다. 이러한 점도 재미있게 읽으시면 좋겠습니다.

이번 권에서 시이나 님께서 새롭게 만들어 주신 캐릭터는 구 베로니카 파의 견습 기사인 마티아스와 라우렌츠. 마티아스는 귀족원 2학년생에서 종종 등장하지만, 라우렌츠의 본편 등장은 한참 뒤입니다. 또 한눈에도 꾸김없이 자란 듯한 셋째 왕자 힐데브란트. 아우브 아렌스바흐는 엄청 제 취향인 아저씨가 되었습니다. 마지막으로 성장한 프리다와 샤를로테. 이 두 사람은 말할 것도 없이 귀엽습니다.

소식입니다.
무려 '이 라이트노벨이 대단해! 2019'의 단행본·소설 부문에서 2년 연속 1위로 뽑혔습니다. 이것은 인터넷 상의 투표에서 독자 여러분의 뜨거운 성원이 반영된 상입니다. 2년 연속 1위가 될 줄 몰랐는데 정말 기쁩니다. 응원해 주셔서 감사합니다.

서자판을 본뜬 A6 노트와「책벌레의 하극상」캐릭터가 그려진 포스트잇이 TO북스 온라인스토어에서 동시 발매합니다. 부디 구매해 주세요.

자, 드디어「책벌레의 하극상」관련 서적, 대망의 4개월 연속 발행도 이것으로 마지막입니다. 9월부터 시작된 연속 발행을 즐기셨나요? 4월 중순부터 연속 발행 준비에 전력을 다해 달려왔습니다. 도중에 이래저래 사적으로 글을 쓰지 못한 시기도 있었고, 정말 마지막까지 끝낼 수 있을까 걱정이 될 때도 있었습니다. 하지만 이렇게 모든 원고를 끝내고 '후기'를 쓰게 되어 한시름 놓입니다. 저보다 스케줄 조정에 동분서주하며 갖은 고생을 하신 담당자님, 뭔가를 기획하면 어마어마한 업무가 쌓이는 데도 흔쾌히 받아주시는 시이나 님께 감사하는 마음뿐입니다.

이번 표지는 염색물 공모전을 상상하며 염색한 천을 펼치는 에파와 머리 장식을 만드는 투리. 그리고 두 사람의 합작을 몸에 두르고 미소 짓는 로제마인을 그려 주셨습니다. 컬러 일러스트는 램프레히트의 결혼을 이미지하여 집결한 수뇌부를 그렸습니다. 긴장감 넘치는 일러스트가 멋지네요. 시이나 유우 님, 감사합니다.

　마지막으로 이 책을 구매해주신 여러분께 최상급의 감사를 바칩니다.

　본편에 이어 제4부 Ⅵ는 3월에 발매될 예정입니다. 거기서 또 만나요.

2018년 10월 카즈키 미야

성녀란

죽음을 각오해야 할 거예요

도서관에 공격을 가한 자는

꽈악

성녀답지 않다고 반성한 건가?

......

그래도 '죽음'은 말이 심했네요

온몸이 가렵고 모든 음식이 미치도록 맵게 느껴지는 그런 저주!!

역시 저주가 좋겠어요! 매일 열 권 넘게 책을 읽지 않으면

쿡구구구구

공구구구구구

전 성녀가 아닌걸요

정말 이름뿐인 성녀군

책 외의 대화

네? 하얬던 것 같아요

뫼니에르

흰살이라면

아우렐리아, 요리에 쓰는 생선은 붉은 살인가요? 흰살인가요?

요리마다 다르지만 감칠맛이 있어서 맛있었어요

전골

국물이 좋겠어!

진한 맛이라면 얼큰한

맛은 담백 한가요? 진한 가요?

어떤 양념을 좋아해요? 너무너무 궁금해요!

혹시 바다에 생선 말고 다른 것도 잡히나요?

지금 얘기로는 단순한 먹보로 들리는데…

쿡 쿡

로제마인 님은 정말 귀여운 분 이셨어요

책벌레의 하극상 [4부] 귀족원의 자칭 도서위원 V

초판 2쇄 발행   2022년 10월 30일

저자 카즈키 미야

발행인 원종우
발행처 (주)블루픽

주소 (13814) 경기도 과천시 뒷골로 26, 2층
영업부 02-6447-9017   편집부 02-6447-9019   팩스 02-6447-9009
메일 edit@bluepic.kr   웹 vnovel.kr

ISBN 979-11-6085-976-8 04830

V +051

글 : 달필공자 / 그림 : 키위콩
가격 : 10,000원

글 : 퉁구스카 / 그림 : MARCH

가격 : 10,000원